W0226565

KAMPENWAND
VERLAG

ISBN: 978-3-98660-119-5

© 2023 Kampenwand Verlag · Raiffeisenstr. 4 · D-83377 Vachendorf
www.kampenwand-verlag.de

Versand & Vertrieb durch Nova MD GmbH
www.novamd.de · bestellung@novamd.de · +49 (0) 861 166 17 27

Text: Juliane Maibach
Umschlaggestaltung: Alexander Kopainski
Satz: Buch-Werkstatt GmbH, Bad Aibling
Illustrationen: Tamara Kadoura
Lektorat & Korrektorat: Katharina Glück
Bilder: © Shutterstock: Gaspar Gomes Costa, Casezy idea,
Teo Tarras, Kanea, Martin Gillman, Vandathai, KDdesignphoto,
elwynn, tomertu, Extezy, stock_wichel, leolintang,
Lukas Szwaj, Warm_Tail
Druck: Printed in Czech Republic
FINIDR, s.r.o. · Lípová 1965 · 737 01 Český Těšín

JULIANE MAIBACH

DREAM CATCHER

KÖNIGREICHE DER NACHT

1

1

Wie konnte etwas so Schönes, etwas, das so voller Energie, Kraft und Macht war, derart giftig sein? Diesen Gedanken hatte ich jedes Mal, wenn ich durch den Nebel ging. Kaum hatte ich das Nebeltor hinter mir gelassen, war ich von dem silbern schimmernden Dunst verschluckt worden. Hier und da gleißten goldene Lichter auf, verschwanden in dem silbrig grauen Dunst aber sogleich wieder. Die Magie war allgegenwärtig an diesem Ort.

Der Nebel klebte kühl und feucht auf meiner Haut. Mit jedem Atemzug drangen dichte Schwaden durch das Tuch, das ich mir über Mund und Nase gebunden hatte. Wir wussten alle, dass dieser Schutz wenig half, aber er war dennoch besser als nichts – so hofften wir zumindest.

Ich war erst seit wenigen Minuten im Nebel, dennoch spürte ich bereits das drückende, klebrige Gefühl in meiner Lunge. Es war mir mittlerweile vertraut – kein Wunder, immerhin ging ich dieser Arbeit nun schon seit fünf Jahren nach.

Wir Fehris wussten um die Effekte, die der Nebel auf unsere Körper hatte. Wie hätte es auch anders sein können?! Immerhin sahen wir jeden Tag die Auswirkungen bei den Älteren, die dieser Aufgabe bereits seit vielen Jahren nachgingen. Dennoch zögerte keiner von uns Fährleuten, den Nebel zu betreten, um die Träume der

Verstorbenen abzuholen. Es war unsere Aufgabe, sie aus dem Nebel in unsere Welt und dort über den Fluss Styrak zu bringen, wo sie am Ende gereinigt und in reine Magie umgewandelt wurden. Und wir brauchten diese Magie. Nur mit ihr konnte unsere Welt überhaupt bestehen und aufrechterhalten werden.

Jedes Mal aufs Neue war es ein eigenartiges Gefühl an diesem Ort zu sein. Er existierte nur dank der Magie der Träume. Hier gab es keine Pflanzen, keine Steine, Bäche oder Berge. Nichts war natürlichen Ursprungs, und das sah man auf den ersten Blick. Um mich herum gab es nichts als den grauschwarzen Dunst, der sich unendlich weit zog. Nur der silberne Turm, der in die Höhe ragte und dessen leuchtenden Umriss man selbst durch die dichtesten Nebelschwaden erkennen konnte, diente der Orientierung.

Ich hob den Blick und wischte meine behandschuhten Hände an meiner Lederhose ab. Auch wenn meine Familie nicht viel Geld hatte, war es meiner Mutter wichtig, dass mein Vater, mein Bruder und ich so gut wie möglich geschützt waren. Da gehörte widerstandsfähige Kleidung dazu, und wer wusste es schon, vielleicht verschaffte sie mir tatsächlich ein paar zusätzliche Jahre. Ohnehin würde es dauern, bis sich die ersten Anzeichen zeigen würden. Meist begann es erst im Alter von hundert Jahren. Der Husten setzte zuerst ein, danach folgte der rasselnde Atem. Irgendwann machten sich die Schäden in der Lunge immer stärker bemerkbar und man begann, Blut zu husten. Ab da kostete jeder Schritt unglaublich viel Kraft. Der Körper wurde nicht mehr mit genügend Sauerstoff versorgt, das Herz konnte nicht richtig arbeiten.

Wir aus der Unterschicht hatten eine Lebenserwartung von etwa zweihundert Jahren, doch die meisten Fehris erlebten, dank des Nebels, ihren hundertfünfzigsten Geburtstag nicht. Im Vergleich zu den Adeligen, die ein Alter von über tausend Jahren erreichen konnten, war das ein ziemlicher Unterschied. Aber wie sagte meine Mutter immer: Vergleiche dich nicht mit den hohen Herren. Bei ihnen ist ohnehin alles anders. Damit hatte sie sicherlich recht. Dadurch, dass ihre Körper über sehr viel mehr Magie verfügten, war ihnen nämlich ein deutlich längeres Leben beschieden als Leuten aus der Mittelschicht oder gar uns aus der Unterschicht.

Wieder schaute ich auf meine Handschuhe und rieb die Finger aneinander, um das feine Leder zu spüren. Es war unendlich weich und dennoch besonders fest und widerstandsfähig. Auch wenn es vielleicht dumm klang, es war mein wertvollster Besitz, und das lag vor allem daran, dass ich sie von Nate geschenkt bekommen hatte.

»Alexis DeWinter, du auch wieder hier?«, riss mich eine tiefe Stimme aus meinen Gedanken.

Ich hob den Kopf und entdeckte Harris, der am Sammelpunkt stand. Wie immer war er in einen weiten, dunklen Mantel aus festem Stoff gekleidet, die abgewetzten Stiefel reichten ihm über die Knöchel. Der Großteil seines Gesichts lag unter der weiten Kapuze verborgen, die er zum Schutz vor dem Nebel tief ins Gesicht gezogen hatte. Dennoch wusste ich natürlich, wie er darunter aussah. Als Fehris lebte er, wie wir alle, im Viertel der Fährleute. Da kannte man sich, auch wenn ich es in diesem Fall lieber nicht getan hätte.

Obwohl ich seine Augen in diesem Moment nicht sehen konnte, wusste ich doch, dass sie mich gerade ziemlich verächtlich anblitzten. Das taten sie irgendwie immer, wenn wir uns begegneten.

Harris war ein großer Mann, muskulös, hart und unnachgiebig. So waren wir Fehris im Grunde alle. Man brauchte eine gewisse Widerstandskraft und einen eisernen Willen, um dieser Aufgabe nachzugehen. Ich fiel da eher aus dem Raster. Als Frau war ich in diesem Beruf ohnehin eine Ausnahme. Hinzu kam mein junges Alter. Ich war gerade mal zwanzig Jahre alt. Immerhin das hatte ich mit den anderen Männern gemein, die in meinem Alter waren: In so jungen Jahren wurde man von den alteingesessenen Fährleuten nicht sonderlich ernst genommen. Ihren Respekt musste man sich verdienen. Da half es auch nichts, dass ich meiner Arbeit schon seit meinem fünfzehnten Lebensjahr nachging und dass meine Familie bereits seit Generationen Fehris waren. Mein Dad und mein großer Bruder Tristan arbeiteten als Fährmänner, und beide waren für diesen Beruf wie gemacht. Für mich hatte von klein auf festgestanden, dass ich nicht zu Hause bleiben, Wäsche waschen und mich ums Essen kümmern würde. Nicht, dass daran etwas Schlechtes war, nur lagen mir all diese Dinge nicht besonders. Stattdessen wollte ich in die Fußstapfen meines Vaters treten, und genau das hatte ich auch getan. Mit meinen 1,60 Metern war ich vielleicht nicht gerade eine imposante Erscheinung, aber ich konnte anpacken und ließ mich garantiert von niemandem rumschubsen.

Ich schaute zu Harris und dem silbernen Turm, der vor uns in die Höhe ragte. Agun hatte ihn bereits aktiviert, denn das Strahlen, das von den silbernen Steinen des Gebäudes ausging, war nicht zu übersehen. Das kühle Licht durchdrang den dunklen Dunst und rief die Traumgeister, die aus der Menschenwelt in den Nebel gekommen waren. Zumindest sollte es so sein.

»Hast du vergessen, dass du dich erst wieder hier blicken lassen sollst, wenn dein Boot keinerlei Mängel mehr aufweist?« Harris schenkte mir ein verächtliches Grinsen, sodass ich seine gelben Zähne sehen konnte.

Als ich die Holzpfeiler erreichte, die mit geschnitzten Symbolen verziert waren, blieb ich stehen, versuchte, so viel Abstand wie möglich zu Harris zu halten, und lehnte mich entspannt an einen der Pfosten. Ich verschränkte die Arme vor der Brust und zuckte mit den Schultern.

»Genau darum komme ich erst jetzt. Ich habe die halbe Nacht damit zugebracht, die Stellen zu flicken, die Agun bemängelt hat. Nun ist alles in Ordnung, weshalb er mir mehr als nur einen Traumgeist überlassen sollte.« Ich warf Harris einen strafenden Blick zu, denn immerhin hatte er mich bei Agun angeschwärzt und ihm auch gleich alle Mängel aufgezählt, die er entdeckt hatte.

Sogleich verschwand der Hohn aus Harris' Gesicht und etwas wie Verwunderung machte sich breit. Damit hatte er offensichtlich nicht gerechnet. Aber wenn ich mir etwas vornahm, dann zog ich es auch durch.

»Du kennst doch Alexis. Sie ist die Ungeduld in Person und wenn sie sich etwas in den Kopf gesetzt hat, dann bringt sie nichts und niemand davon ab«, mischte sich Clerk ein, ein schmaler Kerl in so löchrigen und fadenscheinigen Klamotten, dass der Nebel ihm vermutlich über den ganzen Körper kroch. Selbst seine Kapuze war so mottenzerfressen, dass sein Gesicht gut zu erkennen war. Blass, verhärmt, mit schmalen, blutleeren Lippen. Umso größer erschienen da seine hellen, blauen Augen, die von roten Adern durchzogen waren.

Von seinen Haaren war auch nicht mehr viel übrig, nur ein paar graue Fransen, die seine faltige Stirn längst nicht mehr erreichten. Er stand neben Harris, beugte sich hinter ihm vor und schaute mich grinsend an.

»Gibt es wirklich nichts anderes, über das ihr euch den Kopf zerbrechen könnt?«, murrte Runis, die nun ebenfalls durch den Nebel auf uns zutrat. Auch sie trug eine feste, dunkle Lederhose, dazu ein Wams aus Leder sowie eine Weste. Darüber hatte sie, wie wir alle, einen langen, dunklen Mantel gezogen und die Kapuze tief ins Gesicht gezerrt. Dennoch schauten ein paar ihrer blonden, geflochtenen Zöpfe darunter hervor.

Runis war eine der wenigen Frauen, die als Fehris arbeiteten. Meist war sie ernst, wortkarg und lebte einzig und allein für ihre Arbeit. Vor einigen Jahren war ihr Mann von einem Albtraum, den er mit dem Boot hatte überführen sollen, angegriffen und in den Styrak gerissen worden. Man hatte seine Leiche nie gefunden, und Runis hatte seinen Verlust bis heute nicht überwunden.

»Nur damit eins klar ist, ich nehme mindestens fünf mit«, verkündete sie und schaute uns mit unnachgiebiger Miene an.

Ich verdrehte die Augen. Nun ging das Feilschen los. Jedes Mal aufs Neue stritten wir uns darüber, wer wie viele Träume über den Styrak bringen durfte. Natürlich ging es vor allem um die Mana Scales, mit denen wir für unsere Arbeit bezahlt wurden, und je mehr Träume wir mit einer Überfahrt transportierten, umso höher der Verdienst. Doch die Mana Scales waren nicht der einzige Grund. Auch wenn es keiner von uns gerne zugab: Niemand wollte Albträume zum Nachttor überführen. Zwar war die Bezahlung für solch einen Transport höher, allerdings durfte in diesem Fall nur ein Albtraum und sonst nichts anderes transportiert werden, was den Verdienst wieder deutlich geringer ausfallen ließ. Hinzu kam, dass Albträume oder dunkle Geister, wie wir sie auch nannten, unberechenbar waren und keiner von uns großen Wert darauf legte, sie am Nachttor abzugeben, wo auch noch eine Begegnung besonders unschöner Art auf uns wartete.

»Das kannst du gerne so für dich in Anspruch nehmen«, erwiderte Harris. »Ich bezweifele aber, dass es eintreten wird. Meine Kinder brauchen neue Kleidung, und ich könnte einen dickeren Mantel vertragen. Ich werde also sicher sechs Träume nehmen.«

»Du und ein neuer Mantel?«, mischte sich Clerk ein, während sein Blick verächtlich an dem dunklen Kleidungsstück aus dickem Wollstoff auf- und abglitt. »Hast du meinen mal gesehen? Wenn hier jemand etwas Neues zum Anziehen braucht, dann ja wohl ich.«

Harris lachte grölend. »Du solltest deine Scales halt nicht jedes Mal in der Zahlstube versaufen, dann könntest du dir auch mal was Neues gönnen.«

Ich verdrehte die Augen, hielt aber lieber den Mund. Das Geplänkel brachte ohnehin nichts, zumal es gleich noch schlimmer werden würde, wie ich aus Erfahrung wusste. Denn in diesem Moment erschien Agun. Er trat aus dem silbernen Turm und kam uns über den Platz entgegen, auf dem das Gebäude stand. Hier war der Boden mit silbern glänzenden Steinen gepflastert, die allesamt magische Symbole aufwiesen. Agun durfte diesen Ort nicht verlassen, denn dann würde seine Verbindung zum Turm brechen und das Strahlen sofort verlöschen. Mit diesem Licht zog er die Traumgeister an, die nach dem Tod der Menschen im Nebel ankamen, und verteilte sie auf uns Fehris. Es war ein einsames Leben, aber immerhin schützte ihn der Turm mit seiner Kraft etwas vor den Auswirkungen des Nebels.

Ich bewunderte dieses magische Gebilde jedes Mal aufs Neue. Über zweihundert Meter schob es sich in die Luft. Der Turm war schmal und bestand aus vier gedrehten Säulen, deren Enden jeweils in eine dünne Spitze ausliefen. Über jeder schwebte eine goldene Lichtkugel, die mich an die Sonne erinnerte.

Obwohl er auf den ersten Blick nicht sonderlich muskulös wirkte, war der Chef unserer Gilde eine eindrucksvolle Erscheinung. Auch er trug einen langen Mantel, der allerdings mit goldenen Verzierungen bestickt war und seine schlanke Figur unterstrich. Er verzichtete auf ein Tuch vor dem Gesicht, selbst eine Kapuze hatte er nicht auf. So konnte man seine langen schwarzen Haare gut erkennen. Die obere Partie hatte er zu einem Zopf zurückgebunden, den Rest des Haars trug er offen, sodass es ihm bis über die Schultern fiel. Seine Gesichtszüge machten deutlich, dass seine Familie ursprünglich aus dem Osten des Reichs stammte. Doch Agun lebte schon seit seiner

Kindheit hier in der Hauptstadt und hatte sich seine Position als Chef der Fehrisgilde hart erarbeitet.

In seiner Hand hielt er mehrere Stricke und zog nun ruckartig daran, sodass die Traumgeister zu ihm auf den steinernen Platz heraustraten. Wir reckten bereits die Köpfe, um auszumachen, wie viele Geister Agun im Schlepptau hatte. Sie alle waren einst Träume lebender Menschen gewesen. Mit dem Tod löste sich jedoch alles Lebendige vom Körper – und damit auch die Träume. Sie wanderten automatisch in den Nebel unserer Welt. Hatte der Verstorbene ein glückliches, zufriedenes Leben geführt, kam sein Traum als einfacher Traumgeist zu uns. War sein Dasein aber von großen Sorgen, Ängsten, Leid oder gar Hass und Neid begleitet worden, dann erreichte sein Traumgeist als Albtraum unsere Welt. Anders als bei den normalen Traumgeistern konnten wir diese mit unseren Booten nicht einfach zum Lichttor fahren, wo sie zu reiner Magie wurden, die wir zum Erhalt unserer Welt brauchten. Die Albträume wurden zum Nachttor gebracht, wo sie von einem Shadowborn in Empfang genommen und gereinigt wurden, bevor sie als Magie ebenfalls in unsere Welt übergingen.

Ich ließ meinen Blick über die Traumgeister schweifen und zählte zwölf – keine allzu große Ausbeute, und mir war sofort klar, dass gleich ein ziemliches Bietergefecht ausbrechen würde. Die Geister hatten noch immer menschliche Form und Gesichtszüge, aber sie waren durchscheinend und strahlten sanft in einem bläulichen Licht. Ich entdeckte einen alten Mann mit verhärmten Gesichtszügen und so kleinen, dunklen Augen, dass sie mich an Kohlestücke erinnerten. Das Licht, das von ihm ausging, war allerdings sehr schwach und er war von schwerem, schwarzem Rauch umgeben. Ein dunkler Traumgeist – ein Albtraum.

Ich biss mir auf die Unterlippe und nahm mir fest vor, dass ich mir diesen Geist nicht aufschwatzen lassen würde. Auch ich brauchte das Geld und wollte, dass bei einer Überfahrt so viel wie möglich raussprang. Hinzu kam, dass ich auf eine Begegnung mit dem Shadowborn gerne verzichtet hätte.

»Ich habe heute zwölf Traumgeister und einen dunklen, die überführt werden müssen«, erklärte Agun und sah uns einen nach dem anderen an. »Eure Angebote?«

»Ich würde sieben nehmen«, verkündete Runis und trat einen Schritt vor. »Dafür verlange ich auch nur elf Mana Scales pro Stück.«

»Das hättest du wohl gerne«, mischte sich Harris ein und schenkte ihr einen finsteren Blick.

»Ich bin mit fünf zufrieden und mache es für zehn«, sagte Clerk und grinste breit.

Das würde wohl nun eine ganze Weile so weitergehen. Ich spürte, wie mich jemand ansah, und als ich den Kopf hob, bemerkte ich, dass mich der dunkle Traumgeist mit seinen kalten Augen musterte. Eine Gänsehaut kroch mir über die Arme, aber ich ließ mir nichts anmerken. Es wurde Zeit einzuschreiten und mir eine gute Überfahrt zu sichern.

»Ich würde vier für zehn Mana Scales nehmen«, erklärte ich, in der Hoffnung, dass ich mich höchstens auf neun runterhandeln lassen musste.

Harris warf mir einen bösen Blick zu. »Dein Boot war gestern noch kaputt. Ich glaube kaum, dass du es wirklich so schnell repariert hast.«

»Willst du vielleicht mitkommen und es dir selbst anschauen? Tu dir keinen Zwang an, aber wenn alles in Ordnung ist – und ich verspreche dir, genau das wird es sein –, dann werde ich vier Traumgeister nehmen.« Ich schenkte ihm einen eiskalten Blick, der ihn hoffentlich in seine Schranken wies.

Als Clerk erneut den Mund öffnete, um etwas zu sagen, hob Agun die Hand. Ich war überrascht, dass er bereits so früh eingriff. Normalerweise ließ er diese Spielchen deutlich länger zu – ein ziemlich klares Zeichen, dass es mit seiner Geduld heute nicht zum Besten stand.

»Mir ist es vollkommen gleichgültig, wie lange ihr braucht, um euch wegen der Traumgeister einig zu werden. Von mir aus könnt ihr bis morgen früh hier stehen und diskutieren. Ich will nur, dass sich jemand um den dunklen Geist kümmert.«

Sofort wurden wir alle still. Niemand wagte es, dem Chef in die Augen zu sehen, was ihm ein genervtes Schnauben entlockte.

»Gut, wenn es keine Freiwilligen gibt«, begann er. »Alexis, du wirst ihn nehmen.«

Ich riss die Augen auf und sah ihn voller Empörung an. »Das kann nicht dein Ernst sein?! Warum gerade ich? Ich war die halbe Nacht wach, um das Boot zu reparieren. Es ist in Ordnung, wirklich. Ich kann mehrere Traumgeister mitnehmen. Wenn du mir nicht glaubst, dann schick jemanden, um es zu bestätigen!«

»Wenn du das Boot nicht ausgebessert hättest, dürftest du hier gar nicht stehen. Von daher spielt es keine Rolle. Dein Alter ist aber durchaus von Bedeutung. Du bist noch jung und arbeitest erst seit ein paar Jahren als Fehris. Da gibt es noch viel zu lernen. Von daher ist es für dich von großem Nutzen, wenn du Erfahrungen sammelst, und das beinhaltet insbesondere das Überführen von Albträumen. Dafür bekommst du zwanzig Mana Scales.«

Ich schnaubte erbost und rang mit meiner Wut. Nicht jeden Tag gab es Traumgeister zu überführen, und auch wenn mein Vater sowie mein Bruder neben den Geistern auch Waren über den Styrak transportierten, blieb am Ende des Monats kaum etwas übrig. Wir waren darauf angewiesen, viele lukrative Fahrten zu absolvieren. Und das war diese ganz gewiss nicht. Allerdings durfte ich es mir auch nicht mit dem Chef der Gilde verscherzen. Am Ende vergab noch immer er die Aufträge, und wenn er wütend auf mich war, konnte er mit Leichtigkeit dafür sorgen, dass ich die nächsten Wochen gar keine Träume mehr erhielt.

»Dann möchte ich aber beim nächsten Mal wieder Traumgeister bekommen, und zwar mindestens vier. Das ist nur fair«, wagte ich einen Vorstoß und wartete gespannt, ob Agun mir diese Forschheit durchgehen lassen würde.

»Also gut.« Er nickte. »Dieses eine Mal lasse ich mich darauf ein, aber noch mal kommst du mir nicht mit so was. Du akzeptierst meine Entscheidungen ohne Wenn und Aber.«

Er sah mich mahnend an, und mein Magen schnürte sich zusammen. Ich nickte sofort und trat zu dem dunklen Geist, der mich weiterhin anstarrte, als würde er mich für all das Leid und Unglück verantwortlich machen, das ihm je widerfahren war.

»Dann komm mit mir«, sagte ich zu dem Albtraum und griff das Ende des bläulich schimmernden Seils, das seine Arme gefesselt hielt und zusätzlich um seinen Bauch gebunden war. Es war ein

Seelenstrick, ein magisches Seil, von dem sich die Geister nicht befreien konnten.

Um mich herum begann das Feilschen um die Geister erneut, aber das hatte mich jetzt nicht mehr zu interessieren. Ich ging in Richtung Tor, durch das ich den Nebel endlich hinter mir lassen und schließlich zum Fluss kommen würde. Auch dieses war ein merkwürdiges Gebilde in dieser Nebelwelt. Immerhin stand es einsam und verlassen mitten im grauen Dunst. Doch es war die einzige Möglichkeit, in unsere Welt zu gelangen. Die Magie, die diesen Ort aufrechterhielt, war so stark, dass nichts und niemand sie durchdringen konnte. Es gab nur wenige Stellen, die dünn genug waren, dass man hindurchtreten konnte, und dort waren die Tore errichtet worden. Bei uns nannte man es das Nebeltor, doch in anderen Städten unserer Welt gab es beispielsweise das Rauchtor, das Silbertor oder auch das Schwarztor.

Ich zog erneut an dem Tuch, das ich mir über den Mund gebunden hatte, denn ich spürte bereits die Nässe der Nebelschwaden. Sie klebte auf meiner Haut, als wollte sie nie wieder weichen und tief in mein Inneres dringen, um dort einen Weg in mein Blut zu suchen. Ich schob den Gedanken beiseite und wandte mich dem dunklen Geist zu, der schweigend hinter mir her stapfte.

Es wunderte mich jedes Mal aufs Neue, dass die Geister ihre menschliche Gestalt wählten. Im Grunde wären sie frei, jede Form und jedes Aussehen anzunehmen. Und dennoch hatte ich es noch nie erlebt, dass einer die Gestalt eines Drachen oder eines Tieres gewählt hätte. Menschen schienen in der Hinsicht recht einfach gestrickt zu sein und lieber beim Gewohnten zu bleiben. Wobei viele immerhin eine jüngere Version von sich annahmen.

»Und wo kommst du her?«, wollte ich wissen und schaute auf den Mann, der schrecklich mager wirkte und ein eingefallenes Gesicht hatte. Er trug einen Anzug, der ebenfalls schwach bläulich schimmerte. Ich fragte mich, warum er ausgerechnet diesen ausgesucht hatte. War es sein Lieblingskleidungsstück gewesen? War er darin bestattet worden oder hatte die Wahl gar keine tiefere Bedeutung?

»Was interessiert dich das?«, erwiderte er grimmig. »Es würde dir ohnehin nichts sagen. Oder warst du schon mal in der Menschenwelt?«

»Nein«, gab ich ohne Umschweife zu und versuchte, möglichst neutral zu klingen.

In Wahrheit war dies durchaus ein wunder Punkt. Kein Bewohner verließ unser Reich, bis auf die Dreamcatcher. Wir lebten hinter dem schützenden Nebel, der uns von der Welt der Menschen trennte. Und das war auch gut so, denn ohne ihn wären wir vor ihnen nicht sicher.

Ich hingegen hatte durchaus ein gewisses Interesse an dieser anderen Welt. Bei den Überführungen der Traumgeister bekam ich so einiges mit. Manch einer war redselig, und nach allem, was sie erzählt hatten, hätte ich wirklich viel dafür gegeben, diese Welt einmal mit eigenen Augen zu sehen. Doch dieser Wunsch würde sich niemals erfüllen.

»Hattest du auch so ein elektronisches Telefon, mit dem man über weite Strecken mit einem anderen sprechen und ihn dabei sogar sehen kann, wenn man will?«, fragte ich.

»Wirklich? Das ist das, was dich an unserer Welt am meisten interessiert? Mein Handy? Vielleicht seid ihr gar nicht so anders als die Leute in meiner Welt«, brummte er.

Ich seufzte schwer. Unterhaltsam würde dieser Auftrag offenbar nicht werden. Genau darum war ich froh, als ich das Nebeltor vor mir erblickte. Ich beschleunigte meine Schritte und konnte es kaum erwarten, den Nebel endlich hinter mir zu lassen.

Ich öffnete das riesige Tor, das sicherlich drei Meter in die Höhe ragte und aus schwerem Metall gefertigt war. Es hatte zwei Flügeltüren, die mit unzähligen Zeichen und Symbolen versehen waren. Ich ging hindurch und zog den dunklen Geist hinter mir her. Kaum trat ich ins Tageslicht, überwältigte mich die Aussicht mal wieder vollkommen. Das Tor, das in den Nebel führte, lag auf dem höchsten Berg. Auch auf dieser Seite stand es frei mitten auf einem Hochplateau. Man erreichte es nur mit einem Aufzug. Ich ließ den Blick schweifen, sah den Anlegeplatz und das Viertel der Fährleute unter mir. Aus der Ferne konnte ich die vielen Bewohner ausmachen, die ihrem Alltag nachgingen. Ein Holzhaus reihte sich an das andere und schmiegte sich am wundervollen Fluss entlang. Erleichtert atmete ich auf und nahm das Tuch von meinem Gesicht. Auch die schützende Kapuze brauchte ich nun nicht mehr und zog sie ab. Mein braunes Haar war noch immer feucht vom Nebel, sodass ich erst einmal den Zopf löste, den ich mir geflochten hatte, damit es besser trocknen konnte.

Im Hintergrund lag das Schloss Solara. Mit den vielen weißen Spitztürmen sah es so aus, als würde es den Himmel berühren wollen. Es thronte am Rande von Lighthaven, der Hauptstadt dieser Welt, und war umringt von den Häusern der wohlhabenden Mittelschicht. Der Fluss Styrak schlängelte sich am Schloss entlang und reichte immer tiefer ins Land hinein, bis er irgendwann Shadowfall erreichte, wo das Volk der Albtraumlande lebte und das Schloss Nocturne Keep lag.

Der größte Teil unserer Stadt war von einer langen Gebirgskette umsäumt, auf deren Spitzen teilweise Schnee zu sehen war.

Ich ging mit dem Geist zum Aufzug und stieg mit ihm in den Käfig aus Stahl und Holz. Zu Beginn war der Anblick dieses Konstrukts etwas gewöhnungsbedürftig gewesen, immerhin fuhr er direkt an der Felskante entlang. Man hatte nichts als den Gitterboden unter den Füßen, der einen von der schier unendlichen Tiefe trennte.

Ich zog die Tür zu, die ein ratterndes Geräusch von sich gab, als sie einrastete. Dann rief ich meine Magie und der Aufzug setzte sich in Bewegung. Quietschend und rüttelnd fuhr er hinab. Es brauchte eine gefühlte Ewigkeit. Noch einmal überlegte ich, ob ich den Geist in ein Gespräch verwickeln konnte, doch ein Blick in sein finsteres Gesicht genügte, dass ich mir vorerst weitere Versuche sparte.

Als wir endlich den Boden erreichten, öffnete ich die Tür und stieg aus. Etwa hundert Meter von mir entfernt lag das Viertel der Fährleute. Ich liebte meine Heimat. Die vielen kleinen Häuser waren aus Holz gebaut und lagen direkt am Styrak. Die Gebäude standen dicht beieinander, als würden sie so Schutz und Halt vor dem Wasser finden, das vor unseren Türen und Fenstern plätscherte. Der Fluss konnte durchaus bedrohlich werden. Stieg er an, waren unsere Häuser die ersten, die dem Untergang geweiht waren. Doch unser Volk wusste sich vor den Wassermassen zu schützen, und im schlimmsten Fall sah ein jeder von uns ein, dass die Natur stärker war als wir alle, und dann zogen wir uns zurück. Es war nicht immer einfach, mit der Gewissheit zu leben, dass ein hoher Wasserpegel dafür sorgen konnte, dass wir alles verloren. Darum horteten wir keine unnötigen Dinge oder legten übermäßigen Wert auf Zierden. Wir waren glücklich mit unserem Leben und trugen eine tiefe Sehnsucht zum Wasser in uns. Keiner von uns wäre auf die Idee gekommen, weiter hinauf in die Stadt zu ziehen. Nicht, dass wir das gekonnt hätten. Aufgrund unseres Standes gab es dort keinen Platz für uns.

Als wir die Anlegestelle erreichten, wandte ich mich meinem Boot zu. Ich war stolz auf den kleinen Kahn, den mein Vater günstig von einem Fehris erstanden hatte, als dieser für den Beruf zu krank und alt geworden war. Viele Stunden harte Arbeit steckten darin. Mein Vater und auch Tristan hatten mir immer wieder geholfen, das Boot flottzumachen, doch das meiste hatte ich allein geschafft – und darauf war ich verdammt stolz.

»Steig ein, wir wollen los«, forderte ich den Albtraum auf und zog an dem Seelenstrick, um meinen Worten Nachdruck zu verleihen.

Es kam immer wieder vor, dass Traumgeister nicht zum Tor wollten – und das, obwohl sie nicht mal wussten, was dort mit ihnen geschah. Dabei passierte nichts Schlimmes. Sie wurden zu reiner Magie und erhielten in diesem Moment so etwas wie Frieden. Da war kein Leid, keine Erinnerungen, einfach nur Wärme und Geborgenheit. Er musste sich also nicht fürchten, auch wenn ihm erst mal noch der Reinigungsprozess bevorstand. Aber einige verstanden nicht, dass sie überhaupt nie wirklich am Leben, sondern Teil eines Menschen gewesen waren. Sie klammerten sich an das, was sie für Lebendigkeit hielten.

Mein Herz zog sich zusammen, als ich auf das Ende des Bootes stieg und den Seelenstrick an der dafür vorgesehenen Vorrichtung festband. Es war immer besser sicherzugehen, denn es kam durchaus vor, dass ein Geist zu fliehen versuchte.

Ich griff nach der langen Holzstange, die auch Riemen genannt wurde, und setzte das Boot in Bewegung. Der Styrak war ein sehr breiter Fluss mit dunklem Wasser, das fast schwarz wirkte. Es schimmerte herrlich, wenn Sonnenlicht darauf fiel, und ich liebte es, wie die kleinen Wellen sich kräuselten, wenn ich den Riemen eintauchte.

Der dunkle Geist saß auf einer Holzplanke und schwieg beharrlich, während ich uns durch das schwarze Gewässer manövrierte. Es dauerte nicht lange, bis wir das Viertel der Fehris hinter uns gelassen hatten und immer weiter den Fluss hinauffuhren. Die Strömung wurde stärker und ich musste deutlich mehr Kraft aufbringen, um die Richtung zu halten. In einiger Entfernung konnte ich bereits das Lichttor ausmachen, das mitten im Fluss auf einem steinernen Podest stand. Sehnsüchtig schaute ich zu dem runden, steinernen Gebilde, das hell schimmerte, und lenkte unser Boot nach links. Es gab hier einige Stromschnellen, vor denen man sich in Acht nehmen musste, doch ich wusste, wo diese lagen. Dennoch durfte man die Fahrt nie unterschätzen. Erst recht nicht, wenn sie einen zum Nachttor führte.

»Was ist dir in deinem Leben widerfahren, dass du zu einem Albtraum geworden bist?«, sagte ich und wusste selbst nicht genau, warum ich diese Frage stellte. Im Grunde erwartete ich keine Antwort. Vermutlich wollte ich einfach nur die Stille unterbrechen, um mich von dem Gedanken abzulenken, wohin ich gerade fuhr.

Der Kerl hob den Kopf und öffnete seine spröden, fahlen Lippen. »Ich hatte viele Sorgen und gierige Verwandte, die immer nur mein Geld wollten. Ständig musste ich mich vor ihnen in Acht nehmen und wir standen uns nicht selten vor Gericht gegenüber. Vermutlich haben sie geglaubt, dass mit meinem Tod endlich all ihre Wünsche in Erfüllung gehen würden.« Er lachte verächtlich. »Schade, dass ich ihre Gesichter bei der Testamentseröffnung nicht sehen kann.«

Ich runzelte irritiert die Stirn und fragte mich, wie er so sehr an Geld hängen konnte, obwohl es ihm letztendlich ein Leben voller Sorgen bereitet hatte. Aber die Geschichten der Geister waren für mich oft nicht nachvollziehbar.

Ich tauchte den Riemen erneut ins Wasser, während ich die sich kräuselnde Wasseroberfläche nicht aus den Augen ließ und nach Stromschnellen Ausschau hielt. Der Fluss wurde breiter und führte mich immer weiter vom Ufer fort, wo weite Wiesen und alte Bäume standen. Ich mochte die Landschaft, die urtümlich und unangetastet war. Überall wuchsen wuchtige Sträucher mit herrlichen Blüten, Schilf und andere Pflanzen, die ihre Wurzeln gen Wasser streckten.

Ich lenkte leicht nach links und sah in der Ferne bereits die dunklen Umrisse der Höhle. Bei dem Anblick zog sich mein Magen zusammen. Meine Hände wurden feucht, und ich verstärkte den Griff um den Riemen, damit er mir nicht aus der Hand rutschte.

»Es dauert nicht mehr lange, dann sind wir da, habe ich recht?« Die Stimme des Albtraums klang dunkel und kehlig.

Als ich zu ihm schaute, konnte ich seine Augen nicht erkennen, denn er hielt den Kopf nach unten gesenkt, als würde er auf seine bläulich durscheinenden Füße schauen. Mir war solch ein Verhalten nicht unbekannt. Vermutlich fürchtete er sich vor dem, was auf ihn wartete, wenn wir unser Ziel erreichten.

»Keine Sorge, es wird alles gut«, begann ich. »Dir wird nichts Schlimmes geschehen. Ganz im Gegenteil, du wirst …«

Ich musste den Riemen tiefer ins Wasser tauchen und meine Kraft verstärken, um dem Druck der Strömung standzuhalten. Während ich die Stelle genau im Auge behielt, nahm ich eine schnelle Bewegung rechts von mir wahr. Instinktiv wusste ich, was das bedeutete.

»Verdammt«, stieß ich noch hervor, da stürzte sich der Albtraum auch schon auf mich.

2

Ich hasste es, wenn so etwas passierte. Es kam zum Glück nicht allzu oft vor, aber es geschah hin und wieder, auch wenn man sagen musste, dass dieser Kerl besonders energisch vorging. Meist versuchten die Traumgeister einfach nur, aus dem Boot zu entkommen, doch dieser Albtraum hatte es auf mich abgesehen. Er wollte mich umbringen.

Er hielt meinen Körper auf den Boden des Boots gedrückt, während mein Kopf über der Reling baumelte und mein Haar im Wasser hing. Der Albtraum lag auf mir und drückte mich mit aller Kraft hinunter. Den Seelenstrick hatte er mir um den Hals geschlungen. Verzweifelt versuchte ich, meine Finger unter das Seil zu bringen, um Luft zu bekommen. Währenddessen blickte ich in die pechschwarzen Augen, in denen nichts als Wahnsinn lag und der absolute Wille, mich umzubringen.

»Du denkst doch nicht ernsthaft, dass ich mich von dir verschleppen lasse, damit du mich weiß Gott wo hinbringen kannst?! Ich habe mein ganzes Leben lang über mich selbst bestimmt. Niemand hatte mir etwas zu sagen, das wird sich jetzt nicht ändern.«

Ich hätte dem Kerl gerne ein paar entsprechende Antworten gegeben, angefangen damit, dass er lediglich die Essenz der Träume eines Verstorbenen war. Er hatte zwar gewisse Erinnerungen an ein Leben, doch er hatte es niemals selbst geführt.

Der kalte Ausdruck in seinen Augen verstärkte sich, und seine Pupillen kamen mir unheimlich riesig vor. Eine verschlingende Schwärze lag darin, die keinen Zweifel an seiner Entschlossenheit ließ.

Meine Haare tauchten tiefer in das Wasser des Styrak ein, und wenn meine Kraft ein klein wenig nachließ, würde er meinen Kopf vermutlich ohne Probleme untertauchen können. Das musste ich dringend verhindern.

In diesem Moment geschah das, worauf ich gehofft hatte. Das Boot wurde von einer Stromschnelle erfasst, beschleunigte ordentlich und geriet ins Taumeln. Der Albtraum sah auf, und sofort holte ich mit dem Bein aus und trat so heftig zu, dass er nach hinten kippte. Zu meinem großen Glück waren Traumgeister zwar durchscheinend, wiesen aber dennoch eine gewisse Festigkeit auf.

In Windeseile zerrte ich mir den Seelenstrick vom Hals und trat, so schnell ich konnte, zu, als der Albtraum erneut Anstalten machte, sich auf mich zu werfen. Ich hielt ihn nach unten gedrückt und begann, das Seil komplett um seinen Körper zu wickeln.

»Die Fahrt hätte deutlich angenehmer verlaufen können. Jetzt wirst du die restliche Zeit leider wie ein Braten verschnürt hier sitzen müssen.«

Ich wickelte den Strick um ihn, so fest ich nur konnte, und achtete darauf, dass er nicht mal einen Finger rühren konnte. Als das geschafft war, ging ich auf meinen Posten zurück, griff den Riemen und versuchte, das Boot aus der Stromschnelle zu manövrieren. Noch immer rann mir das Wasser aus den Haaren, floss mir den Rücken hinab und ließ mich frösteln.

»Also wirklich«, beschwerte ich mich. »Musste das sein? Mit solchen Aktionen machst du mir die Arbeit nur unnötig schwer und sorgst dafür, dass ich eine Gehaltserhöhung verlange. Das wiederum macht meinen Chef sauer, und wenn der wütend ist, solltet auch ihr Traumgeister besser den Kopf einziehen. Du siehst also, du tust damit niemandem einen Gefallen.«

Mit einer letzten Kraftanstrengung lenke ich das Boot aus der Stromschnelle, sodass wir nun erst mal außer Gefahr waren. Mit der rechten Hand versuchte ich, mir das Wasser aus den Haaren zu wringen, damit es endlich aufhörte, mir den Rücken hinunterzulaufen.

»Wirklich bedauerlich, dass es mir nicht gelungen ist, dir den Hals umzudrehen. Ich hätte ihn zu gerne knacken hören und wäre unendlich froh gewesen, mir dein Gequatsche nicht mehr länger anhören zu müssen«, kam es von dem Mann, der in der Ecke lag und mich hasserfüllt anstarrte. Vielleicht hätte ich ihm auch noch den Mund stopfen sollen.

»Keine Sorge, du wirst mich nicht mehr lange ertragen müssen. Wir sind gleich da«, erwiderte ich und versuchte, möglichst erfreut zu klingen.

Dabei hatte ich gar kein gutes Gefühl das Boot in Richtung der Höhle zu lenken, die mit ihrem schwarzen Schlund bereits vor uns aufragte. Es war, als würde sie uns verschlucken wollen, und jedes Mal fragte ich mich, ob sie mich auch wieder gehen lassen würde. Dabei stand das im Grunde außer Frage. Die Shadowborn hatten es nur auf die Albträume abgesehen. Dennoch war eine Begegnung mit den Kerlen kein sonderlich großes Vergnügen.

Als ich das Boot durch den riesigen Eingang der Höhle lenkte, legte sich eine drückende Kälte um mich. Grüne Schlingpflanzen hingen von der Decke des Durchgangs herab und wirkten wie ein Vorhang, durch den man eine andere Welt betrat.

Ich lenkte das Boot weiter, während wir das Licht hinter uns ließen. Irgendwann erreichten wir den Teil, der mit Fackeln ausgeleuchtet war, sodass ich immerhin erkennen konnte, wohin ich fuhr. Überall streckten sich Stalagmiten in die Höhe. Sie waren aus schwarzem Stein und schimmerten feucht im feurigen Licht. Das Wasser um sie herum war so klar, dass man hindurchschauen und die Algen sowie die kleinen Muscheln sehen konnte, die an den Steinen wuchsen. Die Decke konnte ich nicht mal ausmachen, aber ich wusste aus Erfahrung, dass dort oben vermutlich Tausende Fledermäuse hingen, die hier ihr Zuhause gefunden hatten. Hin und wieder stürzten sie in einem riesigen Schwarm auf einen nieder und sausten durch die Höhle. Allein beim Gedanken an die blitzschnellen, kleinen Wesen, die dicht an mir vorbeizischten, breitete sich eine Gänsehaut auf meinem Körper aus.

Immerhin schien sich auch der Albtraum hier nicht sonderlich wohlzufühlen, was dafür sorgte, dass er schwieg und sich nicht mehr zur Wehr setzte – nicht, dass er mit den Fesseln überhaupt eine Chance gehabt hätte.

Es war so still. Das war der Umstand, der mir jedes Mal am meisten zu schaffen machte. Es war nichts zu hören als das Geräusch meines Riemens, den ich ins Wasser tauchte, und das sanfte Dahingleiten des Boots. Es war, als wäre die ganze Welt um uns herum verstummt. Ein eigenartiges Gefühl.

Angestrengt hielt ich die Augen offen und achtete genau darauf, nicht zu nah an die Stalagmiten oder einen der vielen dunklen Felsen im Wasser zu geraten. Der Fluss machte eine leichte Biegung nach links, und ich wusste, dass wir unser Ziel gleich erreichen würden.

Nur wenige Minuten später tauchte das Nachttor vor uns auf. Es stand mitten im Wasser, ein riesiges kreisförmiges Gebilde aus pechschwarzem Stein, über den das Licht der Fackeln tanzte. Unzählige Symbole waren in konzentrischen Kreisen hineingemeißelt worden, doch ich hatte keine Ahnung, was sie bedeuteten oder bewirkten. Fest stand nur, dass sehr viel Magie im Spiel war, und das Tor strahlte eine unheilvolle Energie aus. In der Mitte befand sich ein runder Durchgang, doch der war im Moment noch von etlichen halbkreisförmigen Steinformationen versperrt, die sich ineinanderschlangen, wenn es auf- oder zuging.

Ich sah nur für einen kurzen Moment auf das Nachttor, denn mein Blick wurde von der Gestalt angezogen, die davor auf einem Felsen stand. Wie eine Statue mit breiten Schultern und durchgestrecktem Rücken wartete der Shadowborn dort. Er trug einen langen, dunklen Umhang aus schwarzem Leder, der an seinem Körper hinabfloss. Ein Brustpanzer aus blankem Silber schützte seinen Oberkörper, und unter der dunklen Kapuze blitzte eine schneeweiße Maske hervor, die nichts von Augen oder Gesicht erkennen ließ. Sie war furchteinflößend mit langem Schnabel und verformten Gesichtszügen. Jedes Mal aufs Neue dachte ich, dass sie aussah, als wäre sie das Abbild einer finsteren Kreatur, die aus einer dunklen, schrecklichen Welt gekommen war. In seiner Hand hielt er einen langen Speer, dessen scharfe Spitze silbern schimmerte.

Langsam drehte er den Kopf in unsere Richtung, und ich versteifte mich. Auch der Albtraum im Boot schien es mit der Angst zu tun zu bekommen und begann zu zittern. Die Panik war offenbar so groß, dass er nicht mal daran dachte, auch nur einen Laut von sich zu geben. Das war schon mal gut. Ich hatte bereits erlebt, dass ein Albtraum beim Anblick des Shadowborn wie verrückt zu schreien begann. An den schrillen Klang erinnerte ich mich heute noch. Natürlich sollte diese Gestalt beängstigend und einschüchternd wirken. Den Albträumen sollte klar sein, dass sie sich jeden Fluchtversuch sparen konnten.

Vor dem Felsen, auf dem der Shadowborn stand, brachte ich das Boot zum Stehen und wandte mich an den Mann. Er wirkte riesig, und die Rüstung unterstrich seinen muskulösen Körperbau. Doch allein die Gewissheit, dass er aus den Albtraumlanden stammte, hätte bereits genügt, um ihm gegenüber eine gewisse Ehrfurcht zu empfinden. Dabei musste ich zugeben, dass ich nicht viel über das Land wusste. Keiner von uns aus den Traumlanden begab sich freiwillig in dieses unwirtliche Stück Land, das düster und voller dunkler Wälder sein sollte.

Gleich würde der Shadowborn den Albtraum durch das Tor schicken und seine Magie nutzen, um den dunklen Geist zu reinigen. Das Böse, das in ihm ruhte, die finstere Essenz würde er mit in die Albtraumlande nehmen und in die Minen bringen, wo sie sicher verwahrt wurde, sodass sie kein Unheil anrichten konnte. Allein darum waren die Albtraumlande ein gefährlicher Ort. Niemand wollte freiwillig in die Nähe der Minen, wo die dunkle Energie gelagert wurde. Es war die Aufgabe von König Lionell Nightshade, sich darum zu kümmern, dass die böse Essenz niemals ausbrach und unser Land befiel. Das wäre ein zusätzliches Problem gewesen, das wir uns im Moment nicht leisten konnten. Ohnehin lebten wir in gefährlichen Zeiten, und Angst war zu einem unserer steten Begleiter geworden.

»Ich habe hier einen Albtraum, den ich bei dir abliefern soll«, erklärte ich mit fester Stimme.

»Sieht so aus, als hättest du Probleme gehabt«, stellte der Shadowborn mit tiefer Stimme fest, die dumpf unter seiner Maske zu mir herüberschwebte.

Ich unterdrückte ein zorniges Raunen und zuckte stattdessen mit den Schultern. »Er war etwas aufmüpfig, aber ich hatte alles unter Kontrolle.«

»Dein Haar ist nass. Hast du so dringend eine Abkühlung gebraucht oder ist ein so junges Ding wie du mit diesem Albtraum doch nicht richtig klargekommen?«

Der dunkle Traumgeist in meinem Boot gab ein hämisches Kichern von sich und sagte: »Fast hätte ich ihr den dünnen Hals umgedreht. Das wäre eine Freude gewesen. Ich hätte die Kleine zu gerne röcheln hören und ihr Genick wie einen dünnen Ast entzweigebrochen.«

»Ich hatte alles unter Kontrolle«, erwiderte ich erneut und schenkte dem Kerl einen drohenden Blick. »Sieht man auch daran, wie gut verschnürt du bist. Beim nächsten Mal denke ich daran und stopfe einem wie dir auch gleich das Maul, damit er keinen Unsinn reden kann.«

»Das hat nun ohnehin ein Ende«, verkündete der Shadowborn und streckte die Hand nach dem Albtraum aus. »Los, komm her!«, forderte er ihn auf, woraufhin ich das Seil lockerte.

Natürlich kam der dunkle Geist den Worten nicht nach – das war nichts Ungewöhnliches und fast schon eine normale Reaktion. Der Shadowborn machte eine kurze Bewegung mit den Fingern, nutzte seine Magie, und schon wurde der Geist von einer unsichtbaren Kraft in die Höhe gehoben und zu ihm getragen.

»Nein, bitte nicht«, wimmerte der Kerl ängstlich und versuchte, sich gegen die Magie zu wehren.

»Es wird alles gut«, versprach der Shadowborn. »Du wirst zu reiner Magie. Kein Leid mehr, keine erdrückenden Erinnerungen. Nur Freiheit und Endlosigkeit.«

Diese Aussicht schien den Albtraum nicht zu beruhigen, doch da erreichte er den riesigen Mann in seiner silbernen Rüstung. In einer fließenden Bewegung packte der Shadowborn den Albtraum und schob ihn in Richtung Tor. Die steinernen Halbkreise wanden sich auseinander und gaben den Durchgang frei, sodass der Geist passieren konnte. Kaum hatte er das Tor erreicht, schien der schwarze Rauch, der von seinem Körper ausging, aus ihm herausgesogen zu werden. Er floss aus seinem Inneren und sammelt sich über dem Albtraum, wo er langsam in den steinernen Bogen des Tors überging. Immer blasser wurde der Albtraum, während er wie in Zeitlupe durch das Tor schwebte. Keinen Laut gab er mehr von sich. Mit großen Augen starrte er ins Leere, doch seine Gesichtszüge wirkten weicher, ja fast schon entspannt. Er hatte keine Schmerzen mehr und all das, was in seinem Inneren gewütet und ihn zu dem gemacht hatte, der er gewesen war – es verschwand.

Von Sekunde zu Sekunde verblasste der Geist, wurde durchsichtiger und konturloser. Innerhalb weniger Augenblicke war er von dem Tor aufgenommen worden, während sich der schwarze Rauch in den eingemeißelten Rillen und Symbolen sammelte und sich in eine zähe Flüssigkeit verwandelte, die langsam den geschwungenen Bahnen im Stein folgte und schließlich in ein gläsernes Behältnis floss, das der Shadowborn hingestellt hatte. Das war die dunkle Essenz – das Böse, das aus dem Albtraum extrahiert worden war. Diese Form von Magie konnte in unserer Welt nicht genutzt werden. Sie war zu verdorben, zu unrein und gleichzeitig zu mächtig, als dass sie irgendwer hätte kontrollieren können. Genau darum wurde sie in die Minen gebracht und dort unter Verschluss gehalten.

»Alles erledigt«, erklang die dumpfe, schwere Stimme des Shadowborn. »Du kannst dich wieder auf den Rückweg machen.«

Ich zögerte keine Sekunde, drehte das Boot um und steuerte es auf den Ausgang der Höhle zu. Mit jedem Meter Abstand, den ich zwischen den Shadowborn und mich brachte, fühlte ich mich besser. Die Kälte wich langsam aus meinem Körper, kroch aus meinen Knochen, und ich atmete erleichtert auf, als ich das Tageslicht vor mir sah. Ohne hektisch zu werden, tauchte ich den Riemen ins Wasser und fühlte, wie sich das beklemmende Gefühl, das wie ein eiserner Ring um meinem Brustkorb gelegen hatte, langsam löste. Endlich konnte ich diesen finsteren Ort verlassen.

***

Nachdem ich das Ufer erreicht und mein Boot vertäut hatte, ging ich schnurstracks zur Zahlstube, die mitten im Viertel der Fehris lag. Sie befand sich in einem kleinen Holzhaus, dessen runde Fenster wie Augen aussahen. Umsäumt wurde das Gebäude von einer ganzen Anzahl weiterer Häuser, die sich eng aneinanderschmiegten und wie eine hölzerne Bergkette wirkten.

Ich öffnete die Tür, woraufhin mir stickige Luft entgegenschlug. Etwa zwanzig Männer saßen an Tischen im Vorraum, würfelten, tranken oder unterhielten sich angeregt. In der Zahlstube war meistens viel los. Hier tauschten die Fehris sich aus, machten Pause, bis sie für einen neuen Auftrag losmussten, denn der eine oder andere transportierte auch Waren für die Mittel- und Oberschicht. Einen Teil ihrer gerade erhaltenen Mana Scales investierten viele in Alkohol oder Wetteinsätze beim Würfeln. Auf mich übte weder das eine noch das andere großen Reiz aus, weshalb ich meistens nur herkam, um mein Geld abzuholen oder den neuesten Tratsch zu erfahren.

»Du wirst noch sehen, mit dieser Welt geht es steil bergab. Immer öfter wagen sich Mare hierher. Erst vor wenigen Tagen hat es wieder einer zu uns geschafft. Er soll etwas weiter östlich eingedrungen sein und hat mit seinen Kräften am Ufer für ziemliche Verwüstung gesorgt«, verkündet ein Mann mit rotem Vollbart und einer wuchtigen Stimme, der den Namen Atris trug. Er griff einen Becher und nahm einen tiefen Schluck. »Ich habe nicht das Gefühl, dass die Dreamcatcher die Sache noch im Griff haben. Es wird immer schlimmer, da kannst du mir erzählen, was du willst.«

Ich runzelte die Stirn. Es war nichts Neues, dass Mare in unsere Welt kamen und ihre Macht einsetzten, um alles in Schutt und Asche zu legen. Ich hatte bereits selbst mit eigenen Augen die verbrannte Erde, die riesigen Krater und Felsspalten gesehen, die sie verursacht hatten. Doch dass der Kerl sich offen so abfällig über die Dreamcatcher äußerte, überraschte mich.

»Sie tun alles, was sie können. Was denkst du, wie es hier aussehen würde, wenn wir sie nicht hätten?«, mischte sich Udit, ein Mann mit ernstem Gesicht und vielen Sorgenfalten ein. »Nein, auf die lasse ich nichts kommen. Ich bin froh, dass sie da sind. Und man muss bedenken, gegen was sie da ankämpfen. Die Mare schaffen es durch den Nebel, ohne dabei Schaden zu nehmen. Hinzu kommt, dass sie sich weder durch Holz noch Stein aufhalten lassen. Was sollen die Dreamcatcher also tun, wenn ihre Gegner ungesehen durch das Nebeltor gelangen können?«

»Ich habe gehört, dass sie den Mare bereits gefasst haben, der für diese Verwüstung verantwortlich war«, erklärte Lydia, eine der

Angestellten in der Zahlstube, die vor allem für den Ausschank zuständig war. Sie trug ein enges Kleid mit tiefem Ausschnitt und das dunkle Braun ihrer Augen wurde von dem tiefen Rot ihrer Lippen unterstrichen. Ihr blondes Haar hatte sie hochgesteckt, doch nach der stundenlangen Arbeit hatten sich mehrere Strähnen gelöst, die ihr nun keck in den Nacken fielen. »Er ist bereits in die Sakristei gebracht worden und soll auch schon geläutert und gereinigt worden sein.« Sie stellte mehrere Becher und einen großen Krug mit Wein auf den Tisch. »Wollt ihr auch was essen?«, wollte sie wissen und schaute fragend in die Runde.

Ich ging weiter, während die Gedanken in mir arbeiteten. Es war nicht gut, dass es schon wieder ein Mare in unsere Welt geschafft hatte. Sofort dachte ich an Nate, und Sorge beschlich mich. Ob es ihm gut ging? Doch wenn dem nicht so gewesen wäre, dann hätte das mit Sicherheit bereits die Runde gemacht. Außer natürlich, der Palast zog es vor, die Sache geheim zu halten, was durchaus vorstellbar war.

Krampfhaft überlegte ich, ob es mal wieder Zeit war, zum Schloss zu gehen. Ich hätte noch mal versuchen können, den Weg über die Küche zu nehmen, wobei das beim letzten Mal nicht allzu gut funktioniert hatte – ich erinnerte mich genau an den fluchenden Koch, der mir nachgejagt war. Dann doch besser über den unterirdischen Gang? Aber da floss das Abwasser entlang, und ich stank danach immer wie eine Kanalratte. Nate meinte zwar, er würde es gar nicht riechen, aber ich wusste, dass er log. So taub konnte eine Nase nicht sein.

Ich ging an den Tresen, wo Brigitta stand und Mana Scales zählte. Mein Blick legte sich auf die schwarzen Kugeln, an denen eine dunkle Flüssigkeit entlangperlte. Sie wirkten wie aus zähem Wasser geschaffen und hatten einen herrlichen Glanz. Die Scales fühlten sich kühl in der Hand an und waren von fester Beschaffenheit, was man bei ihrem Anblick gar nicht vermutet hätte. Sie waren die Währung in unserer Welt und bestanden aus reiner Magie. Hergestellt wurden sie im Manaturm, einem der am besten gesicherten Orte im Schloss. Der Alchimist musste genau abwägen, wie viel Magie er unserer Welt entnahm, um die Scales zu erschaffen. Er musste auf ein gutes Gleichgewicht achten – auch damit die Mana Scales nicht an Wert verloren.

Gerade für uns aus der Unterschicht waren sie von großer Bedeutung. Immerhin konnten wir sie nutzen, wenn unser Magiereservoir aufgebraucht war, und das geschah meist recht schnell. Jeder von uns, ganz gleich, ob er der Unter-, Mittel- oder Oberschicht angehörte, verfügte von Geburt an über ein gewisses Magiereservoir, das er in sich trug. Wenn wir beispielsweise eine Flamme erschufen, etwas schweben ließen oder für Arbeiten Magie verwendeten, entzogen wir diese Kraft unserem Körper. Jedem stand ein gewisses Kontingent zur Verfügung. War es erschöpft, musste man fünf Tage warten, dann füllte es sich wieder komplett auf. Wir, die wir der Unterschicht angehörten, hatten von Natur aus leider ein geringes Budget. Das lag an unseren Körpern. Wir konnten so viel Magie nicht in uns halten, ohne Schaden zu nehmen. Bei der Mittelschicht sah es schon besser aus, und die Oberschicht, zu der der Adel gehörte, war absolut beeindruckend bei alldem, was sie mit ihren magischen Kräften bewirken konnten. Sie beherrschten die Magie auf unglaubliche Weise und konnten Erstaunliches schaffen. Es lag auf der Hand, dass mich hin und wieder Neid überkam – das ging wohl vielen von uns so. Dennoch sorgten der Adel und insbesondere die Königsfamilie dafür, dass diese Welt im Einklang blieb und überhaupt existieren konnte. Im Grunde wäre alles gut gewesen, hätte es nicht die Mare gegeben, die zu einer immer größeren Bedrohung wurden.

»Alexis, das ging ja schnell«, sagte Brigitta, als sie den Kopf hob. Ihre wilden, roten Locken fielen ihr ins Gesicht und sie wischte sie hastig beiseite. Sie war mittleren Alters, hatte aber noch immer eine sehr weibliche Figur, wie das enge Korsett ihres Oberteils deutlich zeigte. Wenn man in der Zahlstube arbeitete, war es von Vorteil, mit seinen Reizen nicht zu geizen. »Ich habe vorhin erst gehört, dass Agun dir einen Albtraum übergeben hat. Alles gut gegangen?«, fragte sie wenig interessiert nach und wandte sich den Mana Scales vor sich zu.

Ich stützte mich auf dem abgenutzten Holztresen ab und zuckte vage mit den Schultern. »Hat alles geklappt, auch wenn der Kerl sich zwischendurch als etwas widerspenstig erwiesen hat. Dafür sollte es doch eigentlich etwas mehr geben – höherer Arbeitsaufwand, Gefahrenzulage, du weißt schon«, versuchte ich es und setzte mein breitestes Grinsen auf.

Brigitta schaute mich mit steinerner Miene an und erwiderte: »Spar dir das. Damit kommst du bei mir nicht weiter und bei Agun garantiert auch nicht. Was glaubst du, was der mir erzählt, wenn ich dir mehr Geld gebe? Gefahrenzulage!« Sie lachte laut und schüttelte amüsiert den Kopf. »Auf was für Ideen ihr jungen Dinger kommt.«

Ich pustete mir eine Haarsträhne aus dem Gesicht und lehnte mich wieder zurück. Einen Versuch war es wert gewesen, auch wenn ich nicht viel Hoffnung gehabt hatte.

»Hier, zwanzig Mana Scales für die Überfahrt eines Albtraums«, verkündete sie und reichte mir die schwarzen, schimmernden Perlen.

Ich steckte sie in meinen Lederbeutel.

»Du kannst deinem Vater sagen, dass ich noch bis vier Uhr hier bin. Danach wird erst morgen wieder ausgezahlt. Er müsste doch heute von seiner Tour zurückkommen, oder?«

»Zumindest ist es so geplant«, antwortete ich.

Mein Vater bekam hin und wieder Aufträge direkt vom Palast. Dieses Mal ging es um eine große Getreidelieferung, die er über den Fluss in unsere Stadt bringen sollte. Es gab mehrere Fehrisfamilien, die solche königlichen Transporte durchführen durften. Dass meine dazugehörte, war eine besondere Ehre.

»Ich richte es ihm aus«, erwiderte ich, hob die Hand zum Abschied und verstaute meinen Lederbeutel wieder unter meinem Mantel.

Ich nahm den Weg über die Bootsstege, die direkt am Wasser entlangführten. Hier und da musste ich darauf achtgeben, nicht auf eines der morschen Bretter zu treten, doch ich kannte die riskanten Stellen. Gefährlicher war da eine unserer Nachbarinnen, die gerade das Fenster über mir aufriss und ohne nachzuschauen einen Nachttopf ausleerte. Ich sprang hastig beiseite.

»Kannst du nicht aufpassen?«

»Was lungerst du auch da unter meinem Fenster rum? Schau, dass du nach Hause kommst«, meckerte sie mich an und ging ins Zimmer zurück.

Ich fluchte leise vor mich hin und erreichte kurz darauf das Haus meiner Familie. Es war recht klein, die Wände hatten sich im Lauf der Jahre verzogen und waren teilweise schief. Hinzu kam, dass der Wind durch etliche Löcher pfiff, die meine Mutter regelmäßig abzudichten versuchte. Trotz dieser Mängel liebte ich unser Zuhause. Mit den kleinen Zimmern und dem doch recht geräumigen Wohnbereich war es absolut gemütlich, und meine Mutter gab sich große Mühe, es möglichst heimelig zu gestalten.

Als ich die Tür aufschob, saß meine Mutter am Esstisch und besserte gerade eines der dicken Taue aus. Sie reckte den Kopf und lächelte mich an. Das braune Haar hatte ich von ihr geerbt, ebenso die dunklen Augen. Von meinem Vater hatte ich eher die Ungeduld, den Starrsinn und den etwas schrägen Humor.

»Ich hätte dich heute gar nicht so früh zurückerwartet«, meinte sie und legte das Tau beiseite.

Ich nahm mir einen Krug und schenkte Wasser in einen Becher ein. Dann setzte ich mich zu ihr an den Tisch und trank erst mal einen tiefen Schluck.

»Agun hat mir einen Albtraum überlassen. Allzu viel bringe ich heute also nicht nach Hause«, erklärte ich und leerte meinen Beutel auf dem Tisch aus. Sofort kullerten die pechschwarzen Mana Scales heraus. »Soll ich heizen?«, wollte ich wissen und stand auf. »Es ist echt kalt hier drin.«

»Wenn du meinst, aber übertreib es nicht«, ermahnte sie mich. Meine Mutter war sparsam und hätte vermutlich nicht mal dann Magie zum Heizen benutzt, wenn in unserem Haus Eiszapfen gehangen hätten.

Ich nahm mir einen der Scales und stellte mir vor, wie sich die Wärme im Raum ausbreitete. Kaum hatte ich den Gedanken an unser wohlig warmes Wohnzimmer zu Ende gebracht, löste sich die schwarze Perle in unzählige winzige Tropfen auf. Sie krochen über meine Hand, perlten daran hinab, bis sie unter meine Haut krochen und verschwanden. Da jeder in meiner Familie sein Magiereservoir bereits aufgebraucht hatte, blieb mir nichts anderes übrig, als es mit den Scales aufzufrischen. In zwei Tagen würde sich mein Magiedepot wieder regeneriert haben, sodass ich auch wieder ohne Scales zaubern konnte. Aber bis dahin …

Ich spürte, wie sich die Wärme langsam im Raum ausbreitete, und atmete erleichtert auf. So war es deutlich besser.

In diesem Moment hörte ich schwere Schritte, gleich darauf wurde die Tür geöffnet und ein großer Mann mit breiten Schultern, wildem, dunklem Vollbart und einem schmutzigen Ledermantel betrat den Raum. Seine Stiefel waren nass, dreckig und zeugten von dem langen Weg, der hinter ihnen lag.

»Wag es nicht, mit diesen Schuhen reinzukommen«, ermahnte ihn meine Mutter. »Es sieht so aus, als würde der gesamte Schlick des Styrak daran hängen.«

Mein Vater kratzte sich verlegen an seinem Bart und machte sich gleich daran, auf einem Bein hüpfend aus den Stiefeln zu kommen.

»Ich wollte eigentlich nur kurz einen Schluck trinken und dann noch mal raus und Tristan beim Vertäuen des Boots helfen.«

Meine Mutter winkte ab. »Das schafft er schon allein. Wie war die Reise?«

»So weit ist alles gut verlaufen«, verkündete mein Vater, kam auf mich zu und strubbelte mir durchs Haar. »Du bist ja ganz nass«, stellte er irritiert fest.

Ich winkte ab. »Kleine Meinungsverschiedenheit mit einem Albtraum. Nichts Schlimmes.«

Er nickte wissend. »Die werden auch immer aufmüpfiger. Alles keine guten Zeichen, wenn du mich fragst.«

Er klang so ernst, dass ich ihn erstaunt anschaute. Normalerweise war mein Vater die reinste Frohnatur. Immer gut gelaunt, stets einen Scherz auf den Lippen – wobei die oft von recht unanständiger Natur waren – und er lachte sehr gerne laut und dröhnend. Ihn nun so sorgenvoll zu erleben, war ungewohnt.

»War irgendwas?«, hakte ich darum nach.

Er zögerte einen Moment, schüttelte dann aber den Kopf. »Nein, nicht wirklich.«

»Du bist so ein schlechter Lügner«, sagte meine Mutter, die ihn nicht aus den Augen ließ.

Er wich ihrem Blick aus, was ein eindeutiges Zeichen dafür war, dass sie ihn ertappt hatte. Fahrig strich er sich durch das dunkle Haar. »Wir haben in Ebonreach Halt gemacht und in einer Schenke übernachtet. Es war ein feuchtfröhlicher Abend und wir alle waren bester Stimmung. Aber dann … dann tauchten diese Kaufleute auf. Sie kamen aus der Gegend von Tellron Marsh und berichteten von eigenartigen Dingen.« Er hielt kurz inne und schien nach den richtigen Worten zu suchen. »Ein ganzes Dorf sei von einem Tag auf den anderen regelrecht verschwunden. Nichts ist mehr übrig, nur verbrannte Erde, karge Felsen und tiefe Löcher, die ins Nichts führen.«

Meine Augen weiteten sich. Im Grunde konnte es nur eines bedeuten. »Das heißt, dass es ein Mare bis dorthin geschafft hat?«, hakte ich erstaunt nach. Es war ungewöhnlich, dass sich diese Wesen so weit in unsere Welt wagten. Meist zogen sie Angriffe auf Städte und Gegenden rund um die Tore zum Nebel vor.

»Es hätte irgendwer überleben müssen«, fuhr mein Vater fort, ohne auf meine Frage einzugehen. »In einem Dorf leben Leute. Es kann doch nicht sein, dass keiner von ihnen die Schreie der anderen gehört hat und entkommen konnte. Wo sind sie hin? Die Kaufleute sagten, dass es keine Leichen gab. Nichts. Hätte ein Mare das geschafft?« Er schüttelte hilflos den Kopf. »Die Kaufleute wirkten mitgenommen. Sie wollten zum Palast und dem König davon berichten, falls er nicht schon längst darüber informiert worden ist. Ich frage mich, was da passiert ist. Wenn wirklich die Mare dahinterstecken«, er hob den Kopf und sah uns an, »dann stehen uns schwere Zeiten bevor.«

Einen Moment lang legte sich tiefes Schweigen über uns, dann wurde es von meiner Mutter jäh unterbrochen.

»Schauergeschichten gibt es immer. Besonders in Schenken, wenn der Alkohol fließt. Da werden Kleinigkeiten aufgebauscht und die Menge hängt den Rednern an den Lippen, gibt ihnen vielleicht den einen oder anderen Krug Wein aus. Auf solches Geschwätz kann man nicht viel geben, das weißt du doch.«

Mein Vater öffnete den Mund, um etwas zu erwidern, aber dann nickte er und stand auf. »Vermutlich hast du recht und die Kerle wollten sich nur wichtigmachen. Getrunken wurde an dem Abend jedenfalls eine Menge, und die Männer haben es sich ziemlich gut gehen lassen.« Er stapfte Richtung Tür und zog sich seine Stiefel wieder an. »Ich schaue mal, wie weit Tristan ist.« Mit diesen Worten ging er hinaus und ließ uns wieder allein.

»Das scheint ihn mitgenommen zu haben«, stellte ich fest und wandte mich an meine Mutter, die wieder zu dem Tau griff.

Sie winkte ab. »Gib nie etwas auf das Geschwätz betrunkener Männer. In der richtigen Stimmung sind sie sogar überzeugt davon, fliegende Pferde gesehen zu haben, die Mana Scales scheißen.«

Ich grinste und wollte etwas erwidern, als ich von draußen Stimmen vernahm. Eine davon gehörte meinem Vater. Die andere ließ mein Herz sofort höherschlagen, denn sie war mir nur allzu vertraut.

»Da komme ich ja genau richtig. Bevor ich mit den anderen auf Patrouille gehe, wollte ich kurz vorbeischauen und euch ein paar Sachen bringen.«

Ich sprang auf, eilte zur Tür und riss sie auf. Kaum hatte ich das Haus verlassen, ermahnte ich mich dazu, nicht wie eine Verrückte loszustürmen und zumindest etwas Ähnliches wie eine stolze, unnahbare Ausstrahlung an den Tag zu legen. Nate stand ein Stück von mir entfernt bei meinem Vater. Ach, wem machte ich was vor: Unnahbarkeit und stolze Haltung waren einfach nicht mein Ding. So rannte ich in meinen Arbeitsklamotten los und hatte nur noch Augen für dieses herrlich schöne Gesicht, das mir die Welt bedeutete.

3

Nate hörte meine nicht geraden eleganten oder zierlichen Schritte natürlich – wer konnte schon lautlos rennen? Ich jedenfalls nicht. Er drehte sich zu mir um und schenkte mir ein Lächeln, das wohl jedes Herz zum Schmelzen gebracht hätte, aber in diesem Moment gehörte es mir. Mir allein.

»Da bist du ja«, sagte er, während er mich in seine Arme zog und ich den Augenblick nutzte, um einen tiefen Atemzug von seinem herrlichen Duft zu nehmen. »Ich hatte schon befürchtet, ich hätte dich verpasst oder müsste warten, bis du wiederkommst.«

Er legte den Arm um mich und hielt mich bei sich. Nates dunkle Augen blickten mich an und schienen zu lächeln – ich hätte früher niemals gedacht, dass Augen so etwas konnten. Aber Nate war einfach alles andere als gewöhnlich. Und das lag nicht nur an seinem gnadenlos guten Aussehen. Ich liebte das Strahlen seiner Augen, diese beiden kleinen Grübchen um die neckischen Mundwinkel, die vollkommene Symmetrie seines Gesichts, das so perfekt war, als wäre es von Meisterhand geschaffen worden. Dazu sein Körper, der muskulös und geschmeidig zugleich war und einem beim bloßen Anblick den Atem raubte. Ich freute mich jedes Mal diebisch, wenn ich in diesen Genuss kam. Nein, Nate war zudem auch mein bester Freund. Und da begannen die Probleme. Wir kannten uns seit

Kindertagen und hatten uns irgendwann angefreundet. Während meine Gefühle sich im Laufe der Zeit geändert hatten, sah er in mir weiterhin nur seine beste Freundin, die – zu meinem großen Bedauern – wohl keinerlei körperliche Reize auf ihn ausübte. Nicht, dass ich in dieser Hinsicht besonders viel versucht hätte. Mein Vater hätte mich umgebracht, wenn ich plötzlich wie eines der Mädchen aus der Zahlstube herumgelaufen wäre. Vermutlich hätte mich Nate auch nur irritiert angeschaut und gefragt, ob ich auf dem Weg zu einem Kostümball sei.

Nein, das Hauptproblem war ein ganz anderes.

»Du kannst deinem Vater sagen, dass ich den Auftrag erfüllt habe und mich darauf freue, wenn er bald wieder Arbeit für mich hat«, sagte mein Vater, woraufhin Nate nickte. Noch immer ruhte sein Arm auf meiner Schulter und er lächelte auf diese herrliche Weise.

Nate war leider kein einfacher Fehris. Er war Nathaniel Merox Dawnspark, der Prinz der Traumlande und nach seinem Vater der Herrscher dieses Reichs. Natürlich war ich so dumm und musste ausgerechnet an ihn mein Herz verlieren. Unerreichbarer ging es gar nicht. Es wäre bereits ein Problem gewesen, hätte ich mich in jemanden aus der Mittelschicht verliebt, aber ein Mann, der aus der Oberschicht stammte und dazu noch dem Königshaus angehörte, das war absolut ausgeschlossen. Das wusste auch Nate – vermutlich sah er darum nichts anderes als eine Spielgefährtin aus Kindertagen in mir.

»Du willst auf Patrouille gehen?«, griff ich die Worte auf, die ich gerade aufgeschnappt hatte.

Nate nickte. »Die anderen warten und vertreiben sich noch ein wenig die Zeit.«

Er drehte den Kopf, sodass ihm ein paar Locken in die Stirn fielen. War es sehr albern, dass ich bei diesem Anblick mal wieder dahinschmolz? Ich musste meine Hormone dringend in den Griff bekommen.

Schnell schaute ich an ihm vorbei und sah in der Ferne zwei Männer auf Drachen über den Styrak fliegen. Sie trieben ihre Tiere wild an und wagten das eine oder andere riskante Flugmanöver, indem sie gen Fluss stürzten und sich im letzten Moment wieder erhoben oder sich an Saltos und halsbrecherischen Schrauben versuchten.

Ich schmunzelte und war mir ziemlich sicher, dass es nicht allzu lange dauern würde, bis es einer der beiden übertrieb. Cass und William waren ebenfalls Adelige und gehörten wie Nate den Dreamcatchern an. König Dawnspark war alles andere als begeistert gewesen, als sein Sohn verkündet hatte, dass er sich den Truppen anschließen wollte. Es hatte Nate ziemliche Überzeugungsarbeit und ein unfassbar hartes Training gekostet, bis er Teil der Dreamcatcher werden durfte. Doch er liebte die Arbeit, und ich konnte ihn gut verstehen. Wer hätte nicht gerne mal einen Blick in die Welt der Menschen geworfen und dort Mare gejagt, um sie nach Lighthaven zurückzubringen? Ich jedenfalls hätte alles dafür gegeben, eine von ihnen sein zu dürfen. Leider war dieses Amt den Adeligen vorbehalten. Nur sie verfügten über die nötige Magie, die es brauchte, um eine Chance gegen die Mare zu haben.

»Bevor ich losgehe, wollte ich noch bei euch vorbeischauen. Ich habe wieder ein paar Sachen dabei«, verkündete Nate und zwinkerte mir verschmitzt zu. »Für dich habe ich auch was. Lass das aber bloß nicht Tristan wissen, sonst futtert er dir wieder alles weg.«

»Oh, zeig her!«, sagte ich aufgeregt und zog ihm den Sack aus der Hand.

Die grimmige Miene meines Vaters ignorierte ich geflissentlich. Er mochte es nicht, dass Nate uns hin und wieder Dinge aus dem Schloss mitbrachte. Er kam sich dann wohl wie ein Bittsteller vor. Dabei meinte es Nate nur gut und er brachte uns lediglich ausrangierte Dinge mit, da mein Vater sonst wohl vollkommen durchgedreht wäre. Gut, er hätte mit einem bestickten Stofftaschentuch auch nicht viel anzufangen gewusst. Ebenso wenig wie mit einem Salzstreuer aus weißen Pferdeknochen. Ich fand, dass mein Vater in der Hinsicht übertrieb. Immerhin war es im Palast üblich, dass ausrangierte Dinge an Angestellte verteilt wurden. Ich war jedenfalls froh drum und kramte emsig in dem Sack herum. Ich fand die Schokolade sofort, die Nate in ein Tuch eingeschlagen hatte, und brach mir ein Stück ab. Ich liebte den süß-herben Geschmack auf der Zunge. Während ich genießerisch die Augen schloss, spürte ich Nates Blick auf mir.

»Ansonsten habe ich ausrangierte Stoffe mitgebracht. Ein paar Stiefel sind auch noch drin. Die könnten Tristan vielleicht passen.«

»Oh, der Prinz höchstpersönlich. Lange nicht mehr gesehen«, erklang eine Stimme hinter uns.

Mein Bruder Tristan kam mit schweren Schritten auf uns zu – seine braunen Stiefel, von denen etliche Lederstreifen hingen, fielen mittlerweile wirklich fast auseinander. Mit einer übertriebenen Geste, die so viel Anmut hatte, als würde Tristan den ganzen Tag nichts anderes tun, als vor Adeligen zu buckeln, setzte er zu einer vollendeten Verbeugung an.

Nate gab ein belustigtes Lachen von sich und zog Tristan kumpelhaft an sich. »Nun fang bloß nicht damit an, sonst kommen Cass und William noch auf dumme Ideen und machen sich einen Spaß daraus, mich mit Ehrfurchtsbekundungen in den Wahnsinn zu treiben.«

»Ich bin mir sicher, dass ihnen dafür auch genügend andere Dinge einfallen«, erwiderte mein Bruder und strich ein paar Strähnen seines dunklen Haars zurück. Meist trug er es offen, sodass es ihm in sanften Wellen auf die Schulter fiel. Doch wenn er auf dem Fluss war, band er es zu einem Zopf zurück – der Fahrtwind konnte echt nervig sein, wie ich aus Erfahrung wusste.

Er hatte ebenso dunkle Augen wie ich, doch sein Haar war fast schwarz und hatte nur im Licht einen bräunlichen Schimmer, während bei mir außer Frage stand, dass ich braunes Haar hatte. Von der harten Arbeit auf dem Fluss war seine Figur durchtrainiert, außerdem war er mindestens drei Köpfe größer als ich und von der vielen Sonne stark gebräunt. Er trug ein ziemlich abgewetztes Hemd, von dem ich wusste, dass es früher mal weiß gewesen war. Inzwischen sah es eindeutig grau aus, und der Stoff war so aufgeraut, dass ich das Kratzen förmlich auf meiner Haut spüren konnte.

»Auch wenn man es auf den ersten Blick nicht vermutet, die beiden haben ihre Qualitäten«, erwiderte Nate auf Tristans Kommentar hin.

In diesem Moment hörte man ein schrilles Heulen, gleich darauf ein Krachen, das in ein lautes Platschen überging. Erschrocken sahen wir zum Fluss und entdeckten Cass' Drachen, der sich mit wilden Flügelschlägen aus dem Fluss zu erheben versuchte. Das riesige Tier mit den imposanten Hörnern auf dem Kopf und den vielen kleinen

Stacheln am Rücken machte einen fast panischen Eindruck. Tja, Drachen hassten Wasser.

Cass tauchte gerade neben dem Tier auf und gab ein euphorisches »Whoohooo!« von sich. »Das war heftig, so krass! Habt ihr das gesehen?«, rief er uns zu.

Es war noch immer merkwürdig für mich, wenn Cass, Nate oder William Ausdrücke benutzten, die in der Menschenwelt offenbar gang und gäbe waren. Aber die drei hielten sich oft dort auf. Vieles imponierte ihnen. Es war also kein Wunder, dass sie die eine oder andere menschliche Verhaltensweise mit hierherbrachten – zum Leidwesen ihrer Familien, wie ich annahm. Ich konnte mir jedenfalls kaum vorstellen, dass Cass' Mutter, die hochwohlgeborene Lady Agatha Clearshine, es besonders amüsant fand, wenn ihr Sohn beim Mittagessen »Wow, krasse Scheiße!« sagte, sobald die Speisglocke von dem in Rotwein gegarten Hirschbraten gehoben wurde.

»Leider ist uns dein grandioser Absturz entgangen«, rief ich ihm zu. »Aber du bist doch sicher so nett und stellst es noch mal nach. Du weißt, wie gerne ich dir dabei zuschaue, wie du auf die Schnauze fällst.«

»Du bist erbarmungslos, Alexis. Ich liebe deine brutale Art«, rief er mir zu, strich sich die blonden Haare aus dem Gesicht und zwinkerte mir keck zu.

Mein Vater hingegen räusperte sich erbost. Er mochte es nicht sonderlich, wenn ich auf diese Weise mit den Jungs herumalberte, immerhin gehörten die drei dem Adel an. Solange es noch in diesen Bahnen verlief, ließ er es durchgehen, aber es gab gewisse Grenzen, wie er mir gerne in Erinnerung rief.

»Ich gehe schon mal rein und nehme die Sachen mit. Melinda wird sich bestimmt über die Stoffe freuen«, fuhr mein Dad fort und griff sich den Sack, den Nate mitgebracht hatte.

»Sind da auch ein paar Leckereien drin?«, wollte Tristan wissen und streckte bereits den Hals nach der verheißungsvollen Beute, als könnte er durch den Stoff hindurchschauen.

»Untersteh dich!«, warnte ich ihn. »Die Schokolade gehört mir, klar? Du futterst mir nicht wieder alles weg. Immerhin bekommst du ein Paar Stiefel«, ermahnte ich meinen Bruder und stieß ihm leicht in die Rippen.

Er verzog übertrieben das Gesicht und raunte: »Cass hat recht. Du kannst brutal und gnadenlos sein – beanspruchst die ganze Schokolade für dich und wirst auch noch handgreiflich.«

»Ich kann auch gerne deine Stiefel nehmen«, foppte ich ihn. »Zu irgendwas Nützlichem bekomme ich sie schon verarbeitet.«

»Schon gut, schon gut. Schokolade für dich, Schuhe für mich. Ich geh gleich mal und schau sie mir an«, sagte er und eilte bereits los. Im Gehen wandte er sich um, hob zum Abschied die Hand und rief: »Danke, Nate, und fürs nächste Mal: Ein Mantel wäre toll. Ich nehme auch gerne einen mit Pelzkragen, und gegen eine elegante Taschenuhr, wie sie die feinen Herren tragen, hätte ich auch nichts.« Er zwinkerte ihm schelmisch zu und verschwand in Richtung Haus.

»Den will ich mal mit Taschenuhr sehen. Vermutlich würde er sie keine drei Stunden tragen, da hätte er sie bereits im Styrak verloren. Was er dort schon alles aus Versehen versenkt hat«, murmelte ich vor mich hin.

In der Tat war mein Bruder in solchen Dingen etwas schlampig und verlor alles Mögliche. Gut, es half vermutlich nicht, wenn man Dinge in die Taschen seines löchrigen Mantels oder einer fadenscheinigen Hose steckte.

»Musst du gleich los, oder willst du noch mit reinkommen?«, fragte ich Nate. »Meine Mutter würde sich bestimmt freuen, dich zu sehen.« Und ich konnte noch etwas mehr Zeit mit ihm verbringen, auch wenn es in der Gesellschaft meiner Eltern gewesen wäre – ich nahm, was ich kriegen konnte, da war ich nicht wählerisch.

»Wir wollten eigentlich gleich los«, erklärte er.

Ich blickte auf seine breite Brust und bewunderte den edlen, schwarzen Mantel, den er trug. Er war mit mehreren goldenen Schließen versehen und figurbetont geschnitten – man sah auf den ersten Blick, dass er extra für ihn angefertigt worden war und aus bestem Material bestand. Darunter trug er wie bei jedem Einsatz Kleidung aus der Menschenwelt. Ein langes Hemd oder ein Shirt. Die Jeans konnte ich jedenfalls bereits unter dem Mantel ausmachen. Beim ersten Mal war es für mich recht befremdlich gewesen, ihn in dieser eigenartigen Kleidung zu sehen. Mittlerweile kannte ich es nicht anders, und da sich die Dreamcatcher in der Menschenwelt bewegen mussten, ohne aufzufallen, war es naheliegend, dass sie sich wie Menschen kleideten.

»Habt ihr denn irgendeinen Hinweis darauf, wo ein Mare sein könnte?«, wollte ich wissen.

Es gab bestimmte Rituale, die die Priester im Schloss durchführten, um herauszufinden, wohin Mare geflüchtet waren. Allerdings waren die Angaben meist unpräzise und trafen nicht immer zu. Viel zu oft glich ein Einsatz der Suche nach der Nadel im Heuhaufen.

»Wir sollen nach London gehen und uns auf die Gegend um den Hyde Park konzentrieren. Aber du weißt ja, wie das ist.« Nate zuckte mit den Schultern. »Wir schauen uns also besser großräumig um.«

Wieder Mal überkamen mich ein unruhiges Gefühl und der drängende Wunsch, etwas zu dieser Jagd beizutragen. Zu gerne wäre ich in die Menschenwelt gegangen, hätte dieses London mit eigenen Augen gesehen und Nate dabei unterstützt, den Mare zu fangen. Stattdessen war mein Platz hier, wo ich bis zum Ende meiner Tage Träume oder Waren über den Styrak transportieren würde.

Ich musste mir ein resigniertes Stöhnen verkneifen, hob den Kopf und blieb für einen kurzen Moment an Nates fesselndem Blick hängen. Seine Augen waren von einem eigentümlichen Grün, das mich jedes Mal an die unendlichen Wälder hinter Lighthaven erinnerte. Je nach Stimmung schienen sie die Intensität verändern zu können. Mal wirkten sie dunkel wie eine finstere Nacht, dann wieder strahlend hell wie eine Lichtung an einem Sommertag. Mir war echt nicht mehr zu helfen – wer stellte schon solche kitschigen Vergleiche an?! Wohl nur jemand, der hoffnungslos verloren war. Und genau das war ich. Immerhin das war mir durchaus bewusst.

»Hast du etwas von einem Angriff auf ein Dorf bei Tellron Marsh gehört?«, sprach ich schnell weiter, ehe mir noch etwas Dummes über sagenhaft schöne Augen rausrutschte.

Er überlegte kurz, nickte dann aber. Nate und ich hatten keine Geheimnisse voreinander und ich wusste das Vertrauen sehr zu schätzen, das er mir entgegenbrachte.

»Soll ziemlich übel ausgesehen haben. Mein Vater hat mehrere Leute hingeschickt, um sich die Sache anzusehen. Eine Truppe von

Dreamcatchern hat erst gestern einen Mare stellen können. Mein Vater geht davon aus, dass er es war.«

Ich runzelte die Stirn. »Aber ist es nicht ungewöhnlich, dass sie ein ganzes Dorf dem Erdboden gleichmachen und man nicht mal eine einzige Leiche findet?«, hakte ich nach.

Er zuckte mit den Schultern und sah wieder hinüber zu seinen Freunden. William zog mit seinem Drachen noch immer Kreise über dem Styrak und Cass schwamm in Richtung Ufer, während sein Drache es mittlerweile aus dem schwarzen Wasser hinausgeschafft hatte. Der Drache wirkte noch immer nicht allzu glücklich und versuchte offenbar, sich mit wilden Flugmanövern schnellstmöglich zu trocknen.

»Mein Vater ist der Auffassung, dass wir alles im Griff haben«, antwortete er.

»Eine ausweichendere Antwort hättest du wohl kaum geben können«, murrte ich und tippte ihm herausfordernd auf die steinharte Brust. »Du verschweigst irgendwas. Was denkst du darüber? Du hast doch eine eigene Theorie, oder?«

Wir kannten uns, seit ich fünf Jahre alt gewesen war. So schnell machte Nate mir nichts vor.

Er gab ein tiefes Seufzen von sich und strich sich durch die dunklen Locken. »Ich nehme an, dass Morpheus etwas damit zu tun hat.«

Ich hob erstaunt die Brauen. Mir war klar, dass diese Gruppe von Menschen es auf unsere Welt abgesehen hatte. Sie fingen Mare ein und sandten sie immer wieder in unsere Welt, um für Zerstörung und Verwüstung zu sorgen. Allerdings schützten die Dreamcatcher uns vor ihnen, und bislang erfüllten sie diese Aufgabe mit Bravour.

»Morpheus will unsere Welt vernichten, genau darum schicken sie die Mare zu uns«, erklärte Nate.

Ich nickte. Jeder kannte die Geschichte. Die Menschen fühlten sich von uns angegriffen, als die ersten Mare bei ihnen auftauchten. Sie hielten es für eine Art Kriegserklärung. Verhandlungen jeglicher Art hatten nirgendwohin geführt.

»Sie wollen keinen Frieden mit uns«, fuhr er fort. »Das lassen sie uns immer deutlicher spüren. Viele von uns Dreamcatchern befürchten, dass Morpheus damit begonnen hat, Mare um sich zu scharen. Ich nehme an, dass sie einen großen Angriff planen. Und diese Verwüstungen wie bei Tellron Marsh, nun, ich glaube, dass das eine Art Testlauf ist. Wie sie es allerdings schaffen, für solch eine Zerstörung zu sorgen, kann ich auch nicht sagen. Aber ich müsste lügen, wenn ich behaupten würde, dass es mir keine Sorgen macht.«

Ich atmete langsam aus und versuchte, die neugewonnenen Informationen zu verarbeiten. »Ich würde zu gerne etwas tun, um euch zu helfen«, erklärte ich und legte den Kopf schräg. »Ihr habt eure Regeln nicht zufällig geändert und lasst nun auch so arme Schlucker wie mich zu den Dreamcatchern? Mit Albträumen kann ich jedenfalls umgehen. Ich bin mir sicher, dass ich auch mit einem Mare fertigwerden würde.«

Nates Gesichtsausdruck wurde eine ganze Spur sanfter, als er zu lächeln begann und mir zärtlich mit den Fingerspitzen über die Wange strich. »Ich weiß, wie unnachgiebig du sein kannst und wie stark du bist. Die Mare könnten sich warm anziehen, wenn du hinter ihnen her wärst.«

Noch immer sahen wir einander an. Ein traumhaft schönes Lächeln lag auf Nates Lippen, die ich gerade nicht aus den Augen lassen konnte. Nicht zum ersten Mal fragte ich mich, wie es sich anfühlen würde, ihn zu küssen. Wir waren uns so verdammt nah. Ich spürte seine Wärme, die sanft zu mir schwebte und mich umfing. Sein berauschender Duft erinnerte mich an die Tiefen der Wälder und den Geruch von Leder. Mir war er vertraut, und es gab nichts Besseres auf der Welt. Mein Blick hing weiterhin an seinem Mund, den er nun einen Spaltbreit öffnete. Wie es wohl wäre, meine Fingerspitzen darübergleiten zu lassen?

»Nate, wollen wir langsam los?«, erklang Cass' Stimme, der es mittlerweile zum Ufer geschafft hatte. Triefend nass stand er da, während sein Drache gerade zur Landung ansetzte.

Nate musterte mich noch einen Moment. Ein Flackern lag in seinen Augen, dann drehte er sich zu seinem Freund um und rief: »Ja, fliegt schon mal los. Ich bin sofort bei euch.«

Cass tat wie befohlen und kletterte auf den Rücken seines Drachen, der allerdings über die Nässe seines Reiters nicht allzu begeistert zu sein schien. Jedenfalls gab er mehrere empörte Schreie von sich und wackelte ungestüm mit dem Kopf.

»Ruhig jetzt. Mir gefällt es auch nicht, klitschnass rumzufliegen. In der Menschenwelt besorg ich mir trockene Sachen.«

Ich sah Cass zu, der ein wenig unsanft an den Zügeln ruckelte, bis er seinen Drachen davon überzeugt hatte, seine nasse Fracht zu ertragen und sich in die Lüfte zu erheben.

»Willst du noch ein Stück mitkommen?«, wollte Nate wissen und ging in Richtung eines Stegs. Wieder spürte ich seinen Blick auf mir. »Du musst dann zwar wieder zurück …«

»Klar komme ich mit«, unterbrach ich ihn hastig. »Du weißt, dass ich jede Gelegenheit nutze, um auf deinem geschuppten Riesenpony mitzufliegen.«

»Lass das Flame besser nicht hören«, lachte Nate und griff unter seinen Mantel, um die Kette mit dem Amulett hervorzuholen.

Mit einer gewissen Ehrfurcht starrte ich auf das goldene Gebilde, das so viel mehr als ein Schmuckstück war. Das Sigil leuchtete unter Nates Berührung, und als ich die Magie spürte, begann mein Blut zu kochen. Es war eindrucksvoll, jedes Mal aufs Neue.

4

Als wir den Steg erreicht hatten, legte Nate seine Hand um das Amulett. Es bestand aus einem großen, goldenen Stern, in den mehrere kleinere hineingestanzt waren. Ein roter Stein glühte im Zentrum, und wenn man genau hinsah, hatte man das Gefühl, als würde darin reine Kraft wabern. Der Stern wurde von mehreren goldenen Ringen umschlossen, die mit kleinen Symbolen verziert waren. Langsam veränderten sich die Zeichen, als wäre das Metall flüssig; sie wurden verschlungener und ein sanftes Licht drang daraus hervor. Gleich darauf floss dunkler Rauch aus dem Amulett, der durch die Luft wanderte und sich etwa zwei Meter vor uns sammelte. Wie eine Wolke wogte er vor uns, tanzte und konzentrierte sich schließlich an einer Stelle.

Ich konnte dabei zusehen, wie sich der Rauch verdichtete und langsam Form annahm. Ein gewaltiger Körper bildete sich; muskulöse Beine, breite Flügel und schließlich ein Kopf, der absolut majestätisch war. Der gigantische Drachen reckte den Hals und stieß einen grauenhaften Schrei aus, während er seinen Körper schüttelte, als müsste er sich erst einmal besinnen, wo er war. Jedes Mal aufs Neue fand ich die Verwandlung beeindruckend, wenn sich die konzentrierte Magie, die sich in dem Sigil befand, zu diesem herrlichen Wesen formte.

Nate legte die Hand auf den silbern geschuppten Drachenhals. Die Kreatur war beeindruckend, ein absolutes Kraftpaket, und allein die messerscharfen Zähne machten deutlich, dass man es sich mit ihm besser nicht verscherzte. Allerdings war Sir Flame-a-Lot alles andere als eine Bestie. Ohne Nates Befehl hätte dieses magische Wesen niemandem auch nur die kleinste Schramme zugefügt.

»Na, Flame«, begrüßte ich den Drachen, der sofort seinen stacheligen Kopf zu mir herabsenkte und mir seinen heißen Atem entgegenblies. Ich streichelte ihn, und er schloss genießerisch die Augen. »Jetzt haben wir uns schon eine ganze Weile nicht mehr gesehen«, stellte ich fest und versuchte, darauf zu achten, dass mir die scharfkantigen Schuppen nicht die Haut aufrissen. Ich schaute in seine stahlgrauen Augen, die mich betrachteten, als könnten sie mir bis auf den Grund der Seele blicken. Ab und an fürchtete ich fast, dass er dazu tatsächlich in der Lage war, doch dann rief ich mir in Erinnerung, dass er kein echtes Wesen, sondern aus der Kraft des Sigil entstanden war.

Als ich Flame das erste Mal gesehen hatte, war ich tief beeindruckt gewesen. Doch als ich seinen Namen gehört hatte, war ich erst mal in schallendes Gelächter ausgebrochen. Der Humor von Nate und seinen Freunden war für manch einen vermutlich gewöhnungsbedürftig. Ich liebte ihn hingegen und war sofort von Sir Flame-a-Lot, der meist einfach nur Flame genannt wurde – auch um Nates Eltern nicht vollkommen in Rage zu versetzen –, begeistert gewesen.

»Na komm! Dann wollen wir mal«, sagte Nate und reichte mir die Hand.

Ich grinste nur, ging an ihm vorbei und stieg allein auf den Drachenrücken. So weit reichten meine sportlichen Fähigkeiten gerade noch.

Als ich Platz genommen hatte, setzte Nate sich hinter mich. Er schlang die Arme um mich, was durchaus eine gute Idee war, denn Flame legte ein ziemliches Tempo an den Tag. Ich lehnte mich ein Stück zurück und genoss das Gefühl von Nates weichem Mantel und seinen harten Muskeln darunter.

Flame streckte die gewaltigen Flügel und erhob sich langsam in die Lüfte. Nate flog auf den Styrak hinaus, wo William und Cass noch immer ihre Bahnen zogen. Als sie uns bemerkten, drehten sie ab und kamen in unsere Richtung.

»Sag bloß, du hast Nate davon überzeugt, dich mitkommen zu lassen?«, wollte Cass wissen, der sich gerade mit der Hand durch die Locken strich. Dem schelmischen Funkeln in seinen Augen konnte nicht mal unser hohes Tempo etwas entgegensetzen.

Er saß vollkommen gelassen auf dem Rücken seines Drachen, dessen Schuppen von tiefgrüner Farbe waren. Auch er hatte seinem Tier einen recht speziellen Namen gegeben: Toasty McRoasty. Meist rief er seinen Drachen aber nur Toasty. Es musste ein ziemliches Theater gewesen sein, als seine Eltern von dem Namen erfahren hatten. Aber in mancher Hinsicht konnte Cass ein echter Sturkopf sein, und seine Eltern wussten auch, wann ein Streit sich lohnte und wann nicht.

»Schön wäre es. Aber leider ist Nate in dieser Hinsicht ziemlich stur. Dabei könnte ich euch wirklich eine echte Hilfe sein. Ihr solltet mal mit den anderen Adeligen reden und diese dämliche Regel abschaffen«, erwiderte ich.

»Oh, glaub mir, ich wüsste so einige Regeln, die ich gleich mit aufheben lassen würde. Ich lege all meine Hoffnungen in unseren zukünftigen König«, fügte Cass mit einem Zwinkern hinzu.

Nate rollte mit den Augen. Er mochte es nicht besonders, auf seine Stellung und seine Zukunft angesprochen zu werden. Ich konnte ihn gut verstehen. Die Vorstellung, für eine ganze Welt verantwortlich zu sein, jagte mir eine Heidenangst ein. Mir reichte es bereits, auf mein Boot zu achten und auf die paar Träume, die mir anvertraut wurden – und selbst das war hin und wieder eine Bürde, wie ich erst heute mal wieder hatte feststellen können.

»Nate wird das schon machen«, sagte William voller Überzeugung. »Immerhin hat er uns an seiner Seite. Die besten Berater, die er finden kann. Wir werden ihm sagen, wo es langgeht.«

Er lachte und strich sich ein paar Zöpfe zurück, die, wie er mir mal gesagt hatte, in der Menschenwelt Dreadlocks genannt wurden. Ich mochte William sehr, genau wie Cass. Er war meistens gut gelaunt und dennoch der Ernsthafteste der drei. Seine Augen waren dunkel, ebenso wie seine Haut, die von herrlich tiefbrauner Farbe war. Er beugte sich vor und streichelte Wings Hals. Die Schuppen seines Drachen schimmerten im Licht bläulich; dieses Wesen war ebenfalls absolut imposant – auch wenn der Name Wing-a-Ding-Dragon anderes vermuten ließ. Es war wohl eine Anspielung auf einen Slang aus der Menschenwelt. Mit Wing-Ding war wohl unter anderem eine recht ausgelassene Party gemeint. Außerdem gab es ein Fast-Food-Restaurant in Horsforth, das diesen Namen trug und das es William besonders angetan hatte. Oder die Idee war ihm einfach im Suff gekommen – der Hergang ließ sich nicht mehr rekonstruieren. Jedenfalls wurde sein Drache meist nur Wings genannt.

»Wir sind alle dem Untergang geweiht«, antwortete ich auf Williams Kommentar hin und legte mir theatralisch die Hand an die Stirn.

Nate lachte hinter mir, und die Vibration in seinem Körper übertrug sich auf mich. Ich liebte es, ihn lachen zu hören. Früher, als wir Kinder gewesen waren, hatten wir deutlich mehr Zeit miteinander verbracht. Vor ein paar Jahren, als Nates Verpflichtungen immer mehr wurden, hatte sich das geändert. Von daher bedeuteten mir diese Momente viel – erst recht, wenn auch er sie genoss.

»Wir könnten heute einen kleinen Abstecher in eine Bar machen, was meinst du?«, wollte Cass von Nate wissen. »Ein bisschen Zeit haben wir doch noch, oder? Und ich arbeite immer sehr viel besser, wenn ich vorher meinen Spaß hatte.«

»Gut, dass du mit dieser Arbeitsmoral ein Adeliger geworden ist«, wandte ich lachend ein. »Wenn ich jedes Mal eine Runde Spaß haben müsste, bevor ich produktiv werden kann, käme ich wohl nie aus dem Quark.«

»Ich gehe demnächst mal mit dir in eine der Schenken. Dann zeig ich dir, wie man sich richtig amüsiert. Danach wirst du die Welt mit ganz anderen Augen sehen«, versprach Cass großspurig.

»Oh, ich kann es kaum erwarten, dass du meine Weltanschauung veränderst«, konterte ich.

»Das will ich sehen, wie Alexis' Eltern sie mit dir in eine Schenke gehen lassen. Da könnten sie sie auch gleich einem Rudel hungriger Wölfe zum Fraß vorwerfen«, mischte sich William ein.

»Ich mag Hunde«, erwiderte ich. »Ganz gleich, wie groß sie sind. Ich bekomme sie schon dazu, dass sie mir aus der Hand fressen.«

Das war natürlich ziemlich übertrieben. Außer ein paar Fehris in meinem Alter kannte ich nicht viele Jungs, und die wenige freie Zeit verbrachte ich ohnehin mit Nate und seinen Freunden. Sie mochten etwas speziell sein, aber ich liebte sie von ganzem Herzen. Einen festen Freund hatte ich darum bislang noch nicht gehabt, und das, obwohl ich bereits zwanzig Jahre alt war. Dennoch hatte ich ein paar Erfahrungen mit Jungs im Fehrisviertel sammeln können. Vollkommen unschuldig war ich also nicht. Ich wusste sehr wohl, was zwischen Mann und Frau passierte und wollte all das gerne erleben – allerdings eben mit Nate, womit wir wieder beim Kern des Problems waren.

»Zum Glück ist Cass mehr wie ein verspielter Welpe. Auf ihn müsstest du wohl mehr achten als er auf dich selbst«, sagte Nate, was Cass zum Lachen brachte.

»Nur kein Neid. Du weißt, dass es niemanden gibt, der einem Welpen widerstehen kann. Von daher …« Er wackelte vielsagend mit den Brauen.

Nate lachte, und ich schüttelte nur den Kopf, als Cass sich mit Toasty in die Tiefe fallen ließ, um dort mal wieder zu einem besonders waghalsigen Flugmanöver anzusetzen.

»Wir treffen uns gleich beim Nebeltor«, rief er uns noch zu, bevor Toasty in Schrauben gen Wasser stürzte.

»Ich flieg ihm mal nach. Wäre unfair, wenn er allein den ganzen Spaß hat«, sagte William und folgte Cass mit seinem Drachen.

Kaum hatten sich die beiden entfernt, kehrte Ruhe ein. Nur das Schlagen von Flames Flügeln war zu hören und hin und wieder Cass' amüsiertes Gelächter oder das Eintauchen großer Drachenflügel ins Wasser – das würde Toasty sicher gar nicht gefallen. Zu viel Wasserkontakt für einen Tag.

»Und wie viel Zeit bleibt uns noch?«, wollte ich wissen, während Nate die Position seines Arms um mich ein wenig veränderte.

Ich spürte in meinem Rücken, wie seine Muskeln sich anspannten und sich seine wohlige Wärme auf mich übertrug. Ich legte meine Hand ganz selbstverständlich auf seinen Unterarm und zeichnete nachdenklich unsichtbare Muster darauf nach. Nicht zum ersten Mal wünschte ich mir, dass der störende Stoff seines Mantels nicht im Weg gewesen wäre.

»Ein bisschen Zeit bleibt uns noch«, antwortete er, und seine Stimme tanzte an meinem Nacken entlang.

Es wurde nicht gerne gesehen, wenn Dreamcatcher die Kraft ihrer Sigil unnütz einsetzten und somit Magie verschwendeten. Allerdings mussten sie mit ihren Drachen auch immer wieder üben und Flugmanöver einstudieren. So hatten Cass‘ und Williams waghalsige Aktionen doch tatsächlich einen tieferen Sinn.

Wieder einmal kribbelte es in mir, als ich mir vorstellte, ebenfalls die Welt der Menschen betreten und an der Seite der drei Freunde Mare jagen zu dürfen. Ich stellte es mir weit spannender vor als tagein, tagaus dieselbe Strecke über den Styrak zu schippern, um Träume und Albträume zu den Toren zu bringen. Zumindest hatte mir Nate einiges über die Menschenwelt erzählt, was meiner Neugier Auftrieb verliehen hatte.

»Na, wollen wir ein bisschen schneller fliegen?«, wollte er wissen und rückte noch ein Stück näher zu mir, was ein eindeutiges Zeichen dafür war, dass er Flame gleich zu Spitzengeschwindigkeiten antreiben würde.

Sein gesamter Oberkörper ruhte nun an meinem Rücken, und ich hielt die Luft an. Nates heißer Atem wanderte über die kleinen Härchen in meinem Nacken und schwebte verheißungsvoll an meinem Ohr vorbei. Ich schluckte schwer, als ich spürte, wie Flames Flügel schneller schlugen, und krallte mich automatisch fester in Nates Arm.

Plötzlich neigte sich das riesige Tier hinab und brachte meinen Magen ins Schlingern. Mir war, als würde die Schwerkraft an mir zerren. Wir wurden schneller und schneller, während wir hinabstürzten, mein Haar wie wild zu flattern begann und ich keine Luft mehr holen konnte. Wie es mir gelang, dabei einen spitzen Schrei auszustoßen, konnte ich selbst nicht sagen. Mit weit aufgerissenen Augen, die dank des Fahrtwinds sofort zu tränen begannen, sah ich den Styrak immer näher kommen.

Nate schlang nun auch seinen anderen Arm um mich und hielt mich fest an sich gepresst. Sein Gesicht schmiegte er sanft an meins und brachte mich immerhin dazu, dass mir der Rest des Schreis im Hals stecken blieb.

»Es ist schade, dass wir das hier nicht öfter machen können«, meinte er, während sich Flame genau vor der Wasseroberfläche abfing und mit ein paar kräftigen Flügelschlägen wieder höher stieg.

Nun waren wir dem Styrak ganz nah. Ich hätte mich ein Stück an Flames Seite hinabbeugen und das Wasser berühren können. Es schimmerte im Licht der Sonne auf diese ganz besondere Art und Weise. Ich wusste, dass der Glanz zu jeder Tageszeit ein anderer war. Morgens war es eher ein Schimmern, mittags wirkte es kühl wie die Oberfläche eines Spiegels und gegen Abend hatte es fast feurige Züge. Dieser Fluss war mir so vertraut, ebenso wie das Viertel der Fehris, das ich hinter mir sehen konnte und dessen Häuser jetzt klein und fern erschienen. Doch es gab so vieles, das ich nicht wusste, nicht kannte und ich hätte so gerne mehr erfahren. Alles drängte mich dazu, an Nates Seite zu sein und mit ihm die Menschenwelt zu erkunden. Dort in einer anderen Welt könnten wir vielleicht auch all das, was uns trennte, hinter uns lassen … andere sein. Nur Nate und Alexis, die seit Kindertagen Freunde waren. Wir könnten vielleicht all die Unterschiede zwischen uns vergessen. Und da gab es so einige. Nicht nur, dass wir unterschiedlichen Standesschichten angehörten. Auch wenn wir zusammen aufgewachsen waren, alterte er als Adeliger langsamer, weil er über mehr Magie verfügte. Während ich gebrechlich und grau oder von der Nebelkrankheit dahingerafft werden würde, wäre er noch derselbe wie jetzt. Diese Unterschiede waren nichts Besonderes für uns. Sie gehörten zu unserem Dasein dazu und ließen sich ohnehin nicht ändern. Aber dennoch führte mir diese Tatsache deutlich vor Augen, dass ich die Zeit, die ich mit Nate hatte, genießen musste. Und genau das versuchte ich.

»Dein Vater war nicht begeistert davon, dass ich euch die Sachen mitgebracht habe, oder?«, wollte Nate wissen und lenkte Flame noch weiter auf den Styrak hinaus. Wir kamen am Lichttor vorbei, das herrlich strahlte.

»Du kennst ihn doch«, murmelte ich. »Aber dem Rest der Familie hast du den Tag versüßt. Meine Mutter liebt die Stoffe, die du immer bringst. Und Tristans Stiefel stehen kurz davor, sich komplett aufzulösen. Ohne dich müsste er bald barfuß rumlaufen. Auf den Anblick seiner schwieligen Füße kann ich gerne verzichten.«

»Ich glaube, es fällt deinem Vater noch immer schwer, zu akzeptieren, dass wir Freunde sind.«

»Dein Vater ist auch nicht begeistert.«

Ich machte mir erst gar nicht die Mühe, zu zählen, wie oft man mich bereits dabei erwischt hatte, wie ich mich zu Nate in den Palast hatte schleichen wollen. Viele Male war es gut gegangen, aber eben auch sehr oft nicht. Die Standpauken seines Vaters werde ich wohl nie vergessen.

»Er hat leider ziemlich rigide Ansichten«, fuhr Nate fort und lachte. »Mein Vater muss damals, kurz nachdem wir zwei uns kennengelernt haben, wohl sehr überrascht gewesen sein. Immerhin konnte ich es plötzlich gar nicht mehr erwarten, zum Styrak zu gehen. Und das, nachdem er mir wochenlang damit in den Ohren gelegen hatte. Er meinte, ich müsste das Volk und deren Aufgaben besser kennenlernen. Als er mich zu deinem Vater geschickt hat, damit er mir alles über die Arbeit der Fehris erzählt, war ihm nicht klar, dass ich mich bei euch so wohlfühlen würde.«

Diesen Tag würde auch ich nie vergessen. Nate, der damals bei meinem Vater am Bootssteg gestanden und so stur gewirkt hatte. Ihm war anzusehen gewesen, dass er auf diese Lehrstunde absolut keine Lust hatte – was auch kein Wunder war, wenn man bedachte, was der König ihm alles an Unterricht aufbürdete. Doch es hatte nicht lange gedauert, da war Nate von den Erzählungen meines Vaters vollkommen begeistert gewesen und erst recht, als er den Jungen zu einer Bootsfahrt mitgenommen hatte.

Ich hatte ebenfalls dabei sein dürfen. Den Enthusiasmus in Nates Augen zu sehen, wie fasziniert er auf das Wasser geschaut hatte, das auch mir alles bedeutete … es verband uns irgendwie miteinander. Und obwohl ich gewusst hatte, dass er der Prinz war, hatte ich keinerlei Scheu oder Zurückhaltung empfunden. Ich hatte einfach drauflosgeplappert, und Nate war mir dafür unendlich dankbar gewesen. Er hatte mir einmal gesagt, ich sei eine der wenigen Personen, die sich ihm gegenüber vollkommen normal verhielten und ihn auf kein Podest stellten. Das bedeutete ihm viel.

In den nächsten Tagen war Nate immer wieder bei uns aufgetaucht, hatte sich von meinem Vater alles über die Fehris erklären lassen und uns bei Aufträgen begleitet. Es hatte nicht lange gedauert und wir waren Freunde geworden. Doch seither hatte sich viel verändert, und manchmal wünschte ich mir die vergangenen Zeiten zurück, denn damals war vieles einfacher gewesen.

Ich schmiegte mich entspannt an Nates Oberkörper und genoss einen der wenigen Vorzüge, die diese Zeit mit sich brachte. Gedankenversunken betrachtete ich den Styrak, auf dem das Licht gerade in einem feurigen Schimmer tanzte.

»Ich bin froh, dass wir Freunde geworden sind, auch wenn Cass und William einem hin und wieder den letzten Nerv rauben. Zumindest ihre Frauengeschichten dürften sie gerne für sich behalten«, sagte ich.

»Vor irgendwem müssen sie doch angeben«, erwiderte Nate und strubbelte mir kurz durchs Haar.

Mir entging nicht, dass Flame eine Kurve flog und wir nun wieder Kurs auf das Viertel der Fehris nahmen. Unser Ausflug neigte sich wohl dem Ende zu.

»Ach, komm, setz mich nicht wie das gewöhnliche Fußvolk an irgendeiner Anlegestelle ab. Lass mich wenigstens bis zum Nebeltor mitkommen«, beschwerte ich mich.

»Gewöhnliches Volk«, wiederholte Nate lachend und schüttelte amüsiert den Kopf. »An dir ist rein gar nichts gewöhnlich. Besonders nicht deine Neugier. Ich ahne schon, dass du versuchen wirst, im Nebel so lange bei uns zu bleiben, wie es irgendwie geht. Schlag dir das aber gleich aus dem Kopf«, erklärte er in ernstem Tonfall und stach mir warnend mit dem Finger in die Seite, sodass ich ein Lachen unterdrücken musste. Er wusste, wie kitzelig ich war.

»Ich bin jeden Tag im Nebel«, beschwerte ich mich. So leicht wollte ich mich nicht von meinem Vorhaben abbringen lassen.

»Ja, und genau darum musst du dieses ätzende Zeug nicht auch noch betreten, wenn keine Notwendigkeit besteht. Ich sehe ohnehin nicht ein, warum du ausgerechnet als Fehris arbeiten willst. Du könntest so viele andere Dinge tun, bei denen du nicht langsam vergiftet wirst.«

Gut, ich war wohl selbst schuld daran, dass ich mir das anhören musste. Immerhin hatte ich die Diskussion begonnen, und zu meinem Leidwesen verlief sie jedes Mal gleich.

»Was sollte ich denn bitte machen? Zu Hause stehen und Taue ausbessern, kochen und Wäsche waschen? Das ist ja alles gut und schön. Aber hast du je etwas gegessen, das ich zubereitet habe, oder gesehen, wie ich versuche, Wäsche zu machen? Hinterher ist sie dreckiger als vorher. Mir bleiben nicht viele Optionen, und auch wenn die Arbeit gefährlich und sicher nicht ohne ist, immerhin ist sie wichtig. Genau darum mache ich sie gerne.«

Meistens jedenfalls, fügte ich im Kopf hinzu.

Nate gab nur ein tiefes Seufzen von sich. »Sollen wir noch mal über eine bessere Ausrüstung sprechen? Du weißt, ich könnte dir was besorgen.«

Ich schüttelte lachend den Kopf. Am liebsten hätte Nate mich wohl in eine Ritterrüstung gepackt. Hauptsache, ich war vor dem Nebel abgeschirmt. Dass ich mich in dem Fall nicht mehr bewegen könnte, spielte für ihn keine Rolle. Doch das Hauptargument war: Ich wollte nicht bevorzugt behandelt werden, nur weil ich mit Nate befreundet war. Das wäre nicht fair gegenüber den anderen Fehris gewesen. Hinzu kam, dass jeder von uns wusste, wie wenig diese Hilfsmittel wirklich ausrichteten. Sie dienten wohl mehr der Beruhigung.

»Du bist so ein Sturkopf«, sagte er schließlich seufzend und lenkte Flame in Richtung des Nebeltors.

Dort warteten Cass und William bereits, die von ihren Drachen abgestiegen waren. Wir landeten neben den beiden, die herumalberten und es offenbar kaum erwarten konnten, endlich die Menschenwelt zu betreten.

»Ich hole mir auf jeden Fall noch einen Burger. Wir können doch kurz bei McDonalds halten, oder?«, schlug Cass vor.

»Klar, mit den Drachen direkt durch den McDrive«, scherzte William.

»Hm, würde auf jeden Fall Zeit sparen«, überlegte Cass und legte sich nachdenklich die Hand ans Kinn.

Ich hatte zwar keine Ahnung, über was die beiden sprachen, aber auf jeden Fall war rauszuhören, dass es eine ziemlich dumme Idee war.

»Du schaffst es noch, dass die Menschen dir mit Fackeln und Mistgabeln hinterherjagen«, scherzte ich.

»Solange ich trotzdem meinen Burger bekomme«, erwiderte er schulterzuckend.

»Ihr könntet mir wenigstens mal eins von diesen Dingern mitbringen«, beschwerte ich mich. »Ständig schwärmst du davon, und ich habe nicht mal eine Ahnung, von was du überhaupt sprichst.«

So leicht war das natürlich nicht, das war mir durchaus bewusst. Etwas zu essen, das mit dem Nebel in Berührung gekommen war, war absoluter Selbstmord.

»Ich könnte einen unter meinem Mantel verstecken«, überlegte er. »Dann kann ich ihn auch gleich mit meiner eigenen Körperwärme warmhalten.«

Ich verzog angewidert das Gesicht. »Ich glaube, ich verzichte lieber. Auch wenn du es nicht glauben kannst, aber Essen, das du vorher an deine Brust gedrückt oder dir schützend unter die Achsel geklemmt hast, übt erstaunlich wenig Reiz auf mich aus.«

»Du bist aber auch anspruchsvoll«, beschwerte sich Cass in gespielt ernstem Tonfall und ging auf das Nebeltor zu. »Bereit?«, wollte er wissen.

Nate sah ein letztes Mal zu mir, dann nickte er. Nun hieß es Abschied nehmen. Ich würde hierbleiben, während die drei in die Menschenwelt gingen, um dort ihre Aufgabe zu erfüllen – und vielleicht den einen oder anderen Burger zu essen, wer wusste das schon. Es war auf jeden Fall echt unfair.

Cass schob eine der beiden metallenen Flügeltüren mit ihren filigranen Mustern weit auf. Dann stieg Cass auf Toasty und flog los. Blitzschnell wurde er von den dichten Nebelschwaden verschluckt.

»Dann bis gleich«, sagte William zu Nate, kletterte auf Wings Rücken und folgte seinem Freund.

»Du gehst sofort zurück«, ermahnte mich Nate, während er auf Flame stieg.

Ich nickte artig. »Klar, sofort und auf der Stelle. Ich sehe euch nicht nach, ich gehe nicht in den Nebel. Ich drehe brav um, schließe sorgfältig die Tür hinter mir und fahre mit dem Aufzug nach unten.«

»Irgendwie habe ich das Gefühl, dass du mich gerade auf den Arm nimmst«, erwiderte er.

Ich zuckte nur mit den Schultern und schenkte ihm einen unschuldigen Blick. »Wie kommst du denn darauf?«

Nate rollte mit den Augen. Ja, unsere Freundschaft war nicht immer einfach, aber diese kleinen Neckereien gehörten zu uns.

»Ich verlasse mich auf dich«, fügte er noch hinzu, dann gab er Flame ein Zeichen, der daraufhin die Flügel ausstreckte und losflog. Als sie an mir vorbeizischten, drehte sich Nate noch einmal nach mir um – vielleicht blickte er mich auch ein ganz klein wenig mahnend an.

Als er durch das Tor verschwunden war, ging ich zur Tür und legte meine Hand um den Griff. Natürlich würde ich mich an seine Anweisung halten – doch ein ganz kurzer Blick konnte nicht schaden. Ich drückte das Tor ein Stück zu – und lugte kurz in den Nebel hinein. Wie dicht er war. Man konnte Nate und die anderen schon gar nicht mehr sehen. Gut, das lag vor allem daran, dass ihre Drachen unfassbar schnell waren. Aber trotzdem …

So gefährlich der Nebel war, so viel Faszination übte er auch auf mich aus. Wenn man genau hinsah, hatte man das Gefühl, dass er an manchen Stellen silbern schimmerte, und immer wieder gleißten goldenen Lichter auf. Es waren Zeichen der Magie, die dort herrschte. Ich beobachtete das Spiel des Nebels, der vor mir aufragte und langsam dünne Fäden bildete. Wie Arme, die nach mir zu greifen versuchten, waberten sie über den Boden, durch die geöffnete Tür auf mich zu. Der gräuliche Dunst schlängelte sich um meine Beine, griff danach und wand sich hinauf. Auf meinem Gesicht und meinen Armen spürte ich die klamme Kälte bereits. Wie kleine Tropfen legte der Nebel sich auf meine Haut und kroch in meinen Körper. Gänsehaut rieselte mir den Rücken hinab. Ich sollte die Tür schnellstmöglich schließen.

Ich drückte sie gerade weiter zu, als ich noch einmal den Kopf hob und ein rotes Licht sah. Wie ein Kometenschweif zuckte es durch das silbrige Grau – und es brannte. Der Schein des Feuers war nicht zu übersehen, heiß und lodernd zischte es durch den dichten Nebel und verschwand wieder.

»Was …«, ging es mir durch den Kopf, während mein Herz raste.

Ich hatte so etwas noch nie gesehen und dennoch … tief in meinem Inneren wusste ich, was es gewesen sein musste. Es gab gar keine andere Möglichkeit. Wie oft hatte jemand aus den Traumlanden so etwas schon beobachtet? Wie oft war einer von uns dabei gewesen, wenn entflohene Traummagie durch den Nebel in die Menschenwelt zu entkommen versuchte?

Noch immer hatte ich den Türgriff in der Hand, als ich das feurige Licht im dichten Grau noch einmal aufblitzen sah. In diesem Moment gab es für mich gar keine andere Option. Und so lief ich los, dem brennenden Licht hinterher.

5

Während ich rannte, nestelte ich an meiner Kleidung herum und versuchte, sie so zu ziehen, dass ich mich zumindest etwas vor dem Nebel abschirmen konnte. Und wenn es nur für ein besseres Gefühl war – im Moment kam ich mir verdammt schutzlos vor. Ich atmete die feuchte Luft ein und spürte, wie sie klebrig in meine Lunge drang, um sich dort festzusetzen. Hastig ließ ich den Blick schweifen. Wo war dieser verdammte Entflohene? Ich durfte ihn auf keinen Fall aus den Augen verlieren.

Vor dem großen Krieg, als König Nightshade, der Herrscher der Albtraumlande, sich gegen Nates Vater erhoben hatte, war es wohl nie vorgekommen, dass Träume nicht auf das Licht des silbernen Turms reagiert hatten. Doch seitdem hatte sich etwas verändert. Unsere Welt war nicht mehr so stabil wie einst. Der Nebel war durchlässiger, sodass er das Licht des silbernen Turms nicht mehr zuverlässig weiterleitete und die Traumgeister nicht mehr sicher festhielt. Stattdessen erkundeten sie den Nebel und sammelten Kraft. Sobald die sogenannten Entflohenen stark genug waren und einen Punkt gefunden hatten, durch den sie in die Menschenwelt dringen konnten, taten sie genau das. Sie rissen ein Loch in den Nebel und entkamen. Doch das durfte nicht geschehen, denn sobald sie es dorthin geschafft hatten, sorgte die Beschaffenheit der anderen Welt dafür, dass die Energie sich verwandelte. Die Entflohenen wurden zu Mare und kannten fortan nur ein Ziel: möglichst viele Menschen zu befallen, um sich von deren Energie zu ernähren. Als Nebeneffekt hatten diese Leute fürchterliche Albträume. Wenn diese Kreaturen genug menschliche Kraft in sich aufgenommen hatten, bekamen sie das, was sie sich am meisten ersehnten: Ihre Körper wurden fest und real. Sie wurden ein lebendiger Teil der Menschenwelt und verfügten über so viel Magie, dass sie sie nach ihren Wünschen nutzen konnten. Sie waren albtraumhafte Wesen, die in unsere Welt eindrangen, um dort alles und jeden zu zerstören. Wenn sie Teile unserer Welt vernichteten und Traumländer töteten, nahmen sie weitere Magie in sich auf und wurden noch mächtiger, noch unaufhaltsamer. Es war die Aufgabe von Nate und den anderen Dreamcatchern, sie zu jagen und zurückzubringen.

Es stand also einiges auf dem Spiel, und ich hatte keine Zeit, irgendwen zu informieren. Ich dachte an den Seelenstrick, den ich seit der Überfahrt des Albtraums noch immer bei mir trug. Vielleicht hatte ich damit eine Chance. In jedem Fall musste ich mich beeilen, bevor er einen Weg durch den Nebel in die Menschenwelt fand. So schnell, wie er voranraste, schien er allerdings genau zu wissen, wohin er musste.

Mein Herz schlug wie wild gegen meine Rippen und mein Puls peitschte noch heftiger. Wie ein kleiner Komet zog das brennende Licht vor mir her und bahnte sich seinen Weg durch den Nebel. Auch wenn meine Lunge bereits unter Schmerz schrie und meine Muskeln nicht mehr konnten – ich rannte weiter. Gleichzeitig zerrte ich den Seelenstrick aus meiner Tasche. Wenn ich es schaffte, ihn irgendwie um den Entflohenen zu wickeln …

Tatsächlich kam ich dem hellen Schein immer näher. Ich konnte sogar die Hitze spüren, als bestünde die Energie tatsächlich aus purem Feuer. Ein brennender Schweif glühte an einer Flammenkugel, die unaufhörlich in Richtung Menschenwelt strebte.

Ich spürte, wie sich mein Körper unter der Anstrengung verkrampfte. Ich konnte nicht mehr. Dennoch wusste ich, wie wichtig es war, dem Entflohenen zu folgen. Und wenn es nur darum ging, herauszufinden, wohin er verschwand, um dann Nate und den anderen Bescheid geben zu können – auch wenn ich überhaupt keine Ahnung hatte, wie ich das machen sollte.

Ich schloss die Augen für einen winzigen Moment und zwang meine Beine dazu, weiterzulaufen. Ich mobilisierte den letzten Rest meiner Kraft, öffnete die Lider wieder und sah die Traummagie genau vor mir. Instinktiv streckte ich die Hand mit dem Seil danach aus, um sie zu packen – keine Ahnung, ob man das überhaupt konnte. Aber in diesem Augenblick dachte ich nicht nach. Ich griff nach der Magie, spürte die Hitze auf der Haut prickeln, als ich den Schweif berührte und mich dem strahlenden Licht im Zentrum näherte. Und genau in dem Moment, als ich zupackte, brachen wir aus dem Nebel.

Es hätte nicht schlimmer sein können, wenn ich gegen eine feste Wand gerannt wäre. Mit weit aufgerissenen Augen blieb ich stehen und starrte auf das Durcheinander von Lichtern, Häusern und Menschen vor mir. Der Geräuschpegel summte mir in den Ohren. So lange hatte ich mich nach dieser Welt gesehnt, sie mir in den buntesten und schönsten Farben ausgemalt, und nun stand ich plötzlich hier.

Ich spürte die Reste des Nebels hinter mir. Sie versuchten, nach mir zu greifen, sich um mich zu legen und mich zurück in die dichten Schwaden zu locken. Aber ich war wie gefesselt. Das feurige Licht veränderte sich. Es wurde größer und bekam Gliedmaßen. Bevor ich den Vorgang weiter beobachten konnte, flog es auf eine riesige, graue Straße und bog hinter ein paar gigantischen Häusern ab. Sie waren aus grauem Stein und teilweise brannten Lichter hinter den Fenstern. So etwas hatte ich noch nie gesehen. So viele Lichter … Je länger ich hineinsah, desto mehr bunte Flecken tanzten vor meinen Augen.

Ich atmete die kühle Luft ein und versuchte, meinen Puls zu beruhigen, der noch immer raste. Allerdings konnte ich nicht genau sagen, ob das von der Anstrengung herrührte oder der Panik, die langsam in mir aufkam. Wobei … war es überhaupt Angst? Waren es nicht viel mehr Aufregung und absolute Faszination? Letztere beiden Gefühle wurden immer stärker, und ich sah mich fasziniert um.

Diese seltsamen Kisten mit Rädern, die in Massen auf der Straße entlangfuhren, mussten Autos sein. Ich sah auch Motorräder und

Fahrräder. Aber vor allem erblickte ich unfassbar viele Menschen. Ein Mann verpasste mir einen leichten Schubs, als er an mir vorbeiging. Anstatt sich zu entschuldigen, schenkte er mir nur einen missfallenden Blick und eilte dann weiter. Auch andere musterten mich. Einige tuschelten sogar.

Gut, jetzt wusste ich wenigstens, dass Nate und die anderen sich nicht zum Spaß menschliche Kleidung zugelegt hatten. Allerdings ließ sich an meinem Aufzug so schnell nichts ändern. Dann würde ich eben angestarrt werden.

Ich packte den Seelenstrick hastig in meinen Mantel und ging schließlich los. Ich wusste zunächst nicht einmal, in welche Richtung ich mich wenden sollte. War es sinnvoll, die anderen zu suchen? Waren sie überhaupt hier in der Nähe gelandet? Ich hatte nicht den geringsten Schimmer, wo sie stecken mochten. Also doch eher dem brennenden Licht nach? Konnte ich es überhaupt noch finden? Nun, einen Versuch war es immerhin wert, wie ich fand.

Also eilte ich über die Straße, wo ich mit lauten Geräuschen und quietschenden Reifen von den Autos empfangen wurde. Die Lichter blendeten mich und ich taumelte beiseite, sodass ich vor weiteren Fahrzeugen landete, die nun ebenfalls schrille Laute von sich gaben. Mit einer Menge Adrenalin in den Adern taumelte ich weiter und atmete erleichtert auf, als ich die andere Straßenseite erreichte.

»Nur Verrückte hier«, schimpfte ein älterer Mann und schenkte mir einen finsteren Blick. »Sie müssen den Verstand verloren haben, sich vor die Autos zu werfen. Sind Sie etwa lebensmüde? So was macht man doch nicht!« Ärgerlich schüttelte er den Kopf und ging weiter.

Gut, wie man eine Straße überquerte, würde ich offenbar noch lernen müssen. Ohne auf die Menschen zu achten, die mir nachblickten, rannte ich zu den Häusern, hinter denen das Licht verschwunden war. Ich kam auf eine weitere Straße – dort waren immerhin deutlich weniger Autos und Menschen unterwegs. Erleichtert atmete ich auf und überlegte, wohin die Traummagie verschwunden sein konnte, doch leider hatte ich absolut keine Ahnung. Ich kannte weder die Welt der Menschen, noch hatte ich irgendeinen Dunst, was ein Entflohener, der vermutlich gerade zu einem Mare geworden war, machen würde. Vielleicht war es doch am besten, erst mal Nate zu suchen und ihn über den Entflohenen zu informieren. Es würde ihm und seinen Freunden vermutlich auch nicht ohne Weiteres gelingen, ihn zu finden. Immerhin folgten die Dreamcatcher den Hinweisen der Priester, um Mare aufzuspüren.

In diesem Moment erinnerte ich mich. Hatte Nate nicht etwas von einem Hyde Park gesagt? Wenn ich in der gleichen Stadt war wie er, musste sich dieser Park doch finden lassen. Ich schaute mich um, entdeckte aber bis auf die hohen Häuser und jeder Menge Menschen rein gar nichts.

Ich konnte mir ausmalen, wie die Chancen standen, den Park ohne Hilfe zu finden. Also war es vermutlich an der Zeit, Kontakt mit einem Menschen aufzunehmen. Ein seltsamer Moment. In meiner Vorstellung war es immer ganz selbstverständlich gewesen, mit ihnen zu reden. Nun aber, da ich in der Realität angekommen war, überwog der Argwohn, der mir seit frühester Kindheit eingeimpft worden war. Die Menschen waren habgierig, gnadenlos und besaßen nicht wirklich ein Gewissen. Sie nahmen sich alles, ohne über die Konsequenzen nachzudenken, und waren drauf und dran, ihre eigene Welt zu vernichten. Kein Wunder also, dass sie einen Weg in die unsere suchten, um sich zu retten. Um ihren Machthunger nach immer mehr Land, Ressourcen und neuen Technologien zu stillen, schickten sie Mare in unsere Welt, um sie von innen heraus zu zerstören.

Ich musterte eine Frau mit grauen Augen, deren Gesicht so stark geschminkt war, dass es wie eine Maske wirkte. Ihre hellblonden Haare fielen ihr auf die Schulter, über der eine schwarze Tasche hing. Sie hatte sich in ein ziemlich enges, tief ausgeschnittenes Oberteil gezwängt, und ich fragte mich, wie sie es je wieder da herausschaffen würde. Der glitzernde Rock, der ihren Hintern nur knapp bedeckte, sorgte ebenfalls nicht gerade dafür, dass ich sie als Bedrohung sah. Mit den hohen Schuhen stünde sie bei einem Angriff auf unsere Welt jedenfalls sicher nicht in den ersten Reihen.

Neben ihr spazierten zwei weitere Frauen, die ebenfalls ähnlich gekleidet waren wie sie. Überhaupt sah ich eine Menge ziemlich leicht bekleideter Menschen, die bestgelaunt ihrer Wege gingen. Inzwischen konnte ich zumindest Cass' Begeisterung für diese Welt verstehen, ebenso wie seine verträumten Gesichtsausdrücke, die er bei Schilderungen immer wieder auflegte.

»Entschuldige bitte«, wandte ich mich an die blonde Frau, während ich ihr in den Weg trat. »Kannst du mir sagen, wie ich zum Hyde Park komme?«

Sie musterte mich kurz und schien von mir ein klein wenig irritiert zu sein, dann antwortete sie aber ohne Umschweife. »Das ist nicht weit von hier. Du musst nur immer die Straße geradeaus gehen. Irgendwann kommt ein Schild, auf dem er angeschrieben steht. Dort biegst du nach links ab.«

Ich nickte dankend und war recht zufrieden, wie meine erste Begegnung mit einem Menschen verlaufen war. Sie hatte nicht erkannt, was ich war, und hatte nicht damit gedroht, mir oder meinen Liebsten den Hals umzudrehen. Es hatte nicht mal ein harsches Wort gegeben. Von daher konnte ich wohl wirklich stolz sein.

Wie beschrieben folgte ich der Straße und konnte irgendwann tatsächlich hohe Bäume ausmachen, die als schattenhafte Riesen bis in den Himmel ragten. Es war eigenartig, wie anders das Firmament hier aussah. Dank der vielen Lichter konnte man keinen einzigen Stern sehen und selbst der Mond wirkte fahl und kraftlos.

Ich ging weiter und konzentrierte mich auf die Bäume, denen ich langsam näher kam. So dunkel, wie sie mir zuerst erschienen waren, konnten sie dann doch nicht sein, denn irgendetwas befand sich zwischen ihnen. Ein eigentümliches Strahlen, das sich wirbelnd um sich selbst zu drehen schien, die Umgebung aber nicht beleuchtete. Es wirkte auf mich ein bisschen wie ein Tornado aus warmem Licht. Aber warum erhellte es die Bäume nicht? Und was bitte war ein Tornado aus Licht? Von so etwas hatten mir die Jungs nie erzählt.

Gebannt starrte ich auf das Leuchten, das einerseits strahlend war und gleichzeitig kühl wirkte. Ich beschleunigte meine Schritte und rannte, so schnell ich konnte, die Straße entlang. Da meine volle Konzentration auf diesem eigenartigen Lichtwirbel lag, kollidierte ich mehrfach beinahe mit einigen Passanten, die mir entgeistert hinterherschauten. Ich ließ mich aber auch davon nicht aufhalten und bog schließlich ab, als ich das Schild sah, das mir den Weg zum Hyde Park wies – und damit auch in Richtung des Lichts.

Konnte das ein Zufall sein? Oder war das normal? Waren solche eigenartigen Lichter Teil der Menschenwelt? Ein wenig erinnerte es mich an das Leuchten des silbernen Turms. Aber so etwas gab es in der Menschenwelt nicht, oder? Mein Gefühl und auch das, was ich aus Erzählungen der Jungs kannte, sprachen jedenfalls dagegen. Von daher war meine Neugier geweckt. Und der Ursprung dieses Gleißens schien nicht schwer auszumachen zu sein. Der leuchtende Tornado schraubte sich unübersehbar in die Höhe, und ich kam ihm langsam näher.

Für einen Sturm recht unüblich – mal davon abgesehen, dass sie normalerweise nicht leuchteten – schien er auch keinerlei Wind mit sich zu bringen. Jedenfalls bewegte sich nirgends auch nur ein Ast. Das verstärkte mein ungutes Gefühl.

Nate hatte bereits gesagt, dass ich einen Hang dazu hatte, mich in gefährliche Situationen zu bringen. Ich hoffte, dass das in diesem Fall nicht eintreten würde. Doch viele Optionen hatte ich nicht. Ich musste nachschauen und herausfinden, was da vor sich ging. Allein schon, weil ich mir recht sicher war, dass Nate, Cass und William ebenfalls herkommen würden, wenn sie dieses Spektakel sahen – und zu übersehen war es nicht.

Ich rannte einen langen Kiesweg entlang, an dem trübe leuchtende Laternen standen, doch deren Schein reichte nicht allzu weit, sodass die Bäume weiterhin im Dunkeln lagen wie schattenhafte Giganten. Ich traf nur wenige Menschen, und keiner schien auch nur einen Gedanken an den Lichttornado zu verschwenden. War er also vielleicht doch ganz normal?

Als der Weg eine Biegung machte, hatte ich mein Ziel endlich erreicht. Der Tornado lag nun direkt vor mir. Er befand sich über einem rund angelegten Platz, der von einem Zaun umsäumt war. In dessen Mitte befand sich ein Springbrunnen. Vier Figuren hielten eine steinerne Plattform, auf der eine nackte Frauenstatue mit Bogen stand. Direkt dahinter toste der Sturm aus Licht. Zu meiner großen Verwunderung saßen drei Leute vor dem Brunnen, die dem Geschehen hinter sich kaum Beachtung schenkten.

Eine Frau in enger, schwarzer Lederhose und einem dunklen Shirt mit dünnen Trägern betrachtete ihre blutrot lackierten Fingernägel.

Dabei fiel ihr das lockige, lange Haar, dessen unterer Teil von einem tiefen Rot war, auf die Schulter. Als sie den Kopf ein wenig drehte, um zu dem Kerl zu blicken, der neben ihr saß, konnte ich erkennen, dass die linke Seite ihres Kopfes komplett rasiert war. Sie trug zudem mehrere Ohrringe sowie einen silbernen Stecker in der Nase. Ihre Augen wirkten finster und strahlten etwas Bedrohliches aus. Verstärkt wurde dieser Eindruck durch ihr dunkles Make-up.

»Wie lange sollen wir denn noch warten?«, ächzte sie und streckte sich. »Das dauert heute ja ewig.«

Der Mann neben ihr hatte einen ärmellosen Kapuzenpullover an. Hellbraunes Haar kam darunter zum Vorschein, das in leichten Wellen bis auf seine Schultern reichte. Er war recht ansehnlich, hatte braune Augen, ein ebenmäßiges Gesicht und einen kleinen Bart am Kinn.

»Sei nicht immer so ungeduldig, Jinx«, sagte er. »Manchmal dauert es eben etwas länger. Das solltest du langsam wissen.«

»Das ist aber langweilig«, maulte sie und ließ sich wieder nach vorne sinken. Genervt stützte sie ihre Arme auf den Oberschenkeln ab. »Vielleicht sollten wir uns mal ein wenig umschauen. Irgendwas Interessantes finden wir bestimmt. Was meinst du, Cole?«, schlug sie vor und blickte den dritten Mann im Bunde an.

Er sah der Frau recht ähnlich. Auch sein Kopf war an der Seite geschoren, allerdings rechts. Das restliche Haar hing ihm in wilden Strähnen nach vorne, doch darunter sah man seine kalten, blauen Augen blitzen.

»Wir können jederzeit losgehen. Du musst nur ein Wort sagen«, erwiderte er in finsterem Tonfall.

»Warum muss ich immer derjenige sein, der ein bisschen Vernunft an den Tag legt?«, wollte der andere Kerl wissen und ächzte genervt. »Wir sollen ein paar Mare aufspüren – nichts weiter. Das mag nicht der spannendste Job der Welt sein, aber er muss getan werden.« Er strich sich müde durchs Gesicht. »Wer hätte gedacht, dass je solch vernünftige Worte aus meinem Mund kommen würden.«

In diesem Moment sah ich ein feuriges Licht am Himmel, das genau auf uns zukam. Ich erkannte es sofort. Die entflohene Traummagie. Doch etwas war anders. Ihre Form hatte sich verändert, war länglicher geworden. Zudem hielt sie auf den Boden zu, als wollte sie landen. Die Wandlung hatte also stattgefunden. Das Wesen wurde zu einem Mare.

»Na, was haben wir denn da?«, murmelte der Mann mit den braunen Haaren.

»Was ist denn mit dir los, Arion? Du klingst fast so, als würdest du dich über diesen neugeborenen Mare freuen. Dabei können wir in diesem Stadium rein gar nichts mit ihnen anfangen«, beschwerte sich Jinx und blickte den Mare an, der den Boden erreichte und sich langsam zu verformen begann. Der feurige Schimmer verblasste, das Lodern verebbte, während sich die Gestalt verwandelte.

Ich stand noch immer hinter der Hecke und schaute fassungslos zu, wie das Licht, das gerade noch wie ein Komet gewirkt hatte, langsam menschliche Formen annahm. Ich schluckte schwer und überlegte krampfhaft, was ich tun sollte. Denn je länger ich das Spektakel vor mir beobachtete, desto sicherer wurde ich mir, dass die drei keine normalen Menschen waren. Ich stand hier mit ziemlicher Sicherheit Leuten gegenüber, die zu Morpheus gehörten.

»Ich liebe es, wenn sie das tun«, erwiderte Jinx genervt und verdrehte ihre dunkel geschminkten Augen.

Der Mare nahm unübersehbar eine männliche Gestalt an – was man vor allem deswegen erkannte, weil der Kerl splitterfasernackt war. Offenbar musste er sich erst mal um seine wesentliche Gestalt kümmern und würde sich hoffentlich danach noch den Klamotten zuwenden. Dennoch war der Anblick des nackten Typs gewöhnungsbedürftig, der auf dem Asphalt kniete, schwer atmete und sich langsam umsah. Auch für ihn war diese Welt fremd und er schien sich erst mal orientieren zu müssen. Er hob den Kopf, und ich konnte deutlich erkennen, dass er weit davon entfernt war, einen echten Körper zu haben. Angefangen damit, dass er durchscheinend war, wirkte der ganze Leib verformt. Er war zu lang, ebenso wie die Gliedmaßen. Die Finger wirkten wie Krallen, und bei jeder Bewegung verschwammen seine Konturen. Im Gesicht fehlte es an jeglichen Emotionen. Es wirkte einfach nur leer. Das Einzige, das einen Ausdruck versprühte, waren die dunklen Knopfaugen.

»Hunger, ich habe solchen Hunger«, krächzte er mit rauer Stimme, die mir eine Gänsehaut über den Körper jagte.

»Dann wirst du dir etwas zu essen suchen müssen«, antwortete Jinx, die sich zu ihm vorbeugte und jedes Wort dermaßen betont aussprach, als stünde ihr ein kompletter Vollidiot gegenüber. »Hier wirst du jedenfalls nichts finden. Geh und suche dir einen Menschen, dem du ein paar ordentliche Albträume verpassen kannst. Wenn du genug Kraft gesammelt hast, darfst du gerne wieder herkommen.« Sie grinste breit und wedelte mit der Hand, als wollte sie eine aufdringliche Fliege vertreiben.

»Menschen?«, wiederholte er etwas schwerfällig.

»Na, hoffentlich müssen wir ihm nicht gleich noch eine Zeichnung anfertigen«, murmelte Cole und sah den Mare genervt an.

Plötzlich drehte sich die Kreatur um, reckte den Hals und begann zu schnüffeln. »Essen, so nah.« Damit ging die Gestalt, nackt wie sie war, los und schien ein ganz bestimmtes Ziel zu haben. Er sah deutlich in meine Richtung. Mich durchlief es heiß und kalt, während ich überlegte, was ich machen sollte. Die drei beobachteten den Mare und sahen darum auch in meine Richtung. Wenn ich mich bewegte, würden sie mich unweigerlich entdecken. Verdammt, was sollte ich tun?! Die Kreatur kam mir immer näher.

Also sprang ich einen Schritt zurück und wollte gerade loslaufen, als ich auf dem blöden Kies ausrutschte. Keine Ahnung, warum mir das ausgerechnet in diesem Moment passieren musste. Ich knallte jedenfalls der Länge nach hin, was den drei Morpheus-Kriegern natürlich nicht entging.

»Na, was haben wir denn da?«, hörte ich Jinx interessiert sagen. Ich blickte hinter mich und erkannte, dass sie aufgestanden war und mich ansah.

»Fuck«, sagte ich und nutzte eines von Nates Lieblingsschimpfwörtern, das er in der Menschenwelt gelernt hatte.

»Du scheinst kein Mensch zu sein, denn offenbar kannst du unseren kleinen Freund hier sehen«, stellte die junge Frau fest. Interesse funkelte in ihren Augen, was mir gar nicht gefiel.

»Dann gehört sie zu den Dreamcatchern?«, hakte Cole verwundert nach. »Seit wann beobachten die uns nur und kommen zudem alleine?«

»Nein«, antwortete Arion und erhob sich langsam.

Mein Blick wanderte in seine Richtung und glitt ganz kurz zu dem Lichttornado hinter ihm. Diese kleine Regung entging ihm wohl nicht.

»Sie kann offenbar das Licht sehen. Interessant. Sehr interessant.«

Mein Magen verknotete sich, während mein Herz wie verrückt raste. Ich steckte gerade ordentlich in der Klemme.

»Ich denke nicht, dass sie ein Mitglied der Dreamcatcher ist. Immerhin trägt sie kein Sigil«, stellte er fest, als ich mich langsam aufrappelte und zu ihnen umwandte. »Wenn ihr mich fragt, kommt sie aber eindeutig aus deren Welt. Wie hast du dich nur hierher verlaufen? Und warum kannst du das Licht sehen? Das würde ich wirklich gerne erfahren.«

»Oh, ich hätte da die eine oder andere Idee, wie ich sie zum Sprechen bringen kann«, erklärte Jinx und zog einen Dolch aus dem Gürtel. Der Blick in ihren Augen gefiel mir gar nicht.

Allzu viel Zeit blieb mir allerdings nicht, um mich mit ihr zu befassen. In diesem Moment sprang nämlich der Mare auf mich zu und versuchte, mich zu packen. Dank meiner Arbeit auf dem Styrak waren meine Reflexe recht gut – immerhin gab es viele Unwägbarkeiten auf dem Fluss, die eine schnelle Reaktion erforderten. So flink ich dem Kerl auswich, so unkontrolliert war meine Landung. Ich schlitterte quer über den Kies und riss mir dabei die Hände auf.

»Sollen wir sie uns schnappen?«, wollte Cole wissen.

Arion überlegte einen Moment, schüttelte dann aber den Kopf. »Warten wir erst mal ab.«

Reizend, wie ich fand. Allerdings hatte ich mir von den dreien nicht wirklich Hilfe erwartet. Vermutlich konnte ich sogar froh sein, dass sie nichts unternehmen wollten.

Der Mare stürzte sich erneut auf mich und hatte dabei einen so irren Blick aufgelegt, dass ich nichts als Panik verspürte. Es stand außer Frage, dass der Kerl mich in Stücke reißen würde, wenn er mich in die Finger bekäme.

»Ich wette hundert Pfund auf den neugeborenen Mare«, hörte ich Jinx sagen, die sich wieder entspannt vor den Brunnen gesetzt hatte.

»Na, die Wette ist nicht schwer zu gewinnen«, erwiderte Arion.

Reizend, wirklich reizend, dass die drei Wetten auf mein Leben abschlossen. Wieder sprang ich beiseite und fiel dabei fast in ein Gebüsch. Ich konnte mich gerade noch fangen und den Kopf einziehen, als der Mare mir nachsetzte – immerhin landete er nun selbst halb in der Hecke. Die Gelegenheit nutzte ich und sah mich nach einer Waffe um. Ich hetzte zu einem Mülleimer, fand darin allerdings nur eine leere Dose. Als die Kreatur sich nach mir umdrehte, warf ich sie mit aller Kraft und traf den Kerl am Kopf.

Der dumpfe Aufprall war überdeutlich zu hören, auch das Klong, als die Dose zu Boden fiel. Schwer atmend stand ich da und schaute zu, wie der Mare langsam die Hand hob und seine Stirn befühlte. Plötzlich riss er den Kopf hoch; durch seinen ganzen Körper ging ein Ruck, dann sah ich nur noch das Blut, das ihm über die Stirn lief. Ich war verwundert. Da hatte er noch nicht mal einen festen Körper, aber bluten konnten diese Wesen dennoch. Gut, irgendwie machte es Sinn. Immerhin konnte man sie verletzen und auch töten. Aber so hart hatte ich doch gar nicht geworfen, oder? Was war das denn bitte für eine Dose, mit der man Köpfe spalten konnte?

Doch in diesem Moment erkannte ich das Messer, das dem Kerl im Kopf steckte und dessen Spitze ganz leicht aus der Stirn ragte. Irgendwie sagte mir mein untrügliches Gefühl, dass das nicht gut war.

Ich taumelte rückwärts und hielt gleichzeitig nach demjenigen Ausschau, der das Messer geworfen hatte. Und der kam hinter einer Gruppe von Bäumen hervor. Es handelte sich um einen Mann, der eine dunkle Hose und eine hellblaue Jacke trug. Nichts wies auf den ersten Blick darauf hin, dass etwas mit ihm nicht stimmte. Er wirkte wie ein normaler Mensch. Wären da nur nicht seine Augen gewesen, die so leer aussahen, dass man sich darin für immer verlieren konnte. Schwarz wie Kohlestücke wirkten sie und schienen nichts Lebendiges, keine Wärme oder Güte zu kennen.

Ohne auf irgendwen zu achten, ging der Kerl auf den Mare zu, der in diesem Moment zu Boden sackte. Noch immer lief ihm das Blut über das Gesicht, und er atmete, wenn auch nur abgehackt.

Der Mann packte den am Boden Liegenden am Hals und zerrte ihn auf die Füße. Ein paar Strähnen seines blonden Haars fielen ihm dabei ins Gesicht, was ihn aber nicht zu stören schien. Er hatte einzig und allein Augen für den neugeborenen Mare, den er voller Gier anschaute.

Blitzschnell hob er die andere Hand und drückte sie dem Kerl auf die Brust. Der riss die Augen auf, stieß einen Schrei aus, doch noch ehe der sich richtig hochschrauben konnte, verstummte der Mare auch schon wieder und zerbarst in tausend Lichtfunken, die einen kurzen Moment unkontrolliert umherflogen, um sich dann an einer Stelle zu sammeln. Der Typ streckte die Hand aus und berührte das Licht, das daraufhin in seinen Körper glitt. Es ließ seinen ganzen Arm erstrahlen und erst, als es komplett in ihn gedrungen war, hörte das eigentümliche Glühen auf.

»Tja, Fressen und gefressen werden«, murmelte Jinx. »Es ist doch immer wieder ein Erlebnis, das mit eigenen Augen zu sehen.«

Nun stand sie endlich auf, klopfte sich den Schmutz von der Hose und wandte sich an den Fremden. Ich schien in diesem Moment vergessen und überlegte, ob es nicht besser wäre, die Beine in die Hand zu nehmen. Doch der Schock über das eben Gesehene saß noch so tief, dass ich mich nicht rühren konnte. Und diese zwanzig Sekunden veränderten alles.

»Schön, dass du unserem Ruf gefolgt bist«, erklärte Jinx und ging langsam auf den Mann zu.

»Als hätte ich eine Wahl gehabt. Diesem Licht kann sich keiner von uns entziehen, aber das ist dir wohl bewusst«, zischte der Fremde.

Jinx lachte. »Hin und wieder braucht es eben überzeugende Argumente und du kannst mir glauben, davon haben wir noch etliche mehr.«

Ich war mir nicht sicher, ob sie eine Drohung ausstieß oder ob es wie eine Einladung klingen sollte.

»Wir gehören Morpheus an«, fuhr sie fort. »Das sagt dir doch gewiss etwas, oder?«

Der Angesprochene nickte und ich sah mich in meinen schlimmsten Befürchtungen bestätigt. Ich sollte so schnell wie möglich von hier fortlaufen! Ich drehte mich gerade um, und wollte die Beine in die Hand nehmen, als ich Jinx weitersprechen hörte.

»Wir wollen dir ein Angebot machen, das du sicher nicht ausschlagen kannst. Du wirst …«

Weiter kam sie nicht, denn in diesem Moment kroch dunkler Nebel über den Boden, so rabenschwarz und dick, wie ich es niemals zuvor erlebt hatte. Aus dessen Tiefen erklang eine Stimme, die mir Gänsehaut bereitete und zugleich unfassbar vertraut war.

»Hatte unser Priester also recht, als er sagte, wir sollten uns diesen Park vornehmen. Allerdings hätte ich nicht damit gerechnet, Mitglieder von Morpheus hier anzutreffen. Aber umso besser.«

In diesem Moment trat Nate aus dem Dunkel. Cass und William waren an seiner Seite und hatten so verbissene Mienen aufgelegt, dass ich sie kaum wiedererkannte.

Nate hob den Arm, woraufhin ein Teil des Nebels dieselbe Bewegung ausführte und in Jinx' Richtung schoss.

6

Ich musste zugeben, dass ich Nate und die anderen noch nie richtig habe kämpfen sehen – zumindest nicht auf diese Art und Weise. Oft war ich beim Training dabei gewesen, doch erkannte ich in diesen Moment, dass das wohl mehr Spielereien gewesen waren. Ein wirklicher Kampf sah anscheinend ganz anders aus. Er war schrecklicher und so viel gewalttätiger, als ich es mir je hätte ausmalen können.

Der Nebel schoss auf Jinx zu, die aber nur müde lächelte. Plötzlich drückte sie sich mit solcher Kraft vom Boden ab, dass sie in die Luft schoss. Sie überschlug sich dort und landete sicher auf den Füßen, wo sie keine Sekunde verstreichen ließ und auf Nate zurannte. Die junge Frau beschleunigte ihr Tempo, sodass ich sie plötzlich nicht mehr sehen konnte.

Nate hob den Arm. Der Nebel verdichtete sich vor ihm, schob sich zu einer wabernden Wand in die Höhe und fing Jinx ab, die dagegenprallte, zu Boden stürzte, sich dort aber ohne Schwierigkeiten auffing. Ein kleines Rinnsal Blut floss ihr über die Lippen, die zu einem herausfordernden Grinsen verzogen waren.

Sie wischte es sich ab und sagte: »Ich hoffe, das war noch nicht alles.«

Auch Cass und William hatten sich bereits mitten ins Kampfgetümmel geworfen. Williams Sigil wurde zu Rauch, der in seine rechte Hand wanderte und dort einen Gegenstand formte: einen Bogen. Ich wusste, dass William ein hervorragender Schütze war. Er hatte seine Magie perfekt im Griff, sodass er in einer unfassbaren Geschwindigkeit Pfeile abschießen konnte, die nie ausgingen und dazu noch so gut wie immer ihr Ziel trafen. Genau diesen Bogen spannte er nun und zielte auf Cole, der bloß müde lächelte.

Cass hingegen rannte so schnell auf seine Gegner zu, dass auch er vor meinen Augen verschwand. Als er wieder auftauchte, rief er die Kraft seines Sigils, um den Boden in eine teerartige Grube zu verwandeln, aus der man nicht mehr herauskam.

»Hör mit dem Unfug auf«, beschwerte sich eine dröhnende Stimme hinter mir.

Ich drehte mich um, doch da war es bereits zu spät. Arion packte mich und umklammerte mich so fest, dass ich das Gefühl hatte, er würde mir jeden Knochen im Leib brechen.

»Lass mich los, du verfluchter Mistkerl!«, schrie ich und wehrte mich aus Leibeskräften, was gar nicht so einfach war, denn ich hatte das Gefühl, in einem Schraubstock zu stecken.

»Warum es unnötig kompliziert machen?«, hakte er nach und wandte sich an Nate. »Ich gehe stark davon aus, dass die Kleine hier aus eurer Welt stammt. Als vorbildlicher Prinz, der du ja bist, wirst du eine unschuldige Untertanin doch keiner unnötigen Gefahr aussetzen, oder?«

Hatte der Kerl den Verstand verloren? Er versuchte, Nate mit mir zu erpressen.

»Alexis!«, rief Nate und zuckte erschrocken zusammen. Ihm war wohl klar, welch schweren Fehler er damit begangen hatte. Doch es sprach auch für ihn, dass er seine Sorge nicht hatte zurückhalten können, als er mich in den Fängen des Kerls entdeckt hatte. »Fuck!«, stieß er nun aus und in sein Gesicht legte sich ein solch tiefer Hass, wie ich es bei ihm nie zuvor gesehen hatte. »Lass sie los oder du wirst mich kennenlernen!«

»Schön zu sehen, dass dir die Kleine tatsächlich am Herzen liegt«, verkündete Arion, beugte sich ein Stück vor und legte seine Wange direkt an meine. Sein Geruch schmiegte sich um mich. Er roch fremd und nach Gefahr. Zudem war mir der Kerl viel zu nahe. »Sie ist recht hübsch, muss ich zugeben. Und fühlt sich gar nicht mal schlecht an«, sagte er, während er eine Hand an meiner Hüfte entlanggleiten ließ.

»Sag mal, geht's noch?!«, schrie ich ihn an. »Hör auf, mich zu begrapschen, sonst reiß ich dir gleich einen Körperteil ab, an dem du sicher sehr hängst.«

Arion lachte tief und rückte tatsächlich ein paar Millimeter von mir ab. »Du hast Kampfgeist, das gefällt mir.«

Sein Atem strich über meine Wange. Ekel machte sich in mir breit und ich mobilisierte all meine Kräfte.

»Wag es ja nicht!«, zischte Nate, um den herum der Nebel immer dichter wurde. Schwer und dick troff er aus dem Sigil um seinen Hals, kroch wabernd über den Boden, bereit, alles und jeden zu verschlucken.

»Wie niedlich, den Prinzen so aufgebracht zu erleben. Sonst scheint er immer so viel Spaß beim Fangen von Maren zu haben. Heute wirkt er aber plötzlich gar nicht mehr befreit und fröhlich. Ich glaube, das gefällt mir.« Arion lachte und schlang seinen Arm um meine Taille, um mich fester an sich zu ziehen.

Mir drückte es die Luft aus der Lunge, aber der Schreckmoment währte nur kurz, denn ich hatte meine Chance längst gewittert. So schnell und so kraftvoll ich nur konnte, drehte ich meinen Kopf und biss zu – mitten in Arions Wange.

Der brüllte auf und ließ erschrocken von mir ab. Die Gelegenheit ließ ich mir nicht entgehen und machte einen schnellen Satz nach vorne.

Nate entging nicht, dass ich frei war, und er schlug sofort zu. Er rief den Nebel, der weiterhin schwarz und schwer aus seinem Sigil rann und sich um Nate herum aufbauschte. Wie eine finstere Gewitterwolke hing er hinter ihm und wartete auf dessen Befehle. Und er fackelte nicht lange. Mit einer schnellen Armbewegung dirigierte er den Nebel nach vorne, der sofort zielstrebig über den Boden kroch.

Arion gab einen herben Fluch von sich – allerdings lag das wohl mehr an dem Schmerz in seiner Wange, über die er sich gerade mit den Fingern strich. Jedenfalls waren meine Zahnabdrücke gut sichtbar.

Die anderen schienen auf den Angriff zu warten und sich geradezu darauf zu freuen. Bei dem Mare, der vorhin aufgetaucht war, sah es da schon anders aus. Er warf einen sehnsüchtigen Blick in Richtung des Lichttornados – offenbar fiel es ihm schwer, sich davon zu trennen. Dann riss er sich aber doch los und machte sich daran, die Flucht zu ergreifen.

»Cass, er will abhauen!«, rief Nate. »Sorg dafür, dass ihm das nicht gelingt.«

»Nur zu gerne«, erwiderte er, schenkte Nate ein herausforderndes Zwinkern und nutzte sein Sigil. Auch aus seinem Amulett kroch sogleich Rauch. Allerdings formte er keine Fäden, die ihm gehorchten. Stattdessen wanderte er über den Boden und löste diesen auf. Eine zähe, schwarze Masse entstand, wo eben noch Kies und Gras zu sehen gewesen waren. Auf den ersten Blick erinnerte es an einen Sumpf, doch die Flüssigkeit hatte es in sich. Aus Cass´ Erzählungen wusste ich, dass, wenn man einmal hineingeraten war, es kein Entrinnen mehr gab. Nur der Dreamcatcher, der die Magie gewirkt hatte, konnte denjenigen noch retten – doch in den meisten Fällen gab es wohl keinen Grund für ihn, Erbarmen zu zeigen. Es war auf jeden Fall kein schönes Ende, sondern langwierig und äußerst schmerzhaft. Das schwarze Zeug ätzte einem zuerst das Fleisch von den Knochen, bis es schlussendlich auch diese auflöste.

Der Mann sah sich um und wusste natürlich, dass er die schwarze Masse besser nicht berührte. Allerdings war das leichter gesagt als getan. Der ganze Boden war mit dunklem Nebel bedeckt. Es war schier unmöglich, herauszufinden, wo man sicher war und wo nicht. Dennoch konnte er natürlich nicht einfach stehen bleiben und abwarten. Er verzog wütend das Gesicht, dann rannte er los. Nebel waberte um seine Beine, schien sie vollkommen zu verschlucken. Weit kam er nicht. Mit einem spitzen Schrei blieb er plötzlich stehen und riss an seinem linken Bein. Verzweiflung und Schmerz lagen in seinem Gesicht. Mit den Händen umklammerte er das Bein und versuchte, es zu befreien – vergeblich. Die Qual schien immer schlimmer zu werden, denn nun begann er, grauenhafte Schreie von sich zu geben. Mir lief es eiskalt den Rücken hinunter.

Cass eilte auf den Mare zu, um ihn in Obhut zu nehmen. Er musste kurz den Kopf einziehen, als mehrere Pfeile an ihm vorbeizischten. William hielt Cole und Jinx in Schach, die versuchten, an Nate heranzukommen. Blitzschnell wichen sie den Pfeilen aus – sie legten dabei eine so hohe Geschwindigkeit an den Tag, dass ich sie nicht sehen konnte. Es war unglaublich, aber sie entkamen jedem einzelnen Geschoss. Mal sprangen sie in die Luft, drehten sich dort oder nutzten Gegenstände wie den Brunnen, eine Bank oder einen Baum, um sich daran abzudrücken oder darüberzuspringen. Ich wollte es nicht, aber die beiden hinterließen einen bleibenden Eindruck bei mir.

Erst als ich ein lautes Zischen hörte, konzentrierte ich mich wieder auf das Geschehen vor mir. Einer von Williams Pfeilen war ganz in meiner Nähe gelandet. Den konnte ich gut gebrauchen, denn Arion hatte sich von meinem Biss längst erholt und rannte los. Ich wusste nicht genau, ob er es auf mich oder auf Nate abgesehen hatte, aber das spielte in diesem Moment auch gar keine Rolle.

Ich hechtete nach dem Pfeil, schnappte ihn mir, stand auf und rannte auf Arion zu. Keine Ahnung, ob ich ihn damit wirklich außer Gefecht setzen konnte, aber einen Versuch war es wert.

Ich lief los und stellte erleichtert fest, dass Arion sich auf Nate konzentrierte, der mehrere Nebelschwaden auf ihn niedersausen ließ. Arion musste einen Satz nach hinten machen, und war einzig und allein auf Nate und dessen Angriffe konzentriert. Das war meine Chance! Ich hob die Hand, holte mit der Pfeilspitze aus und sammelte all meine Kräfte, um so hart und gnadenlos zuzustechen wie nur irgend möglich. Ich öffnete den Mund, um einen lauten Schrei von mir zu geben, als mich etwas von hinten packte. Ich konnte nicht mal mehr Luft holen, da hatte ich schon ein Messer an der Kehle.

»Na, na, na. Wer wird denn da mit Waffen spielen und versuchen, sie meinem Freund in den Rücken zu rammen? Das ist ganz und gar nicht die feine Art«, hörte ich Jinx sagen, die mich mit eisernem Griff umklammert hielt.

Ich war wirklich erstaunt, wie stark sie war. Immerhin benutzte sie nur einen Arm, um mich festzuhalten, und ich konnte kaum Luft holen.

»Du gehst mir ganz schön auf die Nerven, muss ich sagen. Und auch wenn du keine große Herausforderung darstellst, ist es immer besser, wenn es einen weniger von euch gibt.«

Mein Herz hämmerte gegen meine Rippen, als ich ihre Worte vernahm, und mein Brustkorb verengte sich. Ich empfand pure Angst. Nicht aufgrund ihrer Worte, sondern weil ich den Druck auf meiner Haut spürte, den sie nun verstärkte. Sie war entschlossen und würde nicht zögern. Ein dünnes Blutrinnsal floss an meinem Hals hinab. Ich versuchte, mich von ihr wegzudrehen, irgendwie Abstand zu bekommen oder mich loszumachen, aber es war zwecklos.

»Hör sofort auf!«, schnauzte Nate. Hass und Abscheu schwangen in seiner Stimme mit, während er den Nebel in unsere Richtung jagte.

Ich sah zu ihm. Ein letztes Mal. Wir wussten beide, dass es gleich vorbei sein würde.

»Nate«, formten meine Lippen und ich konnte nichts als Bedauern empfinden. Ich hätte nie hierherkommen dürfen.

»Nein!«, schrie Nate, während sich die Nebelmassen aufbäumten und ich das Gefühl hatte, eine schwarze Wand würde auf uns niederbrechen.

»Tja, Lebwohl, Kleine«, sagte Jinx und machte den todbringenden Schnitt.

»Stopp!«, hörte ich eine Stimme sagen, die erstaunlicherweise nicht von Nate stammte.

Ich hielt den Atem an und spürte mein Herz panisch hämmern. Mir war gar nicht klar gewesen, dass ich die Augen geschlossen hatte. Ich presste sie noch immer zu und spürte meinem rasenden Puls nach. Offenbar war ich noch am Leben, auch wenn das nicht so recht Sinn machte. Hätte ich nicht tot sein müssen? Aber da war kein Schmerz, kein Blut, das aus mir herausströmte.

Langsam öffnete ich die Augen. Jinx hielt mich weiterhin fest – das Messer ein kleines Stück von meinem Hals entfernt. Sie hatte den Schnitt noch nicht ausgeführt. Arion tauchte neben ihr auf und sah sie mit ernster Miene an.

»Was soll das?«, wollte die junge Frau wissen.

»Du sollst sie nicht töten.«

»Was? Bist du vollkommen übergeschnappt? Warum denn nicht? Eine weniger, das wäre ein Fortschritt.«

Arion blickte sie nur mit ernster Miene an und schüttelte den Kopf. »Lass sie gehen.«

Diese Aufforderung verschlug ihr vollkommen die Sprache, und auch ich war mir nicht sicher, ob ich richtig gehört hatte. Er wollte, dass sie mich gehen ließ?! Ernsthaft?!

»Ich fasse das einfach nicht. Wirklich?! Sagst du mir bitte auch, warum?«, wollte Jinx wissen, die immer wütender zu werden schien.

Arion verschränkte die Arme vor der Brust. »Du weißt, warum.«

Jinx starrte ihr Gegenüber an. Irgendetwas schien sie in ihm zu suchen – und dann auch zu finden. Jedenfalls ging ein Zucken durch ihren Körper, als ihr offenbar etwas klar wurde. Dann ließ sie mich los und stieß mich mit einem harten Schubs von sich. Ich stolperte ein paar Schritte und musste aufpassen, nicht hinzufallen. Doch kaum hatte ich mich gefangen, eilte ich weiter. Es war bestimmt besser, etwas Abstand zwischen die beiden und mich zu bringen.

»Verdammt! Das ist so unfair und einfach nicht richtig!«, tobte Jinx.

»Hör auf, dich zu beschweren. Es hat gewiss alles seine Gründe«, sagte Arion seelenruhig und ging an ihr vorbei. Er wirkte vollkommen gelassen und überhaupt nicht so, als würde er einen Angriff starten wollen. Von daher war ich überrascht, als ich sah, wie dunkler Rauch aus einem Gegenstand auf seiner Brust troff und zu Boden glitt.

»Ein Sigil«, murmelte ich fassungslos.

Mir war nicht klar gewesen, dass Menschen sie ebenfalls nutzen konnten. Wo hatte er es nur her? Doch die Frage hatte ich mir schnell beantwortet: Es kam zum Glück nicht allzu oft vor, aber dennoch geschah es, dass Dreamcatcher im Kampf starben. Und natürlich konnten die Mitglieder von Morpheus dann das Sigil an sich nehmen. Wut durchströmte mich. Am liebsten hätte ich ihm die Kette vom Hals gerissen. Mir war allerdings bewusst, dass das keine gute Idee war.

Kaum hatte der Nebel den Boden erreicht, wandelte er sich, und dann war auch schon das Kreischen zu hören. Ich riss die Augen auf, als Hunderte pechschwarzer Vögel aus dem Nebel flogen und sich auf uns stürzten. Mit Williams Pfeil stach ich auf die schwarzen Bestien ein, die mir um den Kopf herumflatterten und mich mit ihren Krallen und Schnäbeln zu durchbohren versuchten. Ich schrie auf, als mich ein Vogel am Arm erwischte und mir die Haut aufriss, doch sofort holte ich aus und stach nach ihm. Da das Wesen nicht aufhörte, hieb ich immer wieder zu. Keine Ahnung, wie viele der schwarzen Nebelvögel ich erwischte. Ich konnte in dem Chaos aus waberndem Dunst, Federn und Krallen kaum etwas erkennen. Aber ich hörte Williams Pfeile, die durch die Luft schossen, und spürte die Erde donnern, als Nate den geballten Nebel auf die gefiederten Angreifer niedersausen ließ.

Nach einer gefühlten Ewigkeit fiel auch der letzte Vogelkörper klatschend auf den Boden, wo er sich in Rauchfäden auflöste, die der Wind davontrug. Schwer atmend hielt ich den blutigen Pfeil fest umklammert in meiner Hand. Mein Arm tat weh, ebenso wie der gesamte Rest meines Körpers. Vermutlich sah ich gerade aus, als wäre ich in eine Art Fleischwolf geraten. Mein Blick flog über den Platz, doch Jinx, Arion und Cole waren verschwunden. Natürlich hatten sie den letzten Angriff genutzt, um zu flüchten.

»Fuck, verdammt!«, hörte ich Nate fluchen.

»Ja, blöd gelaufen. Wäre gut gewesen, wenn wir die drei hätten schnappen können«, bemerkte Cass, während er sich durchs Haar strich und ein paar Federn herausfischte. »Aber immerhin haben wir ihn noch«, fügte er mit einem Blick auf den Mare hinzu, der weiterhin in dem schwarzen Zeug festhing.

»Das ist nur eine kleine Wiedergutmachung«, knurrte Nate, der seinem Nebel ein Handzeichen gab.

Aus dessen Tiefen schossen plötzlich silberne Schnüre hervor, die wie aus hellem Mondlicht gemacht schienen. Sie sausten nach vorne und wickelten sich erbarmungslos um den Mare. Der Kerl ächzte unter den Seilen, konnte aber nichts tun, um sich zu befreien. Mit hasserfülltem Blick sah er erst auf den zähen, schwarzen Untergrund vor sich, dann zu Nate, der ihn langsam zu sich zog.

Cass und William waren sogleich zur Stelle, wickelten die Schnüre um den Mare und achteten darauf, dass er seine Hände nicht mehr bewegen konnte.

»Gut verschnürt geht es nun nach Hause, würde ich sagen. Du freust dich sicher, endlich in unsere Welt zu kommen. Es liegt zwar noch ein kleines Reinigungsprogramm vor dir, aber schon bald wirst du dich als Magie in unsere Welt fügen dürfen«, verkündete Cass bestens gelaunt.

Der Mare spuckte ihm entgegen, doch Cass wich mit einem schnellen Schritt aus.

»Wer wird denn gleich so unfreundlich sein. Dabei kümmern wir uns so liebevoll um dich und bieten dir auch noch den kostenlosen Transportservice an. Wenn das mal nichts ist.«

»Spar dir den Atem«, unterbrach ihn William, der den Mare vor sich her stieß. »Wir wissen alle, dass es nichts bringt und er bei der ersten Gelegenheit versuchen wird, uns den Hals umzudrehen.«

»Worauf du dich verlassen kannst«, spie der Mann ihm entgegen und kämpfte erneut mit seinen Fesseln.

»Oh, das trifft mich aber«, säuselte Cass, während wir durch den Park gingen. Irgendwann aktivierte Cass sein Sigil, woraufhin sich erneut der Nebel bildete. Allerdings wirkte er nun eine kleine Spur heller. »Dann wollen wir mal«, fuhr er fort und ging mit William auf den Nebel zu.

Ich wusste, dass es gewisse Punkt gab, an denen sich die Nebelwelt und die der Menschen berührten. Nur dort konnten die Dreamcatcher mit ihren Sigil eine Art Durchgang erschaffen.

Ich sah den dreien nach, wie sie in den dichten Schwaden verschwanden, und zuckte erschrocken zusammen, als ich eine Hand auf meiner Schulter spürte. Hektisch drehte ich mich um und schaute in Nates Gesicht. Seine Brauen waren zusammengezogen und seine Augen wirkten kalt und wütend.

»Du musst mir einiges erklären«, erwiderte er, während er nach meiner Hand griff und mich mit sich in den Nebel zog.

7

Ich hatte nicht vor, mir eine Standpauke anzuhören. Schon gar nicht von Nate. Natürlich war es vielleicht nicht meine beste Idee gewesen, durch den Nebel in die Menschenwelt zu gehen. Aber was hätte ich denn tun sollen? Ich hatte die Traummagie doch nicht einfach entkommen lassen können. Keiner hätte ahnen können, dass die Sache derart aus dem Ruder laufen würde. Gut, eine gewisse Vorahnung, dass meine Chancen auf eine erfolgreiche Rückführung des Entflohenen nicht allzu gut standen, hatte ich durchaus gehabt. Trotzdem, im Großen und Ganzen fand ich, dass ich mich recht ordentlich geschlagen hatte.

Nate schritt unermüdlich voran und hielt meine Hand dabei die ganze Zeit fest umklammert. Normalerweise genoss ich solche Momente, doch der Druck, den er dabei ausübte, war nicht gerade angenehm. Außerdem bekam wohl selbst der letzte Idiot mit, wie wütend er war.

»Kannst du nicht ganz so fest zupacken? Du tust mir weh. Und außerdem ist es nicht sonderlich fair, wie wütend du auf mich bist«, erklärte ich schließlich und spürte wieder mal das kalte Kribbeln in meinem Nacken, das ich immer empfand, wenn ich durch den Nebel ging. Er klebte bereits eisig und feucht auf mir.

Nate drehte sich zu mir um, musterte mich einen kurzen Moment und schnaufte erbost. Offenbar fiel auch ihm gerade auf, wo wir uns befanden. Schnell umfasste er sein Sigil. Es dauerte keinen Atemzug, bis der Nebel daraus hervorkroch und in Windeseile einen Drachen formte.

Es tat gut, Flame zu sehen, und noch besser war es, auf seinen Rücken zu steigen, damit er uns schnell von hier wegbrachte. Einzig und allein die Stimmung zwischen Nate und mir machte mir etwas zu schaffen. Er hielt mich zwar fest, sagte aber die ganze Zeit kein Wort, was sicher kein gutes Zeichen war.

»Denkst du ernsthaft, dass ich absichtlich in die Menschenwelt gegangen bin?«, begann ich automatisch, mich zu verteidigen, weil die eisige Stimmung nicht auszuhalten war.

»Sag bloß, deine Beine haben ein Eigenleben entwickelt und dich ohne deinen Willen einfach fortgetragen.«

Obwohl der Spruch auf meine Kosten ging, hätte mich Nate damit üblicherweise zum Lachen gebracht, doch der kalte Unterton in seiner Stimme sorgte dafür, dass die Wut in mir zu schwelen begann. Ich verdrehte die Augen und gab ein tiefes Seufzen von mir.

»Du kannst so witzig sein«, knurrte ich. »Wenn du auf jemanden sauer sein willst, dann auf den Entflohenen. Ich war gerade dabei, das Nebeltor hinter euch zu schließen, als ich ihn gesehen habe. Ja, im Nachhinein ist mir auch klar, dass ich schon bessere Ideen hatte, aber was hätte ich tun sollen? Ihn einfach entkommen lassen? Ich habe so etwas noch nie gesehen und ich muss zugeben, dass es mir aus vollstem Herzen widerstrebt hat, die Hände in den Schoß zu legen, die Tür zu schließen und so zu tun, als hätte ich nichts gesehen.«

Ich spürte, wie ein Rucken durch Nate ging und er sich vor Überraschung anspannte. »Du hast Traummagie gesehen, die gerade zu fliehen versucht hat?«, hakte er ungläubig nach.

»Versuch nicht, es so hinzustellen, als hätte ich mir das nur eingebildet. So war es nämlich nicht. Und bevor du noch weiter ausholst: Ja, mir ist bewusst, wie selten man einen Entflohenen zu Gesicht bekommt – erst recht, wenn dieser gerade auf dem Weg in die Menschenwelt ist.«

Ich spürte, wie Nate mir wieder ein Stück näher kam. Es waren nur wenige Millimeter, dennoch nahm ich die Veränderung deutlich wahr. Ebenso wie seine Wange, die an meinem Haar entlangstrich, als er den Kopf schüttelte.

»Nein, das habe ich nicht vor. Eigentlich halte ich dich für vernünftig genug, um zu wissen, dass du die Menschenwelt nicht einfach betreten sollst. Genau darum war ich auch so fassungslos, dich dort zu sehen. Gut, nun macht das Ganze schon mehr Sinn. Auch wenn der eine oder andere vermutlich behaupten würde, es wäre besser gewesen, die Verfolgung nicht selbst aufzunehmen.«

»Der eine oder andere? Aber nicht du?«, hakte ich nach und konnte mir ein Grinsen nicht verkneifen.

»Ich glaube, wenn ich das mitangesehen hätte, wäre ich ebenfalls hinterhergerannt. Von daher kann ich dich verstehen.«

Immerhin war es gut zu hören, dass er mir doch ein gewisses Maß an Verständnis entgegenbrachte.

»Hast du diese Frau und die beiden Kerle zuvor schon mal gesehen? Sie gehören zu Morpheus, oder?«

Ich hatte viele Fragen, und da die Wogen wieder ein klein wenig geglättet waren, wollte ich die Chance nicht verstreichen lassen.

Ich spürte, wie Nate nickte. »Wir haben sie bereits ein paarmal getroffen, aber bisher ist es erst einmal zu einem Kampf gekommen. Mir ist noch immer nicht klar, warum sie dich …«

Er brach mitten im Satz ab. Vermutlich wollte er nicht, dass ich mir ebenfalls den Kopf darüber zerbrach, aber natürlich tat ich das längst.

»Du meinst, warum sie mich haben gehen lassen?« Ich gab ein verächtliches Keuchen von mir. »Die Frage stelle ich mir auch und ich hatte die Hoffnung, du hättest eine Antwort darauf. Möglicherweise stoßen sie gerne Drohungen aus, kneifen dann aber im letzten Moment doch?« Mir war klar, wie dumm allein der Gedanke war. Aber es konnte doch nicht sein, dass ich bloß Glück gehabt hatte, oder?

»Ehrlich gesagt, weiß ich es nicht, und genau das behagt mir ganz und gar nicht. Üblicherweise kennt Morpheus weder Zögern noch Erbarmen. Aber keiner von uns kann in ihre Köpfe schauen.

Wir sollten erst einmal froh sein, dass du lebend von ihnen weggekommen bist.«

So einfach, wie er nun tat, war es sicher nicht, und ich sah, dass es weiter in ihm arbeitete.

Zur Bestätigung meiner Gedanken sagte er: »Wir werden den Mare gleich wegbringen. Es wird vermutlich am besten sein, wenn du uns begleitest.«

Diese Information ließ mich stutzig werden. Normalerweise nahmen die Dreamcatcher niemals Außenstehende zur Sakristei mit. Was hatte das nun also zu bedeuten?

»Du nimmst mich doch nicht einfach nur zum Spaß mit oder weil du der Ansicht bist, ich hätte heute zu wenig Abenteuer erlebt? Rück also lieber gleich mit der Sprache raus.«

Nate überlegte einen Moment und schien nach den richtigen Worten zu suchen. »Bei der Sakristei werden wir Dreamcatcher auf alles Mögliche getestet.«

Gut, das ergab nicht wirklich viel Sinn. Tetanus oder Hepatitis hatte ich mir bei dem Einsatz sicher nicht eingefangen.

»Auch auf Gifte«, erklärte er endlich. »Morpheus greift sehr gerne darauf zurück, und ich könnte mir vorstellen, dass das der Grund war, weshalb sie von dir abgelassen haben.«

»Sie wollen lieber, dass ich langsam und elendig sterbe?!«, hakte ich fassungslos nach.

Sofort fühlte ich in mich hinein. War da irgendwas anders? Spürte ich etwas, das auf ein mögliches Gift hindeuten konnte? Wie fühlte sich so etwas überhaupt an? Hätte ich nicht Schmerzen haben müssen, Blut spucken und mich nach Luft schnappend auf dem Boden winden müssen? Zumindest hatte ich diese Bilder im Kopf, wenn ich an Gift dachte. Aber da Nate sich deswegen sorgte, musste es offenbar auch welche geben, von denen man erst einmal nichts bemerkte.

Plötzlich konnte es mir gar nicht schnell genug gehen und Flame, dessen Tempo ich sonst immer für viel zu rasant hielt, kam mir auf einmal langsam wie ein kaputtes Boot vor, das gegen den Strom schwamm.

Nate spürte meine ansteigende Panik und verstärkte den Griff um meine Mitte. Er schlang den Arm um mich und zog mich fester an sich heran, sodass ich mit dem Rücken an seiner Brust ruhte. Ich spürte seinen beruhigenden Atem, die feste Muskulatur und versuchte, mich nur auf dieses Gefühl zu konzentrieren. Nicht gerade einfach, wenn die Gefahr bestand, dass einem gerade ein Giftcocktail durch die Adern rauschte.

»Keine Sorge, es ist nicht sicher, dass sie wirklich Gift eingesetzt haben. Aber wir gehen lieber auf Nummer sicher.«

»Ja, das wäre mir ganz recht«, erwiderte ich und atmete zitternd aus. »Und du bist dir sicher, dass es in Ordnung ist, wenn du mich in die Sakristei mitnimmst?«

Immerhin war der Zugang nur Mitgliedern der Dreamcatcher und natürlich dem König gestattet.

»Die Priester werden vermutlich nicht begeistert sein, aber sie werden einsehen, dass es wichtig ist, dich anzuschauen.«

Zum Glück konnte Nate meinen zweifelnden Gesichtsausdruck nicht sehen, der mich bei dieser Verkündung sofort überkam. Meiner Erfahrung nach waren die Priester eher lebensfern. Sie wohnten im Tempel und bekamen vom Alltag der normalen Bevölkerung nicht viel mit. Feierlichkeiten fanden entweder im Palast oder im Tempel statt. Dabei hielten sie der Bevölkerung ihre Verfehlungen vor – natürlich mit der Ermahnung, dass wir uns bessern sollten. Die Regeln, die in den religiösen Schriften zu finden waren, standen für sie an oberster Stelle. Sie waren quasi Gesetz und ein jeder sollte sich daran halten.

Ansonsten bestanden ihre Aufgaben darin, nach Zeichen von Maren und Entflohenen zu suchen, damit die Dreamcatcher sie aufhalten konnten. Es war ein Leben, das sich stark von dem unterschied, das der Rest der Traumländer führte. Von daher war ich gespannt, ob sie mir wirklich helfen würden. So ganz konnte ich es jedenfalls noch nicht glauben.

Flame machte ein paar weitere kräftige Flügelschläge, dann sah ich auch schon das Nebeltor. Nate ließ den Drachen direkt davor landen. Kaum waren wir von seinem Rücken abgestiegen, löste sich die riesige Kreatur in dichten Rauch auf, der über den Boden kroch und sich in Nates Sigil zurückzog.

Ich öffnete das Tor, trat hindurch und atmete erleichtert auf, als wir den Nebel hinter uns ließen. Cass und William warteten bereits in der Nähe des Aufzugs auf uns. Zwischen ihnen stand der Mare, der noch immer mit den silbernen Seilen gefesselt war. Sein Gesichtsausdruck wirkte verkniffen und er schien nicht allzu erfreut über die Rückkehr in unsere Welt. Dennoch machte er keinerlei Anstalten, sich zu wehren. So, wie er gefesselt war, hatte er ohnehin keine Chance.

»Ihr habt euch ganz schön Zeit gelassen«, erklärte Cass, der ein Ende des Stricks in der Hand hielt. »Wollen wir dann gleich los? Wenn wir uns ranhalten, können wir vielleicht nachher noch mal in die Menschwelt gehen und ein bisschen feiern. Ich finde, das haben wir uns verdient.«

Ich wusste, dass die Dreamcatcher die Menschenwelt eigentlich nicht zu ihrem Vergnügen besuchen sollten. Aber wer konnte ihnen schon nachweisen, dass sie gerade nicht auf einem Einsatz waren? Außerdem gönnte ich Cass und den anderen ihren Spaß.

Wir gingen zum Aufzug und zogen die quietschende Tür auf. Ratternd setzte sich das Gefährt in Bewegung und wir fuhren hinab.

Ich war noch nie dabei gewesen, wenn ein Mare in die Sakristei überführt wurde. Irgendwie hatte ich mir immer vorgestellt, dass diese Wesen das nicht so gelassen hinnehmen würden. Aber gewiss verhielten sie sich unterschiedlich. Bei den Albträumen war es ähnlich. Auch hier tobte und wehrte sich nicht jeder. Trotzdem war es ein eigenartiges Gefühl, diesem Mare so nahe zu sein, sein verbissenes Gesicht zu sehen, in dem die Augen kalt strahlten. Ein paar seiner blonden Strähnen waren ihm ins Gesicht gefallen und verdeckten sein linkes Auge. Plötzlich hob er den Kopf und sah in meine Richtung.

Wir erreichten unser Ziel, stiegen aus und gingen zu einer Anlegestelle. Diese war allein den Dreamcatchern vorbehalten und das Boot, das hier vertäut war, war eines der besten, das man in Lighthaven finden konnte.

»Wirst du uns begleiten?«, wollte William wissen, als ich ihnen auf den Steg folgte.

Ich nickte und sah zu Nate. »Offenbar könnte es sein, dass ich vergiftet worden bin.«

»Zumindest sollten wir sichergehen«, erklärte Nate.

Cass warf mir einen prüfenden Blick zu. »Fühlst du denn schon irgendwas? Ein flaues Gefühl im Magen? Ein Ziehen im Bauch, das in ein beherztes Stechen übergeht? So hat es bei mir auch angefangen, und ich sage dir, was danach kam, war wirklich nicht schön.«

»Wie oft denn noch? Dein Durchfall kam ganz sicher nicht von einem Gift, das dir Morpheus verabreicht hat. Da hätten sie dir mit Sicherheit Schlimmeres angetan, als nur dafür zu sorgen, dass du dich ein paar Stunden auf dem Klo krümmst«, erwiderte William sachlich wie immer und leider auch etwas zu detailreich.

»Ja, behaupte du das nur. Du hast keine Ahnung, was ich für Höllenqualen durchlitten habe. Und außerdem: Woher hätte das denn sonst kommen sollen? Es war direkt, nachdem wir aus der Menschenwelt zurückgekehrt sind«, verteidigte sich Cass, während er das Boot ein Stück zu uns heranzog, damit wir einsteigen konnten.

»Vielleicht lag es an den vier Milchshakes, den beiden Burgern, den Unmengen an Pommes und dem ganzen Kuchen, den du dir reingehauen hast«, schlug Nate vor.

Cass winkte ab und griff wieder den Strick des Mares. »Das esse ich doch fast jedes Mal, wenn wir in der Menschenwelt sind, und ich hatte damit noch nie Probleme.«

»Könnt ihr vielleicht einfach die Klappe halten?!«, mischte sich der Mare ein. »Als wäre es nicht schon schlimm genug, dass ich von euch Spinnern gefangen genommen worden bin. Jetzt muss ich mir auch noch alles über die Ausscheidungen dieses Typs hier anhören.« Er verzog angewidert das Gesicht.

»Wirklich reizend, und dann noch diese herrliche Laune. Da macht die Arbeit Spaß«, verkündete Cass, während er den Mare unsanft ins Boot zerrte.

Wir stiegen ebenfalls ein und nahmen Platz.

»Ich kann es kaum erwarten, euch loszuwerden«, knurrte er.

»Oh, keine Sorge. Uns geht es da nicht anders«, verkündete William und schenkte ihm ein unheilvolles Lächeln.

Anschließend griff er nach dem Riemen und setzte das Boot in Bewegung. Langsam glitt es den Fluss hinab, bis es von der Strömung erfasst wurde und deutlich an Tempo zulegte.

Ich wusste, dass der Zugang zur Sakristei in einer Höhle nicht weit entfernt vom Lichttor lag. Den schmalen Seitenarm des Styrak hatte ich mehrfach gesehen. Dennoch hätte ich es nie gewagt, diese Abzweigung zu nehmen. Es war streng verboten, auch nur in die Nähe der Sakristei zu kommen. Von daher war ich gespannt, diesen Ort nun mit eigenen Augen zu sehen.

Wieder schaute ich auf den Mare, der gedankenversunken aufs Wasser starrte. Ob er ebenfalls Frieden finden würde, sobald er geläutert und zu Magie geworden war? Es musste eine Erleichterung sein, wenn dieser dunkle Trieb verschwand, der dafür sorgte, dass man den Menschen so viel Leid brachte. Von wie vielen hatte er sich wohl ernährt? Wie vielen hatte er den Tod gebracht? Seiner soliden Gestalt nach zu urteilen, mussten es sicher eine ganze Menge gewesen sein.

Wieder spürte ich seinen Blick auf mir, und für einen Moment hatte ich das Gefühl, er könnte in mein Inneres sehen. Hastig schaute ich beiseite und wandte mich wieder dem Wasser zu, das mir so vertraut war. Unser Boot glitt mühelos durch die schwarzen Wellen, die sich am Rumpf kräuselten, und brachte uns dem Ziel immer näher. Ich konnte die Farne bereits ausmachen, die am Ufer der Abzweigung wuchsen und sich dem Wasser entgegenbogen. William ließ den Riemen tief ins Wasser tauchen, um das Boot aus der Strömung und in die Richtung des kleinen Seitenarms zu manövrieren.

Der Mare schien keinen Blick dafür übrig zu haben. Er starrte unentwegt auf das Wasser, als hätte er sich in einer Erinnerung verloren. Vielleicht wollte er aber auch einfach nur nicht sehen, wohin wir fuhren, um das Ende nicht direkt vor Augen zu haben. Plötzlich hob er doch den Kopf und schaute zur Seite ans Ufer. Ich folgte seinem Blick, konnte dort aber nichts erkennen.

William gab ein kurzes Knurren von sich, als die Strömung das Boot nicht sofort loslassen wollte und weiter mit sich riss. Er musste den Riemen noch tiefer eintauchen und den Druck verstärken – dabei machte das Boot einen kleinen Schlenker. Es gab ein kurzes

Rucken, das durch unsere Körper ging – und dann passierte alles rasend schnell. Ich nahm eine rasche Bewegung am Ufer wahr. Eine schemenhafte Gestalt sprang auf uns zu, doch ich konnte sie nicht beobachten, denn in diesem Moment sprang der Mare auf. Ich sah den entschlossenen Blick in seinem Gesicht, den kalten Glanz, den er in den Augen trug, und eines war mir sofort klar: Er hatte sich gewiss nicht in sein Schicksal ergeben. Ganz im Gegenteil, er würde bis zum letzten Moment kämpfen – und er war nicht allein. Mit einem dumpfen Pochen landete ein zweiter Mare im Boot. Plötzlich stand der Kerl einfach da und grinste uns an.

»Tja, die Chance wollte ich mir nicht entgehen lassen.«

Nate und die anderen stürzten sich sofort auf ihn – und vergaßen dabei einen Augenblick den anderen Mare, der nur ein Ziel zu kennen schien: mich.

Ich holte tief Luft, als er sich zielgenau auf mich warf und mich mit sich über Bord riss. Es ging so schnell, dass ich es nicht mal schaffte, die Arme zu heben oder auch nur einen Versuch zu starten, ihn abzuwehren. Er packte zu, gnadenlos und absolut unnachgiebig. Ich glaubte, Nates Stimme zu hören. Aber sicher war ich mir nicht, denn das Platschen war einfach zu laut.

Über mir schlugen die Wellen zusammen. Ich sah den schimmernden Schein des Sonnenlichts, der durch das Wasser drang und von der Helligkeit an der Oberfläche erzählte. Ich entfernte mich immer weiter davon. Panisch setzte ich mich zur Wehr, schlug um mich und wand mich unter dem Griff des Mares. Der dachte aber gar nicht daran, mir auch nur einen Millimeter Spielraum zu geben.

Langsam sanken wir hinab. Es wurde immer dunkler um uns herum. Das Wasser war eiskalt, aber das registrierte ich nur am Rande. Viel schlimmer war das Gefühl in meiner Lunge, das Brennen und Pulsieren, das immer heftiger wurde. Ich brauchte Sauerstoff. Dieser Gedanke war alles, was in mir noch Bestand hatte. Ich wehrte mich, trat um mich und sah mit Entsetzen das Licht über mir verschwinden. Wir versanken in der kalten Tiefe, und plötzlich war der Gedanke in meinem Kopf, dass das vielleicht das Letzte war, was ich je sehen würde.

Luftblasen stiegen aus meinem Mund und taten das, was mir nicht vergönnt war: Sie schwebten nach oben und erreichten die rettende Oberfläche. Mein Puls raste. Mein Herz hämmerte so laut und qualvoll gegen meine Rippen, dass ich glaubte, sie müssten unter der Wucht zerbrechen. Meine Lunge tat entsetzlich weh. Das Bild verschwamm vor meinen Augen, und plötzlich tauchte das Gesicht dieses Kerls vor mir auf. Er war mir so nah, dass die Luftblasen, die aus seinem Mund drangen, an meinem Gesicht entlang nach oben stiegen. Kribbelnd strichen sie über meine Haut, während der Mare mir noch näher kam. Grinsend schaute er mich an und zog mich langsam zu sich heran. Als ich seine Lippen auf meiner Haut spürte, gleißte Schmerz in mir auf: allumfassend, qualvoll und absolut gnadenlos.

8

Ich schwamm im Leid. Ich ertrank in Qualen, die nicht enden wollten. Es war mir unmöglich, auch nur einen Atemzug zu tun oder einen Muskel zu bewegen. Es war so heftig, dass ich um Erlösung bettelte und mir den Tod herbeisehnte. Das musste aufhören! Sofort! Denn es war klar, dass ich das keine Sekunde länger ertragen konnte.

Aber es hörte nicht auf. Mir war, als würde ich weiterhin im Fluss schwimmen, gefangen in Kälte und Schwärze. Dazu dieser Schmerz, diese abgrundtief schreckliche Qual, die nicht enden wollte. Ich sehnte mich nach dem Tod. Und so schrecklich dieser Gedanke auch war: In diesem Moment hätte ich alles dafür gegeben, wenn ich hätte sterben dürfen, damit dieses Leid ein Ende hatte.

Wieder bäumte ich mich unter den Qualen auf. Es fühlte sich an, als würden feurige Klingen mein Fleisch von den Knochen schaben. Von irgendwo hörte ich eine Stimme, doch die Worte drangen nicht bis zu mir durch. Ich fühlte, dass ich festgehalten und mein Körper nach unten gedrückt wurde. Mit aller Kraft schlug ich um mich, wehrte mich. Gegen wen und was, das wusste ich nicht. Zwischendurch versank ich wieder in einer schwarzen Unendlichkeit, allein mit meinen Qualen, allein mit diesen unfassbaren Schmerzen. Allein mit meiner Angst. Allein.

***

Es erschien mir wie eine Ewigkeit aus halbem Erwachen und versinken im Tod. Mehrere Male hatte ich komplett aufgegeben und hätte, wenn ich dazu in der Lage gewesen wäre, mir sofort eine Klinge ins Herz gerammt. Es sollte einfach nur enden.

Umso erstaunter war ich, als das brennende Tosen, das Gefühl des Zerreißens, das mit keinen Worten der Welt zu beschreiben war, nachließ. Es kam mir wie ein anderes Leben vor. Wie eine andere Zeit, die nach einer gefühlten Ewigkeit angebrochen war. Aber die Schmerzen verblassten tatsächlich und kehrten nicht wieder zurück, auch wenn ich den Gedanken nur zaghaft zuließ. Lebte ich noch?

»Alexis«, hörte ich eine Stimme neben mir sagen.

Gleich darauf strich etwas durch mein Haar. Ich wehrte mich, riss den Kopf zurück und gab ein Wimmern von mir. Die Berührung war nicht richtig schmerzhaft, aber sie fühlte sich fremd an und … eigenartig.

»Ist sie tatsächlich wach?«, meldete sich eine weitere Person zu Wort.

Ich begann zu frösteln und bewegte mich erneut. Es war kalt hier. So kalt.

»Sie zittert«, stellte die erste Person fest. Sorge lag in der Stimme, die etwas in mir zum Klingen brachte.

Gleich darauf spürte ich Stoff auf meiner Haut. Ich zog zischend Luft ein und wand mich unter der Schwere, die sich drückend auf mich legte. Es tat weh. Auch wenn es auszuhalten war, wollte ich das alles nicht mehr fühlen müssen. Keine Schmerzen mehr. Bitte keine Schmerzen mehr.

»Es wird gleich besser«, erklärte die Stimme, und wieder strichen zärtliche Finger liebevoll über mein Gesicht.

Dieses Mal tat es wirklich nicht weh, und ich konnte erleichtert aufatmen. Ich schmiegte mich in diese neue Empfindung, die das komplette Gegenteil von dem war, was ich in den letzten Tagen – oder waren es Wochen, gar Monate? – empfunden hatte. Es tat unendlich gut.

Langsam übertrug sich die beruhigende Wärme auf mich und verwandelte sich in etwas Berauschendes, das meinen Körper langsam wieder mit Leben füllte. Ich war nicht tot.

Der Duft, die Stärke, mit der ich gehalten wurde, all das kam mir bekannt vor. Nate, schoss es mir durch den Kopf. Im ersten Moment konnte ich damit nichts anfangen, aber es dauerte nur einen weiteren Atemzug, bis mich all die vielen Erinnerungen an ihn durchströmten – und auch, was er mir bedeutete. Er war nicht nur mein bester Freund, sondern auch die Person, der ich am meisten vertraute und die ich mit all ihren Facetten kannte.

Ich versuchte, die Augen zu öffnen, doch das Bild vor mir war seltsam verschwommen. Mehrfach blinzelte ich, konnte allerdings weiterhin nicht scharf sehen. So schmiegte ich mich fester an Nates Körper, und er bettete meinen Kopf auf seinen Oberschenkeln. Es war ein vertrautes Gefühl und dennoch neu, denn wir waren uns nur selten auf diese Weise nah.

»Ich werde den Hohepriester informieren«, hörte ich die andere Person sagen.

»Ich bin unglaublich erleichtert, dass du es geschafft hast«, sagte Nate und ließ seine Finger durch mein Haar und an meiner Wange hinabgleiten. »Auch wenn die Priester anderer Meinung waren. Ich wusste, dass du es schaffen würdest. Du bist unendlich stark.«

Seine Fingerspitzen tanzten federleicht über meine Wange. Ich spürte, dass er sich mir weiter näherte, und plötzlich legten sich seine Lippen auf meine Stirn und hauchten mir einen Kuss auf die Haut. Die Berührung war so zärtlich und liebevoll, dass mir ein süßer Schauder durch den Körper rann. Gerne hätte ich seine Lippen noch länger so auf mir gefühlt oder zumindest etwas mehr von seiner Nähe gekostet, doch plötzlich ging die Tür wieder auf und Nate entfernte sich ein kleines Stück.

»Ihr solltet Euch eine Pause gönnen«, erklang die Stimme des Hohepriesters. Ich erkannte sie sofort. Oft genug hatte ich dem Mann lauschen müssen, als er eine seiner unzähligen Predigten gehalten hatte.

Gänsehaut kroch über meinen Körper und ich mobilisierte all meine Kräfte, um mich aufzusetzen. Ich riss die Augen auf und versuchte, den Kerl auszumachen, doch ich sah weiterhin alles nur verschwommen.

Nate ließ mich auf das Bett – oder wo auch immer ich lag – zurücksinken und stand auf. »Es ist mir ein Anliegen, bei ihr zu sein und nach ihr zu sehen. Immerhin war ich für den Transport des Mares verantwortlich. Es war meine Aufgabe, dafür zu sorgen, dass ihr nichts geschieht. Aber leider habe ich versagt.«

Von was sprach Nate da nur? Was war überhaupt passiert? Ich versuchte, mich daran zu erinnern, und fragte mich, wo ich mich überhaupt befand. Aber in meinem Kopf herrschte nur Schwärze. Und plötzlich blitzten mir aus dieser Dunkelheit zwei finstere Augen entgegen, kalt und gnadenlos. Der Entflohene. Die Menschenwelt und dieser Mare. Langsam rückten die Bruchstücke an die richtigen Stellen. Ich sah den zweiten Mare vom Ufer ins Boot springen und hörte in meiner Erinnerung erneut das Platschen, als mich der Gefangene mit ins Wasser gerissen hatte.

Und Nate gab sich die Schuld dafür. Ich versuchte, den Mund zu öffnen, um ihm klarzumachen, dass er für das alles nichts konnte. Immerhin war nicht er es gewesen, der mich ins Wasser gerissen hatte. Aber ich brachte nicht mal ein Krächzen zustande.

Ich hörte Schritte, die sich von mir entfernten. Dann sprach der Hohepriester wieder. »Es ist ein echtes Wunder, dass sie überlebt hat. Wobei, wenn ich sie mir genau anschaue … so ganz scheint es noch nicht entschieden zu sein. Ich werde sie gleich untersuchen und sehen, was ich tun kann, um ihr zu helfen. Es wäre aber gut, wenn Ihr erst einmal gehen würdet.«

Ein kalter Schauder kroch mir den Rücken hinab und ließ mich frösteln. Irgendetwas sagte mir, dass das keine gute Idee war. Verzweifelt versuchte ich, den Mund zu öffnen, um Nate zu rufen, aber wieder mal war ich wie gelähmt. Das war doch zum Aus-der-Haut-Fahren.

»Sie werden sie untersuchen, danach kehre ich aber auf der Stelle zurück. Ich werde sie in dieser Situation ganz sicher nicht im Stich lassen«, verkündete Nate, und diese Worte führten dazu, dass ich mich ein klein wenig beruhigte.

»Wie Ihr wünscht«, erwiderte der Hohepriester in schmeichlerischem Tonfall. Dann erklangen Schritte, anschließend hörte ich eine Tür und wusste, dass Nate gegangen war.

Wieder versuchte ich, mich zu bewegen. Etwas sagte mir, dass ich gerade nicht wie ein Stück totes Fleisch auf dem Seziertisch vor dem

Kerl liegen sollte. Ein Ächzen kämpfte sich aus meiner Kehle. Das machte mir Mut. Vielleicht würde es mir doch gelingen, mich zu …

»Wirklich erstaunlich. Dein Körper muss sehr gekämpft haben. Das tun sie alle, wenn ein Mare versucht, in ein anderes Lebewesen zu dringen und dessen Leib zu übernehmen.«

Wenn es mir möglich gewesen wäre, hätte ich nun fragend die Stirn gerunzelt oder ein verwirrtes »Hä?« von mir gegeben. Natürlich wusste ich, dass sich Mare nicht nur an Menschen hängen konnten, um ihnen mit ihrer Macht möglichst viel Leid zu bescheren. Manch einer versuchte auch, den Körper seines Opfers zu übernehmen. Das ging für den Menschen aber nie gut aus. Er starb sofort, doch der Mare hielt den Körper noch eine Weile am Leben, bis er irgendwann von der magischen Kraft zerstört wurde. Bei uns Traumländern sah es nicht anders aus. Hin und wieder versuchte ein Mare, in den Körper eines Dreamcatchers zu dringen. Für den Mare war es eine Chance, zu überleben. Wenn er in großer Gefahr war, konnte dies ein Ausweg sein.

Meine Gedanken wirbelten, während ich mich fragte, ob das mit mir geschehen war? Aber warum war ich dann nicht gestorben? Panik stieg in mir auf, und als ich die Hand des Hohepriesters spürte, die sich auf meine Stirn legte, hätte ich am liebsten vor Widerwillen geschrien. Was war hier nur los?

»Dein Kampf hat über eine Woche gedauert. Am Ende scheinst du ihn tatsächlich gewonnen und dich gegen den Mare behauptet zu haben. Außergewöhnlich. Selbst in den Aufzeichnungen stand nirgends geschrieben, dass dies jemandem je zuvor gelungen ist.«

Was?! Das ergab überhaupt keinen Sinn. Das konnte nicht sein. Der Angriff lag eine Woche zurück und ich war noch immer lebendig?! Über die Hartnäckigkeit, mit der ich mich am Leben festgeklammert hatte, konnte ich mich sicher nicht beschweren. Aber was war mit dem Mare geschehen?

»Mich würde sehr interessieren, wie du das geschafft hast. Noch mehr gespannt bin ich, zu erfahren, ob du dich vielleicht verändert hast. Möglicherweise ist etwas mit dir geschehen, als der Mare versucht hat, eine Verbindung mit dir aufzubauen, um deinen Körper zu übernehmen. Vielleicht sind da besondere Kräfte, wo zuvor keine waren.«

In diesem Moment schaffte ich es noch einmal, meine Augen aufzureißen, und tatsächlich sah ich endlich ein Bild vor mir: ein Mann mit schlohweißem Haar und faltiger Haut, die besonders an den Wangen und am Hals herabhing. Leberflecke zierten die hohe Stirn und sein Blick machte deutlich, dass dieser Kerl keine Skrupel kannte. Er streckte die Hand nach mir aus und plötzlich wurde alles schwarz.

***

»Es wird Zeit, dass du aufwachst«, sagte der Hohepriester und riss mich aus schwereloser Dunkelheit.

Im ersten Moment hatte ich keine Ahnung, warum ich diese Stimme hörte, und verstand auch nicht, wo ich war. Ich befand mich in einem düsteren Raum, in dem es nur ein winziges Fenster gab, dessen Scheiben blind waren. Ein eigenartiger Geruch stieg mir in die Nase: Kräuter verströmten einen würzigen Duft, dazu der Geruch von modriger Feuchtigkeit. Ich hatte diesen Ort noch nie gesehen: einen Raum mit nackten, steinernen Wänden, der nur von ein paar Laternen erhellt wurde. Lange Regalreihen waren an der einen Seite aufgebaut, an der anderen befanden sich jede Menge Glasschränke. Was ich darin sah, gefiel mir gar nicht. Zangen, Scheren, Pinzetten, aber auch jede Menge Messer und sogar Sägen. Da beruhigte mich der Blick auf die Regale schon eher. Dort standen unzählige Bücher und Gefäße mit unterschiedlichsten Kräutern.

»Wo bin ich hier?«, wollte ich wissen, ahnte die Antwort aber schon.

»In der Sakristei«, bestätigte der Hohepriester meine schlimmsten Befürchtungen.

Mein Magen schnürte sich augenblicklich zusammen und wurde zu einem harten Stein, als ich bemerkte, dass ich mit ihm allein war. Ich lag auf der rechten Seite des Raums auf einer Pritsche. Viel mehr als eine einfache Decke gab es darauf nicht, doch der muffige Geruch, der mir daraus entgegenstieg, war nicht sonderlich einladend.

Hastig setzte ich mich auf und spürte sogleich, dass mir meine Glieder noch nicht so recht gehorchen wollten. Ebenso wie mein

Kreislauf, der den ganzen Raum vor meinen Augen zum Schwanken brachte.

»Nur langsam«, sagte der Hohepriester.

Mit dem zurückgekämmten, schlohweißen Haar und der grauen, unscheinbaren Kutte wirkte er nicht gerade wie die Person, die unserer Kirche vorstand. Lediglich eine große, schwere Goldkette verriet, dass er kein einfacher Priester war. Er holte eine tönerne Kanne und schenkte etwas daraus in einen Becher ein. Diesen reichte er mir.

»Hier, trink das.«

Misstrauisch sah ich dem Becher entgegen und wagte es nicht, danach zu greifen.

Die fahlen Lippen des Hohepriesters kräuselten sich zu einem amüsierten Schmunzeln. »Mädchen, wenn ich dich vergiften wollte, hätte es dazu bereits unzählige Chancen gegeben. Aber du bist noch am Leben und damit viel zu interessant, als dass ich dich sterben lassen würde.«

Er machte eine auffordernde Geste mit dem Becher. Dieses Mal gehorchte ich und griff danach.

»Was ist da drin?«, fragte ich und roch daran. Ein säuerlicher Gestank stieg mir in die Nase, der von einer wilden Mischung aus Kräutern begleitet wurde. Ich verzog angewidert das Gesicht.

»Ein Vitalisierungstrank. Er stärkt deinen Körper. Wir müssen schauen, dass du wieder auf die Beine kommst. Du hast in der letzten Zeit einiges geleistet, weil du gegen den Mare gekämpft und ihn offenbar bezwungen hast. Beeindruckend! So etwas habe ich jedenfalls noch nicht erlebt. Ich bin gespannt, zu sehen, ob du dich dadurch verändert hast.«

»Ich fühle mich nicht anders«, erklärte ich und trank einen winzigen Schluck von dem Gebräu. Ich schüttelte mich, als ich den sauren Geschmack auf der Zunge spürte. Es schmeckte, als hätte ich gerade die Halme einer matschigen Wiese abgeleckt. Ich verzog das Gesicht und hielt den Becher lieber nur noch in der Hand. Hoffentlich würde ich das Zeug unauffällig wegschütten können.

»Genau deswegen bist du nun hier. Wir werden dich genau unter die Lupe nehmen.«

Man musste nicht besonders feinfühlig sein, damit einem diese Worte ein ungutes Gefühl bescherten. Ich sah mich jedenfalls sofort nach dem Ausgang um, der natürlich am anderen Ende des Raums lag. Außerdem war ich mir ziemlich sicher, dass die schwere Holztür abgeschlossen war. Dennoch wollte ich einen Fluchtversuch wagen, sobald sich die Chance ergab. Dafür mussten aber zumindest meine Arme und Beine wieder funktionieren. Im Moment kribbelten sie fürchterlich, was aber nichts Schlechtes bedeuten musste. Dieses Prickeln zu spüren, war sicher besser als nichts.

»Wo sind meine Eltern?«, fragte ich. Ich musste Zeit schinden, damit mein Körper für den anstehenden Sprint Kraft sammeln konnte.

»Ich nehme an, zu Hause«, antwortete der Hohepriester im Plauderton.

Er ging zu den Glasschränken und holte einige Instrumente hervor, die er auf ein Tablett legte. Ich hoffte sehr, dass er sie nicht an mir anwenden wollte. Was er mit der Zange, den beiden Spritzen und dem kleinen Messer vorhatte, wollte ich jedenfalls lieber nicht in Erfahrung bringen.

»Meine Familie würde mich hier niemals einfach liegen lassen, ohne nach mir zu sehen«, erwiderte ich.

»Sie wissen, dass wir uns hier gut um dich kümmern und nur dein Bestes im Sinn haben. Im Moment können sie nichts für dich tun und würden mit ihrer Anwesenheit bloß stören. Das ist auch ihnen bewusst.«

Die Priester hielten sie also mit irgendwelchen Lügen von mir fern. Wieder streifte mein Blick durch den Raum, dabei wusste ich natürlich, dass wir allein waren. Dennoch hoffte ich, ein Anzeichen zu finden, das auf Nate hindeutete. Ich konnte mir nicht vorstellen, dass er mich einfach an diesem Ort zurückließ.

»Und wo ist Nate?« Meine Stimme zitterte ein klein wenig, als ich seinen Namen aussprach, und ich verachtete mich für dieses winzige Anzeichen von Schwäche.

»Nun, Prinz Nathaniel hat andere Dinge zu tun, als tagelang am Bett einer Fehris zu sitzen. Eigentlich sollte er seinem Stand nach nicht mal mit dir sprechen.«

Und dennoch waren wir Freunde. Ich wusste, dass Nate seine Aufgaben ernst nahm und sich auf seine Zukunft vorbereitete, auch wenn er ihr nicht allzu freudig entgegensah. Er wusste um die Verpflichtungen, die Verantwortung und um das Leben, das er dann würde führen müssen. Und er hoffte, an den herrschenden Missständen etwas ändern zu können. Es würde nicht leicht werden. Vieles gehörte zur Tradition oder war schlichtweg so tief in uns allen verankert, dass es unmöglich schien, daran zu rütteln. Dennoch würde Nate nichts unversucht lassen, da war ich mir sicher. Ich kannte ihn und wusste, wie er war. Genau darum machte es mir zu schaffen, dass er im Augenblick nicht hier war.

»Haben Sie ihm verboten, mich zu sehen?«, wollte ich wissen.

Die Instrumente klirrten, als der Hohepriester weitere auf das Tablett legte. Langsam hob er es hoch und kam damit auf mich zu.

»Du kennst den Prinzen doch angeblich. Dann müsstest du auch wissen, dass er sich von nichts und niemandem aufhalten lässt. Wenn er sich etwas in den Kopf gesetzt hat, dann macht er das auch. Von daher: Nein, wir halten ihn nicht davon ab, dich zu sehen. Er hat im Moment nur einfach keine Zeit und könnte zu den Untersuchungen ohnehin nichts beitragen.«

Der Hohepriester erreichte meine Pritsche und hielt eine Spritze aus Metall in der Hand, deren Nadel gefährlich lang aussah. Ich hatte keine Ahnung, ob er mir damit etwas injizieren oder etwas entnehmen wollte, aber ich hatte nicht vor, es herauszufinden. Als er sich zu mir hinabbeugte, riss ich die Arme nach vorne und stieß mit aller Kraft zu. Gut, unter normalen Umständen wäre der Stoß deutlich härter ausgefallen, aber so war ich bereits froh, dass der Hohepriester ein paar Schritte zurücktaumelte. Die Gelegenheit nutzte ich und sprang auf. Im Geiste sah ich mich bereits auf die Tür zulaufen, doch mein Körper hatte andere Pläne. Ich schaffte nur zwei wackelige Schritte, dann gaben meine Knie unter mir nach und ich fiel der Länge nach hin. Meine Reflexe waren noch so träge, dass ich ziemlich unsanft auf dem kalten Stein aufschlug.

Hektisch stemmte ich meine Hände auf den Boden und versuchte, mich hochzudrücken, stellte diese erbärmlichen Versuche aber schnell ein. Sie brachten nichts, und so änderte ich mein

Vorgehen, indem ich mich kriechend voranschleppte. Ich hielt die Tür fest im Blick und spürte mein rasendes Herz erleichtert aufschlagen, als ich ihr langsam näher kam. Nach dem Hohepriester drehte ich mich nicht mal um. Ich hätte nur Zeit verloren und das konnte ich mir im Moment nicht leisten.

Voller Anspannung streckte ich den Arm nach der Tür aus. Wie konnte ich die Klinke erreichen? Eine Antwort darauf sollte ich nicht mehr bekommen, denn ein Fuß stellte sich mir in den Weg. Dann hörte ich ein tiefes Lachen.

»Ein wenig enttäuschend. Ich hatte gehofft, dass sich unter dem Adrenalinschub vielleicht ein paar neugewonnene Kräfte zeigen würden. Nun ja, dann werden wir es eben auf andere Weise versuchen. Du kannst dir aber sicher sein, dass ich dich auf jeden Fall genauestens in Augenschein nehmen werde.«

Damit packte er mich am Hemd, zerrte mich auf die Füße und schleppte mich zu der Pritsche zurück. Meine Füße schleiften über den Boden und wirkten leblos wie von einer Puppe. Ich versuchte, mich zu wehren, meine Beine irgendwie zu bewegen, aber da warf der Hohepriester mich auch schon auf die Liege. Mit einem Arm drückte er mich nieder, und ehe ich mich versah, hielt er in der anderen Hand die Spritze.

»Dann wollen wir mal«, sagte er und stieß die Nadel in meinen Hals.

Ich schnappte nach Luft, öffnete den Mund, um zu schreien, aber es kam nicht ein Ton über meine Lippen. Ich wusste, dass ich verloren war.

***

Wieder pfiff der Hohepriester dieses schreckliche Lied, das sich wie Hammerschläge durch mein Hirn wand und dort jede Nervenfaser malträtierte. Ich ertrug dieses grauenhaft schlechte Gepfeife nicht, ebenso wie die Melodie, die mich wohl für den Rest meines Lebens verfolgen würde.

Ich kämpfte darum, meine Lider zu öffnen – sie waren so verdammt schwer. Noch immer war ich nicht Herr meiner selbst. Ich konnte mich kaum bewegen und musste um jeden Laut, den ich von mir geben wollte, kämpfen.

Unter größter Anstrengung drehte ich den Kopf Richtung Tür: mein einziger Hoffnungsschimmer, mein Lichtblick, der gleichzeitig die schlimmste Folter für mich bedeutete. Ich konnte die Tür sehen. Stunde um Stunde blickte ich darauf, doch kam ich nicht mal in ihre Nähe.

Wieder setzte der Hohepriester eine Nadel an und stach sie in meine Haut. Ich bekam nicht mal richtig mit, ob er mir eine Flüssigkeit injizierte oder mir Blut abnahm, um es zu untersuchen. Aus den Augenwinkeln sah ich das verhasste Tablett. Die Messer glänzten, aber ich wusste, dass sie bald blutverschmiert sein würden. Immer wieder schnitt er Haut- und Gewebeproben aus mir heraus, doch nichts schien seine Fragen zu beantworten. Wie hatte ich überleben können? Hatte mein Körper die Kraft des Mares wirklich in sich aufgenommen, sodass ich sie nun anwenden konnte? Und welche Kräfte erwuchsen in dem Fall daraus? Genau das wollte der Hohepriester herausfinden. Aber ich blieb ihm ein Rätsel oder er wollte sich mit den bisher gefundenen Antworten nicht zufriedengeben.

Ich zuckte zusammen, als ich den Druck der Klinge spürte. Noch immer stand ich unter dem Einfluss von Tränken oder der Wirkung von Injektionen, sodass ich immerhin keine Schmerzen hatte. Dennoch sah ich besser nicht hin, während der Hohepriester sich pfeifend ans Werk machte. Ich hatte keine Ahnung, wie lange ich schon hier war. Mehrere Tage auf jeden Fall. Waren bereits Wochen vergangen? Ich hätte mitzählen sollen, doch dank der Betäubungsmittel schlief ich immer wieder ein und hatte im Anschluss keine Ahnung, wie viel Zeit vergangen war.

Noch immer starrte ich auf die Tür und hoffte, dass irgendjemand kommen möge. Ich wünschte mir so sehr, die Stimmen meiner Eltern zu hören. Sie würden mich doch nicht einfach hierlassen. Das konnte nicht sein. Irgendwann mussten sie auftauchen, um nach mir zu sehen. Oder Nate! Irgendjemand würde kommen und nach mir fragen.

Aber alles blieb still bis auf das Pfeifen des Hohepriesters, das mir nicht mehr aus dem Kopf ging.

9

Wieder mal summte der Hohepriester. Das Lied verfolgte mich rund um die Uhr – zu jeder Tages- und Nachtzeit. Mittlerweile hatte ich das Gefühl, das alles hier würde nie ein Ende nehmen. Es gab nichts anderes mehr als diesen Raum und den Hohepriester. Anfangs hatte ich noch versucht, mich zu wehren. Jedes Mal, wenn die Wirkung des Sedativums nachgelassen hatte, hatte ich einen Versuch gewagt und alles probiert, um zu entkommen. Mittlerweile hatte ich eingesehen, dass es kein Entrinnen gab, und es würde mich auch niemand retten.

Ich sah nicht mehr zur Tür, die eine Zeit lang für Hoffnung gestanden hatte. Mittlerweile empfand ich bloß noch Schmerz, wenn ich sie sah, und wandte mich darum, so gut es ging, davon ab.

»Es scheint mir, als wolltest du ein Rätsel bleiben«, murmelte der Hohepriester vor sich hin. »Dabei kann ich mir kaum vorstellen, dass die Magie des Mares rein gar nichts in dir verändert hat. Irgendetwas verbirgst du vor mir.«

»Wie sollte ich das denn machen? Sie haben so viele Proben entnommen, mein Blut untersucht und mir verschiedenste Substanzen gespritzt. Wenn Sie nicht komplett unfähig sind, sollte Ihnen wirklich nichts entgangen sein.«

Ich war froh darum, dass ich die Worte flüssig herausbekam und sie mir nicht vom Munde abringen musste. Noch mehr freute ich mich über den mürrischen Gesichtsausdruck, der sich auf seiner Miene breitmachte. Diese kleinen Siege ließen mich nicht komplett den Mut verlieren, auch wenn ich weiterhin absolut keine Ahnung hatte, wie ich dieser Hölle entkommen konnte. Nicht zum ersten Mal dachte ich darüber nach, mir eine der Spritzen zu schnappen und sie ihm direkt ins Herz zu stoßen. Leider passte er sehr gut auf seine Instrumente auf, und ich war ja nicht mal in der Lage, eine Hand zu heben.

»Noch immer ein freches Mundwerk«, stellte er fest. »Vielleicht sollte ich dich komplett sedieren, damit ich mir das nicht mehr länger anhören muss.«

Allein die Vorstellung machte mir Angst. Nur noch zu schlafen, nie mehr zu Bewusstsein zu kommen, das konnte und würde ich niemals zulassen. Mein Kampfwille bäumte sich mal wieder auf und ich ließ den Blick umherschweifen. In Reichweite war allerdings nur ein Becher, in dem sich Wasser für mich befand.

Erneut spitzte der Hohepriester die Lippen, wandte sich den Instrumenten zu, griff zu einer Säge und hielt sie prüfend ins Licht der Fackeln. Wieder versuchte ich, mich mit all meiner Kraft irgendwie in Bewegung zu setzen, und schaffte es tatsächlich mich ein winziges Stück nach links zu drehen. In diesem Moment hörte ich ein Klopfen.

»Machen Sie sofort die Tür auf! Ich sage es nicht noch mal. Die Wachposten, die mich abwimmeln sollten, habe ich entfernen lassen. Und Sie sind der Nächste, wenn Sie nicht sofort antworten.«

Nate! Er war hier!

»Es tut mir leid, Eure Hoheit, aber ich befinde mich gerade mitten in einer Untersuchung. Und wie meine Leute Euch bereits mehrfach mitgeteilt haben, steht es um Alexis nicht allzu gut. Ich muss ihr meine volle Aufmerksamkeit zukommen lassen und mein ganzes Können anwenden. Wir dürfen uns keine Ablenkung leisten oder das Risiko eingehen, dass Ihr irgendwelche Krankheitserreger einschleppt. Ich sage es nicht gerne, aber im Moment helft Ihr am meisten, wenn Ihr von hier fernbleibt.«

Der Hohepriester kam auf mich zu, schenkte mir einen warnenden Blick und drückte mir sicherheitshalber doch die Hand auf den Mund, damit ich nicht den leisesten Mucks hervorbringen konnte. Doch da kannte er mich schlecht. So leicht würde ich mich nicht unterkriegen lassen. Ich biss zu - hart und so erbarmungslos, als wollte ich ihm den Knochen durchtrennen. Er brüllte gellend auf und riss die Hand weg.

»Nate«, schrie ich. »Glaub ihm kein Wort und hol mich hier raus!«

Der Hohepriester stürzte erneut auf mich zu, damit er mich zum Schweigen bringen konnte. Blitzschnell griff ich nach dem Becher und schlug zu. Ich traf ihn am Kopf, wo die Haut aufplatzte und das Blut in einem Schwall durch sein weißes Haar rann.

»Du verfluchte kleine …«, begann er, hielt sich die Wunde und griff mit der anderen Hand nach einem Messer.

So kam er nun auf mich zu, aber noch bevor er einen Angriff wagen konnte, sprang die Tür plötzlich auf und Nate eilte herein. Offenbar hatte er sie eingetreten, zumindest hing sie schief in den Angeln. Als er den Hohepriester blutend mit dem Messer über mir sah, weiteten sich seine Augen und seine Miene nahm einen zornigen Ausdruck an.

»Gehen Sie sofort von ihr weg!«, drohte er.

Der Hohepriester ließ das Messer fallen und hob die Hände, als wäre er vollkommen unschuldig.

»Ich wollte ihr nur helfen. Doch sie hat leider immer wieder diese Aussetzer. Es sollte dringend geprüft werden, ob das nicht etwas mit dem Mare zu tun hat, der in sie übergegangen ist.«

Nate hörte ihm gar nicht mehr zu. Er ließ sich neben mir nieder und streckte vorsichtig die Hand nach mir aus.

»Alles okay bei dir?«

Seine Finger schmiegten sich um meine Wange. Die Wärme war allgegenwärtig und breitete sich in meinem ganzen Körper aus. Ich nickte und schenkte dem Hohepriester einen finsteren Blick. Am liebsten hätte ich ihn eine seiner Spritzen oder Klingen spüren lassen. Nate musterte mich, und als er einige der kleinen Schnittwunden sah, kräuselte er wütend die Stirn.

»Du bleibst auf keinen Fall länger hier.«

Damit legte er eine Hand um meine Taille und half mir auf die Beine. Die waren noch etwas wackelig, sodass wir leider nicht allzu schnell vorankamen.

»Ich halte das für keine gute Idee«, mischte sich der Hohepriester ein, was mich nicht sonderlich überraschte. Natürlich wollte er nicht, dass ich ging. Keine Ahnung, ob er wirklich nur herausfinden wollte, was der Mare in mir verändert hatte, oder ob er eine sadistische Ader ausleben wollte. Beide Gedanken waren nicht sonderlich angenehm. Am liebsten hätte ich mich übergeben.

»Alexis ist schon seit über zwei Wochen bei Ihnen. Das sollte genügen, um Erkenntnisse zu gewinnen. Konnten Sie denn etwas herausfinden? Wenn nicht, dann werden weitere Untersuchungen wohl auch zu nichts führen, meinen Sie nicht?«

Langsam ging Nate mit mir zum Ausgang. Mein Puls beschleunigte sich, während ich die Tür nicht aus den Augen ließ. Wie oft hatte ich sie angestarrt? Nun war sie in greifbarer Nähe.

»Das wird Eurem Vater nicht gefallen. Nach diesem Vorfall fällt das Mädchen in meinen Zuständigkeitsbereich. Der König wird mir recht geben und Euer Eingreifen nicht gutheißen«, warnte er. Seine Stimme war so tief und rau, dass die Worte mir durch Mark und Bein fuhren.

»Dann werde ich das wohl mit meinem Vater besprechen«, verkündete Nate und verließ mit mir den Raum.

Ich hielt den Atem an, während wir einem dunklen Gang folgten, in dem Wasser von der Decke tropfte. Erst als wir den Hohepriester etliche Schritte hinter uns gelassen hatten, wagte ich aufzuatmen.

***

»Sei nicht dumm«, verkündete mein Bruder, während er sich mit glänzenden Augen umsah, nach einem Apfel griff, der in einer übervollen Obstschale lag, und sich damit in das große, weiche Bett fallen ließ. »Nutze diese Gelegenheit und genieße es. Früher oder später werden sie dich ohnehin rauswerfen. Erfreue dich an dieser neuen Situation, solange du kannst.«

»Das sehe ich anders«, sagte mein Vater, der die Arme vor der breiten Brust verschränkt hielt und die buschigen Brauen zusammenzog. »Wir sind keine Bittsteller und auf diese Form der Wohltätigkeit nicht angewiesen. Du hattest einen Unfall, das kommt bei uns Fehris leider viel zu häufig vor. Wir können von Glück sagen, dass du das alles überlebt hast. Das ist aber kein Grund, dich hier in diesem Zimmer einzuquartieren und dir ein Leben vorzuspielen, das du niemals führen wirst.«

Meine Familie wirkte so deplatziert in diesem prunkvollen Zimmer, wie ich mich fühlte. Mein Vater trug noch seine Arbeitskleidung. Der weite Mantel war voller Flecken und Löcher. Der Saum war an manchen Stellen stark verschlissen und voller Schmutz. Noch nie war mir die Diskrepanz zwischen den Adeligen und meiner Familie so aufgefallen wie jetzt. Es war allerdings auch kein Wunder. Nate hatte mich in meinem angeschlagenen Zustand nicht allein nach Hause gehen lassen wollen. Er hatte darauf bestanden, dass ich mich bei ihm im Palast erholte. Unter der Pflege der Angestellten würden meine Wunden besser heilen – das war zumindest seine Auffassung. Ich war einfach so erleichtert gewesen, die Sakristei verlassen zu können, dass er mich vermutlich sogar in die Albtraumlande hätte führen können. Hauptsache, ich kam vom Hohepriester fort. Jetzt, da ich in diesem großzügigen Zimmer stand, in dem sich die weißen Vorhänge im Wind bauschten und große Kerzenleuchter für warmes Licht sorgten, kamen mir allerdings doch gewisse Zweifel.

Eine Zofe hatte mir ein Bad eingelassen und mir dabei geholfen, mich zu waschen. Allein bei dem Gedanken daran überkamen mich Schamgefühle. Nun trug ich ein weißes Leinenkleid, das für die Verhältnisse der Adeligen sicher nichts Weltbewegendes darstellte. Für mich jedoch war es das Schönste und Wertvollste, das ich je getragen hatte.

»Dann komme ich gleich mit euch mit«, beschloss ich, als ich die Worte meines Vaters vernommen hatte.

Mir war klar, dass Nate es nur gut meinte, aber das hier war nicht meine Welt. Ich fühlte mich unwohl, fehl am Platz und zudem stimmte es: Unfälle kamen bei uns Fehris immer wieder vor. Viele von uns starben bei ihrer Arbeit. Gut, sie wurden in der Regel nicht von einem Mare befallen, aber offenbar hatte er sein Vorhaben nicht zu Ende bringen können. Jetzt galt es, das alles hinter mir zu lassen und schnellstmöglich in mein altes Leben zurückzukehren.

»Ich bin mir nicht sicher«, murmelte meine Mutter, die genauso wie ich nicht recht zu wissen schien, wohin sie mit sich in diesem imposanten Raum sollte. Allein der Schrank, der aufwendig gearbeitet und mit wertvollen Intarsien versehen war, musste ein Vermögen gekostet haben. Dazu die weichen, bunten Teppiche oder die kleine Sitzecke neben dem riesigen Fenster. Das war kein Ort, an dem ich mich wohlfühlte. Ständig hatte ich Angst, etwas kaputtzumachen.

Als ich ihre Worte hörte, schaute ich meine Mutter erstaunt an. Ich war mir sicher gewesen, dass auch sie mich so schnell wie möglich wieder zu Hause sehen wollte.

»Es ist noch nie vorgekommen, dass es jemand überlebt hat, wenn ein Mare in ihn übergegangen ist. Ich will einfach nur sichergehen, dass es Alexis gut geht. Und hier bekommt sie die Pflege, die sie braucht«, fuhr sie unter dem finsteren Blick meines Vaters fort.

»Ich brauche keine Pflege. Mit mir ist alles in Ordnung. Auch der Hohepriester hat nichts gefunden. Genau darum hat er mich ja so lange bei sich behalten. Er hat wohl gehofft, er würde irgendwas Außergewöhnliches entdecken, damit er mich weiter unter seiner Fuchtel behalten kann.«

»Wie dem auch sei«, fuhr meine Mutter fort und sah sich noch einmal um. »Es schadet sicher nicht, wenn du das Angebot annimmst. Zumal es vom Prinzen stammt. Die Dienerschaft wird darauf achten, dass es dir an nichts fehlt, und du kannst dich hier sicher besser erholen als zu Hause.«

»Sag ich doch«, stimmte mein Bruder zu und biss erneut in den Apfel. Er hatte es sich in meinem Bett gemütlich gemacht und schien nicht allzu schnell aufstehen zu wollen. »Du kannst ja mal nett fragen, vielleicht darf ich dann auch bleiben. Ich könnte dein Vorkoster werden – wer weiß, ob du durch die ganzen Strapazen nicht einen empfindlichen Magen bekommen hast. Meinetwegen trage ich auch deinen Sonnenschirm, wenn du mit den feinen Herrschaften spazieren gehen willst.«

Er zwinkerte mir verschmitzt zu, und ich war drauf und dran mir eines der Kissen zu greifen, um es ihm ins Gesicht zu donnern. Doch in diesem Moment klopfte es an der Tür, und ich zuckte erschrocken zusammen. Auch der Rest meiner Familie starrte dorthin, als wartete dahinter der sichere Tod. Mein schlechtes Gefühl bestätigte sich, als ich den König höchstpersönlich hereinkommen sah. Immerhin folgte Nate ihm, was mir etwas mehr Mut verlieh.

Wie immer, wenn wir uns gegenüberstanden – was selten genug vorkam –, schaute mich Velaris Dawnspark mit kalter Miene an. Ich war mir bei ihm nie sicher, ob er jedem gegenüber so kühl und abweisend war oder ob es etwas damit zu tun hatte, dass ich aus der Unterschicht stammte und dennoch Zeit mit seinem Sohn verbrachte.

»Ich hoffe, das Zimmer gefällt dir und du konntest dich etwas einleben«, sagte er zu meiner Überraschung.

»Es fällt mir noch etwas schwer, mich zu entspannen. Die ganze Zeit befürchte ich, es könnte wieder jemand reinkommen, der mich mit Messern und Spritzen traktiert.« Vermutlich war es keine gute Idee, in so angriffslustigem Ton zu sprechen. Dennoch konnte ich nicht anders. Immerhin war ich über zwei Wochen vom Hohepriester quasi gefangen gehalten worden.

»Ich kann deinen Ärger gut verstehen, Alexis. Aber wie du weißt, unterstehen die Priester niemandem, nicht mal dem König. Ich habe also keinerlei Einfluss auf das, was der Hohepriester macht. Allerdings muss ich zugeben, dass ich auch keine Einwände erhoben hätte. Es war gut und richtig, dich genau zu untersuchen, um herauszufinden, ob der Mare dich verändert hat. Immerhin hast du sicher auch schon davon gehört, was eigentlich passiert, wenn eines dieser Wesen in einen Menschen oder Traumländer dringt.«

Seine hellblauen Augen musterten mich ausgiebig. Spätestens jetzt wusste ich, dass ich besser keine Widerworte gab. Er ging ein paar Schritte und verschränkte die Arme vor dem Wams, das aus dunklem Samt gefertigt und mit goldenen Fäden durchzogen war. König Dawnspark war durchaus eine imposante Erscheinung. Er war groß, hatte breite Schultern und im Gegensatz zu seinem Sohn sehr helles Haar, das er zurückgestrichen und in sanften Wellen trug.

Viele hätten ihn sicher als attraktiv bezeichnet, immerhin hatte er ein sehr ebenmäßiges Gesicht, prägnante Wangenknochen, eine sehr gerade Nase und einen gepflegten Vollbart, der seine schmalen Lippen umgab. Mich überkam jedoch immer nur ein ungutes Gefühl, wenn ich ihm gegenüberstand, was vor allem daran lag, dass ich ihn meistens nur dann traf, wenn mich einer seiner Bediensteten im Palast aufgegriffen hatte. Und das sah er natürlich gar nicht gerne. Von daher war es eine willkommene Abwechslung, ihn mal ganz anders zu erleben.

»Was du auch sagst, es war nicht richtig, was der Hohepriester ihr angetan hat, und schon gar nicht über so lange Zeit«, mischte sich Nate ein, wobei seine Augen regelrecht Funken sprühten. »Alexis hat den Angriff überlebt und ist noch immer sie selbst, das war das Wichtigste. Ob ihr Körper es nun geschafft hat, die Kräfte des Mares zu absorbieren, spielt überhaupt keine Rolle. Wichtig ist nur, dass es ihr gut geht.«

Wir alle wussten, dass genau dem nicht so war. Und das bestätigte König Dawnspark auch sofort.

»Und ob es eine Rolle spielt. Wenn sie durch den Mare tatsächlich neue Kräfte gewonnen hat, ist es für uns sehr wohl von Bedeutung. Falls dem so ist, könnte Alexis uns helfen. Aber in einem hast du natürlich recht, Nathaniel: Es ist erst einmal wichtig, dass sie wohlauf ist.«

»Das will ich aber auch meinen«, brummte mein Vater leise, aber doch deutlich genug, dass es alle Anwesenden hören konnten. Er blickte noch immer ziemlich angespannt und wütend drein. Es war nicht schwer, von seinem Gesicht abzulesen, dass er am liebsten von hier verschwinden wollte – und zwar mit mir.

»Auch wenn der Hohepriester dein Eingreifen nicht gerne gesehen hat, so stimme ich deiner Idee durchaus zu, dass Alexis sich erst einmal in unserem Palast ausruhen soll. Wir haben in der Zeit ein Auge auf sie und achten darauf, dass sie sich von den Strapazen erholen kann«, fuhr König Dawnspark fort.

Mein Vater presste die Lippen aufeinander, während meine Mutter dem Blick des Königs auswich. Selbst Tristan schien in dieser Situation vollkommen vergessen zu haben, wie man spricht. Niemand wagte es, sich dem König zu widersetzen. Seine Worte waren klar, ebenso wie die Botschaft, die zwischen den Zeilen mitschwang: Er wollte mich überwachen, um als erster feststellen zu können, falls der Mare doch etwas in mir verändert haben sollte. Keine allzu schöne Vorstellung. Ich hatte das Gefühl, dass jederzeit etwas Schlimmes mit mir passieren konnte, auch wenn ich nicht genau wusste, was das sein sollte. Tot umfallen würde ich jetzt doch wohl nicht mehr, oder?

»Es ist ein viel zu großzügiges Angebot«, versuchte mein Vater es erneut. »Das können wir nicht annehmen. Außerdem bin ich mir sicher, dass es Alexis guttun würde, sich in ihrer gewohnten Umgebung zu erholen. Hier ist doch alles recht neu und ungewohnt. Da wird sie gewiss kaum Ruhe finden.«

Es war ein netter Versuch, den der König allerdings mit einem müden Lächeln abtat. »Es ist das Mindeste, was wir tun können, nachdem sie solch ein Martyrium hinter sich hat. Ich verspreche dir, dass für deine Tochter bestens gesorgt wird. Du wirst zugeben müssen, dass das hier eher der Fall sein wird als bei euch. Immerhin wird deine Familie nicht den ganzen Tag bei ihr sitzen können. Hier haben wir Bedienstete, die rund um die Uhr nach ihr schauen werden. Ich verspreche dir, dass wir dem Hohepriester den Zugang zu ihr verbieten werden – hier im Palast habe noch immer ich das Sagen. Auch das wirst du bei euch zu Hause kaum sicherstellen können.«

Mein Vater biss sich auf die Unterlippe und wechselte einen hastigen Blick mit meiner Mutter. Sie nickte kaum merklich, woraufhin mein Vater ein kurzes Schnauben von sich gab.

»Ihr lasst uns eine große Ehre zuteilwerden. Ich danke Euch sehr.« Auch wenn er sich um einen demütigen Tonfall bemühte, hörte ich doch den Widerwillen in seiner Stimme.

Die Entscheidung behagte mir überhaupt nicht. Allerdings sah ich im Moment nichts, was ich dagegen hätte tun können. Aber etwas anderes brannte mir auf dem Herzen.

»Was ist mit dem zweiten Mare geschehen, der vom Ufer zu uns ins Boot gesprungen ist?«

Ich hoffte inständig, dass Nate und die anderen ihn zu fassen bekommen und in die Sakristei gebracht hatten. Das Brennen in Nates Augen sprach allerdings eine andere Sprache.

»Er ist entkommen. Nachdem der andere Mare dich ins Wasser gerissen hat, war es vor allem wichtig, dich zu retten.«

Ich nickte und spürte einen scharfen Stich der Schuld. Wenn ich mich nicht derart leicht hätte überrumpeln lassen, wäre es ihnen vielleicht gelungen, sich um den Kerl zu kümmern.

»Habt ihr eine Ahnung, warum dieser zweite Mare uns angegriffen hat oder woher er kam?«

Nate schwieg einen Moment, was mich erstaunte. Wog er etwa tatsächlich ab, welche Informationen er mir offenbaren konnte? Hatte er Sorge, dass mich seine Worte aufregen würden, oder was war los mit ihm?

»Seinen eigenen Worten nach scheint er uns in der Menschenwelt gesehen zu haben. Ich nehme an, dass auch er von dem Zauber der Morpheus-Anhänger angelockt wurde und sich darum in der Nähe aufgehalten hat. Jedenfalls scheint er mitangesehen zu haben, was mit dem anderen Mare passiert ist. Ich kann nicht wirklich sagen, was er vorhatte. Keine Ahnung, ob er den anderen retten oder sich nur an uns rächen wollte. Jedenfalls schien er auf den richtigen Moment gewartet zu haben.«

Ich wusste zu wenig über Mare, um abschätzen zu können, wie sie sich üblicherweise verhielten. Von dem wenigen, was ich gehört hatte, wäre ich allerdings nicht darauf gekommen, dass sie sonderlich sozial waren oder sich für andere einsetzten. Vermutlich hatte Nate also recht und der Kerl hatte einfach nur eine Chance nutzen wollen, um uns zu töten.

»Ich denke, wir haben nun die wichtigsten Dinge geklärt«, mischte sich König Dawnspark ein. »Alexis braucht nun sicher etwas Ruhe.«

»Wir kommen so bald wie möglich wieder vorbei«, versprach meine Mutter und nahm mich in den Arm. »Versuche, die Zeit für dich zu nutzen, und erhole dich gut.«

Nachdem sie mich losgelassen hatte, sprang mein Bruder auf mich zu und umarmte mich ebenfalls. »Heb mir was vom Essen auf, ich schau sobald wie möglich wieder vorbei«, versprach er mit einem Augenzwinkern. Ich sah mich schon Berge an Essen unter meinem Bett verstecken und hatte keinerlei Zweifel, dass Tristan sie restlos verputzen würde. Wenn er Hunger hatte – und das war eigentlich immer der Fall –, konnte er Unmengen verschlingen.

Als Letztes verabschiedete sich mein Vater von mir, und das fiel mir besonders schwer. Er strich mir über die Wange und sah mich mit einem Blick an, der deutlich machte, wie unendlich schwer es ihm fiel, mich hier zurückzulassen.

»Du bist stark«, raunte er leise, während er mich an sich zog. »Vergiss das nicht. Und falls dieser Hohepriester noch mal auftauchen sollte, verschwindest du von hier. Du lässt dich von dem Kerl nicht erwischen.«

Ich nickte und kämpfte mit den Tränen – was im Grunde dämlich war. Immerhin hatte man mich nicht in ein Verlies gesperrt. Ich durfte im Palast wohnen. Davon träumte ein jeder in Lighthaven. Dennoch war es erst mal ein eigenartiges Gefühl, mitanzusehen, wie meine Familie den Raum verließ, um in ein Leben zurückzukehren, das nicht fremder hätte sein können als das, was ich nun führen würde.

»Ich habe noch einiges zu tun und du sicher auch, Nathaniel«, sagte der König zu seinem Sohn, der zwar kurz schnaubte, dann aber nickte. Dann wandte der König sich an mich. »Lebe dich ein und gib der Dienerschaft Bescheid, wenn du etwas brauchst. Auch falls du irgendeine … Veränderung an dir bemerken solltest.«

Ich nickte, war mir aber ziemlich sicher, dass, solange ich nicht in Flammen aufging oder explodierte, ich niemandem etwas sagen würde. Wobei ich im Falle einer Explosion vermutlich keine Zeit mehr hätte, um jemandem Bescheid zu geben. Ich sollte also wohl besser hoffen, dass alles gut ging.

»Ich komme nachher noch mal«, sagte Nate leise zu mir und folgte seinem Vater.

Kaum fiel die Tür hinter den beiden zu, ließ ich mich in das riesige Bett fallen und holte tief Luft. Ehrlich gesagt hatte ich absolut keine Ahnung, was ich jetzt machen sollte. Viel Freizeit hatte ich üblicherweise nicht. Wenn ich mit der Arbeit fertig war, half ich meiner Mutter bei ihren Aufgaben, bevor ich halb tot ins Bett fiel. Plötzlich nur herumzusitzen und ins Leere zu starren, war ziemlich ungewohnt.

Ich griff mir einen Apfel aus der Obstschale, die mit goldenen Schnörkeln verziert war und mit Sicherheit wertvoller war als der Großteil unseres Hausstandes zusammengenommen. Ich biss hinein und versuchte, es meinem Bruder gleichzutun. Langsam ließ ich mich in die weichen Kissen sinken, genoss das Gefühl der festen Matratze unter mir und aß den saftigen Apfel, der kein bisschen mehlig war. Dieses Dasein hatte was, wie ich feststellte. Vielleicht würde ich mich doch noch daran gewöhnen.

10

Nein, ich konnte es einfach nicht. Ich würde mich niemals in diesem neuen Leben zurechtfinden, denn es war vor allem eines: unendlich langweilig. Zwei Tage war ich bereits im Palast, und die meiste Zeit über hielt ich mich in meinem Zimmer auf. Was vor allem daran lag, dass die Alternativen nicht besser waren. Streifte ich durch die Gänge des Palasts, verlief ich mich sofort – bei meinem letzten Versuch hatte ich letztendlich eine Dienerin fragen müssen, wo mein Zimmer lag. Etwas peinlich, aber ich fand mich auf einem Fluss deutlich besser zurecht als in verschlungenen Korridoren.

Draußen durch den Garten zu streifen, war ebenfalls nicht sonderlich angenehm, weil das offenbar die Hauptbeschäftigung der Adeligen war. Stundenlanges Flanieren in langen, herrlichen Gewändern, während sie von Dienern begleitet wurden, die Sonnenschirme hielten. Ich hätte Tristans Angebot vielleicht doch annehmen sollen – auch wenn ich bezweifelte, dass er der Aufgabe des Schirmhalters mit dieser stoischen Ruhe gewachsen war.

Ich streckte mich müde und schaute auf das leere Tablett, über das ich mich gerade hergemacht hatte. Das Essen hingegen war ein Genuss, den ich durchaus zu schätzen wusste. Noch nie hatte ich pochierte Eier, perfekt gebratenen Speck, frisch duftendes Brot und sogar Kuchen zum Frühstück serviert bekommen. Dazu gab es jede

Menge Säfte, frisches Obst und die cremigste Butter, die ich je gekostet hatte. Mir lief allein beim Gedanken daran das Wasser im Mund zusammen. Ich hatte alles restlos aufgegessen, wobei ich mir sicher war, dass von der Menge normalerweise drei Leute satt geworden wären. Ich rieb meinen prall gefüllten Bauch und ahnte, dass ich in der nächsten Zeit wohl einige Kilos zunehmen würde – was mich allerdings nicht wirklich störte.

Ich stand etwas zu schwungvoll auf und zischte leise, als eine der Wunden aufriss. Sie heilten schlecht und taten leider noch immer ziemlich weh. Ich hatte sogar schon überlegt, mich deswegen an einen der Diener zu wenden, damit ich wenigstens eine Salbe bekam. Allerdings befürchtete ich, dass ich in dem Fall zu einem Arzt geschleppt wurde, und auf eine weitere Untersuchung wollte ich gerne verzichten.

Es klopfte an meiner Tür und ich sah erschrocken auf. Ein winziger Teil von mir hoffte, dass es Nate war, der vorbeikam. Ich hatte ihn gestern nicht einmal zu Gesicht bekommen, dabei hatte er versprochen vorbeizuschauen. Allerdings hatte ich die Vermutung, dass es ihm sein Vater in der Hinsicht so schwer wie möglich machte.

Ein Mann von schmaler Statur und auffallend heller Haut betrat den Raum. Seine Augen waren von einem hellen Blau und die braunen Haare hatte er zu einem dünnen Zopf zurückgebunden. Er trug eine schwarze Kutte, deren bloßer Anblick mich bereits zusammenzucken ließ. Als er meinen entsetzten Gesichtsausdruck sah, hob er sofort die Hände.

»Keine Sorge, ich bin nicht hier, um Ihnen irgendetwas zu tun. Der König schickt mich, damit ich mich Ihrer Wunden annehme. Ich soll schauen, ob sie gut verheilen.«

»Dann sind Sie Arzt?«, wollte ich wissen.

Das war vermutlich nicht viel besser als der Hohepriester. Bestimmt hatte der König ihn zu mir geschickt, damit er sich ein Bild über meinen Zustand und über meine eventuell vorhandenen Kräfte machen konnte.

»Das ist sehr nett, aber mir geht es gut. Die Wunden verheilen und ich brauche erst mal nichts. Wenn sich etwas ändern sollte, gebe ich gerne Bescheid.«

Das war natürlich eine glatte Lüge, und leider durchschaute der Arzt mich, was vermutlich daran lag, dass allein auf der sichtbaren Haut meiner Arme so viele Striemen und offene Stellen zu sehen waren, dass man kein geschultes Auge brauchte, um zu erkennen, wie es um mich stand.

»Ich habe eine schmerzstillende Tinktur mitgebracht und Verbände. Es wird schneller verheilen, wenn ich mich darum kümmere. Zudem ist es ein Befehl des Königs gewesen, und ich bin mir sicher, Sie wollen ihn nicht enttäuschen, wo er sich doch so gut um Sie kümmert.«

Ja, natürlich. Ich war ihm nun für den Rest meines Lebens zu Dank verpflichtet und musste alles kommentarlos mitmachen. Wenn der Kerl das wirklich dachte, war er auf jeden Fall nicht ganz bei Verstand.

»Sie können sich um meine Arme kümmern. Den Rest mache ich«, sagte ich, da ich schon ahnte, wie schwer es werden würde, den Arzt wieder loszuwerden.

»Fangen wir damit an«, sagte er vage und kam auf mich zu.

Widerwillig ließ ich mich auf den Stuhl beim Fenster sinken und schaute dabei zu, wie der Mann einen Beutel zur Hand nahm und mehrere Gegenstände herausholte. Messer und Spritzen waren zum Glück nicht dabei.

Er nahm ein kleines, braunes Fläschchen, gab mehrere Tropfen des Inhalts auf ein weißes Stück Stoff und begann, damit meine Wunden abzutupfen. Es brannte höllisch, vor allem die Stellen, die noch offen waren. Ich kniff die Augen zusammen, versuchte aber sonst, mir von dem Schmerz nichts anmerken zu lassen. Immer wieder träufelte er etwas von der Tinktur auf das weiße Tuch und strich damit über meine Haut. Er war mir dabei logischerweise ziemlich nah. Ich konnte seinen Geruch wahrnehmen: eine Mischung aus Lavendel und Alkohol. Letzteres nahm er hoffentlich nur zum Desinfizieren. Dennoch war es ein eigenartiges Gefühl, diesem Geruch so ausgesetzt zu sein. Dazu die Wärme, die er ausstrahlte, das Tuch, das immer wieder über meine Haut strich. Konzentriert schaute er auf meine Arme. Ich hatte das Gefühl, dass sich sein Blick in meine Haut brannte. Es war nicht auszuhalten. Das war zu viel!

Ziemlich unerwartet riss ich meinen Arm los und verpasste dem Arzt einen Schubs, der dafür sorgte, dass er auf den Hintern fiel. Sah er mich zunächst noch überrascht an, zog sich seine Stirn recht schnell in zornige Falten.

»Was soll das?«

»Ich schaffe das alleine«, erwiderte ich, griff mir das Tuch, das dem Arzt aus der Hand gefallen war, tupfte kurz auf einer Wunde herum, um gleich darauf in Windeseile den Verband um den Arm zu wickeln. Das Ergebnis sah gewiss nicht gut aus – die Mullbinde verlief kreuz und quer und rutschte schon jetzt, aber das musste der Arzt ja nicht wissen. Mit stoischer Miene sah ich ihn an und machte mich dann weiter an die Arbeit.

»Lassen Sie mich das machen«, verlangte er noch mal.

Ich reckte nur das Kinn und erwiderte: »Auf keinen Fall! Ich kann das. Sie können dem König sagen, dass ich Sie weggeschickt habe. Wenn ihm das nicht gefällt, kann er gerne persönlich vorbeischauen, aber ich kümmere mich eigenhändig um meine Verletzungen.«

Falls hier wirklich jemand von seiner Dienerschaft auftauchen sollte oder gar er selbst, würde ich einfach die psychische Belastung zur Sprache bringen, der ich beim Hohepriester ausgesetzt gewesen war. Keiner sollte mich noch mal anfassen. Ich war mir sicher, dass der König einlenken würde. Wenn er etwas nicht hatte, dann war es Zeit, sich mit einer sturen Fehris rumzuschlagen.

Der Arzt musterte mich einen Moment, murmelte etwas vor sich hin, bei dem es vermutlich besser war, dass ich es nicht verstand, und erhob sich schließlich.

»Ich bin gespannt, wann sie nach mir schicken lassen, weil sich die Wunden entzündet haben. Bei ihrer schlampigen Behandlungsweise kann es jedenfalls nicht allzu lange dauern.« Damit verließ er mein Zimmer und schlug mit einem kräftigen Schwung die Tür zu.

Ich atmete erleichtert auf und machte mich daran, die restlichen Wunden zu versorgen. So schlecht machte ich das nicht, wie ich fand. Ich war mir jedenfalls ziemlich sicher, dass ich es ohne Infektion durchstehen würde.

Als ich fertig war – die Verbände unter meinen Hosenbeinen saßen bereits jetzt nicht mehr ganz an Ort und Stelle –, verließ ich mein Zimmer. Ich hielt es keinen Moment länger aus, dort still und leise zu sitzen. Außerdem wollte ich nicht da sein, falls ein Diener auftauchte, der geschickt worden war, um mir eine Standpauke zu halten. Kurz überlegte ich, ob ich in die Küche gehen sollte, um mir noch einen kleinen Snack zu holen – allerdings war mein Bauch noch immer so voll, dass ich mir nicht sicher war, wie da noch etwas hineinpassen sollte.

Bevor ich mich im Palast verlaufen konnte, beschloss ich, lieber nach draußen zu gehen. Allerdings hielt ich mich von dem Park fern, in dem mal wieder Adelige flanierten und das schöne Wetter genossen. Mir war mittlerweile eine ganz andere Idee gekommen. Und so bog ich nach rechts ab, folgte einem Weg, der ein Stück in den Wald führte, und erreichte schließlich die Arena. Es war ein rundes Gebäude mit hohen Mauern aus festem, grauem Stein. In jeder Himmelsrichtung befand sich ein Eingang, und auf einen davon hielt ich nun zu.

Ich trat durch das große Tor, dessen Gitter hochgezogen war. Der plattgetretene Waldboden ging in einen sandigen Weg über. Ich wusste von meinen vielen Besuchen hier, dass die gesamte Arena mit Sand ausgelegt war. Ich wandte den Kopf nach rechts, wo die Tribüne lag. Hin und wieder gab es Vorführungen, zu denen auch Zuschauer eingeladen waren. Meistens waren die Ränge allerdings leer. Obwohl man den Dreamcatchern jederzeit beim Training zuschauen konnte, nahmen nur wenige das Angebot wahr. Das lag wohl vor allem daran, dass die Tage der Traumländer aus der Unter- und Mittelschicht bereits mit Arbeit gefüllt waren, sodass keine Zeit dafür blieb. Die Adeligen hingegen gingen lieber anderen Vergnügungen nach.

Mir war es stets recht gewesen, die komplette Tribüne für mich allein zu haben. Ich suchte mir ein schattiges Plätzchen und ließ mich auf dem Stein nieder, der als Sitzbank diente. Am morgendlichen Training nahmen heute nicht viele Dreamcatcher teil. Vermutlich war ein Großteil bereits auf Einsätzen und suchte in der Menschenwelt nach Maren. Dennoch waren fünf Frauen und sieben Männer anwesend, deren Körpern man deutlich ansah, wie gut sie trainiert waren. Sie absolvierten Übungskämpfe mit Schwertern und

Bögen und griffen immer wieder auf die Kraft ihrer Sigil zurück. Sand stob zwischen ihnen auf, wenn sie zu einem Angriff ansetzten und ihre Waffen aufeinanderprallten. Zwischen ihnen entdeckte ich Cass, William und Nate. Sie hatten Übungsschwerter in den Händen. Deren Schneiden waren abgestumpft, sodass man sich nicht verletzen konnte. Die drei alberten damit herum, versuchten, sich mit übertriebenen Gesten und Bewegungen zu erwischen. Es war unterhaltsam, ihnen dabei zuzusehen, auch wenn ich mir recht sicher war, dass ihr Ausbilder Warlor das nicht gerne sah. Obwohl die Dreamcatcher ihre Trainingszeit bereits absolviert hatten und vollwertige Mitglieder der Gilde waren, mussten sie dennoch regelmäßig an Übungen teilnehmen, die von Warlor geleitet wurden.

Er stand mitten auf dem Platz. Allein an seinem festen, selbstsicheren Stand konnte man erkennen, dass er sich nicht so schnell einschüchtern ließ. Mit stolzgeschwellter Brust stand er da, die Arme verschränkt. Er hatte eine Glatze, war groß und hatte sehr breite Schultern. Die leichte Lederrüstung ließ gut erkennen, dass er hervorragend trainiert war und vermutlich kein Gramm Fett zu viel am Körper herumtrug. In diesem Moment drehte er sich um und sah gerade noch, wie Cass Nate mit dem Schwert auf den Hintern schlug.

»Hört mit diesem Unfug auf!«, donnerte Warlors Stimme über den sandigen Platz. »Oder denkst du, dass du es in einem echten Kampf mit der Kehrseite eines Mares zu tun bekommst? Ich könnte mir vorstellen, dass dir da das Lachen schnell im Halse stecken bleibt.«

Selbst von meiner Position aus konnte ich sehen, wie Cass die Augen verdrehte.

»Nie darf man hier Spaß haben«, murrte er.

»Oh, tu dir keinen Zwang an«, erwiderte Warlor. »Wenn dir Sterben Freude bereitet, dann nur zu.«

»Schon gut. Reg dich nicht so auf, ich hab's ja schon kapiert.«

»Ach ja? Dann zeig doch mal, wie ein ernsthaftes Training aussieht und wie es um deine Fähigkeiten bestellt ist. Ihr beide könnt gleich mitmachen. Ihr habt genauso viel Unsinn im Kopf wie euer Freund hier.«

Als Warlor sich kurz umdrehte, um den drei Platz zu machen, verpasste Nate Cass einen kurzen Knuff auf die Schulter, woraufhin der übertrieben zur Seite stolperte und den Schwerverletzten mimte. Nachdem Warlor Position bezogen hatte, um den dreien zuschauen zu können, stellten sie auch ihr Herumalbern ein.

Ich sah zu, wie die Zeichen auf ihren Sigil zu glühen begannen. Anschließend floss der dunkle Rauch aus Nates Amulett. Wabernd ergoss er sich über den Boden und kroch zu einem Haufen tonnenschwerer Steine. Der Rauch wand sich darum, hob den Haufen schließlich hoch und schleuderte die Steine wie Geschosse umher. Rasend schnell gingen sie auf Cass und William nieder. Cass sprang in die Luft und drehte sich dort so geschickt und blitzschnell, dass die Steine nicht mal in seine Nähe kamen. William hingegen griff zu seinem aus Rauch geformten Bogen und schoss Pfeile ab. Zwei davon trafen die schweren Felsbrocken und zertrümmerten sie in jeweils zwei Teile, die direkt vor ihm auf den Boden prallten und ihn verfehlten.

Nun versuchte sich William an einem Angriff und schoss Pfeile in Richtung seiner Freunde. Cass rannte los, warf sich nach hinten und legte akrobatische Höchstleistungen an den Tag, um den Attacken zu entkommen. Nate hingegen streckte die Hand aus, der Nebel verdichtete sich vor ihm und verschluckte die Pfeile. Plötzlich sprang Nate daraus hervor, hob die Hand und der dunkle Dunst folgte seiner Bewegung. Wie eine Faust donnerte er durch die Luft und versuchte, William zu treffen. Der machte einen Satz zurück, entkam dem Angriff, spannte den Bogen und schoss wieder blitzschnell Pfeile ab.

Der Nebel um Nate zog sich augenblicklich zurück, verdichtete sich an einer Stelle und formte ein riesiges Wesen. Der ganze Vorgang dauerte höchstens einen Wimpernschlag. Als ich das nächste Mal aufsah, war Flame erschienen, und Nate sprang auf seinen Rücken. Der Pfeil kam gerade bei ihm an, als der riesige Drache sich in die Luft erhob und dem Angriff so entkam.

»Hey, warte auf mich!«, verlangte Cass, der nun ebenfalls seinen Drachen rief und auf Toasty aufsprang.

William ließ seinen Bogen verschwinden und den dunklen Rauch zu Wings werden. Keinen Augenblick später flogen die drei auf ihren

Drachen durch die Luft und setzten zu einigen waghalsigen Manövern an.

»Hört auf, Spielchen zu spielen, und haltet eure Drachen unter Kontrolle. In einem Kampf werdet ihr es brauchen«, rief Warlor.

Allerdings hatte ich Zweifel, dass Nate und seine Freunde ihn hörten – vielleicht ignorierten sie ihn auch mit Absicht. Sie flogen ihre Runden, stiegen immer höher, um sich dann im Steilflug gen Boden stürzen zu lassen. Es war jedes Mal ein atemberaubender Moment, wenn sie sich in letzter Sekunde abfingen und wieder hochstiegen.

Nate flog einen Bogen und lenkte den Drachen nun langsam tiefer. Es kam mir seltsam vor, dass er dabei so gemächlich war – da hatte er gerade eben noch ganz andere Geschwindigkeiten an den Tag gelegt. Plötzlich flog er in meine Richtung und hielt schräg über mir an.

»Na? Lust, eine Runde mitzukommen?«, wollte er wissen und schenkte mir sein verlockendes Lächeln.

Ich warf nur einen kurzen Blick in Warlors Richtung, dem deutlich anzusehen war, dass Nate dafür noch eine Strafe aufgebrummt bekommen würde. Vermutlich würde er mal wieder ein Extratraining einlegen oder mehrere Runden um die Arena laufen müssen – nichts, mit dem Nate nicht klarkommen würde.

Ohne zu zögern, griff ich nach seiner Hand und stieg auf Flames Rücken. Kaum hatte ich mich gesetzt, flogen wir auch schon los – sehr viel schneller dieses Mal. Wir zischten durch die Luft und stiegen immer höher. Warlor und die anderen Dreamcatcher wurden besorgniserregend klein, und ich sah lieber schnell zu den Wolken hinauf als in die klaffende Tiefe unter mir.

»Dafür wirst du so was von Ärger bekommen«, sagte ich und spürte, wie Nate seinen Arm um meine Taille legte und mich näher zu sich zog.

Seine Stimme strich sanft über meine Haut. »Das mag sein. Aber das ist es mir auf alle Fälle wert.« Hatte sein Tonfall sich gerade noch amüsiert angehört, so nahm er nun einen deutlich besorgteren Klang an. »Es tut mir leid, dass ich nicht zu dir kommen konnte. Ich wollte dich nicht in deinem Zimmer versauern lassen, aber mein Vater brummt mir gerade eine Aufgabe nach der nächsten auf. Da bleibt kaum Zeit zum Luftholen. Von daher freue ich mich über diese Gelegenheit.« Da war er wieder, dieser zärtliche Unterton, der sich wie warmer Samt um mich schmiegte.

»Ich lerne ein ganz anderes Leben kennen. Im Moment ist es allerdings noch etwas eintönig und deutlich geruhsamer als mein Alltag. Ehrlich gesagt warte ich noch darauf, dass mich der Reiz packt. Momentan finde ich es ziemlich langweilig.«

Nate lachte. Ich spürte die Vibration erst an meinem Rücken, von wo aus sie sich durch meinen ganzen Körper ausbreitete.

»Sag bloß, du hast keine Lust, mit der feinen Gesellschaft im Garten zu flanieren oder an einem der netten Teenachmittage teilzunehmen?«

»Nein. Offenbar habe ich noch nicht ganz verstanden, worin der Reiz besteht. Zumal ich mir recht sicher bin, dass die Hochwohlgeborenen vor Entsetzen einen Herzinfarkt bekämen, wenn ich es wagen sollte, mich zu ihnen zu setzen.«

»Mag sein. Aber du weißt, dass ich nichts lieber täte, als mit dir Zeit zu verbringen. Mit dir habe ich immer Spaß und wir können so viel lachen.«

Das war mir durchaus bewusst. Aber es machte den Umstand nicht leichter, dass wir keine Zeit miteinander verbringen durften – zumindest nicht im Palast. Ich musste schmunzeln, als ich an die vielen Male dachte, bei denen Nate Essen aus der Küche hatte mitgehen lassen. Wir hatten uns einen netten Platz am Fluss gesucht, dort gegessen, herumgealbert und erzählt. Weit weg von der Stadt, weit weg vom Palast und den anderen Bewohnern von Lighthaven hatte ich unseren Standesunterschied gut verdrängen können. Jetzt, wenn ich allein in meinem Zimmer saß und dort ohne Gesellschaft essen musste, konnte ich ihn nicht mehr so leicht vergessen.

Flame drehte eine weitere Runde über der Arena. Sie wirkte so klein und fern, als wären wir wirklich ganz weit weg. Ob hier oben dieselben Regeln herrschten wie dort unten?

»Ich weiß, dass es dir sicher am liebsten wäre, wenn du wieder nach Hause könntest. Leider besteht mein Vater darauf, dass du zumindest noch für einige Zeit im Palast bleibst.«

Ich schluckte schwer. In diesem Moment fühlte ich mich wie eine Gefangene, die keinerlei Rechte hatte.

»Ich habe mir fest vorgenommen, dich öfter zu besuchen. Mir ist es wichtig, dass du dich nicht auch noch eingesperrt oder unwohl fühlst«, fuhr Nate fort und fügte neckend hinzu: »Ich könnte dir natürlich auch hin und wieder ein paar Leute aus der Dienerschaft schicken, die dir Gesellschaft leisten. Allerdings kenne ich dich gut genug, um zu wissen, dass du das eher als Beleidigung auffassen würdest.«

»Ich würde dich mal sehen wollen, wenn ich jemanden dafür bezahlen würde, damit er sich zu dir setzt, um dir beim Essen zuzusehen. Nein, danke. Mir hat dieser Arzt schon gereicht, der war nervig genug.«

Bei der Erwähnung legte Nate seine Hand auf meinen Unterarm. Langsam strichen seine Fingerspitzen hinauf, erreichten meinen Ellbogen und glitten über eine etwas schlampig verbundene Stelle. Ich spürte die Wärme seiner Finger durch den dünnen Stoff des Verbands und wünschte, er hätte seine Hand noch einmal tiefer gleiten lassen, sodass ich sie direkt auf meiner Haut hätte fühlen können.

»Was war denn mit dem Arzt los? War er betrunken?«, hakte Nate nach, als der Verband widerstandslos verrutschte und den Blick auf eine gerötete Wunde freigab.

Ich gab ein kurzes Schnauben von mir. Auch wenn der Kerl mir tierisch auf den Nerv gegangen war, so wollte ich nicht, dass er Ärger bekam. Immerhin konnte er nichts dafür.

»Nein, das war ich.«

Ich spürte Nates fragenden Blick in meinem Nacken. »Du hast ihn dir nicht den Verband anlegen lassen? Was war los?«

Tja, was sollte ich darauf erwidern? Was war in diesem Moment in mich gefahren? Im Nachhinein und mit Abstand betrachtet, hatte er einfach nur seiner Arbeit nachgehen wollen. Aber mir war es zu viel gewesen.

»Ich … ich habe mich unwohl gefühlt«, räumte ich schließlich ein. »Und ich bin es gewohnt, mich um mich selbst zu kümmern. Wenn jemand aus meiner Familie krank oder verletzt ist, helfen wir uns erst einmal selbst.«

Das war natürlich eine finanzielle Frage. Wir konnten es uns einfach nicht leisten, jedes Mal einen Arzt zu rufen. Und ja, die Wunden sahen weiterhin nicht allzu gut aus und schmerzten. Aber sie waren wirklich klein und würden früher oder später sicher verheilen.

»Das kann ich verstehen. Manchmal ist es besser, Dinge mit sich selbst auszumachen«, erwiderte Nate.

Er wirkte gedankenversunken, und ich wusste, dass er an sein Leben im Palast dachte. Es war für ihn gewiss nicht einfach. Viel zu selten kam es vor, dass er allein sein konnte. Stets war die Dienerschaft um ihn herum. Er stand immer im Mittelpunkt, jeder hatte ihn im Blick. Es war ein ständiges Bewerten, weshalb er sich niemals einen Fehler leisten durfte. Ich wusste, dass ihm dieses Leben schwerfiel, dennoch fügte er sich in seine Rolle. Was hatte er auch für eine andere Wahl?

Während er nachdachte, glitten seine Finger gedankenversunken über meine Arme. Ich spürte die Wärme und dieses verheißungsvolle Kribbeln, das immer tiefer wanderte, als sein Daumen kreisende Bewegungen auf meinem Unterarm ausführte, nur um gleich darauf an der Innenseite hinaufzugleiten. Ich wagte es nicht, mich zu bewegen, und genoss diesen Moment von ganzem Herzen. So viele Gedanken kreisten mir durch den Kopf, die allesamt von sehr expliziten Wünschen begleitet wurden. Wie gerne wäre ich ihm noch näher gewesen. Wie gerne hätte ich in diesem Moment seine Lippen gekostet. Nur ein einziges Mal – wobei ich schon ahnte, dass es das nur schlimmer gemacht hätte.

Ich lehnte mich zurück, spürte seine Atmung an meinem Rücken, die Muskeln, die sich spannten, und schloss die Augen, als seine Finger erneut lockend über meinen Arm strichen.

»Ich glaube, ich habe noch etwas Mirena-Salbe«, sagte er und riss mich aus meinen Gedanken. »Hat der Arzt deine Wunden damit versorgt? Weißt du das? Die Mirena-Salbe wird extra für uns Dreamcatcher zubereitet. Ihre Wirkung ist sehr gut und hilft sicher bei der Heilung. Wenn ich mir die Wunden so anschaue, sollte man da dringend etwas unternehmen.«

»Also, gut. Wenn es für dein Seelenheil wichtig ist, dann bin ich einverstanden«, erwiderte ich.

»Oh ja, das hilft mir sehr«, sagte er und strubbelte mir keck durchs Haar.

Ich gab ein wütendes Prusten von mir, denn er wusste, wie sehr ich es hasste, wenn er das tat.

»So, und bevor wir landen, müssen wir noch eine wichtige Sache klären: Wirst du zu meinem Geburtstag kommen?«

Ich drehte mich verdutzt zu ihm um und glaubte, mich verhört zu haben. »Meinst du deinen offiziellen Geburtstag?«

Da ich mich an diesem Tag natürlich nicht im Schloss sehen lassen durfte, trafen Nate und ich uns meistens irgendwann danach und picknickten am Fluss oder gingen eine Runde spazieren. Es war im Grunde nichts Weltbewegendes, und dennoch bedeutete mir dieser Tag viel.

»Nun ja, du bist jetzt im Palast, und ich will auf keinen Fall, dass du an diesem Tag allein auf deinem Zimmer sitzt. Außerdem ist es die Gelegenheit, wirklich mal zusammen zu feiern. Das wäre doch was.«

Genau wie am Geburtstag seines Vaters wurde auch an Nates Ehrentag ein riesiges Fest abgehalten. Nur verstand ich nicht, wie er auf die Idee kam, dass ich daran teilnehmen konnte. Denn selbst wenn ich wollte, hatte sein Vater mit Sicherheit einiges dagegen einzuwenden – wie vermutlich der ganze restliche Adel.

»Es ist ein Maskenball«, erklärte er. »Mein Vater wird nicht erkennen, dass du es bist.«

Ich runzelte die Stirn und drehte mich ein Stück um, bis ich sein Gesicht sehen konnte. »Und du glaubst, dein Vater merkt das nicht? Ich habe keine Ahnung, wie man sich am Hof verhält. Das würde sicher keine fünf Minuten gut gehen und wir würden auffliegen.«

»Der Saal ist gerappelt voll. Es gibt jede Menge zu essen und zu trinken, es wird getanzt. In der Masse wirst du nicht auffallen. Und tu bitte nicht so, als würdest du dich wie ein Elefant im Porzellanladen aufführen. Du bist nicht anders als die Adeligen. Woran sollte dich also jemand erkennen?«

Oh, da fielen mir so einige Punkte ein. Am Hofe wurde anders getanzt und auch andere Dinge gegessen. Mit Sicherheit waren meine Tischmanieren nicht die Besten – schon das viele Besteck flößte mir Angst ein. Vermutlich entsprach nicht mal mein Knicks dem höfischen Standard. Ich sah auf jeden Fall eine Menge Stolpersteine, und bei meinem Talent würde ich wohl jeden einzelnen mitnehmen.

Andererseits hatte es durchaus seinen Reiz. Ich würde mit Nate seinen Geburtstag feiern und an diesem Tag mit ihm zusammen sein können.

»Sag schon ja«, forderte er mich erneut auf und sah mich mit seinen dunklen Augen an.

Ich seufzte und ließ die Schultern hängen, was er sofort als Zustimmung auffasste.

»Wir werden Spaß haben«, versprach er mir. »Und ich habe nun einen Grund, mich auf den Abend zu freuen.«

Seine dunklen Augen wirkten im Schein des Sonnenlichts warm und hatten einen Farbton, der mich an flüssigen Waldhonig erinnerte. Sie waren herrlich und absolut fesselnd. Es dauerte einen Moment, bis ich mich von diesem Anblick losreißen konnte.

»Sollte ich mich vor dem Kleid fürchten, in das ich mich hineinzwängen muss? Sag bitte, dass nicht auch eine dieser grässlichen Korsagen dabei ist.«

Die Bekleidung der adeligen Damenwelt war durchaus gewöhnungsbedürftig.

»Keine Sorge, wir werden schon was Passendes finden«, versprach er.

Langsam flog er in Richtung Arena zurück. Ich sah Cass und William, die mit ihren Drachen dort kreisten und sich gegenseitig immer wieder attackierten. William versuchte, Cass gerade von Toasty zu schubsen, doch der hielt sich recht gut. Ich wollte mir gar nicht vorstellen, an seiner Stelle zu sein. Höhe mochte ich nicht besonders, und die Aussicht, von einem Drachenrücken gestoßen zu werden … Das Training der Dreamcatcher hatte es wirklich in sich.

Wir landeten und ich stieg vorsichtig von Flame ab. Kaum hatten Nate und ich den Boden berührt, löste sich der riesige Drache wieder in Nebel auf und kroch zurück in das Sigil.

»Komm, wir kümmern uns noch kurz um deine Verletzungen.« Nate nahm meine Hand und zog mich über den Sandplatz.

Warlor entging das natürlich nicht. Mit lauter Stimme rief er uns entgegen: »Was habt ihr beiden bitte vor? Es ist noch immer Training, und bei deinem Ausflug mit Flame hast du nicht allzu viel geübt. Dir ist schon bewusst, dass diese Drachen nicht als vergnügliches Transportmittel gedacht sind?«

»Ja, schon klar«, rief Nate zurück. »Wenn du der Meinung bist, dass ich noch nicht genug trainiert habe, hänge ich gleich im Anschluss eine Einheit dran. Jetzt muss ich allerdings erst mal etwas Orialas-Wurz holen. Ich habe schreckliche Kopfschmerzen, und das macht es extrem schwer, den Nebel zu kontrollieren.«

»Ach ja, ist das so?«, rief der Ausbilder zurück und musterte Nate mit düsterem Blick. Es war offensichtlich, dass er ihm kein Wort glaubte. »Und warum muss dich die Kleine begleiten?«

»Na, weil sie auch Kopfschmerzen hat«, erwiderte Nate mit einem kecken Lächeln. Vermutlich konnte er froh sein, dass ihm Warlor dafür keine verpasste. In dieser Hinsicht hatte es dann doch hin und wieder Vorteile, der Prinz des Landes zu sein.

Wir gingen quer über den Platz. Ich sah mit einem kurzen Seitenblick zu den anderen Dreamcatchern, die sich mitten im Training befanden. Die meisten nutzten die Kraft ihrer Sigil und übten, die Angriffe möglichst effektiv und kraftvoll zu gestalten. Es gab aber auch andere, die den Schwertkampf trainierten oder mit schweren Streitäxten übten. Keiner von ihnen schenkte uns große Beachtung, wofür ich dankbar war.

Am anderen Ende des Platzes befand sich ein kleines Haus aus gehauenem Stein. Es wirkte unscheinbar und hatte nur eine Tür und ein kleines Fenster. In dieses Gebäude führte Nate mich. Der Boden war ebenfalls aus groben Steinen gefertigt, die im Laufe der Zeit komplett glatt gelaufen worden waren. Ein Holztisch stand in der Mitte, es gab vier Stühle, die sicher schon bessere Zeiten gesehen hatten, und etliche Regale. Alles wirkte tatsächlich aufgeräumt und schien auch sauber gehalten zu werden.

Gläser unterschiedlichster Art standen dort. Große Flaschen, bauchige Gefäße, Karaffen, die wundervoll geschwungen waren. Alle waren mit Salben oder Pulvern gefüllt. Außerdem hingen jede Menge Kräuterbündel von der Decke.

»Setz dich«, bat mich Nate, während er sich dem Regal zuwandte und einen Tiegel hervorholte. Er ließ sich neben mir nieder und reichte ihn mir.

»Hier, damit müsste es besser werden.«

»Danke«, erwiderte ich und wickelte die Verbände ab.

Als ich kurz aufblickte, fing ich Nates dunklen Blick ein.

»Ich hätte mich nicht so lange abhalten lassen dürfen. Es ist schrecklich, was du über dich hast ergehen lassen müssen. Aber immerhin bist du am Leben und der Mare scheint keine Veränderung hervorgerufen zu haben.«

»Darüber bin ich auch wirklich erleichtert«, sagte ich, während ich meinen Finger in die dickflüssige Salbe tauchte und sie vorsichtig auf meine Wunden strich.

»Es war ein echter Schock, als der Mare sich auf dich gestürzt und dich ins Wasser gerissen hat.« Seiner Stimme war deutlich anzuhören, dass ihm das Erlebnis sehr nahe gegangen war und er immer noch damit zu kämpfen hatte.

»Das hat niemand kommen sehen können. Genauso wie den zweiten Mare, der am Ufer stand. Aber wenigstens konntet ihr ihn vertreiben.«

Ich verteilte einen weiteren Klecks Salbe auf meinen Armen und krempelte anschließend meine Hosenbeine hoch, damit ich auch dort die Creme auftragen konnte.

»Wir alle haben den Angriff unbeschadet überstanden. Von daher lassen wir das Thema besser ruhen«, fuhr ich fort. »Erzähl mir lieber was über deinen Geburtstag. Weißt du schon, was dir deine Eltern schenken werden?«

Er ächzte genervt und strich sich kurz durch die dunklen Locken. Als er die Hand wieder herauszog, war sein Haar verstrubbelt, was ihm unglaublich gut stand und ihm einen verwegenen Touch verlieh.

»Keine Ahnung. Aber ich ahne, dass es mir wieder nicht sonderlich gefallen wird.«

Seine Eltern fragten Nate nie, was er sich wünschte, und hatten offenbar auch absolut keine Ahnung, mit was sie ihm eine Freude hätten machen können. Und so hatte er in seiner Sammlung an unliebsamen Geschenken bereits mehrere schwere Ringe, die mit den unterschiedlichsten Edelsteinen besetzt waren, sowie zwei Schwerter, die von dem besten Waffenschmied hergestellt worden waren – allerdings mochte Nate den Schwertkampf nicht besonders, weshalb er die Waffen nie benutzte. Außerdem hatte er mehrere Pelzmäntel bekommen und einen Gürtel, an dem ein großer Saphir befestigt war. Nate hatte sogar schon überlegt, die Geschenke zu verkaufen und das Geld für Dinge zu nutzen, von denen die Bevölkerung etwas hatte. Allerdings hätte sich kein Händler darauf eingelassen. Die Stücke waren zu erlesen, als dass nicht sofort klar gewesen wäre, woher sie stammten. Nun würde sich vermutlich schon bald eine weitere Kostbarkeit in die nicht gerade ruhmreiche Sammlung einreihen.

Ich strich noch einmal über die letzte Wunde und griff anschließend zu einem frischen Verband, den Nate mir auf den Tisch gelegt hatte. Vorsichtig wickelte ich ihn um meinen Oberschenkel, bekam ihn aber nicht richtig fest. Der Anfang rutschte bereits von meinem Bein.

»Lass mich das machen, das kann man ja nicht mitansehen«, meinte Nate und nahm mir die Mullbinde aus der Hand. Er löste sie ganz, richtete das verdrehte Band und begann dann erneut es um mich zu wickeln. Mit konzentrierter Miene achtete er auf jeden Handgriff und hatte ziemlich schnell die erste Wunde verbunden. Er schnitt das Band durch und widmete sich der nächsten Stelle. Dabei hielt er immer wieder mein Bein fest. Seine Finger glitten über meine Haut, wenn er die Position veränderte. Sein Griff war fest und zugleich zärtlich. Es war ein Gefühl, als würden sich seine Berührungen in meine Haut brennen, und sie weckten in mir eine Sehnsucht, die ich kaum beherrschen konnte.

Wieder schlang er den Verband um mein Bein und verschloss ihn. Als er damit fertig war, strich er kurz darüber, um zu testen, ob die Mullbinde auch fest genug saß. Seine Hand durch den dünnen Stoff zu spüren, raubte mir regelrecht den Atem.

Als er sich im Anschluss um meine Arme kümmerte, musste er automatisch näher zu mir rücken. Ich spürte seinen Atem, der heiß und verlockend über mich glitt. Am liebsten hätte ich mich ein Stück vorgebeugt, um ihn besser einfangen zu können, aber ich wagte es nicht, mich zu rühren. Lodernde Blitze zuckten durch mich hindurch, als er seine Hand auf meinen Arm legte und den Verband festhielt. Seine Stärke und diese unglaubliche Zärtlichkeit entfachten etwas in mir, das ziemlich unangebracht war.

»So, geschafft«, erklärte er, blickte mich an mit Augen, die strahlten wie der Mond in einer dunklen Nacht, und erhob sich.

Er setzte sich neben mich, und ich merkte, wie sich etwas in seinem Blick veränderte. Er wurde noch dunkler und eindringlicher. Fragend sah ich ihn an, als er sich langsam vorbeugte und mir immer näher kam. Ich konnte seine Energie auf mir spüren – warm, drängend und betörend. Er streckte die Hand aus, ließ sie durch mein Haar gleiten, und ich hoffte, dass er die Gänsehaut nicht bemerken würde, die sich auf meinem Körper ausbreitete. Vorsichtig zog er ein Blatt aus meinem Haar.

»Du hast da was«, sagte er und ließ es zu Boden fallen. Als er sich mir wieder zuwandte, lächelte er. »Also, es ist abgemacht? Du kommst zu meiner Feier, einverstanden? Ich lasse dir ein Kleid bringen und wir treffen uns im Festsaal. Findest du den?«

Ich hatte ehrlich gesagt keine Ahnung, wo der lag, aber zur Not würde ich mich durchfragen. So schwer konnte er nicht zu finden sein.

»Hoffen wir mal, dass das gut geht und mir dein Vater nicht den Kopf von den Schultern reißt.«

Vor meinem geistigen Auge sah ich ihn mich am Arm packen und aus dem Palast schleifen – wobei er das in der Realität sicher seine Wachleute machen lassen würde.

»Das wird nicht passieren. Du wirst schon sehen. Und ich freue mich wirklich sehr, dass du dabei bist.« Er schenkte mir sein strahlendes Lächeln, das seine Augen wie einen Sternenhimmel funkeln ließ, und stand wieder auf. »Wir werden richtig viel Spaß haben«, versprach er und ging Richtung Tür.

Ich folgte ihm, hatte aber gewisse Zweifel an seinen Worten. Dennoch konnte ich mir ein Grinsen nicht verkneifen. Vielleicht würde es doch Spaß machen, an solch einem Ball teilzunehmen. Immerhin waren alle Adeligen ganz versessen darauf. Und falls doch alles schiefging: Cass und William waren auch noch da. Mit denen wurde es nie langweilig.

11

Es war das Dümmste, zu dem mich Nate je überredet hatte, und wir hatten schon etlichen Mist zusammen angestellt. Aber das hier …

Ich schaute auf die Leute in ihren feinen Roben. Edelsteine und teurer Schmuck funkelten um die Wette. Die Adeligen warfen mit Magie geradezu um sich, was nicht ganz einfach mitanzusehen war. Immerhin verfügten wir aus der Unterschicht nicht über diese unendliche Macht und konnten nicht unentwegt Dinge aus dem Nichts entstehen lassen oder unsere Magie ununterbrochen aufrechterhalten.

Ich sah eine Frau mit hoch aufgetürmter Frisur. Die Maske, die sie trug, reichte ihr bis zu den Lippen und war mit reichlich Edelsteinen verziert, die im Licht schimmerten. Schmetterlinge tanzten um ihren Kopf, während ihr langes, luftiges Kleid von bunten Blumen bewachsen war. Die Köpfe der Pflanzen reckten sich in alle Richtungen, damit sie auch möglichst jeder in voller Pracht bewundern konnte.

Eine andere Dame schien ein Kleid aus purem Wasser zu tragen. Es schimmerte bläulich und floss so elegant an ihrem Körper hinab, als würde sie unter einem Wasserfall stehen, der um ihre Füße hin auseinanderfiel und wie ein kleiner See um sie lag. Zum Glück war das Blau des Wassers dunkel genug, dass es die wichtigsten Dinge verbarg, doch zumindest erahnen konnte man alles recht gut.

Ein Mann mit rotem Wams und dunkler Hose ließ mit seiner Magie brennende Funken um sich herumfliegen, was ihn in ein warmes Licht tauchte. Es sah beeindruckend aus, wobei ich mich fragte, wie gefährlich es wohl war, sich in seiner Nähe aufzuhalten.

Doch nicht nur die geladenen Gäste waren beeindruckend. Der ganze Saal war atemberaubend. Kristallene Kronleuchter hingen von der Decke, deren Licht von den kleinen Steinen durch den ganzen Raum geworfen wurde. Es gab an der rechten Seite eine lange Tafel, auf der sich die verschiedensten Speisen türmten. Dort fand man köstliche Pasteten, Braten, in Blätterteig gebackene Häppchen, jede Menge Meeresfrüchte wie Muscheln, aber auch frischen Fisch. Ich entdeckte Gemüse- und Obstsorten, die ich noch nie zuvor zu Gesicht bekommen hatte. Dazu gab es jede Menge Süßspeisen, verschiedene Cremes, imposante Torten und süße Teilchen. Mir lief allein beim Anblick das Wasser im Mund zusammen.

Zarte Musik zog durch den Raum, die von einem unsichtbaren Orchester gespielt wurde – ich wusste natürlich, dass sie ebenfalls durch Magie erschaffen worden war. Ganz genauso wie der schimmernde Glanz, der auf dem Boden, den Wänden und der Decke lag. Es glitzerte, als hätte jemand den ganzen Raum mit Diamantstaub überzogen.

Gegenüber der großen Flügeltür waren zwei Throne aufgebaut. Auf einem saß Velaris Dawnspark, daneben Nates Mutter Sandrin. Sie trug ein grünes Kleid aus luftiger Spitze. Es war schulterfrei, sodass ihre goldene Kette mit dem tiefblauen Saphir besonders gut zur Geltung kam. Ihr Haar trug sie halb offen und die dunklen Locken flossen ihren Rücken hinab. Sie war wunderschön, auch wenn sie nur selten lächelte und meist einen recht ernsten Eindruck machte. Mit ruhiger Miene beobachtete sie die Gäste, die sich bestens amüsierten.

Auch der König war offenbar guter Laune. Ein Mann stand neben ihm und unterhielt sich mit ihm. Ein eisiger Schauder griff nach meinem Herzen, als ich ihn erkannte: der Hohepriester. Natürlich war er hier. Er nahm an allen besonderen Festen teil. Wie hatte ich daran nur nicht denken können?! Er trug genauso wie König Dawnspark keine Maske. Die Kutte war gepflegt und wirkte edel, doch strahlte sie auch eine gewisse Bescheidenheit aus – vor allem, wenn man sie mit der Kleidung der anderen Gäste verglich. Lediglich die goldene Kette mit den funkelnden Rubinen verriet seinen Reichtum.

Immer wieder lachte Velaris laut und dröhnend. Keine Ahnung, ob seine Stimmung heute einfach besonders gut war oder ob er bereits zu viel Wein getrunken hatte. Der Becher in seiner Hand wurde jedenfalls gerade wieder von einem Diener aufgefüllt.

Erneut wanderte mein Blick zum Hohepriester. Noch hatte er mich nicht entdeckt – keine Ahnung, ob er überhaupt auf der Suche nach mir war. Im Moment schien er nur Augen für den König und dessen Gemahlin zu haben, was mir mehr als recht war. Ich rückte noch mal meine Maske zurecht, die beinahe mein ganzes Gesicht verdeckte. Nicht ohne Grund hatte ich mich für dieses Modell entschieden, denn ich wollte nicht Gefahr laufen, dass irgendwer mich erkannte. Wobei ich mir darüber wohl nicht ganz so viele Sorgen hätte machen müssen. Nate hatte recht behalten: In der Menge würde ich wohl kaum auffallen. Vielleicht würde mir dieser Gedanke auch irgendwann helfen, etwas von der Anspannung zu verlieren. Im Moment kam ich mir vollkommen fehl am Platz vor und hatte Zweifel, dass ich mich an diesem Abend tatsächlich amüsieren würde. Allein das Kleid trübte meine Laune. Es sah zwar wunderschön aus und war mit Sicherheit das Kostbarste, das ich je auch nur in der Hand gehabt hatte. Aber die Spitze, die um mein Dekolleté angebracht war, kratzte fürchterlich auf meiner Haut. Hinzu kam, dass der Seidenstoff, der geschmeidig an meinem Körper hinabfloss, schrecklich dünn war, sodass ich mich recht ungeschützt fühlte. Ich war nun mal andere Stoffe gewohnt: Dickes Leder und schwere Baumwollstoffe, die den Nebel abhielten und Schutz vor leichten Angriffen der Traumgeister boten.

Der Rücken meines Kleids war tief ausgeschnitten und der Rand ebenfalls mit herrlicher Spitze verziert – auch die kratzte unentwegt. Eine Dienerin hatte mir beim Ankleiden geholfen und mir das Haar zu einem kunstvollen Knoten hochgesteckt. Eine herrliche große Haarnadel steckte darin. Sie hatte die Form einer geflügelten

Frau, die ihre Arme in die Luft streckte und einen Spiegel hielt. Es war ein wundervolles und ganz besonderes Stück, das sich toll in meinen Haaren machte. Als ich mich angeschaut hatte, war ich mir vollkommen fremd erschienen. Ich gefiel mir – sehr sogar. Dennoch kam ich mir verkleidet vor.

In meiner rechten Hand hielt ich einen kleinen Beutel, in dem sich selbst gebackene Kekse befanden. Seit meiner Kindheit buk ich sie Nate zum Geburtstag. Sie konnten mit den Köstlichkeiten, die es hier im Schloss gab, sicherlich nicht mithalten, aber Nate hatte sich damals so unfassbar über dieses kleine Geschenk gefreut, dass er es sich gleich im nächsten Jahr erneut von mir gewünscht hatte. Ich war mit Sicherheit keine gute Köchin, und auch das Backen lag mir nicht sonderlich. Von daher freute es mich, dass diese Kekse mittlerweile zu seinem Geburtstag dazugehörten.

Suchend schaute ich mich um und entdeckte in der Nähe des Buffets zwei junge Männer, die mir von der Statur her bekannt vorkamen. Auch sie trugen Masken, die ihre Gesichter verbargen. Dennoch erkannte ich die beiden an ihren Bewegungen und ihrer Körperhaltung. Gut, es half vermutlich auch, dass sie mal wieder am Herumalbern waren. Zumindest versuchten sie gerade, ein paar der kleinen Törtchen zu stibitzen, ohne dass jemand etwas davon bemerkte.

Die beiden sahen toll aus, das musste man ohne Umschweife zugeben. Cass trug ein Oberteil, das aus mehreren Stofflagen bestand, die ineinander verschlungen waren. Das herrliche Muster glänzte im Licht. Während die unteren Lagen von einem tiefen Blau waren, wiesen die oberen eher einen grün-goldenen Ton auf. William hingegen trug ein dunkles Hemd, das ihm bis zur Hüfte reichte. Es war schwarz, mit silbernen Verzierungen und sah äußerst edel aus. Er stieß Cass gerade warnend in die Seite, als ein älterer Adeliger mit grimmiger Miene an ihnen vorbeiging. Cass verlor vor Schreck beinahe die Beute, konnte die Törtchen aber gerade noch fangen, versteckte sie hinter seinem Rücken und schenkte dem Fremden ein breites, unschuldiges Grinsen. Der verdrehte nur die Augen, sparte sich aber jede Belehrung. Die beiden lachten und entfernten sich vom Buffet.

»Ich hoffe, du hast genug, dass ich auch ein Törtchen haben kann. Mir knurrt schon ganz schön der Magen«, sagte ich, als ich die beiden erreicht hatte.

Cass zuckte erschrocken zusammen, doch meine Stimme erkannte er sofort. Freudig drehte er sich zu mir um und schlang einen Arm um mich.

»Du bist also wirklich hier. Ich wusste, dass du dir dieses Spektakel nicht entgehen lassen würdest.« Er schenkte William einen wissenden Seitenblick und meinte: »Tja, wie es aussieht, habe ich gewonnen.«

Ich riss die Brauen hoch und verpasste ihm einen Klaps auf die Schulter. »Ihr habt gewettet, ob ich komme oder nicht?!«

Cass zuckte entschuldigend mit den Schultern. »Schau mich nicht so wütend an. Ich habe immerhin darauf gewettet, dass du hier sein würdest.«

Ich wusste nicht, auf wen von beiden ich wütend sein sollte, und schaute nun zu William, der sofort abwehrend die Hände hob.

»Es war nicht meine Idee.«

Das glaubte ich ihm sogar. Ich hob gerade zu einer Standpauke an, als die Musik abrupt unterbrochen wurde. Alle Gäste wandten sich der großen Flügeltür zu, wo sich mehrere Diener verbeugten. Ein Lächeln breitete sich auf meinem Gesicht aus, als ich Nate sah, der in diesem Moment den Raum betrat. Er kam mit sehr schnellen, kraftvollen Schritten hinein. Manch einer hätte sie wohl für ein Zeichen seines selbstsicheren Auftretens gehalten. Ich kannte ihn allerdings gut genug, um zu wissen, dass er dieses Spektakel einfach nur schnell hinter sich bringen und in der Menge verschwinden wollte.

»Herzlichen Glückwunsch, mein Sohn!«, tönte die schwere Stimme von König Dawnspark durch den Raum. Er stand auf und streckte den Arm in Nates Richtung aus.

Der verstand den Wink natürlich und ging auf seinen Vater zu.

»Es ist eine große Freude für uns alle, deinen Geburtstag heute mit dir zu feiern. Als du damals zur Welt gekommen bist, war das der schönste Tag meines Lebens, denn du bist nichts anderes als die Zukunft dieses Reichs. Ich weiß, dass du das niemals vergessen wirst. Es erfüllt mich heute bereits mit Stolz, zu sehen, wie viele Aufgaben du angenommen hast und mit größtem Pflichtbewusstsein erfüllst. Ich bin mir sicher, dass du dieses Amt mit aller Sorgfalt ausfüllen wirst und dass aus dir ein König werden wird, der dieses Reich mit aller Güte, aber auch Strenge zu führen weiß.«

Nate war vermutlich gerade recht froh über die Maske, die er trug. Immerhin konnte er so einen Großteil seiner Gefühle verbergen, die nach dieser Ansprache sicher nicht gerade die Schönsten waren. Wer hörte nicht gerne in seiner eigenen Geburtstagsansprache, was alles von ihm erwartet wurde und wie genau er zu sein hatte?

»Danke, Vater«, hörte ich ihn nur antworten.

Nates Mutter trat zu ihm, umarmte ihn und gab ihm einen kurzen, recht nüchternen Kuss auf die Wange. Sie schien nicht mal etwas gesagt zu haben, trat einfach zur Seite und ließ nun ihren Mann Nate umarmen.

»Du sollst an diesem Tag natürlich auch von uns ein Geschenk erhalten. Deine Mutter und ich haben lange überlegt, welches Präsent dir gerecht werden könnte, und ich denke, wir haben etwas gefunden, an dem du noch lange Freude haben wirst.« Er zwinkerte ihm verschmitzt zu. »Wenn ich die Herrschaften nun alle nach draußen bitten darf?«

Zwei imposante Flügeltüren am anderen Ende des Raums wurden geöffnet und kühle Nachtluft wehte uns entgegen. Der König machte sich mit seiner Gemahlin auf den Weg und zog Nate, dem er noch immer den Arm um die Schulter gelegt hatte, mit sich. Der drehte sich aber immer wieder unmerklich um. Als er mich entdeckte, grinste er mir verschmitzt zu.

Ich ließ mich mit der Menge nach draußen treiben. Es dauerte nicht lange, bis ich Cass und William aus den Augen verlor. Dafür war ich nun mitten unter lauter Adeligen, die neugierig zu den Türen gingen. Mir fielen drei junge Frauen in recht aufreizenden Gewändern auf. Sie waren tief ausgeschnitten und so kurz, dass sie gerade mal knapp über den Hintern reichten. Ich war wirklich erstaunt, denn solche Kleidung sah man nicht mal in der Zahlstube, und da ging es nicht gerade sittsam zu.

»Ich hoffe, dass ich es schaffe, mit Nathaniel zu reden. Es wäre ein Traum, wenn ich nur ein paar Worte mit ihm wechseln dürfte.

Ich würde die Gelegenheit sofort beim Schopfe packen, damit er mich nicht so schnell vergisst«, sagte die rothaarige Schönheit zu der jungen Frau neben sich. Ihre Haut schien von innen heraus zu leuchten, als hätte sie eine Fackel verschluckt, die ihren ganzen Körper zum Glühen brachte. Natürlich war da Magie im Spiel und zumindest fiel sie damit auf.

Das Mädchen neben ihr hatte silbernes Haar, das tatsächlich wie geschmolzenes Metall wirkte. Ihr Kleid war von derselben Beschaffenheit und hatte einen so tiefen Ausschnitt, dass sie sich darin besser nicht bückte.

»Meine Eltern haben keine Kosten gescheut und ihm ein ganz wundervolles Geschenk gekauft. Sie meinten, ich solle es ihm persönlich überreichen. Am besten später, wenn es etwas ruhiger wird. Vielleicht gelingt es mir, ihn zu einem kleinen Spaziergang im Garten zu überreden.« Sie kicherte vielsagend.

Ihre Absichten überraschten mich nicht. Als Kronprinz war Nate äußerst gefragt. Hinzu kam, dass er auch noch attraktiv war, was es den Damen leichter machte, sich ihm an den Hals zu werfen. Mir tat er jetzt schon leid, wenn ich mir vorstellte, dass er eine dieser jungen Frauen einmal heiraten musste. Den Aufschrei meines Herzens, den ich bei dem Gedanken spürte, schob ich hastig beiseite. Mir war klar, dass es irgendwann genau so kommen würde. Aber noch war es nicht so weit, weshalb ich mich lieber an die Gegenwart klammerte.

»Nun streck den Rücken durch, Lophelia«, hörte ich eine Mutter ihre Tochter korrigieren. Sie drückte ihre Hand in deren Kreuz und schenkte ihr einen mahnenden Blick. »Wie oft soll ich dir noch sagen, dass du nicht krumm und buckelig herumlaufen sollst? Und verstärke deine Magie gefälligst. Du siehst doch, wie die anderen Mädchen sich ins Zeug legen, um aufzufallen. Du gehst komplett unter.«

Die junge Frau hob entschuldigend den Kopf. Schwarzes Haar fiel ihr in schweren Locken den Rücken hinab. Sie trug mehrere strahlende Diamanten auf der Stirn. Ihr grünes Kleid reichte bis zum Boden, hatte dafür aber einen nicht gerade züchtigen Beinschlitz. Der ging ihr tatsächlich bis zum Ansatz der Hüfte und ließ wenig Raum für Fantasie. Ihre Haut war von wundervollen Mustern überzogen, die immer wieder ihre Farbe änderten und an ihren Armen und Beinen entlangkrochen. Die Formen wechselten ebenfalls; mal wurde ihr Körper von wundervollen Ranken verziert, aus denen nach und nach prachtvolle Blüten wuchsen. Dann wurden sie zu harten Linien und Symbolen, nur um sich daraufhin zu fremdartigen Buchstaben zu wandeln, deren Bedeutung ich nur zu gerne erfahren hätte. Die Zeichnungen krochen auf ihrem Körper entlang wie Finger, die über ihre Haut strichen, und verschwanden immer wieder in verlockenden Bewegungen unter ihrer Kleidung.

Ich riss meinen Blick von der jungen Frau los. Sie tat mir leid, aber die Szene machte mir auch eines klar: Selbst als adelige Frau hatte man es nicht leicht. Vielleicht erging es uns Fehris in dieser Hinsicht sogar noch einen Deut besser. Wir waren zwar arm, konnten über unser Leben aber immerhin weitestgehend selbst bestimmen.

Als ich die weitläufige Terrasse erreichte, die sich vor dem Ballsaal befand, staunte ich über den wundervollen Garten, auf den man von hier hinunterblickte. Die Beete waren durchdacht arrangiert, sodass man auf den ersten Blick erkannte, wie viel Arbeit darin steckte. Jede Blume, jeder Strauch, jeder Schatten spendende Baum war mit Bedacht gewählt worden. Unzählige Lampions schwebten in der Luft und verbreiteten ein angenehmes Licht, das über die Gäste tanzte.

Dazwischen brannten große Feuerschalen, aus denen Funken stiegen, die die Farbe wechselten und wie kleine Feuerwerke in der Luft explodierten, um in einen bunten Farbenregen niederzugehen. Der König hatte wirklich ein großes Aufgebot an Magie für diesen Tag bereitgestellt.

In der Nähe der Königsfamilie entdeckte ich erneut den Hohepriester, der mit einem kühlen Lächeln seinen Blick über die Menge schweifen ließ. Ich war froh, dass ich mitten im Pulk stand und er mich sicher nicht entdecken würde. Trotzdem senkte ich vorsorglich den Kopf.

»Wie bereits verkündet, haben meine Gattin und ich uns viele Gedanken über ein Geschenk für unseren Sohn gemacht. Ich glaube, dass wir etwas ganz Besonderes gefunden haben«, versprach der König hochtrabend, und ich ahnte bereits Schreckliches.

Nate blickte zu einem großen Gegenstand, der mit einem Tuch abgedeckt war. Dieses Etwas war sicher drei Meter groß– so viel ließ sich schon mal sagen.

»Du darfst«, sagte Nates Vater und trat beiseite.

Sein Sohn atmete einmal tief durch und zog mit einem schnellen Ruck die Plane von dem Geschenk. Ein Raunen fuhr durch die Menge, das sofort in einen brandenden Applaus überging. Ich musste mir die Hand vor den Mund halten, um nicht laut loszulachen. Mit der Reaktion schien ich nicht allein zu sein. Nicht weit von mir hörte ich jemanden prusten und entdeckte Cass, der versuchte, das Lachen zu unterdrücken, das ihm bereits in der Kehle steckte. William legte da schon mehr Selbstbeherrschung an den Tag, doch auch er zuckte hin und wieder, weil er mit einem Lachanfall kämpfte.

Der Anblick war zu lustig: Es war eine Statue aus weißem Marmor, die Nate zeigte. Die Pose war absolut unnatürlich, ebenso wie seine Gesichtszüge. Was auch immer der Bildhauer als Vorbild genommen hatte, ich hegte Zweifel, dass er Nate jemals länger als fünf Minuten gegenübergestanden hatte. Die Statue strahlte etwas so Arrogantes und Überhebliches aus, wie ich es noch nicht mal an König Dawnspark gesehen hatte. Hinzu kam die überaus enge Kleidung, die wirklich jeden Muskel zeigte und recht stark in Szene setzte. Es wirkte, als wäre eine Karikatur von Nate in ein schmales Gewand gepresst worden, das wie eine zweite Haut auf ihm lag. Als wäre das noch nicht genug, wehte sein Haar heroisch im Wind und er hatte den Mund zu einem wütenden Schrei verzerrt, denn die Statue hielt ein Schwert in der Hand und holte offenbar zu einem kraftvollen Schlag aus – auch wenn keiner so wirklich wusste, auf was dieses eindrucksvolle Denkmal so eine Wut hatte.

Es war schon witzig, erst recht, weil man Nate deutlich ansah, wie irritiert er über dieses Geschenk war. Er rang sichtlich um Fassung, aber natürlich wollte er seine Eltern nicht in der Öffentlichkeit brüskieren. Dabei war dieses Ding einfach nur … hässlich.

»Vielen Dank«, murmelte er schließlich. »Es ist wirklich sehr … eindrucksvoll.«

»Allerdings. Der Künstler hat fast ein halbes Jahr daran gearbeitet. Er hat wirklich jeden unserer Wünsche umgesetzt und so diesem Werk zu seiner Vollkommenheit verholfen«, erklärte der König.

Vielleicht wäre es ohne seine Anregungen besser geworden. Das schien auch Nate zu denken, denn er schaute noch einmal nachdenklich auf die Statue.

»Wie dem auch sei, sie ist … sehr einnehmend. Habt ihr dafür schon einen Platz ausgewählt?«, wollte er wissen.

»Wir dachten, dass sie genau an dieser Stelle gut zur Geltung kommt. Hier direkt vor dem Festsaal, wo sie jeder gut sehen kann.«

Oh, wie schön. Nate würde also bei jeder Feier dieser Scheußlichkeit erneut gegenübertreten müssen.

Er nickte jedoch nur höflich und meinte: »Das ist sicher eine gute Wahl. Ich danke euch jedenfalls sehr dafür. Es ist ein ganz besonderes Geschenk.«

Das war es in der Tat.

»Es ist schön, zu hören, dass deine Mutter und ich dir damit eine Freude machen konnten. Es ist etwas für die Ewigkeit. Selbst die Nachwelt wird noch etwas davon haben.«

Das wurde ja immer besser. Nate konnte einem wirklich nur leidtun. Donnernder Applaus erklang, während alle Blicke an der Statue und Nate hingen. Plötzlich trat der Hohepriester vor, verneigte sich vor dem Prinzen und hob zu sprechen an.

»Es ist mir eine Ehre, diesen Tag mit Euch feiern zu dürfen, und ich möchte an dieser Stelle noch mal meine besonderen Glückwünsche an Eure Hoheit richten. Ich wünsche Euch von Herzen, dass Ihr auch in Zukunft die Kraft finden werdet, um weise Entscheidungen zu treffen. Auch ich weiß, vor welche Herausforderungen das eigene Amt einen immer wieder stellt. Darum braucht es ein starkes Herz, Entschlossenheit, Tatkraft und einen eisernen Willen. All das sehe ich bei Euch und bin mir sicher, dass wir Großes von Euch zu erwarten haben. Auch ich habe ein Präsent für Euch. Ein altes Schriftstück, das von Ermandrill, dem Berater des großen Königs Lumeshire, persönlich verfasst wurde. Darin schreibt er von den Erwartungen, die an einen Herrscher gerichtet werden und wie er diese auch im Einklang mit unseren göttlichen Gesetzen erfüllen kann. Ich bin mir sicher, dass Ihr darin auch für Euch Wertvolles finden werdet.«

Nate ließ sich nichts anmerken und nahm das Geschenk dankend an. Mir entgingen die Anspielungen natürlich nicht, und ich war mir recht sicher, dass es einzig und allein dazu bestimmt war, um Nate noch mal in Erinnerung zu rufen, dass er auch der Kirche zu dienen hatte.

In diesem Moment verkündete König Dawnspark, dass das Buffet eröffnet war, woraufhin die Gäste nach drinnen strömten, um sich einen Teller mit Köstlichkeiten zu füllen. Viele kamen im Anschluss wieder nach draußen, um dort zu essen. Jedes Mal, wenn etwas von einer der Platten genommen wurde, erschien sofort Ersatz. Auch das geschah natürlich mit Magie. Allerdings wurden die Speisen von Köchen angefertigt, die unten in der Großküche arbeiteten. Auch sie benutzten für ihre Arbeit magische Kräfte, doch brauchte es dennoch großes Können und Geschick, um solche Spezialitäten zustande zu bringen.

»Da hat er ja mal die schönste Vogelscheuche der Welt bekommen«, lachte Cass, der mich wiedergefunden hatte und gerade neben mich trat.

»Die kostspieligste ist es auf jeden Fall«, bestätigte William und blickte zu Nate, der von etlichen Adeligen – darunter überwiegend junge Frauen – umringt war. Sie überhäuften ihn mit Geschenken, sodass er die vielen Päckchen bald auf dem Boden abstellen musste.

»Oh, mit dieser Statue werde ich ihn wochenlang aufziehen. Das bietet Potenzial für so viele Witze«, freute sich Cass.

»Zeig ein bisschen Gnade«, verlangte ich, konnte mir ein Grinsen aber auch nicht verkneifen. »Es ist schon schlimm genug, dass er sich das Ding immer wird ansehen müssen.«

»Vielleicht kann man irgendwas machen, damit es weniger schlimm aussieht«, überlegte William und musterte die Statue ausgiebig.

»Und an was hast du gedacht? Farbe, die man großzügig über alles kippt, oder die Plane, mit der sie vorhin abgedeckt war?«, schlug ich vor.

»Die wäre tatsächlich eine gute Option«, stimmte mir Cass zu.

»Ihr drei könnt echt reizend sein«, mischte sich eine Stimme hinter uns ein.

Uns war gar nicht aufgefallen, dass Nate es geschafft hatte, sich aus der Gruppe der Gratulanten freizukämpfen. »Dabei müsstet ihr gerade jetzt besonders nett zu mir sein und behaupten, dass die Statue gar nicht so schrecklich ist, wie ich denke.«

»Du willst also, dass wir dich anlügen?«, hakte Cass grinsend nach. »Darin war ich noch nie gut.«

»Das stimmt allerdings«, bestätigte Nate und schaute noch mal auf die Statue zurück. »Und was machen wir damit?«

»In die Luft sprengen?«, schlug ich vor. »Mit eurer Magie sollte das kein großes Problem sein.«

Diese Idee war natürlich nicht ganz ernst gemeint. Umso mehr war ich erstaunt, als William langsam nickte.

»Gar kein übler Vorschlag. Wenn man es richtig anstellt, könnte es sogar funktionieren.«

»Das ist nicht dein Ernst?«, hakte ich erstaunt nach.

»Bevor wir das Teil in ein Feuerwerk verwandeln, sollten wir uns Alkohol besorgen. Jetzt ist eine gute Gelegenheit. Drinnen ist so ein Gedränge, da fällt es nicht auf, wenn wir uns eine Karaffe holen«, schlug Cass mit einem Blitzen in den Augen vor.

Nate nickte und sein rechter Mundwinkel zog sich zu einem schelmischen Grinsen hinauf. »Ich weiß auch schon, wo wir es am besten versuchen.«

Ich runzelte die Stirn und sah sie fragend an. »Irgendwie habe ich den Eindruck, dass ihr das nicht zum ersten Mal macht.«

»Oh, glaubst du, wir bleiben auf dieser lahmen Party und warten in aller Seelenruhe darauf, dass die Mädchen von ihren Familien dazu gedrängt werden, sich auf Nate zu stürzen? Die einschläfernden Reden, lahmen Tänze und skurrilen Geschenke sind in der Regel sehr viel lustiger, wenn man ein bisschen was intus hat«, erklärte Cass. »Außerdem feiern wir in den nächsten Tagen noch mal in der Menschenwelt. Das hat inzwischen Tradition. Die Aussicht hilft dabei, diese Feier zu überstehen.«

Er setzte ein vielsagendes Grinsen auf und ich ahnte, dass ich besser nicht weiter nachfragen sollte. Ein bisschen bedauerte ich, dass ich mal wieder nicht mitkommen konnte.

Ich musterte Nate misstrauisch und runzelte die Stirn. »Und du glaubst, es fällt nicht auf, wenn der Prinz sich volllaufen lässt?«

Nates Grinsen wurde breiter, als er sich ganz nah zu mir beugte. Ich spürte, dass wir noch immer von etlichen Anwesenden beobachtet wurden – es war keine gute Idee, mir in der Öffentlichkeit so nahe zu kommen. Seine Lippen berührten fast mein Ohr und sein Atem strich über meine Haut. Ich spürte, seine Haarspitzen, die über meine Wange glitten.

»Von volllaufen hat keiner was gesagt. Außerdem ist es mein Geburtstag. Das ist der einzige Tag im Jahr, an dem ich nicht perfekt sein muss. Von daher werde ich diesen Tag genießen. Ich habe dir ja gesagt, dass wir heute Abend Spaß haben werden, und ich gedenke, dieses Versprechen auch zu halten.«

Ich konnte nicht verhindern, dass ein süßes Blitzen durch meinen Körper fuhr und ein Verlangen in mir wachrief, das ich lieber schlafend wissen wollte. Er zog den Kopf ein kleines Stück zurück, aber nur, um mir besser in die Augen sehen zu können. Durch die dunkle Maske, die er trug, wirkte sein Blick umso stärker. Für einen Moment hielt ich den Atem an, während ich in seinen herrlichen Augen versank. Nate öffnete die Lippen einen winzigen Spalt. Ich beobachtete die kleine Bewegung und wünschte mir, ich fände den Mut, mich vorzubeugen. Nur ein einziges Mal …

»Na, dann wollen wir mal«, mischte sich Cass ein, rieb sich voller Vorfreude die Hände und bahnte sich einen Weg durch die Menschen.

Es dauerte nicht lange, bis er von der Menge verschluckt wurde. Vielleicht würde es wirklich nicht auffallen. Immerhin herrschte eine ausgelassene Stimmung und einige der Gäste schienen sich dem Alkohol bereits ausgiebig gewidmet zu haben. Zumindest waren ihre Stimmen lauter als gewöhnlich, ihr Lachen dröhnender, die Bewegungen weniger anmutig.

Zu meinem großen Erstaunen nahm Nate meine Hand und huschte mit mir an den Leuten vorbei, die ihm tatsächlich keine Beachtung schenkten. Wir wollten gerade den Speisesaal betreten, als ich die Trommeln vernahm. Schwer, dröhnend und unheimlich schallten sie über den Platz. Instinktiv wusste ich, dass sie kein Teil einer Darbietung waren.

Wie alle anderen hob ich den Kopf und sah in Richtung des Pfades, der zum Schloss führte. Da erblickte ich sie: viele dunkle Reiter und ihnen voran eine finstere Gestalt – der König der Albtraumlande.

12

König Lionell Nightshade lebte mit seinem Volk in Shadowfall und bewohnte dort den Palast, der den Namen Nocturne Keep trug. Vor dreihundert Jahren war sein Bruder gegen unseren König Velaris Dawnspark in den Krieg gezogen. Nightshade hatte versucht, unseren König zu stürzen und sich als Herrscher über unsere ganze Welt zu erheben. Der Krieg hatte fünf Jahre gedauert und musste ein grauenhaftes Gemetzel gewesen sein. Als Lionell Nightshade erkannte, dass sein Bruder den Krieg verlieren würde, bot er König Dawnspark seine Unterstützung an und schwor ihm ewige Treue.

Am Ende konnte König Nightshade tatsächlich besiegt werden. Die gesamte aufrührerische Familie wurde hingerichtet – bis auf den Bruder des Königs, der sich Dawnspark angeschlossen hatte. Da es jemanden brauchte, der die Albträume und das, was in den Minen lauerte, bewachte, setzte König Dawnspark Lionell als Herrscher ein.

Nun saß Lionell Nightshade auf dem Thron der Albtraumlande, regierte aber nicht. Er hielt sein Volk unter Kontrolle und erfüllte seine ihm aufgetragenen Aufgaben. Aber er unterstand König Dawnspark und diente diesem treu. Zumindest hieß es so.

Nightshade kam nur sehr selten an den Hof, und ich hatte ihn erst ein einziges Mal aus der Ferne gesehen. Bei den unzähligen Festen, die Dawnspark veranstaltete und an denen stets der gesamte Adel teilnahm, war er jedenfalls auffallend selten dabei. Von daher überraschte es mich, den langen Zug aus dunkel gekleideten Männern und Frauen auf ihren schwarzen Pferden zu sehen.

»Er kommt also auch«, stellte Cass fest, der ebenfalls zu Nightshades Gefolge blickte, das auf das Tor des Palastes zuhielt. »Wurde vermutlich Zeit, dass er sich mal wieder blicken lässt. Ist immerhin schon eine halbe Ewigkeit her, seit er das letzte Mal hier war.«

Nate nickte. »Wenn es nach mir gegangen wäre, hätte das nicht ausgerechnet an meinem Geburtstag sein müssen.«

Jeder aus Lighthaven hatte Respekt vor dem König der Albtraumlande, was natürlich zum einen an dem grausigen Krieg lag, den sein Bruder vor so vielen Jahren angezettelt hatte. Aber auch weil er über dieses finstere Land herrschte und die Minen bewachte, in denen das Böse verschlossen war. Es gab viele Geschichten über ihn und sein Volk. Manche behaupteten, dass er alles andere als ein treuer Diener unseres Königs sei und im Stillen einen erneuten Krieg plane, um Dawnspark zu stürzen. Es hieß, er sinne nach Rache und sammele in seinem dunklen Reich Kräfte, um endlich zuschlagen zu können. Ich hatte keine Ahnung, ob etwas an diesen Gerüchten dran war. Mir jagten allerdings bereits die Shadowborn eine Gänsehaut über den Rücken, weshalb mir der König, der über diese Gestalten herrschte, noch unheimlicher vorkam.

Mit diesem Gefühl schien ich nicht allein zu sein. Die Unruhe, die sich unter den Gästen ausbreitete, war nicht zu übersehen. Immer wieder wurden nervöse Blicke ausgetauscht. Es wurde getuschelt und wiederholt zu den Türen des Festsaals geblickt, denn es war klar, dass Lionell Nightshade dort früher oder später auftauchen würde.

Ein Teil seiner Leute blieb vor dem Tor zum Palast stehen und reihte sich dort auf, jederzeit bereit, einzuschreiten, sollte ihr König sie brauchen. Die Stille, die sich plötzlich ausbreitete, war so schwer und allumfassend, dass man die Schritte hören konnte, die sich nun der Terrassentür näherten.

Ich hielt den Atem an, als ich die beiden schwarz gekleideten Personen sah, und blieb an einer von ihnen hängen. Eine junge Frau, so schön, dass selbst mir auffiel, wie außergewöhnlich sie war. Sie trug ihr Haar offen, das ihr in Kaskaden über den Rücken floss. Im Licht schimmerte es rötlich, als würden lodernde Flammen darauf brennen. Sie hatte blaue Augen, die eine unglaubliche Stärke ausstrahlten und von solch einer tiefen Farbe waren, wie ich es noch nie zuvor gesehen hatte. Dazu hatte sie ein herrlich ebenmäßiges Gesicht, rote Lippen und eine Haut, um die man sie nur beneiden konnte. Gekleidet war sie in ein schulterfreies Kleid, dessen Ärmel zu den Handgelenken in durchsichtige Spitze übergingen und weit auseinanderfielen. Der Rest des Kleids war ein Traum aus Satin. Der feste, schwarze Stoff floss um ihre Beine und wurde von lilafarbener Spitze umspielt. Der vordere Teil des Gewands war recht gewagt, doch man konnte ihr nicht vorwerfen, unsittlich zu sein, denn alles Wichtige war bedeckt. Das Bustier aus schwarzem Satin wand sich kunstvoll um die Brust. Direkt darunter war der Rest ihres Körpers in nichts als lila Spitze gehüllt. Dementsprechend war auch sehr viel Haut zu sehen. Das herrliche Muster wand sich über Bauch und Taille, schlang sich ihre Beine hinab, wo es zum Ende hin wieder dunkler und blickdichter wurde.

Ein weiteres auffälliges Detail war, dass sie keine Magie benutzte, um ihr Aussehen zu unterstreichen. Damit unterschied sie sich sehr von den anderen Adeligen, die ihre Magie äußerst freizügig einsetzten. Allerdings waren die Nightshades die einzigen Adeligen, die ebenfalls nur über ein begrenztes Magiekontingent verfügten. Das gehörte zu ihrer Strafe, da ihre Familie vor so vielen Jahren den Krieg angezettelt hatte. Doch sicherlich war es auch ein Mittel, um den Albtraumkönig in Schach zu halten, damit er nicht auf dumme Ideen kam.

Die junge Frau sah aber auch ohne Magie atemberaubend aus, und ich schien nicht die Einzige zu sein, die so dachte. Die Augen aller Anwesenden ruhten auf ihr und dem Mann, der ihren Arm hielt: Lionell Nightshade, König der Albtraumlande.

Auf den ersten Blick sah er alles andere als unheimlich aus. Er hatte dunkelbraunes Haar, einen gepflegten Vollbart und ähnlich blaue Augen wie die hübsche Frau neben ihm. Er trug ein elegantes, schwarzes Wams, durch das sich ein rankenartiges Muster zog. Über seiner linken Schulter lag ein Mantel, der bis zum Boden reichte. Eine goldene Kette, an der mehrere Orden hingen, prangte an seiner Brust. Er war eine imposante Erscheinung, so viel ließ sich sagen.

»Lionell, du bist meiner Einladung also gefolgt. Wie schön«, verkündete Velaris Dawnspark und wartete darauf, dass der Angesprochene zu ihm trat.

Als er den König erreicht hatte, verneigte Lionell Nightshade sich, und auch die junge Frau neben ihm machte einen tiefen Knicks.

»Und wie ich sehe, hast du deine Tochter mitgebracht. Das letzte Mal, als ich ihr begegnet bin, war sie noch ein kleines Kind.« Nun wandte er sich direkt an die junge Frau. »Es ist schön, dich zu diesem freudigen Anlass wiederzusehen, Eve. Du bist zu einer wahren Schönheit herangewachsen.«

Die junge Frau war also Nightshades Tochter. Es gab Gerüchte über sie, aber am Hof war sie bisher noch nie erschienen.

Eve blickte den König an und knickste erneut. »Vielen Dank, Eure Hoheit. Es ist mir eine Ehre, heute hier zu sein und an dieser Feier teilnehmen zu dürfen.«

Sie erhob sich und wandte sich Nate zu, der noch immer neben mir stand. Allerdings galt seine Aufmerksamkeit in diesem Moment einzig und allein den Neuankömmlingen. Mit geschmeidigen Bewegungen ging die Prinzessin auf Nate zu. Ihr Kleid umspielte sie bei jeder Bewegung und betonte ihre eleganten Schritte. Vor Nate machte sie einen tiefen Knicks, doch neigte sie den Kopf nicht, sondern ließ ihr Gegenüber keinen Moment aus den Augen.

Als sie sich erhob, winkte sie einen ihrer Diener heran, der gemeinsam mit einigen Soldaten mittlerweile ebenfalls auf der Terrasse angekommen war. Er kam auf die Prinzessin zu und reichte ihr eine mit Gold und Silber verzierte Schatulle.

»Wir haben Euch natürlich ebenfalls ein Geschenk mitgebracht und wünschen Euch, dass Ihr Eure Ziele mit vollem Eifer verfolgen und erreichen werdet. Gewiss erfährt auch ein König mal dunkle Stunden, die selbst ihn zweifeln lassen. Ich bin mir sicher, dass Ihr auch diese Zeiten bewältigen werdet. Vielleicht kann Euch unser Präsent dabei ein Lichtblick sein.«

Sie reichte ihm das Kästchen, das Nate dankend entgegennahm. Noch immer ruhte sein Blick auf der Prinzessin, die wie eine ätherische Schönheit aus einer anderen Welt vor ihm stand.

»Vielen Dank, Eve«, sagte er und öffnete das Präsent.

Zum Vorschein kam ein gläsernes Behältnis, in dem sich eine dunkelblaue Blume befand, deren Blätter sich wundervoll auseinanderfalteten. Sie strahlte und glühte in warmen Tönen. Noch nie hatte ich so etwas gesehen.

»Eine Nachtrose«, erklärte Eve. »Sie ist in den Albtraumlanden zu Hause und wächst nur dort. Ihr Licht verstärkt sich, wenn der Besitzer eine dunkle Stunde hat und die Sorgen übermächtig werden. Sie verströmt dann einen Duft, der beruhigend wirkt und dafür sorgt, dass die Gedanken klarer werden.« Ein aufreizendes Lächeln huschte über ihre Lippen. »Aus ihren Blättern lassen sich zudem Tränke herstellen, die ganz besondere Wirkungen erzielen und besonders unter Männern großen Anklang finden. Wenn Ihr wollt, erzähle ich Euch bei Gelegenheit gerne mehr darüber.«

Ich schaute Eve fassungslos an und fragte mich, ob diese Blume tatsächlich das tat, was ich annahm.

Nate hingegen lachte nur. »Ich glaube, es gibt eine Menge Interessantes, das Ihr zu erzählen wisst.«

»Vielleicht habt Ihr Lust, es herauszufinden. Wie ich höre, spielt Musik. Es wäre doch zu schade, diese herrlichen Klänge ungenutzt zu lassen. Würdet Ihr mir darum die Ehre erweisen und mit mir tanzen?«

Es war unüblich, dass eine Frau einen Mann zum Tanz aufforderte, erst recht, wenn es sich um eine Adelige handelte. Aber vielleicht wurde das in den Albtraumlanden anders gehandhabt. Nate schien sich daran jedenfalls nicht zu stören. Ganz im Gegenteil. Er nahm Eves Hand und ging mit ihr ein Stück in Richtung des Ballsaals, wo vorhin noch Paare miteinander getanzt hatten. Nun bewegte sich dort natürlich niemand mehr zu den wundervollen Klängen, die durch die Luft schwebten. Alle starrten nur Nate und die Prinzessin an.

Er legte seine Hand auf ihre Taille, nahm ihre andere Hand in seine, und gleich darauf bewegten sie sich geschmeidig zu der einnehmenden Musik. Mehrere Paare machten es ihnen gleich und schwebten neben ihnen über die Tanzfläche.

»Die ist echt heiß«, hörte ich Cass sagen, der einen Becher in der Hand hielt und mit William zu mir trat. Er nahm einen tiefen Schluck, und ich ahnte schon, dass er seinen Plan zu Ende gebracht und sich Alkohol beschafft hatte. Auch William hatte einen Becher in der Hand, von dem er hin und wieder trank.

»Für eine Karaffe hat es wohl nicht gereicht?«, wollte ich wissen und versuchte, mich von dem Bild der schönen Prinzessin abzulenken, die mit Nate tanzte.

Er zuckte mit den Schultern. »Becher sind unauffälliger. Davon kann ich mir nämlich gleich noch einen holen«, verkündete er mit einem Augenzwinkern und sah wieder zu Eve. »Wer hätte gedacht, dass der Albtraumkönig so eine wundervolle Tochter hat. Und ihren Worten nach scheint sie auch kein stilles Mauerblümchen zu sein. Sie geht ganz schön ran. Hat Nate sogar zum Tanzen aufgefordert.«

»Mal was anderes als die ganzen hochwohlgeborenen Töchter von hier«, stimmte ihm William zu.

In der Tat konnte man sehen, wie eng sich die Prinzessin an ihren Tanzpartner schmiegte. Dabei wirkte es keineswegs aufdringlich – eher natürlich, als wäre es ganz normal, sich so eng umschlungen miteinander zu bewegen. Ihre Hand lag auch nicht still auf seiner Schulter, sondern auf seinem Oberarm, über den sie immer wieder strich. Am eindrucksvollsten war allerdings, wie sie sich zur Musik bewegte. Es war, als würden sich alle Klänge in ihr widerspiegeln und ihr herrlicher Körper darauf antworten. Sie schwang ihre Taille, wiegte die Hüfte und schmiegte sich immer wieder an Nate. Mir war es ein Rätsel, wie all das niemals aufdringlich oder gar vulgär wirken konnte. Eher das Gegenteil war der Fall, es schien vollkommen natürlich. Wie etwas, das gar nicht anders sein konnte.

Nate schien alles um sich herum vergessen zu haben. Er hatte nur noch Augen für die junge Frau vor sich, die auf so betörende Weise anders war.

Als sie ihm erneut über den Arm strich, beugte er sich näher zu ihr, sagte etwas, woraufhin sie den Kopf reckte und lachte. Selbst diese Reaktion war ungewöhnlich. Niemals hätte eine Adelige es gewagt, freiheraus zu lachen. Sie hätte sich die Hand vor den Mund gehalten und ein verhaltenes Kichern von sich gegeben. Aber diese Ungezwungenheit kannte man von den Hochwohlgeborenen nicht. Eve sah zu Nate auf, während ihre Hüfte erneut an seiner kreiste. Sie hatten keine Augen mehr für die Menschen um sich herum. Nichts schien mehr zu zählen oder von Bedeutung zu sein.

Ich wandte den Blick ab und konnte die Stiche in meiner Brust kaum mehr ertragen. Sie schnürten mir die Luft zum Atmen ab, und ich versuchte, meinen dummen Gedanken Einhalt zu gebieten. Es hätte mir nichts ausmachen sollen, dass er mit dieser Frau tanzte. Ich wusste, dass er keine andere Wahl hatte, und ich hätte mich freuen sollen, dass ihm an diesem Tag wenigstens etwas Spaß vergönnt war. Aber ich konnte es nicht.

Als ich wieder aufsah, drang plötzlich ein anderes Gefühl in mir hoch, das meine Eifersucht erst überdeckte und schließlich beiseitedrängte. Es war vollkommen neu, ich hatte so etwas noch nie empfunden. Ein inneres Drängen, gegen das ich mich nicht wehren konnte. Und warum sollte ich auch? Immerhin half es dabei, dieses bittere Gefühl in mir zu ersticken. Es war ein Rufen, das ich körperlich spürte. In mir war plötzlich nur noch dieser unbändige Wunsch, diese tiefe Neugier, der ich unbedingt nachkommen wollte. Was würde dort auf mich warten? Was würde ich sehen? Irgendetwas verriet mir, dass es meine Welt verändern konnte, und da mir die im Augenblick ohnehin nicht gerade rosig erschien, war ich gerne bereit, ihr den Rücken zu kehren.

Ich sah noch einmal auf. Cass und William waren damit beschäftigt, über Nate und Eve zu reden, die sie nicht aus den Augen ließen. Sie achteten nicht auf mich. So war es ein Leichtes für mich, in der Menge zu verschwinden und die Treppe zu nehmen, die in den Garten führte. Hastig stieg ich die Stufen hinab und ging an Blumenbeeten vorbei, die im Mondlicht seltsam fremd erschienen. Ihre herrlich bunten Farben waren von der Dunkelheit verschluckt worden. Zurück blieben Pflanzen, die in gräuliche Schatten getaucht waren.

Ich folgte einem Weg, der zum angrenzenden Wald führte. Je weiter ich ging, desto dunkler wurde es um mich herum. Mir war klar, dass es im Wald selbst noch finsterer sein würde, aber selbst das hielt mich nicht ab. Ich musste dorthin! Das war alles, was ich noch denken konnte.

Mein Herz hämmerte mir gegen die Rippen, laut, dröhnend, verheißungsvoll. Ich würde eine Grenze überschreiten, etwas tun, das alles verändern würde. Aber ich war bereit.

»Du bist ganz schön weit fort vom Fest, meinst du nicht?«

Die Stimme war mir vollkommen fremd, ihr Klang klirrend wie kaltes Eis. Ganz langsam drehte ich mich um und wusste, noch bevor ich ihn erblickte, wen ich da gleich entdecken würde. Ich sog die kühle Abendluft ein, als Lionell Nightshade aus den Schatten eines Baumes trat.

»Was tust du hier ganz allein, Mädchen? Wolltest du in den Wald gehen?«

Ich biss mir auf die Unterlippe, drängte die Überraschung beiseite und machte erst einmal einen tiefen Knicks. Das verschaffte mir immerhin etwas Zeit, eine Antwort zu finden. Noch immer war dieses Gefühl in mir, dieses Drängen, das nicht weichen wollte. Ich musste weitergehen und wusste zugleich, dass es ausgeschlossen war.

»Ich … ich war nur ein wenig spazieren. Frische Luft schnappen«, sagte ich und kam mir unendlich dämlich vor. Immerhin waren wir die ganze Zeit im Freien gewesen.

Ein wissendes Lächeln erschien auf seinen Lippen. »Ja, Eve hat ein einnehmendes Wesen. Das kann recht bedrückend für manch einen sein.«

Gut, er hielt mich also nur für eine dumme, eifersüchtige Gans. War vermutlich besser, als eine Verrückte in mir zu sehen, die einem merkwürdigen Gefühl folgte, das sie in einen finsteren Wald zu locken versuchte.

»Du bist Alexis DeWinter, habe ich recht?«

Nun war es um meine Fassung wirklich geschehen – nicht, dass es um die noch allzu gut gestanden hätte. Aber wie war es bitte möglich, dass der König der Albtraumlande meinen Namen kannte? Er lachte, als ich irritiert den Mund öffnete.

»Nun, ich habe hier am Hofe so meine Quellen. Darum entgeht mir solch eine Neuigkeit nicht: eine Fehris, in die ein Mare gedrungen ist. Und wundersamerweise ist sie noch am Leben. Selbst unter Hochwohlgeborenen kommt es selten zu solchen Übergriffen, aber von ihnen überlebt niemand. Du bist also durchaus eine interessante Erscheinung. Sag mir, Alexis DeWinter, Fehris aus Lighthaven: Wie hast du es geschafft? Wie hast du dich gegen den Mare zur Wehr gesetzt, dass er deinen Körper nicht übernehmen konnte?«

Ich starrte ihn verwundert an und hatte keine Ahnung, was ich darauf erwidern sollte. Also versuchte ich es mit der Wahrheit. »Ich habe gar nichts getan. Ehrlich gesagt erinnere ich mich kaum an etwas. Ich weiß nur noch, wie der Mare sich auf mich gestürzt hat. Als ich das nächste Mal aufgewacht bin, befand ich mich in der Obhut des Hohepriesters.«

»War sicher keine angenehme Zeit dort. Der Hohepriester mag es nicht gerne, wenn sich Dinge seinem Wissen entziehen. Von daher ist er gewiss sehr gründlich vorgegangen, um dir deine Geheimnisse zu entlocken.«

»Da gibt es nichts zu entlocken«, erwiderte ich und spürte den Zorn in mir aufflammen. Er tat so, als wären die Verfahren, die der Hohepriester angewandt hatte, eine harmlose Untersuchung gewesen und nicht die schlimmste Folter, die ich in meinem Leben je hatte durchstehen müssen. »Ich bin von einem Mare angegriffen worden, er hat es nicht geschafft, meinen Körper zu übernehmen, und auch sonst bin ich ganz die Alte«, bekräftigte ich.

»Und dennoch lebst du als Fehris nun im Palast und nimmst am Geburtstag des Kronprinzen teil, als wärst du in den Stand einer Adeligen erhoben worden.« Ein kühles Grinsen breitete sich auf seiner Miene aus.

Ich gab ein wütendes Schnauben von mir. Was sollte ich darauf erwidern?

»Vermutlich willst du das nicht gerne hören, Alexis DeWinter, aber ich sage dir, es hat immer Konsequenzen, wenn ein Mare in einen Körper dringt. Auch wenn mir das meiste an Macht entzogen worden ist, bin ich noch immer König der Albtraumlande, und als solcher kenne ich die Mare wohl so gut wie kein Zweiter.«

Gänsehaut kroch meinen Nacken hinauf, und umklammerte ihn wie eisige Finger, die sich in mein Fleisch gruben. Wie meinte er das?

Sagte er das, weil sein Bruder und er Mare im Krieg benutzt hatten? Kannte er diese Wesen darum so gut? Oder weil er heute noch etwas mit ihnen zu schaffen hatte?

Aber viel schrecklicher noch war seine eigentliche Aussage, und die ließ mein Blut zu Eis gefrieren. Hatte er wirklich recht? Hatte sich doch etwas in mir verändert? In diesem Moment konnte ich nicht verhindern, erneut Richtung Wald zu schauen. Ich spürte es noch immer, dieses drängende Gefühl, das mich dorthin zog. Nightshade folgte meinem Blick, und ein wissender Ausdruck legte sich auf sein Gesicht, der mich schaudern ließ.

»Hier steckst du!«

Die Stimme ließ mich zusammenzucken, half aber dabei, dass ich meine Augen vom Albtraumkönig lösen konnte.

»Oh, verzeiht, ich habe Euch nicht gesehen. Hoffentlich habe ich Eure Unterhaltung nicht gestört«, fügte Nate hinzu und verbeugte sich tief vor dem König der Albtraumlande. Dabei sah er kurz in meine Richtung, und das Funkeln in seinen grünen Augen verriet mir, dass er nicht ohne Grund hier war.

»Nein, keine Sorge. Wir waren gerade ohnehin fertig«, verkündete Nightshade und wandte sich an Nate. »Ich sehe, Ihr habt Euren Tanz beendet. Dann werde ich mal zu meiner Tochter zurückkehren. Sie wartet sicher schon.«

Sein Blick streifte über Nate und anschließend über mich. Es kam mir vor, als wollte er mich sezieren, um in mein Inneres sehen zu können. Ganz automatisch, richtete ich mich auf und versuchte, seinem eisigen Blick standzuhalten.

»Nun dann, Alexis. Es würde mich sehr freuen, wenn wir uns bald wieder begegnen würden. Ich bin mir sicher, dass es sehr interessant werden könnte.« Wieder dieser vielsagende Unterton, der dafür sorgte, dass sich mein Magen zusammenzog und steinhart wurde.

Nate kam zu mir, und wir sahen dem König der Albtraumlande hinterher, wie er zur Festgesellschaft zurückkehrte.

»Was wollte er von dir?«, hakte Nate nach, nachdem Nightshade aus unserem Blickfeld verschwunden war.

Ich zuckte mit den Schultern. Ja, was hatte der Kerl gewollt? Mich einschüchtern? Oder mich auf eine dunkle Zukunft vorbereiten?

»Er wollte wissen, wie ich es geschafft habe, den Mare zu bezwingen, der meinen Körper übernehmen wollte.« Ich benetzte mir die Unterlippe, denn die folgenden Worte fielen mir nicht leicht. »Außerdem hat er angedeutet, dass es immer eine Konsequenz mit sich bringt, wenn solch ein Wesen im Inneren einer Person war.« Erneut spürte ich das Grauen, das die Bedeutung der Sätze in mir auslöste. Was, wenn er recht hatte?

Nate schaute mich sprachlos an. Sein Blick war dunkel, und dennoch loderte darin ein Glühen, das immer stärker wurde. Er machte einen schnellen Schritt auf mich zu und zog mich in seine Arme. Ich konnte nicht widerstehen und bettete erschöpft meinen Kopf an seiner Brust. Noch vor wenigen Minuten hatte ich mitansehen müssen, wie sich die wunderschöne Prinzessin an ihn geschmiegt und ihn mit ihren Reizen betört hatte. Doch in diesem Moment rückte all das in den Hintergrund. Es war nicht mehr von Bedeutung, denn Nate war jetzt hier bei mir. Er hielt mich in den Armen, ließ seine Finger meinen Rücken hinauf- und hinabgleiten. Er würde immer für mich da sein.

»Ich habe keine Ahnung, was er damit bezweckt, aber eines ist sicher: Dem König der Albtraumlande ist nicht zu trauen. Er ist und bleibt ein Nightshade, und denen liegt das Lügen im Blut. Das musste mein Vater auf sehr eindringliche Weise lernen. Er hat den damaligen König der Albtraumlande nicht für einen Freund gehalten, aber sehr wohl für einen Verbündeten. Dabei hat er Jahre damit verbracht, seinen Angriff zu planen. Und letztendlich wären seine Pläne beinahe gelungen. Es hat nicht viel gefehlt und mein Vater hätte den Krieg verloren. Ich will nicht wissen, wie die Welt dann aussehen würde.«

Die Vorstellung war in der Tat keine angenehme und wir konnten wohl alle dankbar sein, dass es nie dazu gekommen war.

Nates Hand wanderte an meinem Arm hinab. Ich spürte jede seiner Fingerspitzen, die zärtlich darüberglitten und schließlich meine Hand umfassten. Sein Blick weitete sich und ein Grinsen tauchte auf seinen Lippen auf.

»Sind das meine Kekse?«, wollte er wissen, als er den Beutel in meiner Hand bemerkte.

Ich nickte. »Was wäre ein Geburtstag ohne meine steinharten, leicht angebrannten Kekse?«, scherzte ich.

Nate machte eine wegwerfende Geste. »Hör auf, sie schlechtzureden. Ich liebe sie, und außerdem bist du in den letzten Jahren deutlich besser geworden.«

Er holte sich einen Keks aus dem Beutel und aß ihn genüsslich. Es war schön, zu sehen, dass ihm dieses einfache Geschenk etwas bedeutete und ich damit vielleicht sogar in Konkurrenz zu dieser ominösen Nachtrose treten konnte.

Als der Rest des Gebäckstücks zwischen seinen Lippen versank, konnte ich einen Moment lang nur auf seinen herrlichen Mund starren, der sich erneut zu einem fesselnden Lächeln verzog. Langsam schlangen sich seine Finger um meine. Mein Herz klopfte in meiner Brust, und ich sah zu Nate auf, um seinen Blick einzufangen. Der glühte wie leuchtende Sterne in einer wolkenlosen Nacht.

Ich betrachtete seine Wangenknochen, seine Lippen, die perfekt waren, und bewunderte den exakten Schwung seiner Unterlippe, den ich zu gerne einmal mit meinem eigenen Mund nachfahren wollte. Kein sehr hilfreicher Gedanke.

»Um noch mal auf den Albtraumkönig zurückzukommen: Ich habe keine Ahnung, warum er dir Angst einjagen wollte. Aber eines weiß ich sicher: Du solltest ihm kein Wort glauben.«

Sein warmer Atem glitt über meine Wange, meinen Mund. Mein Herz schlug mir bis zum Hals. Nate öffnete die Lippen, und ich fragte mich, wie sie wohl schmecken würden. Nicht schon wieder, ging es mir durch den Kopf und ich versuchte, mich zusammenzureißen, was aber im Augenblick verdammt schwer war.

Nate kam einen weiteren Schritt auf mich zu. Meine Hände lagen nun auf seiner Brust. Wenn ich meine Finger nur ein kleines Stück bewegte, konnte ich spüren, wie hart seine Muskeln waren und wie sie sich bei jedem Atemzug zusammenzogen und wieder entspannten. Nate ließ seine andere Hand hinaufgleiten, strich über den dünnen Stoff meines Ärmels. Das Gewicht seiner Hand brannte sich auf wundervolle Weise durch das dünne Gewebe in meine Haut. Zitternde Vorfreude packte mich, und ich wusste nicht mal, warum. Denn eines war klar: Es würde nichts zwischen uns

geschehen. Zumindest nicht das, was ich mir in diesem Augenblick so sehr wünschte.

»Ich bin froh, dass du diesen Tag heute mit mir feierst. Manchmal habe ich das Gefühl, dass mich keiner so gut kennt, wie du es tust«, fuhr er fort und seine Finger legten sich auf meine Wange.

Ein Schaudern überzog meinen Körper, ich spürte eine Schwere in meiner Brust, die ich nicht erklären konnte. Da war dieses Ziehen in mir, das unter meinem Nabel begann und sich weiter nach unten zog. Seine Worte bedeuteten mir unendlich viel.

Während ich noch immer von seinem Blick gefangen war, ließ er seine Hand weiterwandern und zeichnete mit einem Finger meinen Mundwinkel nach. Unwillkürlich krallte ich mich in sein Hemd.

»Es tut mir so leid, was du in der letzten Zeit alles durchmachen musstest. Ich wünschte, ich könnte irgendetwas tun, damit du all das vergessen und hinter dir lassen kannst.«

Sein Atem war ein lockendes Versprechen, die reinste Versuchung, die ich nur zu gerne kosten wollte. Er umfasste meine Taille, dann ließ er seine Hand langsam zu meiner Hüfte gleiten. Jede Berührung löste Hitze in mir aus, gefolgt von einem qualvollen Verlangen, unter das sich die Angst mischte, er könnte aufhören. Ich wollte mehr. So viel mehr.

Unsere Blicke trafen sich und er schaute mich an, als würde er mich zum allerersten Mal wirklich sehen. Da lag etwas Heißes in seinen Augen, etwas Wildes. Langsam zog Nate mir die Maske vom Gesicht und ließ seine Lippen über meine Wange gleiten. Jede Berührung war wie ein elektrisierendes Kribbeln, das meine Nervenenden entzündete. Schließlich kam er bei meinem Mundwinkel an. Sein Atem strich darüber und ich spürte ein stürmisches Verlangen, eine Vorfreude, die sich steigerte. Es war die Aussicht auf ein Versprechen, das nun endlich eingelöst werden könnte. Das Verlangen tobte in mir wie ein Orkan, der mich mit sich riss und nicht mehr losließ.

Nate ließ seine Fingerspitzen über meine Haut tanzen, als seine Lippen sich auf meinen Mundwinkel senkten. Meine Lippen öffneten sich. Ich hielt den Atem an und spürte es plötzlich wieder. Und diesmal war es so viel stärker als vorhin. Es war allumfassend, und ich konnte mich nicht dagegen wehren. Ohne es wirklich zu wollen, machte mein Kopf eine kleine Bewegung in Richtung Wald. Mein Herz donnerte, mein Blut wallte in mir und verlangte nach etwas, das viel stärker war als alles andere.

Nate zog sich sofort zurück. Es war, als wäre er aus einer Trance erwacht. Erschrocken sah er mich an und strich sich verlegen durchs Haar.

»Alexis, es tut mir leid. Ich weiß ehrlich nicht, was da gerade über mich gekommen ist. Ich wollte mich dir nicht auf diese Weise nähern. Es war nur ... ich weiß auch nicht, was mit mir los war. Du bist meine beste Freundin. Das war falsch, ich hätte mich nicht von der Stimmung mitreißen lassen dürfen. Entschuldige, es wird nicht wieder vorkommen.«

Er trat zwei weitere Schritte von mir zurück, und jeder Zentimeter, den er zwischen uns brachte, schmerzte. Warum sagte er das? Doch wenn ich ihm ins Gesicht schaute, erkannte ich, dass er es ernst meinte. Er war über sein Verhalten selbst erschrocken und bereute es zutiefst. Am liebsten hätte ich etwas dazu gesagt. Aber was? Mir war klar, dass der Moment vergangen war und nicht wiederkehren würde.

Außerdem war da noch immer dieses Gefühl in mir. Und gerade war es besser, dem nachzugehen als dem Schmerz, der in mir pulsierte.

»Alexis, was ist los?«, wollte Nate wissen, während ich mich langsam in Bewegung setzte.

Er folgte mir, als ich die ersten Schritte in Richtung Wald tat. Ich hatte keine Ahnung, was dort auf mich warten würde, aber mir war absolut klar, dass es kein Zurück mehr gab. Ich musste herausfinden, was da nach mir rief – und dass ich etwas finden würde, dessen war ich mir sicher.

»Alexis«, versuchte Nate es noch einmal.

Mit ein paar schnellen Schritten war er bei mir und hielt mich fest. Er drehte mich um, sodass ich ihm in die Augen sehen musste. Sein Blick wurde dunkel und er wirkte erschrocken.

»Was ist los mit dir?«, wollte er wissen.

Langsam beschlich mich ein ungutes Gefühl, das immer stärker wurde. Dieses Ziehen, dieses Drängen wurde schier übermächtig. Mein Herz donnerte in meiner Brust, wenn ich nur in Richtung Wald blickte. Und mit einem Mal war der Gedanke da: Was, wenn König Nightshade doch recht hatte?

13

Alexis!«

Nates Stimme riss mich aus meiner Erstarrung. Sein Blick war sorgenvoll.

»Es … es ist alles in Ordnung«, stammelte ich und machte mich von ihm los. »Da ist nur … so ein Gefühl.« Ich wandte mich wieder dem Wald zu. »Etwas sagt mir, dass ich dorthin muss.«

Ich wusste, wie verrückt sich das anhörte, und so, wie Nate mich anschaute, machte er sich wohl tatsächlich Gedanken, ob ich gerade den Verstand verloren haben könnte.

»Gut«, sagte er schließlich zu meiner Verwunderung. »Dann lass uns gehen.«

Ich war wirklich erstaunt, doch dann nickte ich. Wir mussten sofort los.

Ich ging voran. Meine Schritte wurden schneller, je näher wir dem Wald kamen. Nate musste sich beeilen, um mich nicht zu verlieren, aber ich konnte keine Rücksicht auf ihn nehmen. Ich musste weiter.

Kaum hatten wir den Wald erreicht, bahnte ich mir einen Weg durch das unwegsame Unterholz. Die Luft war erfüllt von dem Geruch nach Moos und Erde, der sich schwer um mich legte. Es war stockdunkel hier. Die dichten Äste der Eichen und Tannen verschluckten das milchige Mondlicht. Dennoch hatte ich keine

Probleme, voranzukommen. Geschickt, wie ich mich noch nie erlebt hatte, wand ich mich unter Ästen hindurch, schob mich an Gestrüpp vorbei, wich Dornen aus oder stieg über Steine.

Nate fluchte mehrmals hinter mir. Er hatte es deutlich schwerer, sich in der düsteren Umgebung zurechtzufinden. Aber ich wusste einfach, wohin ich meine Füße setzen musste. Es war alles so … natürlich.

Ich kam schnell voran, bückte mich unter einen Strauch hinweg und strich ein paar tief hängende Äste beiseite. Dann sah ich es: Verwüstung. Hier hatten Bäume gestanden, deren Kronen sich wie Arme gen Himmel gestreckt hatten, als wollten sie die Sterne berühren und mit ihrer Pracht verschmelzen. Wo sonst das Blätterdach des Waldes das Sonnenlicht in ein Spiel aus Licht und Schatten verwandelt hatte, war … nichts mehr. Klaffende Leere, als wäre ein Komet eingeschlagen und hätte nichts als den Tod hinterlassen. Da war kein einziger Baum mehr, kein Strauch, nicht einmal der kleinste Grashalm. Nackte Erde und blanker Stein lagen zwischen tiefschwarzen Löchern.

Wir alle wussten davon, doch nur die wenigsten hatten je so einen Ort mit eigenen Augen gesehen, denn sobald einer entdeckt wurde, wurde er gesperrt. Es war viel zu gefährlich, in eines der bodenlosen Löcher zu geraten. Ich wollte mir gar nicht vorstellen, wie es sein musste, in die endlose Schwärze zu stürzen.

Alles war still hier. Nur das Raunen des Windes war zu vernehmen, wenn er durch die tiefen Löcher strich, die dunkel vor mir am Boden lagen. Aber noch etwas anderes war hier.

Als ich die Gestalt sah, wusste ich, dass sie es gewesen war, die mich angezogen hatte. Das Geschöpf blickte so überrascht zu mir, dass ich mir sicher war, dass es das nicht absichtlich getan hatte. Und dennoch: Ich war von diesem Mare gerufen worden – und leider kannte ich ihn. Es war derselbe, der sich vom Ufer aus zu uns ins Boot gestürzt hatte. Wie war das möglich?

Mit einem kalten Lächeln grinste mich der Kerl an. Sein spitzes Gesicht war von sehr blasser Farbe, die Nase lang und schmal. Seine Augen wirkten dunkel und kalt und erzählten von seiner Grausamkeit. Seine Gestalt war nicht richtig fest, sondern durchscheinend.

Demnach war er noch kein Mare, dessen Entwicklung komplett abgeschlossen war. Um das zu erreichen, würde er noch einigen Menschen mehr Albträume bescheren müssen … Dennoch sah man ihm sofort an, dass er eine Bedrohung darstellte.

Prüfend musterte er mich und legte den Kopf leicht schief. »Du hast es also tatsächlich in ihren Körper geschafft. Ob dir das so viel helfen wird? Du kamst mir von Anfang an unglaublich schwach vor.«

Ich hob erstaunt die Brauen. Offenbar dachte der Mare, dass sein Kumpel in mir steckte und es geschafft hätte, mich zu töten.

»Geh zurück, Alexis«, hörte ich Nate leise flüstern, der die Hand auf meinen Arm legte und mich langsam hinter sich schob. Dabei ließ er den Mare keinen Moment aus den Augen.

Der stand nur wenige Meter von uns entfernt, mitten im Feld der Verwüstung. Er musste ziemlich stark sein, wenn er solch ein Chaos verursachen konnte. Ob er für seinen Angriff mit Absicht diesen Tag gewählt hatte? War ihm bewusst gewesen, dass es Nates Geburtstag war und das ganze Land darum abgelenkt war?

Der Mare starrte uns an. Das Mondlicht drang ohne Hindernis zu uns und ließ sein Gesicht fast steinern wirken. Er hatte hellgraue Augen, die genauso silbrig schimmerten wie sein Haar. Die blaue Jeans, die er trug, hatte einen lockeren Schnitt, das Hemd hingegen lag deutlich enger auf seinem schlanken Oberkörper. Doch noch etwas anderes fiel mir an ihm auf: Da war etwas um ihn herum. Ein dunstartiges Licht glühte über seinem Körper. Es war nicht allzu stark, und ich musste genau hinschauen, um es wahrzunehmen. Aber je mehr ich mich konzentrierte, desto klarer sah ich es: Er war von einem blauen Licht umgeben.

Er runzelte die Stirn und musterte mich durchdringend. »Du bist nicht er«, stellte er fest, und blanke Wut rauschte bei diesem Satz durch sein Gesicht. »Ich habe extra diesen Ort gewählt, weil ich wusste, er würde kommen. Ich wollte herausfinden, was mit ihm geschehen ist, und nun das. Wie ist es möglich, dass dieser Versager selbst dabei gescheitert ist? Du hättest eigentlich ein leichtes Opfer sein sollen.«

Er hatte diese Verwüstung also mit Absicht angerichtet. Es war ein Zeichen an den anderen Mare gewesen, zu kommen.

Langsam schob sich Nate vor mich und ließ den Mare dabei keine Sekunde aus den Augen. Dunkler Nebel waberte aus seinem Sigil, sammelte sich neben uns und bildete etwas Großes. Mir war sofort klar, dass er Flame rief. Hier in unserer Welt konnte er ihn benutzen, ohne dass es ihn allzu viel Magie kostete.

»Du hast ihn umgebracht«, stellte der Mare fest und legte den Kopf leicht schräg. »Nicht, dass es um ihn traurig wäre. Immerhin war er ein Versager. Aber dennoch … du hast einen von uns getötet. Und dafür werde ich Rache üben.«

Kaum hatte er die Worte gesprochen, rannte er los. Er war so schnell, dass ich ihn mit den Augen nicht sehen konnte. Zum Glück baute sich Flame gerade vor uns auf. Drohend streckte er seinen muskulösen Hals und gab ein tiefes Knurren von sich. Gleich darauf drang schwarzer Rauch aus seiner Kehle, der nach vorne schoss und alles, was er traf, schmelzen ließ. Felsen flossen zu großen, zähen Klumpen zusammen, die sich am Boden sammelten und sich dort langsam in Rauch auflösten. Ich wusste, dass Flames dunkler Dunst wie todbringende Säure wirkte. Der Drache reckte noch immer den Hals. Seine unzähligen Stacheln richteten sich auf, während er den Rauch verteilte und den Mare zu treffen versuchte.

Nate legte seine Hand auf Flames Rücken, tauchte sie hinein und holte etwas schwarzen Nebel hervor. Kaum hatte er ihn zwischen den Fingern, verwandelte er sich in ein dunkles Schwert. Es war zwar nicht seine bevorzugte Waffe, aber er konnte durchaus damit umgehen. Das würde der Mare gleich erfahren, der in diesem Moment in die Luft sprang. Mir fiel sofort auf, dass das Licht, von dem er umgeben war, sich verändert hatte. Es war nicht mehr blau, sondern orange. Der Kerl machte eine Drehung in der Luft und wich so Flames Angriff aus.

Der Drache atmete erneut ein und unterbrach seinen Angriff damit für einen kurzen Moment. Der Mare landete sicher auf dem Boden, rannte sofort auf uns zu und hielt plötzlich ein Messer in der Hand. Das warf er so geschickt und schnell in Flames Richtung, dass der nicht rechtzeitig reagieren konnte und die Klinge ihn an der Schulter traf. Flame jaulte auf, als der Dolch zu hellem Licht wurde und sich in sein Fleisch brannte. Der Drache wand sich unter Schmerzen, während die Verletzung hell strahlte. Sofort öffnete er wieder sein Maul und versuchte, den Mare mit seinem dunklen Rauch zu treffen. Der rettete sich mit einem beherzten Sprung zur Seite, rollte sich auf dem Boden ab, sprang auf die Füße und jagte auf mich zu. Meine Augen weiteten sich, dann taumelte ich ein paar Schritte zurück und wollte loslaufen. Aber es war bereits zu spät.

Nate dirigierte Flames Angriff in Richtung des Mares und fluchte laut auf, als der Typ mich packte und zu Boden riss. Natürlich brach der Drache seine Attacke ab, während ich das erdrückende Gewicht des Mannes auf mir spürte. Er hob den Kopf und blickte mich an. Wir waren uns so nah, dass ich seinen Atem auf mir spürte. Ein paar seiner Haarspitzen fielen an seinem Gesicht hinab und berührten mich beinahe. Atemlos starrte ich ihn an, während er seine Hand nach mir ausstreckte und um meinen Hals legte.

»Du wirst sterben«, sagte er und drückte zu.

Ich riss die Augen auf, hörte Nate etwas schreien, das ich aber nicht verstand. Panisch schnappte ich nach Luft, spürte aber, dass nichts in meine Lunge drang. Da war nur ein grässlicher Schmerz, den seine unnachgiebige Hand auf meiner Haut auslöste, und eine grauenhafte Hitze, die immer stärker wurde. Mir war klar, dass Flame hier nichts ausrichten konnte. Nate würde mit dem Schwert angreifen oder seinen Drachen erst einmal zurückverwandeln müssen. Wie lange würde das dauern? Doch all diese Gedanken schossen nur kurz durch meinen Kopf und waren so vage, dass ich sie nicht wirklich fassen konnte. Das Einzige, woran ich tatsächlich denken konnte, war die Gewissheit, dass diese Hände von meinem Hals mussten. Jetzt sofort! Ich würde sonst sterben.

Noch immer starrte er mich mit diesen hellgrauen Augen an, die kalt wie Eis waren. Unerbittlich drückte er zu, schnürte mir die Luft ab und lächelte. Das Grinsen war fast das Schlimmste, denn mir war klar, dass er keine Gnade kennen würde. Dabei wusste ich noch immer nicht, von was der Mare gesprochen hatte. Warum wollte er mich um jeden Preis umbringen?

Wieder hörte ich König Nightshades Worte: »Es hat immer Konsequenzen, wenn ein Mare in einen Körper dringt.«

Der orangene Dunst um ihn herum wurde zusehends stärker. Fast glaubte ich, ihn spüren zu können. Wieder versuchte ich, Luft zu holen, schnappte nach Sauerstoff, der einfach nicht da war. Ich musste etwas tun! Irgendetwas! Und so streckte ich meine zitternden Finger aus, legte sie auf den Arm meines Gegners und versuchte, ihn wegzuschieben.

Ich sah den Schrecken in seinem Blick, dann schrie er erschrocken auf und riss seine Hände panisch von mir. Er landete einen halben Meter weit entfernt, schaute erst seinen Arm an und dann mich. Ich hingegen hustete und spuckte, während ich nach Luft rang und versuchte, meine Lunge so schnell wie möglich mit Sauerstoff zu füllen. Erst als ich wieder zu Atem gekommen war, schaute ich den Kerl an, der die Stelle an seinem Arm betastete, an der ich ihn gepackt hatte.

»Was … was zum Teufel … Das kann doch nicht sein«, murmelte er und suchte eine Antwort in meiner Miene.

Doch da tauchte Nate auch schon hinter ihm auf. Er riss das Schwert in die Höhe, um es auf den Mare niedersausen zu lassen, da sprang der Mann zur Seite, purzelte über den Boden, stemmte sich hoch und schaute uns beide ein letztes Mal an. Oder besser gesagt: Er blickte mich an.

»Du bist ein Fehler, ein grauenhafter Fehler, und ich werde dafür sorgen, dass der ausgemerzt wird. Irgendwann erwische ich dich.«

Dann rannte er los.

»Mist, verdammt!«, schrie Nate, der dem Mann kurz nachsah und dann zu mir geeilt kam. Er legte seine Hand an mein Kinn und hob es etwas an, damit ich ihn anschaute. »Alles okay?«, wollte er wissen.

Ich gab ein krächzendes »Ja« von mir und holte zischend Luft. »Geh ihm nach … Warte nicht … auf mich«, brachte ich unter Anstrengung hervor.

»Ich werde dich hier ganz sicher nicht allein zurücklassen«, erklärte er, zog mich auf die Beine und half mir zu Flame.

Ich kletterte auf den Rücken des Drachen und war froh, dass ich immerhin das hinbekam. Ohnehin fühlte ich mich wie die größte Bürde schlechthin.

Als Nate ebenfalls auf Flame geklettert war, streckte das imposante Tier die Flügel und drückte sich vom Boden ab. Höher und höher stieg der Drache und flog mit kräftigen Flügelschlägen voran.

»Was hast du mit dem Mare gemacht?«, wollte Nate wissen. »Mit was hast du ihn verletzt?«

Das war eine gute Frage, auf die ich leider keine Antwort hatte. So vieles an dieser Begegnung machte keinen Sinn und das ungute Gefühl in meinem Magen verstärkte sich zusehends. Was, wenn doch etwas anders an mir war?

»Ich habe keine Ahnung«, gab ich zu. »Im Grunde habe ich nichts gemacht. Zumindest nichts, was diese Reaktion rechtfertigen könnte.«

Es war, als hätte ich dem Mare tatsächlich Schmerzen zugefügt. Oder hatte ich ihm einfach nur Angst gemacht? Aber mit was? Und was war das für ein eigenartiger Dunst um ihn herum gewesen?

Nate schenkte mir einen zweifelnden Seitenblick, sagte aber nichts weiter. Schweigen breitete sich zwischen uns aus, während wir nach unten schauten und den geflohenen Mare suchten. Das stellte sich als nicht ganz einfach dar. Immerhin war es stockdunkel, und obwohl Flame sein Tempo drosselte, damit wir etwas erkennen konnten, flogen wir noch immer recht schnell. Mein Blick glitt über Büsche, Sträucher, Felsen, aber nirgends war ein Mare zu sehen.

Kurz sah ich auf, als ich etwas rechts neben mir spürte.

»Er muss zum Nebeltor sein«, überlegte Nate. »Ich glaube kaum, dass er noch weiter ins Landesinnere dringt – nicht, wenn er weiß, dass wir ihn verfolgen. Er wird bestimmt in die Menschenwelt wollen, um sich in Sicherheit zu bringen, und dieses Tor ist am nächsten.«

Er lenkte Flame in die Richtung – und plötzlich spürte ich es wieder: dieses Drängen und Ziehen in mir. Diesen Ruf. Ich wusste, dass der Mare dort war, bevor ich ihn sah.

»Da ist er«, verkündete Nate und deutete auf die Plattform, auf der das Nebeltor stand.

Er sprang die letzten Meter hinab und wartete erst gar nicht, bis Flame gelandet war. Sofort rannte er zum Tor, durch das der Mare gerade schritt. Nate folgte ihm, wandte sich im letzten Moment aber noch mal zu mir um.

»Warte hier! In deinem Zustand gehst du auf keinen Fall ungeschützt in den Nebel.«

Dieses eine Mal war es mir ganz recht. Ich bekam noch immer schlecht Luft und verzichtete gerne auf meine nächste Nahtoderfahrung. So blieb ich auf Flames Rücken sitzen, strich über die kühlen, harten Schuppen und ließ das Tor keine Sekunde aus den Augen.

Es dauerte eine gefühlte Ewigkeit, bis Nate endlich zurückkam. Seinem Gesichtsausdruck nach war seine Suche erfolglos verlaufen, und tatsächlich war kein Mare bei ihm.

»Er ist entkommen«, murrte er, streckte die Hand nach Flames Bein aus, das ein Stück über ihm in der Luft baumelte, zog sich daran hoch und kletterte auf den Rücken des Drachen.

Als er sich zu mir schob, fragte ich ihn: »Und was machen wir jetzt?«

»Wir fliegen zum Palast zurück«, kam die nüchterne Antwort.

Sofort breitete sich ein ungutes Gefühl in meinem Magen aus. Trotz all des Luxus, der dort herrschte, wäre ich in diesem Moment an so ziemlich jedem Ort lieber gewesen.

14

Ich fühlte mich fehl am Platz wie selten in meinem Leben. König Dawnspark hatte uns in ein kleines Zimmer geführt, um in Ruhe mit uns zu sprechen. Nate hatte ihn um diese Unterhaltung gebeten, gleich nachdem wir den Palast erreicht hatten. Der König hatte zunächst nicht allzu glücklich gewirkt, die Feier verlassen zu müssen, aber er hatte durchaus mitbekommen, wie wichtig Nate das Gespräch war.

Nun saßen Nate und ich auf dem hellblauen Sofa, das hinter einem kleinen Glastisch stand. Jede Menge Kristallvasen, geschwungene Figuren und sonstiger teurer Plunder waren auf polierten, goldschimmernden Kommoden drapiert worden.

Der König der Traumlande hielt die Arme hinter dem Rücken verschränkt und musterte seinen Sohn nachdenklich, nachdem dieser ihn über die letzten Ereignisse in Kenntnis gesetzt hatte.

»Es ist nichts Neues, dass Mare durch das Nebeltor kommen, um unsere Welt zu zerstören. Die meisten wissen, dass unser Palast nicht weit von dort entfernt liegt und darum bestens geschützt ist. Dennoch gibt es immer wieder welche unter ihnen, die diese Dummheit begehen und sich nah an den Palast wagen.«

»Ich weiß«, stimmte Nate zu. »Dennoch war die Verwüstung enorm, und ich finde es besorgniserregend, dass wir nichts davon mitbekommen haben. Es gab keinerlei Erschütterung, nicht einmal etwas gehört haben wir – und man sollte doch vermuten, dass wir es merken, wenn solch ein Chaos ganz in unserer Nähe angerichtet wird.«

Sein Vater zuckte mit den Schultern. »Wir haben gefeiert. Ich gehe davon aus, dass der Zeitpunkt nicht ohne Grund gewählt wurde.«

Noch immer ließ ich meinen Blick im Raum umhergleiten und wusste nicht so recht, was ich hier sollte. Doch Nate hatte darauf bestanden, dass ich mit ihm kam. Nun saß ich hier und wäre am liebsten unsichtbar gewesen.

»Wie bist du überhaupt auf den Mare aufmerksam geworden?«, hakte Dawnspark nach.

Ich hatte geahnt, dass diese Frage kommen würde, und sah zu Nate. Hatte er mich darum mitgenommen? Er schaute nicht zu mir. Seine ganze Aufmerksamkeit galt allein seinem Vater. Es war, als wäre ich gar nicht anwesend.

»Alexis hat ihn entdeckt«, hörte ich ihn sagen und starrte ihn sprachlos an. Erst jetzt wandte er sich mir zu und schaute mich fragend an. »Sie schien gewusst oder vielmehr gespürt zu haben, dass im Wald etwas war.«

Beide musterten mich, und ich wusste nicht genau, was ich in ihren Blicken erkannte. Aber mir war klar, dass es mir nicht gefiel. Hilflos öffnete ich den Mund, benetzte meine Lippen und schloss sie gleich wieder. Ich hatte keine Ahnung, was ich sagen sollte, dabei war mir klar, dass sie mich nicht gehen lassen würden, bevor ich mich dazu geäußert hatte. Also versuchte ich es einfach mit einer Beschreibung von dem, was ich gespürt hatte.

»Es war bloß ein Gefühl. Ein inneres Drängen, das mich dort hingezogen hatte.« Ich zuckte mit den Schultern. »Mir war wirklich nicht klar, was ich dort finden würde.«

Was war da nur passiert? Was hatte der Mare mit seinen Worten gemeint? Warum war er so entsetzt gewesen, so wütend geworden? Und was hatte es mit dem eigenartigen blauen Dunst auf sich, der später orange geworden war? Das ergab alles keinen Sinn und ich wünschte, ich hätte einfach in das Haus meiner Eltern zurückkehren können. Selten war meine Sehnsucht nach meinem alten Leben so groß wie jetzt gewesen, doch auch die Gewissheit, dass etwas unwiederbringlich anders geworden war, verstärkte sich von Minute zu Minute.

»Interessant«, murmelte der König und legte sich eine Hand ans Kinn, während er mich musterte, als würde er überlegen, wo man die Klinge als Erstes ansetzen sollte, um in mich zu sehen.

Ich würde das niemals wieder zulassen. Auf keinen Fall! In diesem Moment traute ich mich nicht mal, zu Nate zu sehen.

»Du glaubst also, dass das etwas mit dem Mare zu tun haben könnte, der in ihr Inneres gedrungen ist?«, hakte König Dawnspark nach. »War es ihr möglich, doch einen Teil seiner Kraft in sich aufzunehmen? Das wäre außergewöhnlich.«

»Zumindest wäre es eine Erklärung«, meinte Nate.

Ich schaute ihn fassungslos an.

»So, wie sie es beschreibt, konnte sie den Mare spüren. Ich bin mir jedenfalls sicher, dass dieses Drängen sie nicht zufällig zu dem Kerl geführt hat.«

Es gefiel mir gar nicht, was ich da hörte, auch wenn es nicht vollkommen neu für mich war. Ich hatte so etwas durchaus geahnt. Trotzdem wollte ich es nicht aus Nates Mund hören. Es war leicht, sich auszumalen, dass diese Auskunft das Interesse des Königs weckte. Auf eine ähnliche Prozedur wie beim Hohepriester konnte ich jedoch gerne verzichten. Die Vorstellung, dass irgendetwas in mir anders war, machte mir Angst. Vielleicht klammerte ich mich darum so sehr an diese eine letzte Hoffnung.

»Wenn ich den Mare wirklich hätte spüren können, warum dann nicht, als wir mit Flame nach ihm gesucht haben? Ich hätte doch sofort wissen müssen, wo er ist.«

Doch genau das war nicht der Fall gewesen, was das ungute Gefühl in mir wenigstens etwas in Schach hielt.

»Das kann ich nicht erklären«, gab Nate zu. »Aber vielleicht funktioniert diese Kraft nur, wenn eine gewisse Reichweite nicht überschritten wird. Wie war es denn, als wir dem Mare wieder näher gekommen sind? Wusstest du da, wo er ist?«

Normalerweise mochte ich die Momente, in denen ich in das warme Grün seiner Augen eintauchen konnte. Aber jetzt gerade wünschte ich mir nichts mehr, als dass er aufhören würde, mich anzusehen, als würde er etwas in mir suchen. Auch sein Vater schaute mich durchdringend an, was meine Anspannung noch größer werden ließ.

»Keine Ahnung«, gab ich etwas patzig zurück. »Bevor ich irgendwas hätte spüren können, habe ich den Mare schon vor dem Tor gesehen.«

Das war nicht ganz richtig und es jagte mir eine Scheißangst ein. Normalerweise log ich Nate nicht an. Dass es nun doch so weit kam, sagte wohl einiges über die Situation. Ich schenkte ihm einen zornigen Blick, den er sehr wohl wahrnahm, wie ich an seinem genervten Ächzen registrierte.

Der König ging ein paar Schritte durch den Raum und schien zu überlegen. Je länger er nachdachte, umso entschlossener wurde ich. Ich würde mich nicht noch mal untersuchen oder gar einsperren lassen. Ich würde alles dafür tun, um aus dieser Situation herauszukommen, und ich hoffte sehr, dass ich mich im Ernstfall auf Nate verlassen konnte.

»Der Mare ist in die Menschenwelt entkommen?«, wollte König Dawnspark wissen.

Sein Sohn nickte gequält.

»Gut«, fuhr Velaris Dawnspark fort. »Dann wirst du ebenfalls dort hingehen. Nimm Alexis mit. Wenn sie die Kräfte des Mares tatsächlich in sich aufgenommen hat und diese Wesen spüren kann, dann solltet ihr ihn finden können.«

Ich riss die Augen auf und starrte erst den König, dann Nate sprachlos an. Man würde mich in die Menschenwelt gehen lassen? Ich, eine Fehris, durfte unsere Welt verlassen? Ich konnte es nicht glauben und spürte die Aufregung in mir, ein herrliches Gefühl der Freiheit. Ich würde Dinge erleben, die ich mir bisher nur in meiner Fantasie ausgemalt hatte. Wie oft hatte ich mir die Menschenwelt vorgestellt? Wie oft hatte ich Nate, Cass und William begleiten wollen, und nun sollte es mir einfach so gestattet werden?! Ich konnte es nicht fassen, spürte bei all der Freude aber auch eine gewisse Sorge in mir aufsteigen. Was würde passieren, wenn ich den Mare spüren konnte? Was, wenn ich in der Lage war, diese Wesen tatsächlich zu orten? Wie würde sich mein Leben dann verändern, denn dass es genau darauf hinauslief, stand wohl außer Frage. Und was würde passieren, wenn ich es nicht konnte? Ich war mir nicht sicher, auf was ich hoffen sollte.

»Nimm am besten auch Cass und William mit. Falls es zu einem Angriff kommt, könnt ihr Alexis so besser schützen. Ach ja«, fügte er noch hinzu, »und komm nach eurem Einsatz sofort hierher. Ich möchte wissen, wie es war.«

Nate nickte. »Wir werden morgen losgehen«, versprach er, sah mich an und ging in Richtung Tür.

Ich verstand den Wink sofort und verließ das Zimmer, so schnell ich konnte. Nichts hätte mich länger hier halten können.

Kaum hatte Nate die Tür hinter sich geschlossen, atmete er entspannt auf. »Ich denke, wir werden am späten Nachmittag losgehen. Die Mare werden meist eher gegen Abend aktiv. Vielleicht gehe ich vorher noch mal zu den Priestern, damit sie in ihrem Ritual nachschauen können, welche Orte für uns von Interesse sein könnten«, überlegte er laut.

Wir waren ein paar Schritte gegangen, doch nun blieb ich stehen. Ich war fassungslos. Irgendwie hatte ich erwartet, dass er wenigstens versuchen würde, sich zu erklären – wobei es für sein Verhalten aus meiner Sicht keine Entschuldigung gab. Er hatte mich an seinen Vater verraten, und das schockierte mich zutiefst.

Als er merkte, dass ich ihm nicht folgte, blieb auch er stehen und sah mich irritiert an. »Kommst du?«

Ich verschränkte die Arme vor der Brust und blitzte ihn wütend an. »War das da drin wirklich dein Ernst? Ist dir klar, dass du mich gerade an deinen Vater ausgeliefert hast? Du hast ihm einfach so erzählt, was geschehen ist, und scheinst es nicht mal schlimm zu finden.« Ich war wirklich verletzt. »Du weißt, was der Hohepriester mir angetan hat, und nun gehst du das Risiko ein, dass dein Vater genau dasselbe macht?«

»Glaubst du wirklich, dass ich so etwas zulassen würde?!«, hakte er erstaunt nach. »Und ich habe dich nicht verraten. Aber es ist wichtig, dass wir herausfinden, was mit dir los ist. Es ist nicht von der Hand zu weisen, dass etwas mit dir passiert. Denn ganz gleich, was du auch sagst, es war mehr als deutlich, dass du den Mare spüren konntest. Genau darum müssen wir herausfinden, was geschehen ist. Ich will sichergehen, dass mit dir alles in Ordnung ist und du nicht in Gefahr schwebst.«

»Und wie willst du das machen?«, fuhr ich ihn an. »Was, wenn ich den Mare in der Menschenwelt finden kann? Was passiert dann? Ich glaube kaum, dass dein Vater mich einfach zu meinen Eltern zurückkehren und meine alte Arbeit aufnehmen lassen wird. Nate«, sagte ich und versuchte, meinen Zorn unter Kontrolle zu halten, »du hast mir die Entscheidung über meine Zukunft abgenommen. Verstehst du das? Ganz gleich, was nun geschehen wird, es wird sich vermutlich viel für mich verändern, und du hast nicht mal gefragt, wie ich dazu stehe.«

Nate seufzte schwer und schien ebenfalls immer ungehaltener zu werden. »Es liegt weder in meinen noch in deinen Händen, diese Veränderung aufzuhalten. Oder glaubst du, nur weil du weiterhin Fehris spielst und in deinem Boot Traumgeister herumkutschierst, ändert es etwas daran, was mit dir los ist? Wir müssen erfahren, was geschehen ist und welche Auswirkungen es auf dich hat. Die Konsequenzen werden so oder so da sein, aber wenn wir wissen, wo wir stehen, können wir alles dafür tun, um dir zu helfen. Denn ich werde nicht mitansehen, wie dir etwas passiert.« Damit drehte er sich um und rief, während er davonmarschierte: »Wir treffen uns morgen um 17 Uhr am Nebeltor. Zieh am besten irgendwas Unauffälliges an.«

Er war wütend, das war nicht zu übersehen, aber mir ging es da nicht anders. Auch ich war verletzt. Ich wollte nicht, dass die Dinge über meinen Kopf hinweg entschieden wurden. Aber genau das hatte Nate getan, auch wenn er es vermutlich wirklich nur gut gemeint hatte. Ich spürte deutlich, dass ich immer mehr in etwas hineingezogen wurde, das ich nicht wollte. Leider hatte ich keine Ahnung, wie ich mich daraus befreien konnte.

Ich atmete tief durch und versuchte, ruhig zu bleiben. Niemals hätte ich gedacht, dass mir die Aussicht, in die Menschenwelt zu gehen, so missfallen würde. Es war immer mein großer Wunsch gewesen, dort an Nates Seite gegen Mare zu kämpfen. Nun hätte ich alles dafür gegeben, zurück in mein Boot auf dem Styrak gehen zu dürfen. Tja, so schnell konnten sich Wünsche ändern.

Also konzentrierte ich mich auf den nächsten Schritt: Ich würde morgen erst einmal in die Menschenwelt gehen. Vielleicht war ich auch gar nicht in der Lage, einen Mare aufzuspüren – möglicherweise war alles anders, als ich jetzt annahm. Mir blieb nichts übrig, als abzuwarten, was geschehen würde – keine meiner Stärken. Zumindest konnte ich die verbleibende Zeit mit der Kleiderfrage totschlagen. Was sollte ich anziehen, um in dieser anderen Welt nicht aufzufallen?

15

Nate war noch immer sauer, was ich daran merkte, dass er wenig sagte. Dafür waren Cass und William bester Laune.

»Wir müssen als Erstes einen Burger essen gehen«, erklärte Cass, der neben uns auf Toasty saß und eifrig Pläne schmiedete. »Danach gehen wir in einen Club und feiern Nates Geburtstag nach. Du wirst die Nacht deines Lebens haben, so viel ist sicher«, versprach er.

Ich saß vor Nate auf Flame und hatte meinen dicken Wollmantel übergezogen, den ich gleich in der Menschenwelt ausziehen und in Williams Rucksack stecken würde. Ob der Rest meiner Kleidung für diese andere Welt angemessen war? Ich hatte so meine Zweifel.

»Wir sind nicht zum Partymachen dort«, stellte Nate richtig und klang wie ein Spielverderber. »Alexis ist dabei, damit wir feststellen können, ob sie diesen und vielleicht sogar andere Mare spüren kann. Wir werden also genau das tun und dann zurückkehren.«

»Wir können doch beides machen.« Cass schien sich von seinen Feierplänen nicht so schnell abbringen lassen zu wollen. »Ziellos in der Gegend herumzulatschen hat noch nie viel gebracht. Und du weißt, dass Mare besonders gerne dort sind, wo sich viele Menschen aufhalten. Von daher liegen wir mit einem Club genau richtig.«

Nate gab nur ein wütendes Knurren von sich. Er wirkte nicht sonderlich begeistert von Cass' Plänen, schien aber auch kein gutes Argument zu finden, das dagegensprach.

Ich wünschte, ich hätte mich in diesem Moment wie sonst zurücklehnen und an Nates feste Brust schmiegen können. Aber ich war noch immer wütend auf ihn und wollte nicht so tun, als wäre alles wieder in Ordnung zwischen uns. Zudem schien auch er sauer zu sein. Auf Cass und William wirkten wir sicher wie zwei bockige Kinder, die sich einfach beieinander hätten entschuldigen müssen. Aber ich konnte es nicht, und Nate schien ebenfalls nicht bereit dafür zu sein. Außerdem waren Cass und William die Letzten, die sich darüber aufregen durften. Sie benahmen sich fast immer wie übermütige Kleinkinder.

Der Nebel lichtete sich und löste sich allmählich auf, weshalb wir abstiegen und die drei ihre Drachen wieder zu rauchigem Dunst werden ließen. Langsam zog er sich in die Sigil zurück und verschwand schließlich ganz. Nate berührte sein Amulett, das kurz aufleuchtete. Ich wusste, dass er gerade eines der Tore aktivierte, das unsere Welten verband, und den Punkt wählte, an dem wir herauskommen würden. Wir traten aus dem Dunst hervor und fanden uns mitten in der Stadt wieder.

»Also, wie sieht der Plan nun aus?«, hakte William nach, der seinen Mantel auszog und in einen Rucksack stopfte, den er über der Schulter trug. Ein weißes Shirt kam zum Vorschein sowie eine dunkelblaue Jeans, die recht abgewetzt wirkte, aber, wie ich mittlerweile wusste, kleideten sich Menschen auf diese Weise. Auch Nate und Cass zogen ihre Mäntel aus, die sie vor dem Nebel schützen sollten, und standen nun in Menschenkleidung vor mir. Nate hatte ein dunkles Hemd und eine schwarze Hose an, die sich wundervoll an seine muskulösen Beine schmiegte. Cass trug ein lockeres Shirt, Jeans und schwere Boots. Alle drei sahen toll aus, und ich kam mir ziemlich underdressed neben ihnen vor, als ich William meinen Mantel reichte. Ich hatte ein weites Leinenhemd und eine schwere Baumwollhose an. Es waren die Sachen, die mir am unauffälligsten vorgekommen waren, doch jetzt war ich mir nicht mehr sicher.

Die drei gingen los und überlegten, was unser erstes Ziel sein sollte.

»Definitiv der Burgerladen«, beschloss Cass. »Ich habe ohnehin Hunger, und falls wir tatsächlich einen Mare finden und gegen ihn kämpfen, mache ich das lieber mit vollem Magen.«

»Dann lass besser den Alkohol weg, bevor du ihm auf die Schuhe kotzt«, foppte William ihn grinsend und erntete dafür einen kleinen Hieb in die Rippen.

»Keine Sorge. Der Einzige, dem ich die Stiefel vollkotze, bist und bleibst du«, versprach er in gespielt verliebtem Tonfall.

»Ihr zeigt euch wie immer von der besten Seite«, wandte Nate genervt ein, woraufhin Cass die Augen verdrehte.

»Was ist denn mit dir los? Seit wann bist du so ein Spielverderber und grummelst die ganze Zeit nur mürrisch vor dich hin? Wir sind hier, um Spaß zu haben und deinen Geburtstag nachzufeiern. Sei also ein bisschen lockerer. Auch wenn du dich offenbar mit Alexis gestritten hast, musst du ihr ihren ersten richtigen Ausflug in die Menschenwelt nicht vermiesen.«

Ich schenkte Cass ein Grinsen und versuchte, mir seine Worte – auch wenn sie eigentlich für Nate bestimmt gewesen waren – zu Herzen zu nehmen. So oft hatte ich mir gewünscht, genau das zu tun. Nun war es so weit, da wollte ich mir den Spaß nicht nehmen lassen.

»Ich bin schon sehr gespannt auf diesen Burger. Mal sehen, ob du nicht doch zu viel versprochen hast«, sagte ich.

Cass legte den Arm um mich und zog mich an sich heran. »Du wirst mir noch auf Knien dafür danken, dass ich dir die Welt dieser ganz besonderen Kulinarik eröffnet habe. Aber keine Sorge, ich bestehe nicht darauf, dass du mir die Füße küsst. Ein Kuss auf die Wange genügt auch«, fügte er mit einem Zwinkern hinzu.

Ich stieß ihm lachend den Ellbogen in den Magen, woraufhin er mir einen Kuss auf die Wange drückte.

»Kleiner Vorschuss«, sagte er und eilte davon, bevor ich ihm noch einen Hieb versetzen konnte.

Immerhin sorgte das Geplänkel mit Cass dafür, dass meine Laune sich etwas hob, und auch über Nates Gesicht huschte ein kleines Grinsen.

Fasziniert betrachtete ich alles um mich herum. Diese Welt war so anders. Ständig prasselten neue Bilder, neue Geräusche und neue Eindrücke auf mich ein. Hier in der Innenstadt pulsierte das Leben. Ich sah die vielen Geschäfte, in deren Schaufenster Waren lagen, von denen ich nicht mal ansatzweise wusste, was man damit machte. In einem Fenster entdeckte ich unzählige Handys – immerhin wusste ich mittlerweile, wie man sie bezeichnete, und hatte eine ungefähre Ahnung, wozu sie nützten. Wobei mir dieses Internet noch immer nicht wirklich etwas sagte.

In dem Geschäft gab es unglaublich viele Lichter. Die meisten waren bunt und sehr grell. Es war mir unbegreiflich, wie man so etwas ohne Magie erschaffen konnte.

»Das wollte ich dir noch geben, Alexis«, sagte Nate, der neben mir stand und mir seine Hand entgegenstreckte. Darin hielt er zu meiner großen Überraschung ein Smartphone.

Verwirrt schaute ich erst das Handy und dann Nate an. »Du willst mir ein Handy schenken?«

»Wir haben auch jeder eins und können uns so verständigen, wenn wir uns mal trennen müssen oder aus den Augen verlieren. Es ist sicher gut, wenn du auch eins für den Notfall hast. Unsere Nummern habe ich eingespeichert.«

Ich nahm es dankend entgegen, schaute es aber etwas hilflos an. »Und was genau mache ich damit?«

Nate nahm das Smartphone wieder an sich, wischte über den Bildschirm und tippte darauf herum. Mit gerunzelter Stirn schaute ich ihm zu und versuchte, mir seine Worte zu merken.

»Das ist meine Nummer. Wenn du hier tippst, wird ein Anruf aufgebaut.«

In diesem Moment klingelte es in seiner Hosentasche. Er drückte noch mal auf das Symbol, und schon verschwand das nervtötende Geräusch wieder.

»Bekommst du das hin?«, hakte er nach.

»Na klar, sie schafft das. Immerhin kann sie ein Boot über den Styrak manövrieren. Das ist in meinen Augen sehr viel schwieriger«, mischte sich Cass ein und legte mir den Arm um die Schulter. »Ich könnte es jedenfalls nicht, aber selbst ich schaffe es, so ein Handy zu bedienen. Im Grunde ist es idiotensicher.«

»Ich habe gewisse Zweifel, dass das Steuern eines Boots sehr viel mit der Bedienung eines Handys zu tun hat. Aber der Gedanke, dass du es hinbekommen hast, tröstet mich«, erwiderte ich und schenkte ihm ein herausforderndes Grinsen.

Er ließ mich los und schaute mich irritiert an. Mit dem Daumen zeigte er auf mich und fragte die anderen: »Hat sie mich gerade als Idioten bezeichnet?«

»Na, sieh mal einer an. Wenn dir das so schnell aufgefallen ist, bist du vielleicht doch keiner«, stichelte ich.

»Oh, na warte!«, begann Cass, streckte die Hand aus und versuchte, mich zu fassen zu bekommen. »Da nimmt man dich mit in die Menschenwelt und dann wirst du frech.«

Ich tauchte unter seinen Armen hinweg und streckte ihm die Zunge raus.

Cass hatte nicht zu viel versprochen. So langsam begann es mir hier richtig Spaß zu machen. Während er mich erreichte, an sich zog und mir durch die Haare wuschelte, fiel mein Blick auf Nate. Auch er wirkte deutlich entspannter. Er lächelte sogar, was mich ehrlich freute.

Ich befreite mich von Cass und sagte: »Ich hoffe, bis zu deinem heiß geliebten Burgerladen ist es nicht mehr weit. Ich bin kurz vorm Verhungern.«

»Na ja, ein bisschen musst du noch laufen. Aber genieß einfach die herrliche Umgebung. So etwas siehst du in unserer Welt nicht.«

Da hatte er recht. Die Menschenwelt war durchaus beeindruckend. Noch nie hatte ich so hohe Häuser gesehen mit Fassaden, an denen das Glas im Licht blitzte und funkelte. Sie wirkten wie stählerne Riesen. Dazu das trubelige Leben, die vielen Menschen und Geräusche. Obwohl ich vermutlich erst einen winzigen Ausschnitt dieser Welt gesehen hatte, mochte ich sie bereits jetzt und wollte zu gerne mehr davon kennenlernen.

Wir folgten einer langen Straße, bogen mehrfach ab und erreichten schließlich ein Gebäude, das mit der dunklen Fassade und den kleinen Fenstern keinen allzu einladenden Eindruck machte. Doch ich musste gestehen, dass es im Inneren recht gemütlich wirkte.

Es gab einen Tresen direkt an der Bar, hinter der eine Unmenge Flaschen mit Spirituosen auf Regalen stand. Ein Mann mit fröhlich, blitzenden Augen füllte Alkohol in Gläser oder ließ Bier aus einem Zapfhahn strömen.

Cass ging in den hinteren Bereich, wo es eine Menge kleiner Tische mit Stühlen gab. Ein paar Männer hatten sich um eine Scheibe mit Zahlen versammelt und warfen kleine spitze Pfeile darauf. Ein eigenartiges Spiel, aber es schien Spaß zu machen.

»Hier gibt es die besten Burger. Ich würde den Western-Style empfehlen. Der ist richtig groß und die Soße ist der Wahnsinn«, verkündete Cass mit einem Strahlen in den Augen. Entweder hatte er wirklich Hunger oder es bereitete ihm tatsächlich eine unglaubliche Freude, mich in die Kulinarik dieser Welt einzuführen.

»Ein paar Drinks wären auch nicht schlecht«, wandte William ein.

Cass grinste vielsagend und stand auf. »Ich besorg uns was und bestelle auch gleich das Essen. Was wollt ihr?«

»Ich nehme dieses Western-Burger-Ding«, meinte ich.

William und Nate nannten ihm ebenfalls ihre Wünsche, und er zog Richtung Bar los. Unterwegs holte er eine eigenartige kleine Karte aus der Tasche.

»Was macht er?«, fragte ich, während ich Cass dabei beobachtete, wie er dieses Ding dem Mann hinter der Bar zeigte.

»Das ist ein Ausweis«, erklärte Nate. »Die Menschen haben alle einen davon. Da stehen wichtige Angaben wie Name, Alter und Wohnort drauf. Cass muss ihn vorzeigen, damit er Alkohol kaufen darf. Hier ist es so, dass man Bier ab 16 Jahren, stärkeren Alkohol ab 18 trinken darf.«

Ich hob verwundert die Brauen. Wofür es alles Regeln gab.

Cass kam mit ein paar Gläsern zurück, in denen sich eine durchsichtige Flüssigkeit und jede Menge Eiswürfel befanden. Auf die Burger mussten wir noch warten.

Da die Jungs beherzt zugriffen und tranken, tat ich es ihnen nach – und musste mir ein Husten verkneifen. Das Zeug war stark und vom Geschmack her ganz anders als das, was ich aus meiner Welt kannte. Der Alkohol hier schmeckte sehr viel schärfer und hinterließ ein brennendes Gefühl in meiner Kehle. Vermutlich sollte ich davon nicht allzu viel trinken. Wer wusste schon, ob ich dann überhaupt noch in der Lage sein würde, etwas zu spüren, zum Beispiel die Anwesenheit eines Mares.

Nach genau solch einem sah ich mich unentwegt um, aber bislang entdeckte ich keinen und vor allem spürte ich nichts. Da war kein Drängen, keine Kraft, von der ich magisch angezogen wurde und die mich nicht mehr losließ. Und das war mir mehr als recht. Vielleicht war das alles doch ein bloßer Zufall gewesen und hatte gar nichts zu bedeuten gehabt. An diese Hoffnung – so vage sie auch sein mochte – klammerte ich mich gerne.

Während wir auf das Essen warteten, wandte sich Cass mit einem bedeutungsschwangeren Blick an Nate. »Und? Hast du dich von Eve verabschiedet oder hat sie sich dazu entschieden, noch ein paar Tage im Palast zu bleiben?« Er zwinkerte verschmitzt.

Ich war mir nicht sicher, ob ich die Antwort darauf wirklich hören wollte.

»Sie ist heute Mittag mit ihrem Vater wieder abgereist. Aber sie hat bereits verkündet, dass sie gerne wiederkommen würde.« Nate klang recht neutral, sodass sich nicht heraushören ließ, ob ihm etwas an dieser Aussage lag oder nicht.

Fand er Gefallen an der Prinzessin? Immerhin war sie außergewöhnlich schön und zudem so anders. Das hatte gewiss seine Reize.

»Na, dann hoffe ich, dass du sie sofort wieder eingeladen hast oder sie demnächst mal besuchen gehst. Ich würde dich zu gerne begleiten, und wenn du kein Interesse an ihr hast, ich wäre nicht abgeneigt. Sie ist wirklich atemberaubend schön, und wie sie getanzt hat!« Er klopfte Nate auf die Schulter. »Es war das erste Mal in meinem Leben, dass ich mir gewünscht habe, du zu sein.«

Ich schenkte ihm einen bitterbösen Blick und hoffte, dass er endlich damit aufhören würde, darüber zu reden, wie heiß die Prinzessin war.

»Sie hat schon was«, stimmte William zu meinem Leidwesen zu. »Auf jeden Fall scheint sie genau zu wissen, was sie will.«

»Ja, und bedauerlicherweise bist du das«, beschwerte sich Cass und nahm einen weiteren Schluck aus seinem Glas. »Manchmal ist es echt ätzend, dass du der Prinz bist. Alle hübschen Frauen sind immer nur hinter dir her. Allerdings bringt es auch manchmal Vorteile mit sich«, fügte er lachend hinzu, und ich war mir ziemlich sicher, dass es besser war, wenn ich diese Vorteile nicht kannte.

»Wenn ihr wollt, dass ich einen Burger esse, dann hört auf, über Frauen zu reden, die ihr heiß findet. Sonst muss ich mich leider gleich auf den Tisch übergeben«, sagte ich, rührte in meinem Glas und nahm einen tiefen Schluck.

»Keine Sorge, du bist auch bildschön. Wenn wir nicht schon ewig mit dir befreundet wären, wäre ich definitiv hinter dir her«, versprach Cass und warf mir einen lasziven Blick zu – zumindest hoffte ich für ihn, dass es einer sein sollte. Ansonsten hätte ich annehmen müssen, dass er gerade einen Schlaganfall hatte.

»Reizend, wirklich reizend«, erwiderte ich und versuchte, den Schmerz in meiner Brust zu ignorieren. Es war kein schönes Gefühl, zu wissen, dass die drei in mir nichts anderes als eine Art männlichen Kumpel sahen. Hin und wieder wäre ich doch ganz froh gewesen, wenn sie sich daran erinnert hätten, dass ich immer noch eine Frau war.

»An deiner Stelle würde ich mir die Prinzessin definitiv warmhalten. Eine Ehe mit ihr stelle ich mir jedenfalls alles andere als langweilig vor. Besser als eines der versnobten Mädchen zu nehmen, die dir nur nach dem Mund reden und in deiner Gegenwart vergessen, dass sie auch ein Hirn zum Selberdenken haben. Den König der Albtraumlande als Schwiegervater zu haben, stelle ich mir hingegen weniger amüsant vor. Aber wie oft wirst du den überhaupt sehen müssen?«, überlegte Cass weiter.

»Willst du schon mal die Blumen für die Hochzeit bestellen oder hörst du endlich auf, mich mit ihr verkuppeln zu wollen?«, hakte Nate zu meiner Erleichterung nach. »Es nervt bereits genug, dass meine Eltern mir ständig wegen einer Verlobung in den Ohren liegen. Da musst du nicht auch noch anfangen.«

»Ich zeige dir nur Optionen auf«, erwiderte er schulterzuckend. »Aber keine Sorge, ich freue mich, wenn du sie nicht willst. Dann kann ich es ja versuchen.«

»Und noch mal: Ich kotze gleich!«, beschwerte ich mich und hoffte, dass sie das Thema endlich fallen lassen würden.

Zum Glück kam in diesem Moment das Essen und ich konnte meine Aggressionen an dem Burger auslassen. Zu meiner Überraschung schmeckte der unglaublich gut. Cass hatte tatsächlich nicht zu viel versprochen. Das Fleisch war saftig, die Soße unglaublich und das Zusammenspiel der einzelnen Komponenten absolut harmonisch.

»Wenn ich sterbe, bette mich auf ein Burgerbrötchen und reibe mich mit dieser Soße ein – ich wäre definitiv im Paradies«, verkündete Cass und verdrehte schwärmerisch die Augen.

»Und wir in der Hölle«, erwiderte ich, und verzog angeekelt das Gesicht. »Wer will dich bitte mit Soße einreiben?«

Er verpasste mir einen Seitenhieb und grinste. »Du kannst so unverschämt sein – ich liebe es. Vielleicht heirate ich auch dich. Dann würde mir zumindest nie langweilig werden und wir hätten immer unseren Spaß.«

»Das war wirklich unfassbar romantisch. Sag es noch mal und ich heirate dich tatsächlich. Meine Eltern wären begeistert«, fügte ich hinzu. »Was deine dazu sagen würden, kann ich mir allerdings auch gut vorstellen.«

»Ich bin ohnehin eine einzige Enttäuschung für sie – wie sie nicht müde werden, mir zu sagen. Da wäre das nicht weiter tragisch.«

Seine Worte hätten mich verletzen können, aber es gab nichts schönzureden. Ich war niemand, mit dem er sich auch nur hätte verabreden dürfen. Zudem wussten wir beide, dass es nicht stimmte. Natürlich waren seine Eltern hin und wieder wütend auf ihn – manchmal sogar so sehr, dass sie bereits gedroht hatten, ihn zu einem befreundeten Adelshaus in den Süden zu schicken, wo er keine Dummheiten mehr anstellen konnte. Dennoch liebten sie ihn und hätten niemals zugelassen, dass er solch eine Ehe einging. Zumal er selbst das nie ernsthaft in Erwägung gezogen hätte. Wir waren wie Bruder und Schwester – und bei Nate sah es da nicht anders aus. Für ihn war ich keine Frau, sondern ein geschlechtsloser Freund, mit dem er gerne Zeit verbrachte. Daran änderte auch unser Beinahekuss nichts. Nate hatte wohl einfach vergessen, wer ihm gegenüberstand.

Ich biss erneut in meinen Burger und spülte den Happen mit einem großen Schluck Alkohol hinunter. Das warme Gefühl in meinem Bauch wurde stärker und breitete sich langsam in meinem ganzen Körper aus. Alle Sorgen und schlechten Gedanken rückten beiseite und machten einer angenehmen Leichtigkeit Platz, die ich nur allzu gerne willkommen hieß. Ich nahm noch einen Schluck – es konnte nicht schaden, diesem Gefühl ein wenig mehr Raum zu geben.

»Nachdem wir nun ausgiebig über Heiratspläne philosophiert haben, sollten wir überlegen, wie wir herausfinden können, ob Alexis tatsächlich die Magie des Mares übernommen hat. Wenn wir keine dieser Gestalten finden, lässt sich wohl nur schwer feststellen, ob sie sie tatsächlich spüren kann«, wandte William ein, der natürlich wieder mal der Vernünftigste von allen war. Allerdings gefiel mir dieses Thema mindestens genauso wenig wie das um die zukünftige Braut.

Cass winkte zum Glück gleich ab. »Die Priester konnten keine konkrete Aussage machen, wo sich heute vielleicht ein Mare finden lässt. Von daher müssen wir wohl auf den Zufall hoffen, und da bin ich weiterhin der Meinung, dass wir dorthin gehen sollten, wo viele Leute sind. Wir sind hier zum Feiern, also sollten wir genau das tun. Nebenbei wird sich vielleicht auch ein Mare auftreiben lassen. Sie mögen ausgelassene Menschen mit viel Energie.«

Cass und William schauten Nate fragend an und warteten darauf, dass er seine Meinung dazu kundtat.

Der zuckte mit den Schultern. »Einen Versuch ist es sicher wert.« Dann sah er zu mir und ergänzte: »Wir machen das aber nur, wenn du versprichst, sofort Bescheid zu geben, wenn du wieder dieses Gefühl hast.«

Ich nickte sofort und nahm noch einen Schluck von meinem Drink. Vielleicht half der ja, dass sich dieses Drängen erst gar nicht wieder in mir breitmachen würde.

Nachdem wir gegessen und bezahlt hatten, verließen wir den Pub.

»Da Alexis dabei ist, gehen wir wohl besser nicht in einen Strip-Club«, meinte Cass und schenkte mir ein vielsagendes Grinsen. Ich hatte keine Ahnung, was das war, aber so, wie er schaute, konnte es sich dabei um nichts Anständiges handeln.

»Sag mir lieber nicht, wo ihr euch überall rumtreibt«, murmelte ich.

»Keine Sorge, dort, wo wir jetzt hingehen, gibt es keine nackte Haut.« Er hielt kurz inne, runzelte die Stirn und korrigierte sich. »Zumindest nicht allzu viel.«

Und schon wieder war ein Punkt erreicht, an dem ich nichts Gutes ahnte.

16

Tja, mit meinen Ahnungen lag ich bisher nicht allzu schlecht. Der Club war eng, voll und vor allem laut. Bunte Lichter zuckten über die unzähligen verschwitzten Körper, die sich zu lauten Klängen in schnellen Bewegungen verrenkten. Die Bässe donnerten und ließen den Boden beben. Zudem war die Luft stickig, und immer wieder kam weißer Rauch aus einem eigenartigen Kasten.

Ich bewunderte die Menschen, die sich in meist recht knapper Kleidung zu den dröhnenden Tönen bewegten. Dabei war ihr Tanzstil teilweise so anzüglich, dass ich lieber wegschaute. Bisher hatte ich mich nicht für sonderlich prüde gehalten, aber wie sie sich aneinander rieben, die Hüften schwangen oder den Hintern hüpfen ließen, das war schon recht aufreizend. Kurz fragte ich mich, ob es in diesem Strip-Club, den Cass erwähnt hatte, wirklich so viel schlimmer sein konnte.

»Und hier kommt ihr zum Tanzen her?«, brüllte ich Nate entgegen, weil man bei der Lautstärke sein eigenes Wort nicht verstand.

Er zuckte mit den Schultern. »Wenn man sich mal daran gewöhnt hat, ist es gar nicht übel. Jedenfalls deutlich besser als die verstaubten Tänze am Hof.«

Ja, da lagen wirklich Welten dazwischen.

»Ich besorg uns was zu trinken«, verkündete Cass und drängte sich durch die Menge in Richtung Bar.

»Na, komm schon. Versuch es mal. Es macht wirklich Spaß«, meinte Nate, zog auf verlockende Art die rechte Braue hoch und reichte mir die Hand. Ich lachte, nahm sie und gemeinsam suchten wir uns einen freien Platz auf der Tanzfläche, wo wir uns zu dieser schrägen Musik zu bewegen versuchten. Bei Nate sah es wirklich gut aus. Seine Bewegungen waren elegant und kraftvoll. Ich hingegen versuchte noch, einen Ablauf zu finden, der zu den schweren Bässen passte. Natürlich schaute ich mich um und bemühte mich, die anderen zu imitieren, was sich als schwer herausstellte. So etwas war ich einfach nicht gewohnt, und es kostete mich einiges an Überwindung. Aber als ich es mal geschafft hatte, musste ich zugeben, dass es durchaus seinen Reiz hatte. Es war so vollkommen anders, und irgendwie konnte man auf diese Weise seine ganze Energie rauslassen.

Ich spürte, dass Nates Blick auf mir ruhte, und genoss es, wie seine Augen meinen Bewegungen folgten. Ich drehte mich, tänzelte langsam in die Hocke hinab, strich mir durch das Haar und genoss es in vollen Zügen, mich auf diese Weise auszudrücken. Ich spürte die hämmernden Bässe in der Brust und machte mir keine Gedanken darüber, ob ich vielleicht seltsam aussah. Es machte einfach Spaß.

William stand ein Stück von uns entfernt und tanzte ebenfalls. Er bewegte sich ziemlich gut, was ich ihm gar nicht zugetraut hatte. Wenn ich mich so umsah, bemerkten das offenbar auch einige Frauen. Zumindest wurden er und auch Nate häufig angeschaut.

In diesem Moment schlängelte sich eine junge Frau zu William durch. Sie hatte ein hübsches Gesicht und einen wundervollen Körper mit breiten Hüften und weiblichen Rundungen. Ihr dunkles Haar hatte sie hochgesteckt, doch die ersten Strähnen lösten sich bereits und fielen ihr auf die nackten Schultern. William ließ es sich nicht nehmen und tanzte mit ihr. Die beiden schienen eine Menge Spaß zu haben. Als ich meinen Blick weiterschweifen ließ, fiel mir ein Pärchen am Rand der Tanzfläche ins Auge. Ich konnte nicht genau sagen, was mich auf sie hatte aufmerksam werden lassen. Vielleicht lag es an der jungen Frau mit den strahlenden Augen und vollen Lippen. Sie schmiegte sich an den jungen Mann und versuchte offensichtlich, ihn zu verführen. In meiner Welt war so etwas undenkbar – vor allem in der Öffentlichkeit. Er lehnte an der Wand und schaute sie gelassen an. Selbst auf die Entfernung hin fand ich ihn unfassbar faszinierend. Seine Augen wirkten schwarz wie die Nacht. Ich beobachtete das Spiel seiner Mimik, ließ meinen Blick an der perfekt geraden Nase entlanggleiten, bewunderte die markanten Wangenknochen, die vollen Lippen. Er war wirklich auffallend attraktiv. Das dunkelblonde Haar war leicht gewellt und fiel ihm vorne in dichten Locken in die Stirn. Die Seiten waren etwas kürzer gehalten und unterstrichen den kühlen Eindruck, den er machte.

Seine Hand ruhte auf der Taille der jungen Frau, die ihre Hüfte eng an seine schmiegte und ihn mit hungrigem Blick betrachtete. Aus seiner Miene ließ sich aber nicht ablesen, wie er dazu stand. Zwar sah er nur sie an, doch diese Augen … sie wirkten kalt.

Ich folgte der Bewegung seiner Hand, die langsam über die Hüfte der Fremden strich. Sie biss sich auf die Unterlippe und schien tief durchzuatmen. Er hatte muskulöse Unterarme, die Sehnen spannten sich bei jeder Bewegung. Das dunkle Shirt, das er trug, ließ mehr als gut erahnen, welch atemberaubend schöner Körper sich darunter verbarg. Langsam beugte sich die junge Frau nach vorne, ließ ihre Hand unter das Shirt gleiten, sodass ich einmal kurz seine nackte Haut aufblitzen sah, und presste ihre Lippen auf seinen Hals. Sie küsste ihn dort, leckte mit der Zunge darüber, während er seine Hände in ihr Haar grub. Für einen kurzen Moment fragte ich mich, wie es wohl war, einem anderen auf diese Weise nah zu sein. Jemanden so zu spüren und ihn berühren zu dürfen. Zu küssen, die Haut zu schmecken. Wie war es, diese Wärme zu spüren und einem anderen ohne Scheu derart nah zu sein?

In diesem Moment hob der Kerl den Kopf und sah mich an. Sein Blick brannte sich in mich und schien mich zu durchdringen. Noch nie hatte ich erlebt, dass in einem Blick solch eine Kraft lag. Ich starrte in das schimmernde Schwarz. Irgendetwas in mir wollte das Glühen darin erkunden und herausfinden, was sich noch alles in ihm verbarg. Was für ein Mensch steckte hinter diesen unfassbaren Augen? Wie war er?

Noch immer machte sich die junge Frau an ihm zu schaffen, strich mit den Fingern unter seinem Shirt über den muskulösen Bauch. Wie es sich anfühlen mochte?

In diesem Moment verzogen sich seine Lippen zu einem amüsierten Grinsen. Allerdings sah er nicht die Fremde an, sondern mich. Ich hielt den Atem an und spürte, wie mein Herz stockte.

»Alexis? Alles klar?«, riss mich Nate aus meiner Erstarrung.

Ich wandte mich ihm überrascht zu und kam mir unglaublich dämlich vor. Wie hatte ich den Kerl nur so anstarren können? Hoffentlich hatte er meinen Blick nicht falsch gedeutet. Gerade wandte er sich erneut der Frau zu und schien ihr etwas ins Ohr zu flüstern. Vielleicht küsste er sie auch. Seine Lippen waren ihr jedenfalls sehr nah, ebenso wie seine Hände, die auf ihrer Hüfte ruhten.

»Ja«, antwortete ich. »Aber ich brauche eine kurze Pause.«

Nate nickte, nahm meine Hand und bahnte uns einen Weg durch die Menge. Wir gingen zur Bar, wo Cass gerade eine Bestellung aufgab. Wir drängten uns zu ihm durch und stellten uns neben ihn.

»Dauert leider etwas«, brüllte er in unsere Richtung. »Ist verdammt viel los und der Kerl hier bedient lieber hübsche Mädels als mich, und das, obwohl ich hier schon seit einer halben Ewigkeit stehe«, beschwerte er sich derart lautstark, dass es selbst der Mann hinter der Theke hören musste.

»Pass lieber auf, was du sagst«, wandte Nate ein. »Sonst haben wir vielleicht gleich nicht nur Alkohol im Glas.«

Noch immer hielt er meine Hand und drückte sie leicht. Kurz musste ich an den jungen Kerl und die Frau denken. Sie schienen keine Hemmungen zu kennen und ihre Gefühle selbst in der Öffentlichkeit frei auszuleben. So etwas gab es in unserer Welt nicht. Wie es wohl war, sich einfach dem Moment hinzugeben und diese tiefe Sehnsucht in sich zu stillen?

Der Barkeeper schob Cass mehrere Gläser zu. Zwei davon reichte Cass an uns weiter, die anderen beiden nahm er. Gemeinsam verließen wir die Bar, und ich ließ es mir nicht nehmen, gleich einen tiefen Schluck zu trinken. Vielleicht half es, meine Gedanken endlich wieder in eine andere Richtung zu lenken.

Da nirgends ein Tisch frei war, stellten wir uns etwas abseits der Tanzfläche in eine Nische. Ich hatte keine Ahnung, was sich in den Drinks befand, aber auch dieses Zeug schien recht stark zu sein.

»Und?«, wollte Cass wissen. »Schon irgendwas Interessantes entdeckt?«

Ich hob erschrocken den Kopf und fragte mich, wie er mitbekommen hatte, dass ich den fremden Kerl angestarrt hatte. Immerhin bemühte ich mich sehr darum, nicht mehr zu ihm zu sehen.

Als Cass meinen irritierten Blick bemerkte, hob er fragend eine Braue. »Spürst du etwa tatsächlich was?«

Erst jetzt begriff ich, worauf er anspielte, und machte den Alkohol für meine langsame Auffassungsgabe verantwortlich. »Nein, bisher ist da nichts. Vielleicht war alles doch bloßer Zufall.«

Wenn ich Nates Miene betrachtete, schien zumindest er gewisse Zweifel daran zu haben.

Aber Cass freute es. »Das wäre doch klasse! Dann können wir den Abend also unbeschwert genießen. Ich trink noch schnell mein Glas leer und werfe mich dann ins Getümmel.«

Das Strahlen in seinem Gesicht machte deutlich, dass er in bester Partylaune war und vermutlich ein langer Abend vor uns lag. So schnell würden wir ihn sicher nicht nach Hause bekommen.

Cass blickte in Richtung Tanzfläche und schien eine junge Frau anzusehen, die den Blickkontakt zu ihm suchte. Schnell stürzte er seinen Drink runter, drückte Nate das zweite Glas für William in die Hand und machte sich auf, um mit der Frau zu tanzen. Ich musste lachen, als ich seine übertriebenen Bewegungen sah, die wackelnden Arme, die Beine, die nicht einmal den Takt trafen. Aber seine Partnerin schien das nicht zu stören. Ganz im Gegenteil: Sie lachte, amüsierte sich und bemühte sich, ebenfalls möglichst albern auszusehen.

»Super, jetzt darf ich Getränkehalter spielen«, beschwerte sich Nate und schaute auf das Glas in seiner Hand. »Ich bringe William kurz seinen Drink.«

Kaum hatte er die Tanzfläche betreten, wurde er auch schon von den vielen Menschen verschluckt. Ich blieb stehen und kam mir etwas verloren vor. Schnell trank ich den letzten Schluck aus meinem

Glas und spürte, dass das für einen Abend vielleicht doch etwas zu viel Alkohol gewesen war. Als ich den Kopf ein wenig bewegte, um nach den anderen zu schauen, wollte der Raum einfach nicht mehr aufhören, sich zu drehen. Ich brachte das leere Glas zur Bar zurück und nahm dabei deutlich wahr, dass auch mein Gang nicht mehr ganz so sicher war. Gut, das war für heute definitiv mein letzter Drink gewesen.

Als ich zurückging, schaute ich mich erneut um, konnte aber weder Cass, William noch Nate entdecken. Super! Nun stand ich allein in diesem Club und wusste nicht wohin mit mir. Während ich meinen Blick durch den Raum schweifen ließ, fiel mir auf, dass auch der attraktive Kerl von vorhin nirgends mehr zu sehen war. Ein Stich der Enttäuschung machte sich in mir breit, der mich müde lächeln ließ. So weit war es schon gekommen, dass ich nach sexy Typen Ausschau hielt. Ich musste wirklich viel zu viel intus haben.

Da ich Nate und die anderen ohnehin gerade nicht finden konnte und mir in meinem betrunkenen Zustand nicht nach Tanzen war, beschloss ich, draußen etwas frische Luft zu schnappen. Vielleicht würde das helfen, den Kopf freizubekommen.

Da der Raum noch immer recht voll war und ich mich nicht unbedingt durch die Menge zum Haupteingang drängen wollte, nahm ich einen Seitenausgang. Die quietschende Tür war voller Rostflecken und ziemlich dreckig. Als ich sie geöffnet hatte, war der Anblick nicht viel besser. Ich befand mich in einem schmutzigen Hinterhof, der sich zwischen dem Club und einem Nachbargebäude befand. Er war eng, eine Tonne stand dort, aus der sich Müll ergoss. Außerdem sah ich jede Menge Zigarettenstummel – Cass hatte mir schon von den Menschen erzählt, die sich mit Nikotin zu entspannen versuchten.

Auch wenn dieser Ort alles andere als einladend wirkte, ging ich ein Stück von der Tür weg und lehnte mich an die kühle Backsteinwand. Allzu tief Luft holen wollte ich hier wegen des Gestanks lieber nicht, aber wenn ich den Kopf hob, konnte ich einige Sterne und den Mond erkennen. Ihr Licht war nicht stark, was vermutlich daran lag, dass wir uns mitten in einer hell erleuchteten Stadt befanden.

Dennoch ließ sich ihr Schein erahnen. Sie drehten sich ein wenig vor meinen Augen, weshalb ich mir erschöpft an den Kopf fasste. Falls ich die Menschenwelt je wieder betreten durfte, würde ich auf jeden Fall nicht noch einmal so viel trinken.

Ich rieb mir die Schläfen und spürte ein Drücken und Pochen dahinter. Und plötzlich war da noch etwas anderes. Erstaunt sah ich auf, doch ehe mein benebelter Verstand es verarbeiten konnte, reagierte mein Körper bereits: Mein Puls schoss in die Höhe und alles in mir spannte sich an. Suchend schaute ich mich um, konnte aber nichts erkennen. Meine Füße setzten sich wie von selbst in Bewegung und trugen mich die Gasse entlang. An deren Ende konnte ich eine breite Straße ausmachen. Vereinzelt fuhren Autos dort entlang; ihr Licht drang bis zu mir vor. Das Dröhnen der Motoren, die Stimmen der Menschen, die sich vor dem Club aufhielten, das alles nahm ich nur am Rande wahr. All meine Sinne waren auf das Drängen ausgerichtet, das mich anzog. Es war der Ruf einer fremden Energie, wie eine lautlose Stimme, die mir lockend zuwisperte. Dabei war ich mir ganz sicher, dass der Mare dies nicht mit Absicht tat oder gar wusste, was seine Anwesenheit in mir auslöste. Nein, es war mehr eine Reaktion auf die Magie, die er in sich trug. Von der wurde ich angelockt wie eine Motte vom Licht. Und ich wusste, dass solch eine Begegnung für das Tier oftmals nicht gut ausging. Genau darum sollte ich auf keinen Fall einen Alleingang wagen. Ich spürte aber auch, dass der Mare sich fortbewegte. Was, wenn ich ihn tatsächlich nur in einer gewissen Reichweite spüren konnte?

Ich biss mir auf die Unterlippe und versuchte, meinem Hirn einen klaren Gedanken zu entlocken. Wieder strich ich mir über die Stirn. Wie hatte ich nur so dumm sein können, so viel Alkohol zu trinken? Nun war ich nicht mehr Herr meiner Sinne, doch gerade jetzt brauchte ich sie.

Wieder war es mein Körper, der entschied. Meine Beine trugen mich aus der Gasse. Ich erreichte die Straße und folgte der fremden Macht. Es gab für mich keinen Zweifel mehr: Das musste ein Mare sein! Und genau das hätte ich Nate und den anderen mitteilen sollen. Ich wusste, dass ich keine Chance hatte, zu ihnen zurückzugehen und sie zu suchen. Es hätte zu lange gedauert. Bis dahin würde der Mare mit Sicherheit verschwunden sein. Aber ich konnte etwas anderes tun.

Während ich weiterging und meine Umgebung im Blick behielt, holte ich das Handy aus meiner Hosentasche. Etwas hilflos schaute ich auf das Display und wischte mit den Fingern darüber. Verdammt! Was hatte Nate mir noch mal gesagt? Wie schaffte ich es, ihn damit anzurufen? Er hatte es mir doch gezeigt. Aber in diesem Moment war mein Kopf wie leer gefegt. Ich konnte mich einfach nicht erinnern, und meine Finger, die unentwegt über den Bildschirm strichen, schienen nicht ansatzweise das Richtige zu tun. Jedenfalls war da nirgends eine Nummer zu sehen.

Ich trat um eine Ecke, nur um wenige Meter weiter in eine schmale Seitenstraße abzubiegen. Was sollte ich jetzt tun? Dummerweise hatte ich nicht auf den Weg geachtet und fragte mich, ob ich überhaupt zum Club zurückfinden würde. Ich fluchte über mich selbst und fragte mich ernsthaft, wie man es schaffte, sich in solch eine Situation zu manövrieren. Zu dem Club würde ich mich hoffentlich noch durchfragen können. Die Herausforderung bestand wohl vielmehr darin, mich von dieser Verbindung loszureißen. Denn das kam mir gerade absolut unmöglich vor. Ich musste weiter.

Rechts neben mir sah ich den Eingang zu einem Park. Hatten die Mare ein Faible für Natur oder war das bloß ein Zufall? Spürte dieser vielleicht doch meine Anwesenheit und versuchte, mich in eine Falle zu locken? Mein Herz schlug mir bis zum Hals. Noch immer hielt ich das Handy in der Hand, steckte es jetzt jedoch zurück in die Tasche. Es blieb nur zu hoffen, dass Nate meine Abwesenheit irgendwann bemerken und mich anrufen würde. Vielleicht schaffte ich es dann, den Anruf zumindest anzunehmen.

Das Knirschen meiner Schuhe auf dem Kiesweg klang viel zu laut in meinen Ohren. Konnten Mare besser hören als wir? Ich hatte keine Ahnung. Erst jetzt fiel mir auf, wie wenig ich über diese Wesen wusste.

Vorsichtig ging ich weiter und war dankbar für das milchige Licht, das die wenigen Straßenlaternen spendeten. Die Bäume kamen mir riesig vor und sahen in der Dunkelheit mit ihren knorrigen Ästen unheimlich aus. Hier und da fand ich eine Bank, ein paar kurz geschnittene Büsche sowie Blumenbeete. Doch weit und breit schien niemand außer mir zu sein. Die Stille war drückend und schwer. Da war nichts außer dem Klang meiner einsamen Schritte.

Und plötzlich wusste ich, dass sich etwas verändert hatte. Da war etwas! Ich hatte den Gedanken noch nicht zu Ende gedacht, da riss mich etwas nieder. Der Körper, der sich auf mich stürzte und mich festhielt, war schwer und kräftig. Wie ein Schraubstock umklammerten mich die Arme, hielten mich fest, dass ich mich nicht bewegen konnte. Dennoch kämpfte ich um mein Leben. Heißes Adrenalin durchschwemmte meinen Körper und verlieh mir Kraft.

»Da bist du ja wieder. Ich hatte da so eine Ahnung. Du kannst uns spüren. So sehr ich es auch verabscheue, dass du nun über diese Kräfte verfügst, so hilfreich war es in diesem Moment für mich.«

Die Stimme tanzte über mein Ohr und sorgte dafür, dass sich die kleinen Härchen in meinem Nacken aufstellten.

»Du hast schon einmal versucht, mich zu töten«, erklärte ich und holte mit dem Kopf aus. »Doch es ist dir nicht gelungen.«

So fest ich konnte, schleuderte ich meinen Kopf nach hinten. Zu meiner großen Freude hörte ich tatsächlich ein lautes Krachen. Sein Griff lockerte sich. Die Chance ließ ich mir nicht entgehen.

Ich rappelte mich auf, rannte los und kannte nur ein Ziel: die Straße. Dort waren Menschen und ich hoffte, dass der Mare es nicht wagen würde, mitten unter ihnen einen Kampf zu führen. Besonders für die Mare war es wichtig, unerkannt zu bleiben. Er würde also kein Risiko eingehen – zumindest baute ich darauf.

»Du wirst mir nicht entkommen. Ich lasse mich von dir nicht noch einmal einschüchtern. Beim letzten Mal war ich einfach nur überrascht, konnte ja keiner wissen. Aber nun … nun mache ich dich fertig!«, drohte er hinter mir.

Mein Herz donnerte gegen meine Brust, während ich über den Kiesweg eilte und in einiger Entfernung den Ausgang des Parks sehen konnte. Doch leider hörte ich auch die Schritte hinter mir – oder besser gesagt, ich vernahm sie plötzlich nicht mehr und wusste, was das bedeutete. Ich hatte den Kerl schon springen sehen.

Mir blieben vermutlich nur noch wenige Sekunden, wenn überhaupt. Ich hatte keine andere Wahl. Immerhin stand mir ein wenig

Magie zur Verfügung. Hoffentlich würde es reichen. Ich schloss die Augen, blieb stehen und riss die Arme über mich. Es war keinen Moment zu spät. Der Mare hatte mich fast erreicht, als die Feuerwelle aus meinen Händen strömte und auf den Angreifer zuhielt. Ich spürte die Hitze überall, besonders auf den Händen, aber auch auf meinem restlichen Körper. Sie brannte auf meinem Gesicht und ich versuchte, es möglichst weit wegzudrehen. Die Flammen waren so hell, dass das Licht in meinen Augen schmerzte, dennoch durfte ich sie nicht schließen. Ich musste wissen, was geschah.

Der Mare wurde von dem Feuer erfasst. Er schrie kurz auf, während er zuckend vor mir zu Boden ging. Dort schlug er wie wild auf die Flammen ein, um sie zu ersticken. Ich ließ keine Zeit verstreichen und rannte weiter. Mit diesem einen Angriff hatte ich meine ganze Magie aufgebraucht. Nun hatte ich nichts mehr, was ich dem Kerl entgegensetzen konnte. Warum hatte ich keine Waffe mitgenommen? Nicht, dass ich damit umzugehen gewusst hätte, aber es wäre mit Sicherheit besser als nichts gewesen.

Meine Schritte hämmerten über den Boden, während ich zum Ausgang eilte. Zu meiner großen Erleichterung erblickte ich dort Menschen. Wenn mich nicht alles täuschte, gingen da gerade eine Frau und ein Mann vorbei. Ich hob den Arm und wollte den Mund öffnen, um auf mich aufmerksam zu machen, da hörte ich plötzlich ein Zischen. Ich konnte es nicht zuordnen. Mir war nur klar, dass es sehr schnell war. Bevor auch nur ein Laut aus meinem Mund dringen konnte, spürte ich etwas Dumpfes in meinem Bein. Im ersten Moment tat es nicht mal weh. Es war mehr wie ein heftiger Schlag, unter dem mein linkes Bein sofort nachgab und ich der Länge nach hinfiel. Ich schlug hart auf dem Kies auf, schaffte es aber, mich mit den Händen abzufangen, in die sich die kleinen Steinchen bohrten.

Zischend holte ich Luft, mein Brustkorb zog sich zusammen, aber ich war froh, dass ich tatsächlich atmen konnte. Vorsichtig drehte ich mich um und bemerkte, wie der Mare langsam auf mich zukam. Er sah etwas angekokelt aus, was ich ihm aus vollem Herzen gönnte. Dennoch schien das seiner Entschlossenheit keinen Abbruch getan zu haben. Mit festen Schritten kam er näher und ein hämisches Lächeln stahl sich auf seine Lippen.

Schnell drückte ich mich mit den Händen vom Boden ab und wollte aufstehen, aber es ging nicht. Ein entsetzlicher Schmerz schoss durch mein Bein. Ich schaute an mir hinab und glaubte, mein Herz müsste vor Schreck stehen bleiben.

Ein Dolch steckte in meinem Oberschenkel. Nur der Schaft schaute noch aus dem Fleisch. Die Hose um die Stelle war dunkel und Blut sammelte sich bereits auf dem Boden. Der Kerl hatte mir tatsächlich ein Messer ins Bein gejagt. Die Erkenntnis ließ mich zunächst erstarren vor Fassungslosigkeit. Ich hatte ein verdammtes Messer im Bein! Dann kam die Angst in mir hoch. All das Blut. Wie viel konnte man verlieren, bevor man starb?

Ich meinte, mich daran zu erinnern, dass man Gegenstände nicht aus Wunden ziehen sollte. Stimmte das? Verflucht noch mal, ich wollte es nicht herausfinden müssen. Da ich mein Bein gerade nicht benutzen konnte, zog ich mich, so gut es ging, über den Boden. Ich kam unfassbar langsam voran, aber der Mare schien es nicht eilig zu haben. Offenbar bereitete es ihm eine ziemliche Freude, mich in meiner hilflosen Lage zu beobachten. Ich robbte weiter und hatte nur ein Ziel vor Augen: den Parkausgang und die beiden Leute, die dort noch immer entlanggingen. Nicht mehr lange, bis sie außer Sichtweite gerieten. Ich musste also etwas tun.

»Hilfe!«, schrie ich darum, so laut ich konnte. »Helfen Sie mir!«

In diesem Moment überlegte es sich der Mare offenbar doch anders. Zumindest spürte ich, wie er in mein Haar griff, daran zerrte und meinen Kopf in die Höhe riss.

»Oh, mein Gott!«, hörte ich eine Stimme kreischen. »Was macht der Kerl da?!«

Die Frau hatte mich gesehen. Das war der letzte Gedanke, den ich hatte, denn gleich darauf sah ich den Boden auf mich zukommen, als der Mare meinen Kopf auf den Kies schlug. Ich konnte nicht mal schreien, als ich auf die kleinen Steine prallte, die gnadenlos meine Haut aufrissen. Wieder zerrte der Mare meinen Kopf hoch. Alles um mich herum drehte sich. Und dann schlug er mich erneut auf den Untergrund. Ich hustete. Etwas Warmes floss an meinem Gesicht hinab.

»Hey, lass sie los und verschwinde sofort!«, hörte ich einen Mann brüllen.

Noch immer krallte sich die Hand des Mares in mein Haar, und ich sah meine Hoffnungen schwinden. Vielleicht würde ich doch nicht mehr lebend hier rauskommen. Mein Angreifer hielt aber zumindest inne und schien hin- und hergerissen zu sein, was er tun sollte. Ich gab ein erleichtertes Ächzen von mir, als seine Vernunft die Überhand gewann und er mich losließ. Kraftlos fiel mein Kopf zu Boden und blieb auf dem kalten Kies liegen.

»Wir sehen uns bestimmt bald wieder. Und dann werde ich mir nicht mehr so viel Zeit mit dir lassen. Beim nächsten Mal bist du dran«, raunte der Mare leise und verschwand aus meinem schwankenden Sichtfeld.

Schritte näherten sich, aber ich war unfähig, mich zu bewegen.

»Kannst du mich hören?«, fragte die Männerstimme, die ich eben schon vernommen hatte. Ein paar warme Finger strichen durch mein Haar und schoben einige Strähnen beiseite.

Ich versuchte, zu antworten, aber es war unfassbar anstrengend. Es gelang mir nur, den Kopf ein ganz klein wenig zu drehen, woraufhin die Welt so sehr schwankte, dass ich mich beinahe übergeben musste.

»Lass uns einen Krankenwagen rufen und von hier verschwinden«, hörte ich die Frau sagen, die leicht panisch klang. »Wir haben damit nichts zu tun und ich will da nicht in irgendwas reingezogen werden.«

Ich hatte keine Ahnung, von was sie sprach.

»Wir können sie nicht einfach hier liegen lassen«, widersprach der Fremde. »Ich rufe den Rettungswagen, damit sie ins Krankenhaus gebracht wird, und warte auf jeden Fall so lange, bis er hier ist.«

»Nein«, brachte ich nuschelnd zustande. »Kein … Krankenhaus.«

Natürlich wusste ich, was das war. Es war eines der ersten Dinge, über die die Dreamcatcher in ihrer Ausbildung informiert wurden: Lass dich niemals in eine Einrichtung bringen, die den Menschen untersteht. Dazu gehörte natürlich die Polizei, aber auch Krankenhäuser. Die Gefahr, dass sie herausfanden, dass mit uns etwas anders war, war viel zu groß. Ich würde mich also auf keinen Fall dorthin bringen lassen.

»Du hörst sie doch. Sie will nicht. Lass sie einfach liegen. Es wird schon jemand kommen und sich um sie kümmern. Der Rettungsdienst ruft sicher die Polizei, und darauf habe ich keine Lust. Im Club habe ich ein paar Ecstasy-Pillen eingeworfen und hab auch noch ein paar in meiner Tasche. Ich will wegen der Drogen keinen Ärger«, beschwerte sich die Frau.

»Wie gesagt, du kannst jederzeit gehen«, erwiderte der Mann. »Ich werde keine Verletzte einfach irgendwo in einem Park liegen lassen. Sie braucht Hilfe.«

»Kein Krankenhaus«, nuschelte ich erneut und versuchte, mich zu regen. Etwas besser schien es schon zu gehen. Zumindest schaffte ich es, mir etwas Blut aus dem Gesicht zu wischen.

»So schlimm ist es sicher gar nicht. Die Wunde an der Schläfe sieht nicht so übel aus und das Messer … ja, das Messer ist vielleicht ein Problem. Aber kannst du das nicht? Hast du nicht irgendwas davon erzählt, dass du Medizin studierst?«

Der Angesprochene gab nur ein genervtes Schnauben von sich, während seine Fingerspitzen sich vorsichtig an meinem Gesicht entlangtasteten, um mich auf weitere Verletzungen zu prüfen. Sie waren angenehm kühl und irgendwie tat es gut, sie zu spüren.

»Es … es geht schon«, murmelte ich. Es wurde Zeit, dass ich von hier wegkam, bevor sie doch noch den Krankenwagen riefen. Vorsichtig stemmte ich mich hoch.

»Sicher, dass das eine gute Idee ist?«, hörte ich den Mann fragen.

»Lass sie doch, wenn sie meint.«

Ich ignorierte die beiden. Wichtig war nur, dass ich zurück zu Nate und den …

Kaum hatte ich mich ein paar Zentimeter in die Höhe gestemmt, geriert die ganze Welt ins Wanken. Dunkelheit griff nach mir und trübte mein Sichtfeld. Es war, als würde alles um mich herum zusammenschrumpfen und langsam verschwinden. Etwas packte mich und zerrte mich in die Finsternis. Ich versuchte, den Kopf hochzuhalten, ihn irgendwie zu drehen. Als ich das letzte Mal aufsah, blickte ich in das faszinierendste Paar Augen, das ich je gesehen hatte: dunkel wie schwarzer Onyx, in dem tausend Sterne verglühten.

17

Ich hatte Kopfschmerzen, und zwar so sehr, dass ich glaubte, mir müsste gleich der Schädel zerspringen. Qualvoll langsam schaffte ich es, die Augen zu öffnen – und stemmte mich mit einem Schlag hoch.

Wo verdammt noch mal war ich? Im hinteren Teil des Zimmers befand sich eine Küche, die aufgeräumt und sauber war. Sie hatte einen Tresen, an den man sich setzen konnte. Auch einen Esstisch mit Stühlen entdeckte ich.

Ich selbst lag auf einem schwarzen Sofa. Davor stand ein kleiner Tisch, dann kam ein quaderförmiger Apparat, den ich für einen Fernseher hielt. An der Seite waren mehrere Regale, angebracht, die mit Büchern vollgestellt waren. Alles wirkte aufgeräumt und sauber. Nur hatte ich keine Ahnung, wo ich mich befand. Mein Herz schlug mir bis zum Hals – also war ich schon mal nicht gestorben. Verwirrt fasste ich mir an den Kopf und stellte fest, dass dort irgendetwas war.

»Ich würde das Pflaster an deiner Stelle drauf lassen«, sagte eine Stimme.

Erschrocken zuckte ich zusammen. Ein junger Mann kam gerade aus der Tür, die offenbar in ein Nebenzimmer führte. Ich wusste im ersten Moment nicht, über was ich schockierter hätte sein sollen: dass er kein Shirt trug und ich freien Blick auf seinen äußerst

attraktiven Oberkörper hatte, an dem sich die Muskeln bei jeder Bewegung verführerisch spannten, oder dass ich den Kerl kannte.

»Du bist der Typ aus dem Club«, stellte ich fest. »Du warst mit dieser Frau am Rum…«

Gut, ich hielt vielleicht besser den Mund.

Ein Lächeln huschte über seine ziemlich wohlgeformten Lippen. »Du hast mich also mit Jessy im Club gesehen«, stellte er fest. »Dann war meine Ahnung doch richtig. Irgendwie kamst du mir bekannt vor.«

Er zog das Shirt über, das er in der Hand hielt. Der Stoff floss über seinen Körper und schmiegte sich an die perfekten Formen; die Muskeln arbeiteten bei jeder Bewegung, und ich war zu verwirrt – oder zu fasziniert, um wegzusehen. Als er wieder angezogen war und meinen entsetzten Gesichtsausdruck bemerkte, zuckte er gelassen mit den Schultern.

»Ich musste mir nur kurz was Frisches anziehen. Meine Sachen wurden etwas in Mitleidenschaft gezogen, als ich dich hergebracht habe. Ziemlich viel Blut!«

Ich verstand noch immer nicht so richtig. Hatte der Kerl mich etwa in seine Wohnung gebracht? Ich hielt dem Atem an und wäre am liebsten aufgesprungen und davongelaufen. Hatte er mich entführt? Der Schock über die Erkenntnis saß so tief, dass ich nichts anderes tun konnte, als den Fremden anzustarren.

Er kam auf mich zu. »Du wolltest auf keinen Fall in ein Krankenhaus. Das war das Einzige, was du immer wieder deutlich gesagt hast. Ich hoffe, es ist dir recht, dass ich dich nicht zum Sterben alleine im Park zurückgelassen habe.«

Er ließ sich neben mir auf dem Sofa nieder und wandte sich mir zu. Die Kraft seiner Augen war beeindruckend. Alles an ihm war beeindruckend. Allein seine Ausstrahlung war irgendwie kraftvoll. Seine Augen wirkten so dunkel, dass sie mich an schimmernden Onyx erinnerten. Doch jetzt aus der Nähe erkannte ich, dass sie nicht einfach schwarz waren, sondern von einem tiefdunklen Braun mit goldenen Sprenkeln. Der Kontrast war faszinierend. Alles an ihm war scharf konturiert – die Augenbrauen, die gerade Nase, die Wangenknochen, die Kinnpartie, selbst die Muskeln, die sich unter dem Shirt gut erahnen ließen.

Ich spürte, wie sich sein Blick in mich brannte und kurz über meinen Körper strich. Ich folgte seinen Augen und runzelte erstaunt die Stirn, als ich die schwarze Hose sah, die ich trug. Sie war aus weichem Stoff und fühlte sich angenehm warm an. Allerdings gehörte sie definitiv nicht mir.

»Hast du mich ausgezogen?«, zischte ich ihn an und wollte nach meiner Magie greifen, um ihm damit zumindest einen Schlag zu verpassen. Leider war da nichts mehr, das ich nutzen konnte.

»Wäre es dir lieber gewesen, ich hätte das Messer in deinem Bein gelassen?«, wollte er wissen und hob fragend eine Braue, was ihm unheimlich gut stand.

»Am liebsten wäre es mir, da wäre überhaupt kein Messer in meinem Bein gewesen.«

»Es ist traurig, aber leider wahr. Nachts würde ich keinen der Parks in London betreten. Man trifft dort zu oft auf irgendwelche Spinner.«

»Ist das überhaupt fachmännisch verbunden worden?«, wechselte ich hastig das Thema und zog das Hosenbein so weit hoch, dass ich den weißen Verband sehen konnte. Er saß zumindest gut – sehr viel besser, als ich meine Arme neulich verbunden hatte.

»Na, was sagt dein Kennerblick? Gut genug? Du scheinst ja gewisse Erfahrungen mit Verletzungen gesammelt zu haben. Zumindest hattest du einige kleinere Wunden, die aber schon fast verheilt sind.«

Ich runzelte die Stirn und schenkte ihm einen wütenden Blick. »Ich hoffe, es hat Spaß gemacht, dir alles so genau anzuschauen.«

»Keine Sorge, da gab es nichts, was ich nicht schon mal gesehen hätte, und es sollte dir wichtiger sein, dass du dieses Messer losgeworden bist.«

Er stand in einer fließenden Bewegung auf und ging Richtung Küche. Dort holte er ein Glas aus einem Schrank, füllte es mit Wasser und reichte es mir zusammen mit einer kleinen weißen Tablette.

»Was ist das?«, hakte ich sofort nach.

Hatte diese Jessy nicht irgendwas davon gefaselt, dass sie Drogen genommen hatte? Ich versuchte, mich zu erinnern, aber irgendwie arbeitete mein Kopf nur langsam und äußerst zäh.

»Das ist eine Schmerztablette«, erklärte er. »Gegen dein Kopfweh. Du hast dir mehrfach an die Stirn gefasst, als hättest du Schmerzen.«

Es erstaunte mich, dass ihm das aufgefallen war. Ich selbst hatte die Handbewegung nicht mal richtig registriert. Zögernd nahm ich das Glas. Sollte ich dieses Schmerzmittel wirklich schlucken? Was, wenn es doch etwas anderes war. Allerdings hatte er mir geholfen und er machte nicht den Anschein, dass er mir irgendetwas antun wollte. Zudem wurden meine Kopfschmerzen immer schlimmer, weshalb ich die Tablette in den Mund steckte und mit dem Wasser runterschluckte.

Danach tastete ich noch mal an dem Klebeding auf meinem Kopf herum und ließ meine Finger den Verband entlangfahren, der unter meiner Hose lag. Es tat erstaunlich wenig weh und fühlte sich gut verbunden an.

»Dann hast du so was schon öfter gemacht?«, fragte ich.

»Du meinst, leblose Frauen in einem Park eingesammelt, sie zu mir nach Hause getragen, um sie dort zu verarzten – und das nur, weil sie sich vehement weigern, in ein Krankenhaus zu gehen?«

So, wie er das sagte, klang es ziemlich sonderbar. Aber was sollte ich ihm antworten? Warum hatte ich nicht in ein Krankenhaus gebracht werden wollen?

Er schüttelte den Kopf. »Nein, das war das erste Mal und ich hoffe, dass es keine Wiederholung geben wird.«

»Ich … ich bin angegriffen worden«, begann ich unruhig vor mich hinzustammeln. »Ich war spazieren und …«

Er hob die Hand. »Du musst mir deine Story nicht erzählen. In dieser Stadt gibt es eine Menge kranker Leute, die keinen Grund brauchen, um jemanden niederzustechen. Ich will auch gar nicht wissen, warum du nicht ins Krankenhaus wolltest. Manchmal ist es besser, so wenig wie möglich über jemanden in Erfahrung zu bringen, und ich glaube, du bist so ein Fall. Ich möchte jedenfalls nicht unbedingt in irgendwas reingezogen werden.«

Ich hielt noch immer das Wasserglas in den Händen und drehte es nachdenklich hin und her. Der Kerl war irgendwie seltsam und anders, als ich es erwartet hatte. Er war sofort bereit gewesen, mir zu helfen, und nun wollte er nicht mal eine Erklärung hören. Dabei war ich mir sicher, dass die meisten hätten wissen wollen, was mir widerfahren war und warum ich nicht ins Krankenhaus wollte. Aber mir sollte es recht sein.

»Dann danke ich dir für die Rettung. Das war wirklich nett. So was hätte sicher nicht jeder getan.«

»Kein Problem. Ich würde dir dennoch empfehlen, das mal von einem Arzt überprüfen zu lassen.«

Ich nickte vage. »Diese Jessy hat erzählt, dass du Medizinstudent bist, oder nicht?«

Er lachte und schüttelte den Kopf. »Da hast du ja doch mehr mitbekommen als gedacht. Aber Jessy bringt gerne mal was durcheinander. Trotzdem musst du dir keine Sorgen machen, meine Kenntnisse reichen immerhin so weit, dass du nicht verblutet bist. Aber wie gesagt, lass es kontrollieren.«

Wieder nickte ich und schaute den Kerl an. Das Licht der Zimmerlampe schien auf ihn hinab und tauchte sein anziehendes Gesicht in ein geheimnisvolles Licht. Sein Haar wirkte fast golden und die Locken, die vorne dichter wurden, sahen sehr weich aus.

»Fertig mit schauen? Du scheinst ja ziemlich fasziniert zu sein?«

Seine Lippen verzogen sich zu einem wissenden Lächeln, woraufhin ich hastig wegsah. Seit wann war ich so schüchtern? Aber irgendwas an dem Kerl verunsicherte mich.

»Ich habe nur darüber nachgedacht, ob deine Freundin irgendwann mal deinen Namen erwähnt hat. Zumindest daran kann ich mich nicht erinnern.«

»Ich heiße Cael«, erklärte er. »Und sie ist nicht meine Freundin. Wir haben nur ein bisschen Spaß miteinander.« Wieder dieses vielsagende Lächeln. In diesem Fall hätte er sich das aber sparen können. Ich wusste nur allzu genau, auf was er anspielte.

»Gut, dann werde ich mal wieder gehen«, sagte ich, stand auf und spürte sofort, wie der grauenhafte Schwindel wieder nach mir griff. Ich hatte keine Chance. Meine Beine gaben unter mir nach und ich sah mich dem Boden entgegenstürzen.

Doch plötzlich waren da zwei Arme, die mich fingen. Mein Herz war noch damit beschäftigt, heißes Blut durch meinen erschrockenen Körper zu pumpen, da half mir Cael bereits wieder auf.

»Du solltest langsam machen. Die Verletzung am Kopf ist zwar nicht allzu schwer, aber du hast bestimmt einiges an Blut verloren.«

Ich hob langsam den Kopf und schaute auf. Sein Blick traf mich unvermittelt. Stark, kraftvoll und faszinierend. Sein Mund kräuselte sich zu einem wissenden Lächeln. Seine Hände ruhten auf meiner Hüfte und hielten mich. Der sanfte Druck, den er ausübte, und die Wärme brannten sich durch den Stoff meiner Hose. Vorsichtig machte ich einen Schritt zurück und war froh, dass ich nicht erneut ins Taumeln geriet. Ich ließ mich sicherheitshalber auf das Sofa sinken und strich mir erschöpft über die Stirn.

»Und willst du mir auch verraten, wie dein Name ist?«, hakte er nach, als wäre nichts passiert.

»Was ist mit deiner Einstellung geworden, dass es besser ist, so wenig wie möglich über mich zu erfahren?«

Er lachte. Es war ein tiefes, eindringliches und sehr melodisches Lachen und ich fragte mich, wie es möglich war, dass selbst dieses Geräusch perfekt klang.

»Tja, vielleicht bist du doch ein gewisses Risiko wert. Ich wäre auf jeden Fall bereit, es herauszufinden.« Seine Onyxaugen glühten. Absolut faszinierend!

»Ich gehe nicht davon aus, dass es ein besonderes Risiko mit sich bringt, meinen Namen zu kennen. Hoffentlich enttäuscht dich das jetzt nicht. Ich heiße Alexis«, sagte ich, woraufhin Cael ein kleines Stück näher kam.

»Alexis also«, erwiderte er und ließ sich meinen Namen auf der Zunge zergehen. »Das werde ich mir auf jeden Fall merken.«

Ich ging nicht davon aus, dass wir uns je wiedersehen würden. Immerhin war es ziemlich sicher, dass das mein erster und letzter Ausflug in die Menschenwelt gewesen war, was einen leichten Stich tiefen Bedauerns in mir auslöste. Von daher spielte es wohl keine Rolle, ob er sich meinen Namen merkte oder nicht. Bei dem Gedanken an meine Heimat fiel mir siedend heiß ein, dass Nate, Cass und William vermutlich noch im Club waren und nach mir suchten. Ich hatte keine Ahnung, wie viel Zeit mittlerweile vergangen war. Aber zwei, drei Stunden waren es mit Sicherheit. Hektisch griff ich in meine Tasche – bis mir einfiel, dass ich gar nicht meine eigene Hose trug.

»Das Handy«, sagte ich. »Wo ist meine Hose?«

Er ging Richtung Tresen, wo ein paar Stühle standen, und holte von dort eine zusammengelegte Hose.

»Ich musste sie zerschneiden, um das Messer aus dem Bein ziehen zu können. Du wirst sie vermutlich nicht mehr tragen können. Es wäre mir sicher aufgefallen, wenn da ein Gegenstand in den Taschen gewesen wäre, aber sie haben sich leer angefühlt.«

Meine Augen weiteten sich, als ich die Worte hörte. Hastig nahm ich ihm das Kleidungsstück ab, als er es mir entgegenstreckte, und durchwühlte die Taschen – ergebnislos.

»Das darf nicht wahr sein, verflucht noch mal!«, zischte ich und suchte weiter, drehte die Taschen sogar auf links. Aber nichts. Schließlich musste ich es einsehen: Da war kein Handy und damit hatte ich auch keine Möglichkeit mehr, Nate anzurufen. Wie sollte ich die drei also je wiederfinden? Und genau das musste ich, denn ich hatte keine Ahnung, wo sich einer der Punkte befand, an dem sich unsere Welten berührten – nur Entflohene und Mare konnten sie spüren oder man brauchte ein Sigil. Was sollte ich jetzt also tun? Meine Gedanken rasten.

»Wenn du ein Handy brauchst, kannst du auch meins benutzen«, schlug Cael vor.

Ich schüttelte langsam den Kopf. »Ich kenne die Nummer nicht auswendig.«

Natürlich hatte ich mir die nicht gemerkt. Mist, verdammt! Wie konnte man nur so unvorbereitet in eine komplett andere Welt gehen?! Ich war so wütend – vor allem auf mich selbst.

Plötzlich kam mir ein Gedanke: Was, wenn ich mein Handy während des Kampfes verloren hatte? Das war gar nicht so unwahrscheinlich. Möglicherweise war es mir beim Rennen aus der Tasche gefallen.

»Kannst du mich zu dem Park zurückbringen, wo du mich gefunden hast?«

Cael runzelte die Stirn und sah mich irritiert an. »Du willst dorthin zurück?«

»Ich brauche mein Handy«, erklärte ich. »Ich muss dringend jemanden anrufen und kenne die Nummer nicht.«

Ich konnte die Anspannung nicht aus meiner Stimme halten, und vermutlich sah er mir die Verunsicherung deutlich an. Ich bezweifelte aber, dass er verstand, warum es für mich unerlässlich war, diese eine Person anzurufen. Allerdings konnte ich ja schlecht sagen, dass ich ohne Nate nicht wieder nach Hause kommen würde.

»Okay, offensichtlich ist es dir wichtig, diesen jemand anzurufen. Dann lass uns mal gehen, damit du genau das machen kannst.«

Aus meinem vorherigen Fehler hatte ich gelernt und stand nur ganz langsam auf. Das Zimmer drehte sich kurz, hörte dann aber zum Glück wieder auf, sodass ich ein paar Schritte wagte. Das Bein tat noch weh, aber ich konnte auftreten, ohne dass es unter mir nachgab. Die Schmerztablette, die Cael mir gegeben hatte, schien zu helfen.

Gemeinsam verließen wir die Wohnung, die sich in einem mehrstöckigen Haus befand. Die Flure waren sauber und wirkten recht edel. Es gab Glastüren, jede Menge Lampen, die helles Licht spendeten, und sogar Bilder, die irgendwelche abstrakten Gebilde zeigten. Wir fuhren vom obersten Stock mit einem Aufzug nach unten und verließen das Haus durch eine große Tür.

»Als ich dich hergebracht habe, bin ich zu Fuß gegangen. Ich war mir recht sicher, dass, wenn ich die U-Bahn mit einer blutenden Frau in den Armen betreten hätte, das für ein gewisses Aufsehen gesorgt hätte. Und mir schien es so, als würdest du das gerne vermeiden. Für den Rückweg können wir aber die U-Bahn nehmen – oder zu Fuß gehen, wie du willst. Es ist nicht allzu weit.«

Auch wenn es mich in gewisser Weise reizte, diese U-Bahn – was auch immer das war – auszuprobieren, so hatte ich für einen Tag genug Aufregung gehabt. Außerdem schien mein Bein einigermaßen belastbar zu sein, weshalb ich mir sicher war, die Strecke zu schaffen, solange sie wirklich nicht allzu lang war.

»Lass uns zu Fuß gehen«, schlug ich darum vor, woraufhin Cael nickte.

Es war kühl in dieser Nacht, und ich wünschte, ich hätte meinen Mantel mitgenommen. Unterwegs begegneten wir kaum jemandem, was meiner Meinung nach dafürsprach, dass es schon ziemlich spät war. Cael ging neben mir her und achtete darauf, ein Tempo vorzulegen, das für mein geschundenes Bein nicht zu schnell war.

»Lebst du schon lange hier?«, wollte ich wissen, da ich die Stille als schwer und drückend empfand. Zudem musste ich zugeben, dass ein Teil von mir gerne noch mehr über ihn erfahren wollte.

»Es sind schon einige Jahre«, gab er zu.

»Dann bist du also nicht hier geboren?«

»Ganz genau«, erwiderte er mit breitem Grinsen.

»Du bist nicht gerade auskunftsfreudig, kann das sein? Gehört das zu deinem Geheimnisvoller-Typ-Image?«

Er lachte und ich musste ebenfalls grinsen.

»So siehst du mich also? Interessant.«

»Wie sollte ich dich denn sehen? Mister Ich-hab-gerne-meinen-Spaß-will-aber-sonst-von-nichts-und-niemandem-etwas-wissen-nicht-dass-ich-noch-in-irgendetwas-gerate-das-kompliziert-sein-könnte?«

Cael blieb plötzlich stehen. Da es so abrupt geschah, tat ich es ihm gleich und schaute ihn überrascht an. Er machte einen kleinen Schritt auf mich zu – ich registrierte es kaum, doch plötzlich stand er genau vor mir. Er streckte die Hand nach mir aus, legte sie auf meine Wange, wo sich seine weichen Fingerspitzen sofort in meine Haut brannten. Ich hielt instinktiv den Atem an und schaute in seine Onyxaugen, in denen das Licht der umstehenden Laterne die goldenen Sprenkel funkeln ließ. Langsam glitten seine Finger über meine Wange, näherten sich meinem Hals und strichen zärtlich darüber. Eine nervöse Hitze stieg in mir auf, die von diesen mir fremden Händen ausgelöst wurde. Als er sie höher gleiten ließ, verstärkte sich die Wärme und wurde beinahe glühend.

»Ich habe nie gesagt, dass ich Risiken scheue. Ich wäge nur vorher ganz genau ab, ob es die Sache oder Person wert ist.«

Seine Stimme hatte sich verändert. Sie klang rau und war zugleich weich wie warmer Samt. Sanft schmiegte sie sich um mich und hüllte mich ein. Gerne hätte ich dieses Gefühl länger genossen, doch da arbeiteten sich seine Worte auch schon durch meinen Verstand. Wie hatte er das gemeint? Sein Lächeln hatte etwas Aufreizendes,

Lockendes. Und war da nicht auch ein Hauch von Gefahr? Immerhin war er ein Mensch.

Da ließ Cael seine Finger weiterwandern und strich mir einen Grashalm aus dem Haar, der sich vermutlich seit meinem Kampf gegen den Mare dort befunden hatte. Er ließ ihn zu Boden fallen und ging kommentarlos weiter.

Ich folgte ihm und musterte ihn aus den Augenwinkeln. Irgendwie wurde ich aus dem Kerl nicht schlau. Aber mein Gefühl sagte mir, dass genau das seine Absicht war.

18

Der Park hatte geschlossen. Die Erkenntnis schockte mich zunächst, doch Cael war mit den Öffnungszeiten offenbar vertraut – ebenso wie mit einer Lücke im Zaun, die er einfach nutzte, um hindurchzuschlüpfen. Ich folgte ihm, und gemeinsam begannen wir mit der Suche.

Es war nicht einfach, in dem spärlichen Licht der Laternen das Handy zu finden. Langsam gingen Cael und ich durch den Abschnitt des Parks, in dem ich auf den Mare getroffen war. Schritt für Schritt suchten wir alles ab und wurden schließlich fündig.

Das Smartphone war etwas dreckig und hatte zudem einen ziemlich großen Kratzer auf der Oberfläche, aber wie Cael feststellte, funktionierte es noch.

»Hier«, sagte er und reichte es mir.

Ich kam mir unglaublich dämlich vor, als ich konfus darüberwischte und nicht so recht wusste, was ich da eigentlich tat. Er beobachtete mich und meine Bemühungen und zog erstaunt eine Braue hoch.

»Ich habe das Handy noch nicht sonderlich lange«, erklärte ich. Ausnahmsweise konnte ich hier mal die komplette Wahrheit sagen.

»Soll ich helfen?«, hakte er nach und streckte die Hand aus.

Ich überlegte nur kurz, gab schließlich ein genervtes Schnauben von mir und reichte es ihm. Es gefiel mir überhaupt nicht, schon wieder auf den Kerl angewiesen zu sein, aber Hauptsache, ich konnte Nate anrufen.

»Tja, du scheinst von diesem jemand bereits sehnlichst vermisst worden zu sein. Ist er dein Lover? Über dreißig Anrufe und hier sind noch ein paar von einem gewissen Cass und einem William.« Da war es wieder dieses Grinsen, das spielerisch über seinen Mund zuckte. »Du scheinst ja einen großen Fanclub zu haben.«

»Du hast wirklich nur das eine im Kopf. Es sind Freunde. Ich habe keinen Lover«, gab ich in genervtem Tonfall zurück.

»Gut zu wissen«, erwiderte er.

Ich versuchte, mir erst gar keine Gedanken darüber zu machen, wie er das meinte.

»Und wen soll ich nun anrufen?«, wollte er wissen.

»Ruf bitte Nate an.«

Caels Finger strichen erneut über das Handy. Wenig später reichte er es mir.

»Alexis?!«, hörte ich Nates Stimme. Er klang besorgt.

»Ähm … ja«, sprach ich in das Handy. Es kam mir ziemlich seltsam vor, mit ihm zu reden, ihn aber nicht zu sehen.

»Alles okay bei dir? Geht es dir gut? Ist irgendwas passiert?«

Okay, er war nicht nur besorgt, er hatte eine Scheißangst um mich.

»Ja, mir geht es gut.« Ich sah zu Cael, der die Arme vor der Brust verschränkt hielt und mich abwartend betrachtete. »Ich habe jemanden getroffen, der mir unter anderem mit dem Handy geholfen hat.«

Ich hörte Nate seufzen. »Gut, es gibt also noch mal eine Einführungsstunde in die Bedienung eines Handys, das habe ich schon mal innerlich notiert. Sagst du mir nun bitte, wo du steckst? Und was ist passiert? Warum warst du auf einmal verschwunden?«

Das alles würde wohl eine etwas längere Erklärung nach sich ziehen und vieles davon wollte ich nicht vor Cael sagen.

»Ich wollte frische Luft schnappen und bin rausgegangen. Dabei habe ich etwas gehört … na ja, ich bin demjenigen gefolgt, habe versucht, dich anzurufen, es aber nicht hinbekommen, und letztendlich bin ich in einem Park gelandet. Dort gab es dann einen kleinen Vorfall. Aber es ist alles gut gegangen«, beeilte ich mich zu sagen. »Mir geht es gut. Wirklich«, fügte ich hinzu, damit er sich keine Sorgen machte. Allerdings war ich mir nicht sicher, wie ich ihm meine Verletzungen erklären sollte. Zumindest das Pflaster an meiner Stirn würde er sehen. Außerdem wollte ich ihn nicht anlügen und ihm den Messerstich verheimlichen.

»In Ordnung«, gab er schließlich nach. »Wo bist du?«

»St. James Park«, antwortete Cael, der die Frage offenbar gehört hatte. »Sag ihm, wir treffen ihn beim House of Parliament. Dann muss er nicht das Loch im Zaun suchen.«

Ich wiederholte seine Worte und Nate sagte: »Warte dort. Wir sind unterwegs.«

Damit legte er auf und ich steckte das Handy wieder ein.

»Danke für deine Hilfe«, sagte ich. Cael nickte und setzte sich in Bewegung. »Ich bringe dich hin und warte, bis deine Freunde da sind.«

Wir gingen los und zu meinem eigenen Staunen spürte ich eine gewisse Erleichterung. Nicht weil ich befürchtete, erneut von dem Mare angegriffen zu werden – darüber machte ich mir erstaunlicherweise überhaupt keine Gedanken. Ich war mir sicher, dass er nicht in der Nähe war, denn sonst hätte ich ihn gespürt. Dass ich überhaupt diese Sicherheit hatte, sagte wohl einiges über diese neue Kraft in mir aus.

Nein, das seltsame Gefühl kam daher, dass ich gerne noch ein wenig länger hier sein wollte. Ich musste zugeben, dass es interessant war, mit Cael zu reden. Ob es daran lag, dass er ein Mensch war? Noch nie hatte ich mit einem von ihnen Zeit verbracht oder mehr als nur ein paar Worte gewechselt. Diesmal war es anders. Er war anders. Ganz genauso wie die Welt der Menschen.

Es dauerte einige Minuten, bis wir unser Ziel erreicht hatten. Das Gebäude war riesig und absolut beeindruckend. Zu gerne hätte ich diesen Ort genauestens erkundet, aber das war wohl ein schlechter Zeitpunkt.

»Nate beeilt sich bestimmt. Du musst also nicht warten«, erklärte ich.

»Kein Problem. Es macht mir wirklich nichts aus.«

Kurz verfielen wir in Schweigen, was allerdings nicht lange anhielt.

»Willst du nach dem Überfall keine U-Bahn benutzen oder warum wartest du lieber auf deinen Freund, anstatt allein nach Hause zu fahren?« Der Blick seiner Onyxaugen war durchdringend.

Ich atmete tief durch und suchte nach einer Antwort. Natürlich musste es seltsam erscheinen, dass eine junge Frau in meinem Alter lieber durch halb London spazierte, um einen Freund anrufen zu können, als sich einfach selbst auf den Weg zu machen. Ganz ehrlich, wenn ich eine Möglichkeit gehabt hätte, wäre ich ohne zu zögern allein in meine Welt zurückgekehrt. Aber ich konnte Nate ja schlecht hierlassen, ohne ihm Bescheid zu geben, und zudem: Ohne ein Sigil war ich nicht in der Lage, diese Welt zu verlassen. Das konnte ich Cael allerdings schlecht erklären. Im Grunde hätte es mir egal sein sollen, was er von mir dachte. Ich konnte allerdings leider nie gut damit umgehen, wenn mich jemand für schwach hielt.

»Wir sind nicht von hier«, erwiderte ich in eisigem Tonfall. »Und ich kann mir schlecht irgendwo eine Unterkunft besorgen, ohne meinen Freunden vorher Bescheid zu geben. Tja, und dafür brauchte ich das Handy.«

Caels Blick verlor nichts an seiner Kraft, aber immerhin sagte er nichts mehr. Warum regte mich der Kerl überhaupt so auf? Es gab keinen Grund, mich zu rechtfertigen. Ich würde ihn ohnehin nie wiedersehen und ich hätte mir gerade mehr Gedanken darüber machen sollen, was ich Nate gleich erzählen würde. Dieser Mare war hinter mir her gewesen. Es lag demnach nahe, dass ich mich fortan von der Menschenwelt fernhalten musste. Allerdings verfügte ich über diese Gabe, und die war für die Dreamcatcher mehr als hilfreich. Ich konnte ihnen von echtem Nutzen sein und sie bei ihrer Arbeit unterstützen. Aber wollte ich das überhaupt? Und was würde König Velaris Dawnspark dazu sagen? Ich massierte mir müde die Schläfen und hatte keine Ahnung, was ich tun sollte.

»Du siehst aus, als würden sich deine Kopfschmerzen verschlimmern«, stellte Cael nüchtern fest.

»Es gibt nur ein paar Dinge, über die ich nachdenken muss«, rechtfertigte ich mich. »Immerhin kommt es nicht allzu häufig vor, dass ich in einem Park angegriffen werde und ein Messer ins Bein gerammt bekomme.«

»Ja, das sollte besser nicht zu deinem neuen Hobby werden«, stimmte er mir zu. »Es hätte auch übel ausgehen können.«

Das musste er mir nicht sagen. Ich schaffte es gerade noch, meine Hand davon abzuhalten, sich auf den Verband zu legen, den er mir umgebunden hatte. Sein Blick war eindringlich, doch ich hielt ihm stand und konzentrierte mich auf die Goldsprenkel in seinen Augen. Für einen Moment verfingen sich unsere Blicke und wir starrten einander an.

»Ich hoffe, du hast es diesem Drecksack richtig gegeben«, hörte ich eine Stimme sagen und riss mich von Cael los. Cass kam auf mich zu und zog mich in seine Arme. »Wir hatten schon die größte Sorge, was dir passiert sein könnte.«

Ich linste über seine Schulter und entdeckte Nate, der neben William stand. Schweigend sahen sie zu mir rüber, doch in ihren Augen tobte ein Sturm an Gefühlen. Es gefiel ihnen gar nicht, dass dieser Mare mich gefunden hatte, was ich gut verstehen konnte. Auch ich hätte auf diesen Kampf gerne verzichtet. Natürlich hatten sie aus meinen wenigen Worten die richtigen Schlüsse gezogen, doch ich ahnte, dass ich ihnen noch einiges erklären musste.

»Du hast Alexis also geholfen?«, wandte sich Nate an Cael und musterte ihn. Ich war mir nicht sicher, ob da nicht eine Spur Misstrauen in seinem Blick lag.

Cael nickte ungerührt. »Wir waren gerade auf dem Rückweg von einem Club, als wir sie im Park liegen sahen. Sie war verletzt, aber da sie partout nicht in ein Krankenhaus wollte …«

»Dann hast du dich um sie gekümmert?« Das Funkeln in Nates Augen wurde eindrücklicher und kälter.

»Ich habe eine medizinische Ausbildung. Es geht ihr so weit gut. Dennoch sollte sich ein Arzt um sie kümmern.«

»Das wird er auf jeden Fall«, bestätigte Nate und wandte sich schließlich mir zu. »Wir waren lange genug hier und sollten schleunigst los.«

Mir war klar, worin seine Befürchtung bestand. Es konnte noch immer sein, dass der Mare sich in der Nähe aufhielt. Allerdings wäre er ganz schön dämlich gewesen, wenn er sich diesen Zeitpunkt für einen Angriff ausgesucht hätte. Immerhin hatte es zuvor deutlich bessere Gelegenheiten gegeben.

Ich nickte und warf Cael einen Seitenblick zu. Seine Miene wirkte düster, und doch tauchte ein kurzes Lächeln auf, als er mich ansah. »Pass auf dich auf, und falls es dich mal wieder in die Gegend verschlägt: Schau gerne bei mir vorbei. Ich habe das Gefühl, du bist gewisse Risiken wert.« Sein Blick verflocht sich mit meinem.

»Ich glaube, ich habe erst mal genug von Abenteuern«, erwiderte ich und – verflucht noch mal – genau das wäre er. Immerhin war er ein Mensch. Aber ich musste zugeben, dass es durchaus etwas gehabt hatte, sich mit ihm zu unterhalten.

Cael lachte. Es war ein vollkommen unbeschwertes, freies Lachen, das absolut anziehend war und seine Onyxaugen zum Funkeln brachte. Ich schluckte schwer.

»Du weißt, wo ich wohne, falls du es dir anders überlegst.«

»Baggert der Kerl da gerade Alexis an?«, hakte Cass nach und deutete mit dem Daumen auf Cael. »Während wir dabei sind?«

Mit hochgezogenen Brauen schaute er seine beiden Freunde an. Ich war mir nicht sicher, ob er sich nicht gleich auf Cael stürzen würde, um meine Ehre zu verteidigen. Bei Cass konnte man nie wissen, was ihm plötzlich in den Kopf kam.

»Wir gehen jetzt«, fuhr Nate fort und ging auf den Kommentar seines Kumpels gar nicht erst ein. »Danke noch mal«, sagte er zu Cael und kam dann auf mich zu.

Er griff nach meiner Hand. Zärtlich und fest schlossen sich seine Finger um meine. Er musterte mich kurz von der Seite, und noch immer sah ich die verschiedenen Gefühle, die ihn gerade beherrschten – allen voran war es Sorge. Wir sollten wirklich so schnell wie möglich von hier verschwinden, bevor der Mare doch noch auftauchte.

Wir gingen los, ohne dass ich mich ein letztes Mal nach Cael umsah. Er war kein Teil meiner Welt. Und ohnehin gab es gerade Wichtigeres.

»Was genau hat dir der Mare angetan?«, wollte Nate wissen, sobald wir außer Hörweite waren. »Offenbar hat er dich verletzt.«

Natürlich konnte er die Wunden unter Caels Kleidung, die ich noch immer trug, nicht sehen. Abfällig ließ er seinen Blick auf- und abwandern und sah schließlich wieder beiseite.

Ich wollte nicht, dass Nate sich Sorgen machte. Immerhin ging es mir wieder einigermaßen gut. Aber ich wollte ihn auch nicht anlügen, weshalb ich ihm die Wahrheit erzählte. Er holte mehrmals tief Luft, hörte sich aber alles schweigend bis zum Ende an. Schließlich ließ er meine Hand los und strich sich erschöpft durchs Haar.

»Ich hätte dich nicht aus den Augen lassen sollen«, sagte er.

Wütend stemmte ich die Hände in die Hüften. »Ich bin kein kleines Kind, das man beaufsichtigen muss«, rechtfertigte ich mich.

»Nein, das bist du in der Tat nicht«, bestätigte er und drehte sich zu mir um. »Aber offenbar hat es dieser Mare auf dich abgesehen. Er versucht, dich umzubringen. Hinzu kommt, dass du dich in dieser Welt nicht auskennst, du hast kein Sigil, mit dessen Kraft du kämpfen oder wenigstens nach Hause zurückkehren könntest. Also muss ich sehr wohl auf dich aufpassen. Denn ich habe dich hierhergebracht, und das Letzte, was ich will, ist, dass dir irgendwas geschieht. Aber genau das ist leider passiert«, fügte er mit einem strafenden Blick hinzu.

»Jetzt schau nicht so, als ob ich was dafür könnte. Ich wollte dir ja Bescheid sagen, aber ich habe es einfach nicht geschafft, dich mit diesem blöden Handy-Ding anzurufen.«

»Du hättest ohne uns gar nicht losgehen sollen. Wenn du zu uns gekommen wärst …«

»Hey, jetzt mal ganz ruhig. Im Grunde sind wir doch alle froh, dass es Alexis gut geht«, mischte sich Cass ein.

»Ich finde auch, das ist das Wichtigste. Sie wollte bloß helfen und hat vielleicht einen Fehler gemacht, als sie dem Mare überstürzt hinterher ist«, sprang William ein.

Ich schenkte ihm trotzdem einen mahnenden Blick und konnte nur mit Mühe einen Einwand unterdrücken. Wie hätte ich wissen sollen, dass ich das mit dem Handy nicht hinbekommen würde – und es war verdammt noch mal wichtig, den Mare zu beobachten.

»Wir hätten dich erst gar nicht mit in die Menschenwelt nehmen dürfen«, fuhr Nate fort.

»Nun wissen wir immerhin, dass ich tatsächlich in der Lage bin, Mare wahrzunehmen. Diese Information war wichtig und wird uns in Zukunft von großem Nutzen sein.«

Er blieb stehen und seine Augen wurden eine Spur schmaler. »Was willst du damit sagen?«

Ja, was wollte ich damit sagen? Dass ich von nun an mit den Dreamcatchern in die Menschenwelt wollte, um Mare zu jagen? War das tatsächlich mein Wunsch? Ich sah mich um, schaute auf die Steinhäuser, auf die Straßenlaternen, dachte an die Menschen, die so fremd, aber zugleich auch so faszinierend waren. Diese Welt war beeindruckend, und es gab noch so unendlich viel zu entdecken. Aber würde ich tatsächlich eine Hilfe sein oder mehr ein Klotz am Bein meiner Freunde, auf den sie ständig achten mussten?

Ich sprach den ersten Gedanken aus, der mir in den Sinn kam. »Dein Vater wird diese Kraft sicher nicht ungenutzt lassen wollen. Ich könnte eine große Unterstützung für euch Dreamcatcher sein. Das wird auch dein Vater wissen, weshalb ich mir ziemlich sicher bin, wie er auf diese Nachricht reagieren wird.«

Ich zweifelte keine Sekunde daran. Als König unseres Landes ging er mit Sicherheit das Risiko ein, dass ich bei einem Einsatz verletzt werden könnte. Die Gefahr bestand auch bei jedem anderen Dreamcatcher Tag für Tag. Dennoch zögerte er nicht, sie loszuschicken. Er musste es sogar, weil das Wohl unseres Landes schwerer wog. Und auch Nate würde irgendwann solche Entscheidungen treffen müssen.

»Ich werde mit ihm sprechen und ihn von diesem Unsinn abbringen. Wir sind zuvor ohne solch eine Kraft ausgekommen und werden es auch weiterhin«, beschloss Nate und ging weiter.

Cass und William wechselten einen kurzen Blick, in dem gewisse Zweifel zu lesen waren. Wir alle wussten, dass sich König Dawnspark von nichts und niemandem etwas sagen ließ.

Ich war bestimmt keine Kämpferin. Andererseits war es schon immer mein Traum gewesen, Teil der Dreamcatcher zu sein. Unter normalen Umständen wäre das niemals erfüllbar gewesen. Nun rückte ein Teil davon doch in greifbare Nähe – auch wenn nur unter gewissen Einschränkungen. Immerhin würde ich weiterhin kein Sigil besitzen und wäre auch nicht stark genug, um gegen Mare zu kämpfen.

Als wir einen Hinterhof erreichten, wo uns kein Mensch sehen konnte, legte Nate eine Hand um sein Sigil und aktivierte es.

»Ich werde nicht zulassen, dass du noch einmal in solch eine Gefahr gerätst.«

An seinem Blick sah ich deutlich, wie ernst es ihm damit war. Er hatte Angst um mich und wollte mich um jeden Preis beschützen. Dafür war ich ihm auch dankbar, doch ein Teil von mir hätte sich gewünscht, dass er danach gefragt hätte, was ich wollte. Im Moment wusste ich es zwar noch nicht, aber vielleicht hätte ich es irgendwann herausgefunden.

19

Nun verschwinden Sie endlich!«, hörte ich eine wütende Stimme durch den Korridor hallen. »Wir werden Ihnen Bescheid geben, wenn sie zurück ist. Bis dahin warten Sie bitte bei sich zu Hause!«

Ein Grinsen huschte über meine Lippen, als ich meinen Bruder Tristan sah, der mit vollgepackten Armen von einem Bediensteten durch den Flur manövriert wurde. Nach dem misslungenen Ausflug in die Menschenwelt konnte ich diese Form von Ablenkung gut gebrauchen, zumal Nate so bald wie möglich mit seinem Vater über die letzten Vorkommnisse reden wollte. Wie auch immer die Entscheidung darüber ausfallen sollte, sie würde mit Sicherheit mein Leben verändern – wieder mal.

»Was ist so schlimm daran, wenn ich kurz im Zimmer meiner Schwester auf sie warte? Sie wird bestimmt bald zurück sein, und es ist doch klar, dass ich Alexis hin und wieder sehen will.«

»Dagegen ist nichts einzuwenden. Dass Sie aber Essen aus dem Palast schaffen, ist nicht in Ordnung. Denken Sie, wir merken das nicht?!« Der Mann hielt Tristan fest. Mit dem zerzausten blonden Haar und dem roten Gesicht wirkte er recht aufgebracht.

»Was denken Sie nur?! Das ist ein Missverständnis. So etwas würde ich niemals machen«, beschwerte sich Tristan.

Ich kannte ihn allerdings gut genug, um zu wissen, dass Essensschmuggelei genau sein Ding war. Und auch dem Bediensteten machte er nichts vor.

»Gehen Sie jetzt, bevor ich die Wachen rufen lasse!«, mahnte er.

Während ich auf die beiden zuging, versuchte ich, mir ein Grinsen zu verkneifen. Mit möglichst ernstem Gesichtsausdruck stellte ich mich ihnen in den Weg und fragte: »Was ist hier los? Warum schieben Sie meinen Bruder durch die Gänge des Palastes?« Ich klang kühl und schenkte dem Mann einen strafenden Blick.

Der Angestellte ließ sich allerdings nicht einschüchtern. Er wusste sehr wohl, wer ich war und welchem Stand ich angehörte. Da er im Palast arbeitete, zählte er mit Sicherheit zur Mittelschicht. Seine Miene verzog sich abfällig, als er mich musterte. Ihm gefiel es offensichtlich überhaupt nicht, dass sich jemand wie ich im Palast aufhalten durfte.

»Ich war gerade dabei, Ihren Bruder hinauszubegleiten. Er hält sich hier bereits seit einigen Stunden auf und schmuggelt Essen nach draußen. Ich gehe davon aus, dass er es zu Ihnen nach Hause schafft.« Seine Nase kräuselte sich angeekelt, als ob allein die Vorstellung an unser Heim das reinste Grauen für ihn wäre.

»Nun, er ist nun mal mein Bruder und ist extra gekommen, um mich zu besuchen. Deshalb würde ich es sehr begrüßen, wenn Sie ihn loslassen würden. Wir werden auf mein Zimmer gehen, um dort ein wenig zu reden. Sie können sich gewiss denken, dass es nicht ganz einfach für mich ist, ohne meine Familie zu sein. Ich möchte gerne erfahren, wie es ihnen geht. Wegen des Essens rede ich noch mit ihm, keine Sorge«, fügte ich hinzu und schenkte Tristan einen warnenden Blick.

Ich packte ihn am Arm und schleifte ihn den Gang entlang.

»Bist du übergeschnappt, dich hier erwischen zu lassen? Und was schleppst du da eigentlich alles mit dir rum?«, hakte ich nach, als wir den Bediensteten hinter uns gelassen hatten, und musterte meinen Bruder genauer.

Sogleich breitete sich ein schelmisches Lächeln auf seinen Lippen aus und er zwinkerte mir keck zu. »Nur eine kleine Entschädigung für meine Zeit. Immerhin habe ich ewig auf dich gewartet.«

Ich schnaufte genervt und blickte auf Orangen, Äpfel, einen Laib Brot, einen halben Käse, einen kompletten Kuchen und zwei Flaschen Wein – wo auch immer er die herhatte. Ich hob mahnend die Brauen.

»Das hast du mit Sicherheit nicht alles bei mir im Zimmer gefunden«, stellte ich nüchtern fest.

»Tja, ich habe eben meine Mittel und Wege«, erwiderte er vielsagend.

Ganz kurz kamen mir Caels Worte in den Sinn, und in diesem Moment musste ich ihm zustimmen. Manchmal war es besser, nicht alles zu wissen.

»Hast du wirklich auf mich gewartet oder war das nur eine Ausrede, um an Essen zu kommen?«, wollte ich wissen, während ich die Tür zu meinem Zimmer öffnete und ihn einließ.

»Für was hältst du mich? Natürlich bin ich wegen dir hier. Mutter und Vater machen sich Sorgen um dich und fragen sich, wie es dir geht. Ich natürlich auch. Aber da nur ich den Mumm habe, mich in den ehrwürdigen Palast zu begeben, bin ich allein gekommen.« Mit schnellen Schritten durchquerte er das Zimmer, legte die Lebensmittel auf einen Tisch und ließ sich selbst in mein Bett fallen. Entspannt verschränkte er die Arme hinter dem Kopf, und ich ahnte schon, dass es nicht leicht werden würde, ihn wieder loszuwerden, wo er es sich bereits so gemütlich gemacht hatte.

»So, und nun erzähl mal: Wo hast du dich die ganze Zeit rumgetrieben? Warst du mit den adeligen Damen im Bad, hast dich massieren und frisieren lassen?« Er zog belustigt eine Braue hoch.

Ich schüttelte den Kopf, zog einen Stuhl vor das Bett und ließ mich darauf sinken. »Ich war in der Menschenwelt«, gab ich unumwunden zu und begann, ihm von all den Ereignissen der letzten Zeit zu erzählen. Ich konnte regelrecht dabei zusehen, wie Tristans Augen größer und größer wurden. Irgendwann starrte er mich mit offenem Mund an.

»Der zweite Mare, der euch auf dem Styrak angegriffen hat, ist hinter dir her?!«, brachte er fassungslos hervor. »Und du kannst diese Biester spüren und ausfindig machen?!«

Ich nickte langsam. »Auch wenn Nate noch nicht so ganz wahrhaben will, wie die Entscheidung seines Vaters ausfallen wird. Ich bin mir ziemlich sicher, dass König Dawnspark meine Kräfte für die Dreamcatcher nutzen will. Vielleicht war es also nicht mein letzter Ausflug in die Menschenwelt.«

Ich klang erstaunlich ruhig bei dieser Feststellung. Doch Tristan wusste, wie es wirklich in mir aussah. Er stand vom Bett auf, kam zu mir und schloss mich in den Arm.

»Das muss ein ziemlicher Schock für dich gewesen sein«, stellte er fest und blickte mich an. »Gerade erst hat sich dein Leben komplett auf den Kopf gestellt und nun das. Allein dass dieser Mare hinter dir her ist, dann noch die Sache mit deinen Kräften. Klar, dass du da Angst hast. Das würde wohl jeden nervös machen.«

»Wenn das mal das einzige Problem wäre«, murmelte ich vor mich hin und strich mir durchs Haar.

Plötzlich fühlte ich mich erschöpft und ausgelaugt. Die Anstrengungen der letzten Stunden machten sich bemerkbar. Auch die Wunde an meinem Bein schmerzte wieder deutlich. Meine Hand wanderte dorthin und strich kurz über den Stoff, unter dem der Verband lag.

»Du bist verletzt worden, oder?«, hakte Tristan nach. »Ich kenne dich. So gedankenversunken, wie du gerade über dein Bein streichst – das machst du nur, wenn dir etwas wehtut.«

Er kannte mich wirklich gut.

»Ist nicht so schlimm. Der Kerl, von dem ich dir erzählt habe, Cael, er hat mir geholfen.«

Tristan nickte nur. »Und was hast du nun vor?«

Ich beugte mich auf dem Stuhl nach vorne und seufzte. »Wenn ich das wüsste. Zumal die eigentliche Frage wohl ist, ob ich überhaupt irgendetwas entscheiden kann.«

»Natürlich kannst du das«, behauptete Tristan.

Ich sah überrascht auf.

»Wir mögen zwar der Unterschicht angehören, aber das heißt noch lange nicht, dass wir keinen eigenen Willen und keinen wachen Verstand hätten. Alexis«, sagte er, beugte sich ebenfalls vor und nahm meine Hände, »niemals wird irgendjemand von uns zulassen, dass du etwas gegen deinen Willen tust. Erst recht nicht, wenn du dein Leben dabei riskierst. Du weißt, dass wir als Fehris Kontakte im ganzen Land haben. Wenn es wirklich nötig sein sollte und du es möchtest, schaffen wir dich von hier fort. Wir Fehris halten zusammen, das weißt du.«

Ein Schauder rann mir den Rücken hinab. Seine Worte bedeuteten mir unendlich viel, erst recht, weil ich wusste, dass er jedes einzelne ernst meinte. Meine Familie würde mir helfen, ebenso wie die Fehris. Auch wenn wir Fehris mürrisch, dickköpfig und vielleicht nicht ganz einfach waren, stimmte es, was Tristan sagte: Wir hielten untereinander fest zusammen. Sie würden mir beistehen.

»Überleg, was du möchtest. Lass dir nicht einreden, dass du etwas tun musst. Es liegt allein an dir. Du bist die Herrin über dich selbst. Nicht dieses Land und auch kein König.«

Es war mutig, was er da sagte, und leichtsinnig. Zum Glück waren wir allein. Ich wollte mir lieber nicht vorstellen, was geschehen wäre, wenn jemand diese aufrührerischen Worte gehört hätte.

Aber er hatte recht. Ich musste selbst entscheiden. Nur was wollte ich? Kurz dachte ich an mein altes Leben zurück. Es war unwahrscheinlich, dass ich je dahin zurückkehren konnte. Zumindest nicht hier in Lighthaven. Ich müsste fortgehen, neu anfangen, meine Familie zurücklassen. Ich könnte Nate nicht mehr sehen, ebenso wie die Menschenwelt. Kurz dachte ich an die schillernde Stadt London mit den Häusern, die aus so vielen kleinen Steinen gebaut waren, und den riesigen Wolkenkratzern aus blitzendem Glas. Die Lichter, die Technik, dieses Gefühl von Ungebundenheit und Freiheit. Ich würde die Menschen nie wiedersehen. Zwei dunkle Onyxaugen blitzten in meiner Vorstellung auf.

Solange ich denken konnte, hatte ich ein Dreamcatcher werden wollen. Ich hatte Nate, William und Cass so dafür bewundert. Es war immer schrecklich für mich gewesen, nur tatenlos danebenzustehen und ihnen zuzusehen. Mir war immer klar gewesen, dass ich keine Chance hatte. Dafür verfügte ich als Mitglied der Unterschicht über zu wenig Magie. Doch nun war alles anders. Ich hatte den Übernahmeversuch eines Mares überlebt. Allein das grenzte bereits an ein Wunder. Und nun besaß ich diese besondere Fähigkeit. Sollte ich sie wirklich ungenutzt lassen? Auf der anderen Seite war natürlich nicht von der Hand zu weisen, dass ich mich in extreme Gefahr begab. Immerhin war dieser Mare hinter mir her und trachtete mir nach dem Leben. Er wusste mittlerweile, über welche Fähigkeit ich verfügte, und natürlich wollte er mich darum auslöschen. Ich hatte keine Ahnung, wie diese Kreaturen untereinander verbunden waren, aber ich ahnte, dass es übel für mich ausgehen würde, sollte er irgendwem von meiner Kraft erzählen.

Mit einem Schaudern dachte ich an Morpheus. Ganz sicher wären auch sie hinter mir her. Aber durfte ich mich von dieser Angst beherrschen lassen? Ich könnte so viel Gutes tun und eine echte Hilfe sein.

»Du wirkst ziemlich entschlossen«, stellte Tristan fest. »Zumindest hast du dieses gnadenlose Brennen in den Augen, das du immer bekommst, wenn du dir etwas in den Kopf gesetzt hast.« Er lächelte. »Soll ich raten? Du willst den Dreamcatchern helfen, habe ich recht? Das sähe dir zumindest ähnlich. Du bist nicht der Typ, der vor irgendwas wegläuft.«

Ich nickte kurz und konnte mir ein Grinsen nicht verkneifen. Er kannte mich wirklich gut.

»Soll ich dir was sagen: Ich hätte mich an deiner Stelle genauso entschieden. Es wartet ein anderes Leben auf dich. Nicht, dass unser Dasein als Fehris schlecht wäre. Aber man muss doch sagen, dass es bessere Optionen gibt. Und mit dieser Kraft kannst du wirklich etwas in der Welt bewirken. Du wirst wichtig sein.«

Ich spürte eine glühende Woge in mir, die sich in meinem ganzen Körper ausbreitete. Es war eine Mischung aus Zuversicht und Freude, aus Aufregung und Stolz, aus Eifer und Tatendrang.

»Ich sollte mit Nate reden«, fiel mir ein. »Er wollte mit seinem Vater sprechen. Aber das wird nun nicht mehr nötig sein. Ich habe mich entschieden.«

Tristan nickte und stand auf. »Ich werde mich dann mal auf den Heimweg machen und schauen, dass ich diese wunderbaren Köstlichkeiten sicher aus dem Schloss bekomme.« Er blickte zum Tisch, wo er die Lebensmittel abgelegt hatte.

Überschwänglich umarmte ich meinen Bruder noch einmal. »Danke, du warst mir eine große Hilfe.«

»Immer gerne, Schwesterchen. Pass auf dich auf. Ich komme bestimmt bald wieder vorbei.«

Ich ließ ihn los, er raffte seine Beute zusammen, ging zur Tür, wo er mir noch einmal ein Lächeln schenkte, und huschte dann in den Flur hinaus.

Ich selbst ließ ebenfalls keine Zeit verstreichen und eilte zu Nates Zimmer. Vermutlich würde er Bedenken bezüglich meiner Entscheidung haben. Er sorgte sich um mich, und es war klar, dass ich in Gefahr geraten konnte. Kurz dachte ich an die letzte Begegnung mit dem Mare, und ein Schauer erfasste mich. Doch ich durfte mich nicht von der Angst bezwingen lassen. Mit den Dreamcatchern an meiner Seite konnte ich viel bewirken.

Keuchend kam ich vor Nates Zimmer an und hob gerade die Hand, um anzuklopfen, als ich eine Stimme hörte. Augenblicklich hielt ich inne und wagte nicht mehr, zu atmen. Ein eiskalter Schauder rann mir über den Rücken, als ich erkannte, wem die Stimme gehörte: dem Hohepriester.

»Irgendetwas hat der Mare in ihr verändert. Genau darum ist es unabdingbar, dass wir sie genauestens untersuchen. Euer Sohn hätte sie niemals aus der Sakristei mitnehmen sollen. Wer weiß, welche Kräfte in ihr schlummern. Unter Umständen ist sie sogar eine Gefahr. Dieses Risiko können wir nicht eingehen.«

Ich blieb wie erstarrt stehen und starrte die Tür an. Mein Gefühl hatte mich also nicht betrogen. Der Hohepriester war weiterhin hinter mir her und hatte auf Nates Geburtstagsfeier tatsächlich nach mir Ausschau gehalten. Gut, dass er mich nicht entdeckt hatte. Wer weiß, was dann mit mir geschehen wäre.

»Ich kann Ihre Bedenken durchaus verstehen«, antwortete der König gerade. »Doch ich kann Ihnen versichern, Alexis ist bei uns in guten Händen. Wir achten auf sie und geben Ihnen Bescheid, falls uns eine Veränderung an ihr auffallen sollte.«

Der Hohepriester gab ein verächtliches Zischen von sich. »Es wäre zu schön, wenn ich das wirklich glauben könnte.«

Oh, oh, ging es mir durch den Kopf, und sofort donnerte König Dawnspark auch schon los.

»Sie wagen es, mich der Lüge zu bezichtigen?«

»Das würde ich niemals«, erklärte der Hohepriester sogleich, wobei seine Stimme alles andere als unterwürfig klang. »Natürlich versucht Ihr nur, das Mädchen zu schützen, und habt ausschließlich ihr Bestes im Sinn. Ihr könnt Euch sicher sein, dass ich ihr niemals etwas tun würde. Dafür ist sie viel zu wertvoll – für uns beide. Wir sollten zusammenarbeiten, denn wir alle hier wissen, dass Ihr sie erst gestern in die Menschenwelt gesandt habt, um ihre Fähigkeiten zu testen. Und ich bin mir sicher, dass Ihr Interessantes zu berichten habt.« Der letzte Satz klang schneidend, ja fast schon drohend.

»Es gibt nichts zu sagen«, hörte ich Nate antworten. »Was Sie Alexis angetan haben … Sie werden sie nicht noch einmal anrühren. Ich werde nicht …«

Sein Vater unterbrach ihn. »Ich denke ohnehin nicht, dass das nötig sein wird. Wie gesagt, wenn es etwas zu berichten gibt, werden wir Sie informieren. Verlassen Sie sich darauf.«

»Aber, mein König, Ihr könnt mich doch nicht ernsthaft so abspeisen. Ich führe unsere Kirche an. Meine Priester und ich kennen unzählige Rituale und können allerlei Untersuchungen durchführen. Es ist wichtig. Alexis DeWinter darf kein Rätsel für uns bleiben. Wir müssen …«

»Ich denke, wir haben alles besprochen. Sie haben meine Antwort erhalten. Wir werden Sie über alles in Kenntnis setzen, aber das Mädchen bekommen Sie nicht. Wie Sie schon sagten, dafür ist sie zu wichtig. Und um etwas so Kostbares sollte sich noch immer der König selbst kümmern, meinen Sie nicht?«

Der Hohepriester schwieg einen Moment und brauste dann wütend los: »Ihr mögt der König sein, aber niemand steht über der Kirche. Auch Ihr nicht. Das solltet Ihr besser nicht vergessen.«

»Oh, keine Sorge, das werde ich nicht«, erwiderte Dawnspark.

Schritte näherten sich. Plötzlich ging die Klinke nach unten, und ich drückte mich hastig an die Wand. Die Tür flog auf mich zu, doch zum Glück blieb sie knapp vor meiner Nasenspitze stehen. Die Schritte des Hohepriesters hallten durch den Gang, und gleich darauf wurde die Tür wieder zugezogen.

»Hast du wirklich vor, ihn zu informieren?«, hakte Nate nach. Da seine Stimme so nah klang, war ich mir sicher, dass er an der Tür stand.

»Ein paar Brocken werde ich ihm hinwerfen. Du weißt, dass er überall seine Spione hat. Er würde es früher oder später ohnehin erfahren. Es ist also besser, ich gebe ihm, was er will.«

»Du lässt dich doch aber hoffentlich nicht auf seine Forderung ein.«

Nates Vater seufzte schwer. »Natürlich nicht. Wo denkst du hin? Aber man darf den Kerl nicht unterschätzen. Er hat sehr viel Macht und zögert nicht, sie einzusetzen, um zu bekommen, was er will. Und gerade will er Alexis.« Der König ging ein paar Schritte. »Los, komm her. Trink einen Schluck und erzähl weiter. Es gab also ein paar Unannehmlichkeiten, aber sie hat es zurückgeschafft. Auf Dauer stellt es natürlich ein Problem dar, dass sie auf die Dreamcatcher und deren Sigil angewiesen ist. Der Fall zeigt deutlich, dass es einfacher gewesen wäre, wenn sie ohne Hilfe in unsere Welt hätte zurückkehren können.«

»Sie wäre beinahe gestorben«, erwiderte Nate. »Du kannst unmöglich von ihr verlangen, dass sie sich weiterhin diesem Risiko aussetzt. Sie verfügt nicht über dieselbe magische Kraft wie wir. Alexis hat zwar einen starken Willen und lässt sich von nichts und niemandem unterkriegen. Dennoch ist das eine Gefahr, der sie nicht viel entgegensetzen kann. Ein Mare hat es auf sie abgesehen, und sobald sie auch nur einen Fuß in die Menschenwelt setzt, wird er versuchen, sie umzubringen.«

Ich starrte die Tür an und bemerkte erst jetzt, dass sie einen Spaltbreit offen stand. Anscheinend hatte Nate sie nicht richtig zugezogen. Das passierte gerne, denn die Türen waren alt und das Holz verzogen. Vorsichtig drückte ich sie ein winziges Stück weiter auf, sodass ich durch den Spalt lugen konnte.

König Dawnspark stand mitten im Zimmer, hielt die Arme vor der breiten Brust verschränkt und schien nicht begeistert darüber, dass er diese Diskussion mit seinem Sohn führen musste.

»Auch ihr Dreamcatcher setzt bei jedem Einsatz euer Leben aufs Spiel. Ich sehe nicht, warum Alexis DeWinter mehr wert sein sollte als mein eigener Sohn, der immerhin die Zukunft dieser Welt ist.«

»Das liegt wohl klar auf der Hand«, erwiderte Nate, der aufgebracht durchs Zimmer tigerte. »Ich verfüge über weit mehr

Magie als sie. Zudem habe ich eine langwierige Ausbildung genossen. Ich weiß mich zu verteidigen. Für Alexis ist das alles vollkommen neu.«

Velaris Dawnspark rollte mit den Augen. »Wir können uns diese Chance nicht entgehen lassen. Es würde uns sehr in die Hände spielen, wenn wir die Mare tatsächlich ausfindig machen könnten. Aber dafür ist es unabdingbar, dass sie ein eigenes Sigil erhält, damit sie in die Menschenwelt und wieder zurückkehren kann. Es ist ausgeschlossen, dass sie dafür ständig Hilfe in Anspruch nimmt. Außerdem wird sich so zeigen, wie viel wir wirklich von ihr erwarten können.« Nun war es an ihm ein paar Schritte durch den Raum zu machen, während er sich nachdenklich die Hand ans Kinn legte. »Ja, sie soll die Dreamcatcher-Prüfung ablegen«, fuhr er schließlich entschieden fort. »Da es nur darum geht, dass sie ein Sigil erhält, und keine fundierte Ausbildung braucht, sollten zwei Wochen reichen, um sie auf die Prüfung vorzubereiten.«

Nate holte erschrocken Luft und schaute seinen Vater schockiert an. Auch mein Herz begann zu rasen und eine schwere, drückende Hitze breitete sich in meinem Inneren aus. Es brodelte in mir. Nur zwei Wochen wollte der König mir einräumen? Ich kannte die Prüfung der Dreamcatcher nicht genau. Nate und die anderen hatten nur wenig darüber erzählt – was dafürsprach, dass dort Schreckliches auf mich warten würde. Ich begriff nicht, warum er mir nicht mehr Zeit gab. Es wäre doch kein Problem gewesen, wenn ich mich etwas besser darauf hätte vorbereiten können. Doch dann begriff ich es. Die Wahrheit lag glasklar vor mir. Noch einmal rumorte es in meinem Inneren, und meine Gefühle ballten sich zu einer heißen, glühenden Kugel zusammen. Und ich war nicht die Einzige, die zu verstehen begann.

Schockiert sah Nate seinen Vater an. »Du willst gar nicht, dass sie ein Dreamcatcher wird.«

Die Worte aus seinem Mund zu hören, ließ meine Gedanken nur umso wirklicher werden. Auch ich hatte es bereits geahnt, doch begreifen konnte ich es nicht wirklich.

»Warum?«, wollte Nate wissen, ging auf seinen Vater zu und griff nach seinem Arm, sodass dieser stehen bleiben und ihn ansehen musste. »Warum willst du, dass sie stirbt? Ihre Kraft ist unglaublich nützlich für uns.«

»Oh, Nate. Du musst wirklich noch vieles lernen. Natürlich will ich nicht, dass die Kleine ihr Leben verliert. Ansonsten würde ich sie einfach töten lassen. Aber ich muss auch zugeben, dass ich keinen besonderen Wert auf ihre Existenz lege. Ihretwegen begehrt der Hohepriester auf und stellt sich gegen mich. Hinzu kommt, dass sie aus der Unterschicht stammt, sie verfügt kaum über Magie. Gut, ja, sie kann offenbar Mare aufspüren. Diese Fähigkeit wäre ein enormer Vorteil für uns, wenn jemand aus unseren Reihen sie trüge.«

Nate starrte seinen Vater an und doch wirkte er nicht ganz so überrascht, wie ich es war. Aber er kannte den König eben besser und bekam Einblicke, die dem normalen Volk verwehrt blieben.

»Nate, nun überleg doch mal. Eine Fehris aus der Unterschicht hat diese Macht in sich aufgenommen. Sie kämpft an der Seite der Dreamcatcher und darf unsere Welt immer wieder verlassen. Sie könnte unter Umständen zu einer Art Idol aufsteigen. Zu einem Vorbild.«

»Und genau das soll sie nicht«, erkannte Nate mit tonloser Stimme.

»Das Volk soll sich an uns Adelige wenden, zu uns aufschauen und uns respektieren. Wir sind das, was sie nie sein werden. Wir stehen über ihnen, und das dürfen sie niemals vergessen. Doch Alexis könnte die Ordnung durcheinanderbringen. Sie könnte Illusionen säen, die nicht sein dürfen. Jeder muss wissen, wo sein Platz ist, und die Aufgabe annehmen, für die er geschaffen worden ist. Daran gibt es nichts zu rütteln.«

»Und dennoch kannst du Alexis nicht einfach töten lassen«, führte Nate den Gedankengang zu Ende.

Seine Worte lösten in mir ein eisiges Schaudern aus, obwohl ich klar erkannte, dass es von seiner Seite aus bloß eine Feststellung war, die ihn ebenso schockierte wie mich.

»Natürlich nicht. Ich könnte damit einen Aufruhr riskieren. Außerdem könnte sie, wie gesagt, hilfreich sein. Nein, es ist besser, den Dingen ihren Lauf zu lassen und zu schauen, wohin das alles führt. Sehen wir, ob sie die Prüfung besteht. Wenn ja, wird sie uns einige Zeit nützlich sein. Wir können Mare finden und jagen. Irgendwann, da bin ich mir sicher, wird sie bei einem Einsatz ihr Leben verlieren. Wie könnte es auch anders sein? Immerhin ist sie viel zu schwach. Das Problem wird sich also von selbst lösen.«

»Ich … ich fasse es nicht«, brachte Nate schließlich hervor. Seine Augen brannten vor Abscheu und Widerwillen.

Doch sein Vater nahm den Ausdruck im Gesicht seines Sohnes gar nicht wahr oder wollte es einfach nicht. Er legte seine Hand auf Nates Schulter und sagte: »Es ist nicht einfach, Herrscher über ein so großes Land zu sein. Leider gehört es dazu, schwere Entscheidungen zu treffen. Als König muss ich immer an das Gemeinwohl denken, und genau das mache ich. Das Leben eines Einzelnen zählt nicht viel. Auch du wirst später unschöne Entscheidungen treffen müssen. Das gehört leider zu unserem Leben dazu. Du wirst noch viel lernen müssen, und ich fürchte, dass dir einiges davon nicht gefallen wird. Aber so ist das Dasein eines Herrschers. Er muss stets an die Vielen denken, niemals an das Schicksal eines Einzelnen.« Er wartete einen Moment, bis er sicher war, dass Nate die Nachricht verdaut hatte. Dann meinte er: »Wir werden nun zu ihr gehen und ihr die Nachricht überbringen.«

Dieser Satz ließ mich aufschrecken. Sofort trat ich einen Schritt von der Tür zurück, sah ein letztes Mal hindurch, drehte mich um und rannte los. Während ich zu meinem Zimmer zurückeilte, hörte ich Velaris Dawnsparks Stimme in meinem Kopf: »Denk immer an die Vielen. Niemals an die Einzelnen.« Der Satz brannte sich in mein Inneres, fraß sich durch jede Sehne, jeden Muskel und entfachte ein glühendes Feuer. Er sah ein leichtes Opfer in mir und wollte mich für das angebliche Allgemeinwohl beseitigen. Aber da kannte er mich schlecht. Ich würde alles dafür tun, dass ihm das bald klar wurde.

20

Ich verschränkte die Arme vor der Brust und versuchte, Herr über die unfassbare Anspannung in meinem Inneren zu werden. Sie tobte in mir, riss an jedem Winkel meines Seins und ließ mich so unruhig werden, dass ich am liebsten nach draußen gestürmt wäre, um mit einem Boot über den Styrak zu fahren. Dort auf dem Wasser hatte ich noch immer meinen Kopf freibekommen und Stress abbauen können. Aber leider war es mir nicht erlaubt, ohne Aufsicht den Palast zu verlassen.

Noch immer gingen mir König Velaris' Worte nicht aus dem Kopf. Er war so verdammt freundlich gewesen, ja fast schon aufmunternd. Nichts, was er gesagt hatte, hatte seine wahren Beweggründe auch nur erahnen lassen. Ich musste zugeben, dass genau das mich schockierte. Mir war es unbegreiflich, wie man sich derart verstellen konnte.

König Dawnspark hatte mich sogar gelobt und gemeint, ich sei eine große Hoffnung für diese Welt. Mit meiner Gabe breche ein neues Zeitalter für die Dreamcatcher an. Auch wenn ich nicht über die gleiche Kraft wie sie verfüge, könnten wir einander wunderbar ergänzen. Dafür sei es aber unabdingbar, dass ich ein eigenes Sigil bekäme. Der letzte Einsatz habe gezeigt, dass ich zumindest in der Lage sein sollte, allein die Welten zu wechseln. Um an ein Sigil zu kommen, müsse ich die Dreamcatcher-Prüfung ablegen. Doch er sei sich sicher, dass mir das ohne Probleme gelingen werde. Zwei Wochen sollten darum ausreichen, um mich vorzubereiten. Er wünsche mir viel Glück und freue sich darauf, mich bald in den Reihen der Dreamcatcher begrüßen zu dürfen.

Dieses Lächeln. Selbst seinen Augen hatte man die Lügen nicht ansehen können. Der Kerl war erstaunlich gut. Vermutlich musste man das sein, wenn man als König bestehen wollte.

Nate hingegen war die ganze Zeit anzusehen gewesen, wie sehr er mit sich kämpfen musste, um ruhig zu bleiben. Er hatte die Hände zu Fäusten geballt und sein Kiefer hatte gearbeitet, als müsste er ihn zusammenpressen, um die Worte im Mund zu halten. Es war ihm sichtlich schwergefallen. Ich bezweifelte, dass er jemals so werden würde wie sein Vater. Niemals würde er sich derart verstellen und Leute auf solch eine Weise manipulieren.

Nachdem die beiden mein Zimmer verlassen hatten, war ein Arzt aufgetaucht, der sich um die Stichwunde an meinem Bein gekümmert hatte. Widerwillig hatte ich es über mich ergehen lassen. Für die anstehende Prüfung wollte ich körperlich topfit sein.

Die Gedanken jagten durch meinen Kopf, ich konnte keinen richtig festhalten. Das Einzige, was ich sicher wusste, war, dass ich mich nicht aufhalten lassen würde. König Dawnspark hoffte auf meinen Tod. Nun, da würde er eine herbe Enttäuschung erleben. Ich mochte zwar über weit weniger Magie verfügen als er und die anderen aus der Oberschicht, aber ich war eine Fehris, und als solche war ich es gewohnt, mich durch Schwierigkeiten durchzubeißen und nicht aufzugeben. Wir waren hart im Nehmen. Ich freute mich schon darauf, ihm genau das unter Beweis zu stellen.

Ein Klopfen riss mich aus meinen Gedanken. Ich hoffte, dass es nicht König Dawnspark oder der Arzt war. Zu meiner Erleichterung betrat Nate mein Zimmer.

»Entschuldige, es hat etwas gedauert, bis ich mich von meinem Vater loseisen konnte«, erklärte er und blickte mich entschuldigend an.

Noch immer brodelte es in ihm. Das sah ich allein an den zusammengezogenen Brauen und dem Grübchen um seinen rechten Mundwinkel. Er hatte keine gute Laune.

Nate zog einen Stuhl unter dem kleinen Tisch hervor, der in der Nähe des Fensters stand, drehte ihn um und ließ sich darauf sinken. Genervt legte er die Arme auf die Rückenlehne und schaute mich an.

»Das hätte alles nicht so laufen dürfen. Was mein Dad da von dir verlangt«, er hielt inne und strich sich durchs Haar. »Ich habe versucht, mit ihm zu reden. Mehrfach! Er ist von seinem Vorhaben nicht abzubringen, was allerdings nicht allzu überraschend ist. Wenn er einmal eine Entscheidung getroffen hat, lenkt er selten noch mal ein. Ich hatte aber gehofft, dass er es in deinem Fall machen würde.«

»Nate«, begann ich und wusste nicht einmal wirklich, was ich sagen sollte. Der König hatte seine Entscheidung mitgeteilt und es war unsinnig, darüber nachzudenken, ob man sie irgendwie ändern konnte.

»Wir müssen uns etwas einfallen lassen«, sagte Nate und hob den Kopf. Die Kraft und die Entschlossenheit, die in seinen Augen lagen, ließen mich den Atem anhalten.

»Was willst du damit sagen?«, fragte ich, nachdem ich mich von den tiefen Grüntönen seiner Augen, die mich an undurchdringliche Wälder erinnerten, losgerissen hatte.

»Alexis«, stieß er verzweifelt hervor und sprang von seinem Stuhl auf. Wie ein eingesperrtes Tier machte er ein paar Schritte durch mein Zimmer und suchte offenbar nach den richtigen Worten. »Du verfügst nicht über dieselbe magische Kraft wie wir. So leid es mir tut: Das ist nun mal Fakt. Wir haben schon große Schwierigkeiten, die Prüfung der Dreamcatcher zu bestehen. Nur ein Bruchteil der Anwärter schafft es.«

»Und du fragst dich, wie es mir gelingen soll«, vollendete ich seinen Satz.

Die Erkenntnis ballte sich wie eine eisenharte Faust in meinem Magen zusammen. Natürlich wusste ich, dass ich im Nachteil war. Mir war absolut klar, dass es nicht einfach werden würde. Und dennoch war ich zu allem entschlossen. Ich würde nicht sterben! Zumindest wollte ich alles versuchen, um es zu verhindern. Aber Nate … er schien nicht mal zu glauben, dass ich auch nur den Hauch einer Chance hatte, und das verletzte mich. Ja, ich stammte aus der Unterschicht. Dennoch waren wir Fehris nicht nutzlos und schon gar keine leichte Beute. Wir wussten zu kämpfen und uns durchzubeißen. Genau das würde ich dem König beweisen.

Nate starrte mich an, durchdringend und mit so viel Kraft in seinem Blick, dass ich ihn als heißes Kribbeln auf meiner Haut spürte. Langsam kam er auf mich zu und schüttelte den Kopf.

»Nein«, sagte er leise. Seine Stimme war kaum mehr als ein dunkles Raunen. »Ich habe einfach nur Angst, dass dir etwas passieren könnte. Ich weiß nicht, wie ich damit umgehen sollte, wenn du aus dieser Prüfung nicht heil herauskämst. Wenn du plötzlich nicht mehr hier wärst … bei mir.«

Ich schluckte schwer. Er machte einen letzten Schritt und nahm zärtlich mein Gesicht in die Hände. Seine Finger glitten sanft über meine Wangenknochen. Mein Herz bebte unter der Berührung. Wie lange hatte ich mir diese Nähe gewünscht? Wie oft hatte ich mich danach gesehnt, ihn auf diese Weise zu spüren? Und dennoch … es war einfach noch lange nicht genug. Ich wollte mehr – selbst wenn das in diesem Moment vollkommen undenkbar war.

Sein Atem strich über meine Haut, und ich öffnete die Lippen, um ihn einzufangen. Unsere Blicke waren miteinander verwoben, unfähig, vom anderen abzulassen.

»Ich werde nicht sterben«, brachte ich schließlich mit gepresster Stimme hervor. »Du kennst mich. Ich bin härter, als ich aussehe.«

Ich schenkte ihm ein schiefes Lächeln und war erleichtert, zu sehen, wie sich seine Gesichtszüge etwas entspannten. Doch das währte nur einen kurzen Augenblick. Sekunden später wurde er wieder ernst.

»Alexis, du hast keine Ahnung, was dir bevorsteht. Am besten wäre es, du würdest von hier verschwinden und in einen Teil des Landes fliehen, wo du nicht gefunden werden kannst.«

Ich gab ein erschüttertes Schnauben von mir. Niemals würde ich mich wegschicken lassen. Zumal wir beide wussten, dass das kein wirklicher Ausweg war. Zwar hatte auch Tristan davon gesprochen, doch uns allen war klar, dass Dawnsparks Macht bis in den letzten Winkel dieser Welt reichte. Ich würde nie wieder frei sein, und es bestand immer die Möglichkeit, dass die Leute des Königs mich finden würden. So wollte ich nicht leben. Vermutlich bliebe mir als letzter

Ausweg nur die Menschenwelt. Aber das war sicher keine Option, zumal dort ein Mare auf mich wartete. Nein, ich war kein Feigling!

»So leicht lasse ich mich nicht unterkriegen. Ich bin zäher und stärker, als ich aussehe.«

Noch immer lag Nates Blick ungebrochen auf mir und brachte meinen Herzschlag zum Stolpern.

»Ja, das weiß ich«, sagte er schließlich. »Genau darum werde ich dir helfen. Ich werde nicht zulassen, dass dir etwas geschieht.«

Mein Magen flatterte bei diesen Worten und mein Blut begann zu brodeln, als ich spürte, wie Nates Daumen über die Innenseite meines Handgelenks strich.

»Das wird deinem Vater vermutlich nicht gefallen«, murmelte ich, während ich mir immer bewusster wurde, wie nah Nate und ich uns waren. Ich konnte seinen herrlichen Duft nach Sandelholz, Wald und wilden Kräutern wahrnehmen. Ich liebte diesen vertrauten Geruch, der mehr als nur Heimat und Geborgenheit für mich bedeutete. Er war Versuchung und Sehnsucht zugleich.

Seine warmen Finger strichen über meine Wange und tasteten sich langsam zu meinem Mund vor. Sein Blick verengte sich, als er auf meine Lippen fiel, und für den Bruchteil einer Sekunde huschte ein beinahe hungriger Ausdruck über seine Miene. Nates Hände glitten weiter, strichen an meiner Halsbeuge entlang und riefen in mir Gefühle wach, die ich kaum mehr im Zaum halten konnte. Das Feuer in mir brodelte und tobte, dass ich darunter zerging. Ich spannte meine Muskeln an, um zu verhindern, dass ich mich seiner Berührung entgegenreckte und komplett die Beherrschung verlor.

»Meinem Vater würde vermutlich so einiges nicht gefallen«, raunte Nate und neigte den Kopf in meine Richtung.

»Er wird einsehen müssen, dass ich nicht so leicht zu töten bin, und vielleicht erkennt er am Ende sogar, dass ich keinerlei Gefahr für ihn und die Oberschicht bedeute«, faselte ich vor mich hin, während ich nur Augen für Nates wundervolles Gesicht und seine herrlichen Lippen hatte, die genau über meinen schwebten.

Plötzlich weiteten sich seine Augen, und er ließ die Hand sinken. Mein Herz schrie qualvoll auf, als die wenigen Zentimeter Abstand zwischen uns wuchsen.

»Wie meinst du das?«, hakte er nach und zog die Brauen zusammen.

Ich gab ein lautloses Seufzen von mir. Was auch immer da gerade zwischen uns gewesen war, nun war es vorbei. Ich biss mir auf die Unterlippe und überlegte, was ich antworten sollte. Allerdings nur für einen kurzen Moment.

»Was denkst du denn? Ich wollte zu dir, um dir mitzuteilen, dass ich es bei den Dreamcatchern versuchen möchte. Da habe ich deinen Vater, den Hohepriester und dich gehört.«

Augenblicklich begann Nate wieder im Zimmer auf und ab zu laufen, während er sich erschöpft durchs Gesicht strich. »Du hast was?!« Fassungslos schaute er mich an, doch ich zuckte nur mit den Schultern.

»Ihr solltet das nächste Mal darauf achten, dass die Tür hinter euch wirklich geschlossen ist. Und mal ehrlich, Nate. Hattest du wirklich vor, mir nichts von den wahren Absichten deines Vaters zu erzählen? Immerhin will er meinen Tod oder hat ihn zumindest fest eingeplant. Das ist doch etwas, das ich wissen sollte, oder nicht?«

»Ja natürlich, verdammt!«, stieß er hervor. »Aber ich hätte es dir gerne selbst gesagt und versucht, es dir schonend beizubringen. Außerdem wäre es mir ganz recht gewesen, wenn ich mir bis dahin einen Plan hätte zurechtlegen können, der dabei hilft, dass du am Leben bleibst.«

Ich zuckte mit den Schultern. »Was gibt es da groß zu planen? Als Erstes werde ich diese Prüfung bestehen müssen, und dann wäre es vermutlich gut, den Mare auszuschalten, der hinter mir her ist. Ich muss dafür meine Kräfte einsetzen und deinem Vater klarmachen, dass ich keine Bedrohung, sondern tatsächlich eine wichtige Unterstützung für ihn und unsere Welt bin.«

»Dir ist schon klar, dass es nicht so einfach wird?«, hakte Nate nach.

»Was ist schon einfach in diesem Leben?«, erwiderte ich. »Aber ganz ehrlich, im Grunde habe ich doch gar keine andere Wahl. Um außer Reichweite von deinem Vater zu gelangen, müsste ich schon in die Menschenwelt gehen. Und dort wartet leider ein Mare auf mich, der mich lieber früher als später tot sehen will. Da wähle ich doch deinen Vater und hoffe darauf, mich beweisen zu können.«

»Beten wir mal, dass das keine falsche Entscheidung ist«, sagte Nate und klang so finster und abgeklärt, wie ich ihn noch nie zuvor erlebt hatte.

21

Na, siehst du. Ich sagte doch, dass ich das hinbekomme. Gar kein Problem. Wenn ein bisschen Balancieren alles ist, was bei der Prüfung auf mich zukommt, ist die Sache geritzt«, verkündete ich bestens gelaunt, während ich von dem Balken sprang, der etwa dreißig Zentimeter über dem Boden lag.

In der Tat war es eine Erleichterung, zu wissen, dass bei der Prüfung vor allem Zielstrebigkeit, Entschlossenheit, Furchtlosigkeit und der Wille getestet wurden. Ich konnte zwar nicht gut kämpfen und verfügte nicht über starke Magie, aber diese Attribute hatte ich mit Sicherheit.

Offenbar musste man in der Prüfung über eine Art Balken balancieren, weshalb Nate das gerade mit mir übte. Als Fehris standen wir jeden Tag in unseren Booten, und der Wellengang auf dem Styrak konnte recht ungestüm sein, weshalb wir eine ausgezeichnete Balance hatten. Von daher war ich mir sicher, dass diese Prüfung wie für mich gemacht war.

»Freu dich nicht zu früh«, meinte Nate und verschränkte die Arme vor der Brust. »Jedes Kind schafft es, über einen Balken zu spazieren, der knapp über dem Boden liegt. Auf dich wird aber etwas ganz anderes zukommen. Stell dir einen Raum vor, der unter dem Nebel liegt. Um dich herum gibt es schmale Brücken. Sie sind nicht breiter als ein Fuß, liegen aber mitten im Nichts. Verstehst du das? Wenn du fällst, dann war es das! Du stürzt mitten in die verschlingende Schwärze. Und als wäre das noch nicht genug, musst du den richtigen Weg über die Brücken finden, denn irgendwo auf einer Säule liegt dein Sigil. Hinzu kommen die vielen Löcher, die sich in diesem Nichts befinden. Sie alle sind Verbindungen zu Orten in dieser und der Menschenwelt. Sie sind die einzigen Lichtquellen, die die Finsternis durchbrechen, und sind nicht nur deswegen so anziehend. Du darfst dich nicht von ihnen ablenken lassen. Das alles ist jedenfalls weder ein Spaziergang noch ein nettes Spiel wie jetzt gerade.«

Das klang in der Tat nicht allzu einladend.

»Schon gut«, brachte ich hervor. »Ich werde die Sache nicht unterschätzen.«

Ein Drache zog seine Bahn über uns und sein gewaltiger Schatten fiel auf Nate und mich. Wir waren in der Arena der Dreamcatcher, und um uns herum waren etliche von ihnen gerade mit dem Training beschäftigt. Ob ich schon bald zu ihnen gehören würde? Die Vorstellung fiel mir schwer.

»Wir sollten einen der höheren Balken versuchen«, beschloss Nate und ging mit mir zu einem, der etwas schmaler war und knapp einen Meter über dem Sand lag. »Ich werde versuchen, für etwas Ablenkung zu sorgen«, fuhr er fort und ein diebisches Grinsen stahl sich auf seine Lippen.

***

»Du musst schneller gehen«, rief mir Cass zu. »Bei dem Wind gerätst du sonst zu leicht aus dem Gleichgewicht.«

»Du hast gut reden. Hockst da auf Toasty und machst nur dumme …«

In diesem Moment glitt mein rechter Fuß von dem verdammten Balken ab. Ein Schrei riss sich aus meiner Kehle, während ich hektisch die Arme ausstreckte und irgendwo nach Halt suchte. Im letzten Moment bekam ich den Balken zu fassen und krallte mich daran fest.

»Ich sag's doch. Nicht so lange trödeln. Mit kleinen, schnellen Schritten weitergehen«, kommentierte Cass mein Scheitern.

»Es ist zu schade, dass ich dein Training damals nicht mitangesehen habe«, knurrte ich ihn an, während ich mich auf den Holzbalken hochstemmte.

Zwei Wochen waren mittlerweile vergangen, und ich hatte jeden Tag genutzt, um für die Prüfung zu üben. Morgen war es so weit. Allein bei der Vorstellung schlug mein Herz panisch auf. Ich hatte nicht das Gefühl, bereit zu sein. Erst ein einziges Mal hatte ich es über diesen verfluchten Balken geschafft. Er befand sich ein Stück von der Arena entfernt auf einer kleinen Lichtung, ungefähr fünfzehn Meter über dem Boden. Es war ziemlich einschüchternd, hier oben zu stehen – und vor allem beängstigend. Erst recht, wenn ich daran dachte, dass die Viadukte bei der Prüfung noch höher und dazu in Dunkelheit lagen.

Nate, Cass und William übten jeden Tag mit mir. Alle drei saßen auf ihren Drachen, bereit, mich mit ihren Ratschlägen zu unterstützen und auch im Notfall loszustürmen, wenn ich mal wieder abglitt – was leider noch viel zu oft der Fall war.

»Balancier dich erst aus, bevor du weitergehst«, rief mir William zu.

Natürlich wollten sie mir nur helfen, dennoch war es ab und zu anstrengend mir ihre Kommentare anhören zu müssen. Zumal ich all das bereits wusste. Ich stand ja nicht zum ersten Mal hier.

Ich streckte die Arme aus und wartete, bis ich das Gleichgewicht zurückhatte, dann ging ich weiter, immer die klaffende Tiefe vor Augen.

»Schau nicht nach unten«, mahnte Nate. »Blick nach vorne, visiere das Ziel an, nichts anderes.«

Ich versuchte es, aber darin bestand eine der größten Schwierigkeiten – ständig wollten meine Augen in die Tiefe wandern und brachten meinen Herzschlag damit ins Stolpern. Es war auch ein echt unschönes Gefühl, die Bäume zu sehen, die so klein wirkten. Und wie weit entfernt die Wiese war! Selbst der riesige Felsen sah von hier oben verdammt winzig aus.

Eine Windbö fegte mir entgegen, strich an mir entlang, spielte mit mir und brachte mich ins Schwanken.

»Alexis«, rief William. »Such deinen Körperschwerpunkt.«

Nette Idee, doch genau das versuchte ich bereits. Ich streckte die Arme aus und rang darum, ins Gleichgewicht zurückzufinden. Verdammt aber auch, warum war das so schwer? Im Boot auf dem Styrak schwankte ich auch oft hin und her – jeder von uns Fehris machte zu Beginn seiner Laufbahn Bekanntschaft mit dem eiskalten, pechschwarzen Wasser des ungezähmten Flusses. Doch mit der Zeit lernten wir, uns zu halten, ganz gleich, wie kräftig uns die Wellen auch entgegenschlugen. Aber das hier … das war einfach etwas anderes. Selbst mit meinem guten Gleichgewichtssinn hatte ich Probleme. Und das lag nicht nur an der verdammten Höhe, die mich allein beim Anblick schaudern ließ. Es war unfassbar schwierig, auf einem so dünnen Balken einen Fuß vor den anderen zu setzen, während der Wind einem entgegenblies und der Tod unter einem lauerte. Denn genau das erwartete mich bei der Prüfung.

Ich ruderte mit den Armen, ging ganz leicht in die Knie, um meinen Schwerpunkt wiederzufinden. Für einen kurzen Moment bekam ich meinen Körper unter Kontrolle – aber nur für einen sehr kurzen. Denn genau in dem Augenblick, als ich dachte, ich könnte wieder aufatmen, kam der verdammte Wind wieder auf. Es brauchte gar nicht viel. Er strich einfach nur eine Sekunde lang über mich. Das genügte, um meine ganzen Bemühungen zum Einsturz zu bringen. Ich spürte, wie ich zur Seite kippte, ruderte mit den Armen, und als ich vom Balken in die Tiefe stürzte, schrie ich. Es war grauenhaft, den Boden auf mich zurasen zu sehen, mein Herz in der Brust zu spüren, wie es vor Angst stotterte.

Nate und Flame waren sofort da. Nate fing mich auf und zog mich fest an sich. Es war nicht das erste Mal, dass er, Cass oder William mit ihren Drachen hatten eingreifen müssen. Sie hatten also bereits gewisse Übung darin.

Ich spürte den festen Griff um mich, der dafür sorgte, dass ich nicht von Flame rutschte, während wir langsam zu Boden flogen. Meine Hand ruhte auf Nates Unterarm und ich spürte selbst durch das dünne Hemd das Spiel seiner Muskeln. Im Grunde hätte ich die Chance nutzen und seine Nähe genießen sollen, doch es ging nicht. Ich ärgerte mich viel zu sehr über mich selbst und diesen Sturz. Wie sollte ich so die morgige Prüfung bestehen? Es brodelte in meinem Inneren. Ich spürte den Zorn auf mich, der immer heißer wurde und meine Entschlossenheit anfachte. Ich würde nicht versagen. Ich durfte nicht.

Plötzlich verstärkte Nate seinen Griff und zog mich näher zu sich heran. Sein fester Brustkorb ruhte an meinem Rücken, die Arme hielten mich, als würde er mich nie wieder loslassen wollen. Vielleicht war es aber auch nur mein eigener Wunsch, der mich das glauben ließ. Langsam beugte er sich ein Stück zu mir vor und sein Atem strich heiß und lodernd über meine Haut.

»Vergiss nicht, was ich dir gesagt habe. Wenn du das Gefühl hast, die Viadukte nicht überqueren zu können, dann zögere nicht, die leuchtende Tür zu nehmen. Während deiner Prüfung wird sie nur ein einziges Mal auftauchen. Zögere also nicht. Es ist keine Schande, wenn du sie nimmst. Kehre besser ohne Sigil zurück als gar nicht.«

Er hatte mir bereits von diesem Notausstieg erzählt, doch für mich stand außer Frage, ihn zu benutzen. Ohne Sigil zurückzukehren, wäre gleichbedeutend mit dem Tod. Denn es würde mein Versagen offenbaren, und in diesem Fall hätte Nates Vater gar keine Verwendung mehr für mich. Auch wenn Nate es nicht so sehen wollte oder glaubte, mich auf diese Weise retten zu können – ich kannte die Wahrheit und wusste, dass das Bestehen dieser Prüfung meine einzige Chance war.

Morgen würde ich um mein Leben kämpfen müssen. War ich dafür wirklich bereit? Ich hoffte es.

22

Es wirkte wie ein ganz normaler Tag. Der Morgen war frisch, dennoch streckte die Sonne ihre hellen Strahlen bereits zu uns herab und tauchte alles in ein wundervolles Licht. Vielleicht sah ich das alles zum letzten Mal. Sofort bereute ich es, meine Eltern nicht noch einmal besucht zu haben. Allerdings hätte mir König Dawnspark das vermutlich ohnehin nicht erlaubt. Nicht, wenn ich heute um mein Leben ringen musste.

Nate, Cass und William hatten mich in die Arena begleitet, wo auch heute das ganz normale Training der Dreamcatcher stattfand. Nichts deutete auf die Prüfung hin, die an diesem Tag über mein Schicksal entscheiden würde.

»Du schaffst das«, meinte William und nickte mir aufmunternd zu. »Denk einfach daran, was du in der letzten Zeit alles gelernt hast.«

Genau das wollte ich gerade ungern tun. Immerhin hatte ich es nur ein einziges Mal über diesen verdammten Balken auf die andere Seite geschafft. Die vielen anderen Male hatten er, Nate und Cass mich auffangen müssen.

»Wir warten hier auf dich«, versprach Cass und zwinkerte mir verschmitzt zu. »Und wenn du dann mit deinem Sigil zurückkehrst, feiern wir erst einmal. Wir werden es richtig krachen lassen.«

Ich hoffte wirklich sehr, dass es etwas zu feiern geben würde. Im Moment konnte ich es mir noch nicht so richtig vorstellen, aber ich würde gewiss nicht jetzt schon aufgeben. Ich atmete tief durch und versuchte, mich zu entspannen. Es half nichts, wenn ich derart unter Strom stand und die Panik wie eisiges Wasser durch meinen Körper strömte. Ich brauchte meine ganze Konzentration, um diese Herausforderung zu meistern.

Nate kam ein paar Schritte auf mich zu. Wir sahen einander an, wohl wissend, dass es vielleicht das letzte Mal war. Das machte diesen Moment eigenartig und besonders zugleich. Ich wusste nicht, wie ich mich verhalten oder was ich sagen sollte. Es war merkwürdig und gleichzeitig beängstigend. Ich konnte nur dastehen und Nate anstarren. Nate, der mir schon immer so viel bedeutet hatte. Nate, den ich über alles liebte. Ich betrachtete sein Gesicht, fuhr mit meinem Blick an seinen Wangenknochen entlang, strich über seine Lippen und verfing mich in diesen herrlichen Augen, die gerade so dunkel wie eine sternenlose Nacht wirkten. Mein Mund öffnete sich hilflos. Eines war mir klar: Ich würde es für immer bereuen, wenn er nicht wusste, was ich wirklich für ihn empfand. Niemals hatte ich darüber gesprochen, weil ich mir klar war, dass es keinerlei Hoffnung gab. Aber nun, da ich vielleicht nicht mehr zu ihm zurückkehren würde, war es vielleicht besser, wenn er davon erfuhr. Einmal wollte ich mich ihm öffnen, ihm mein wahres Inneres zeigen, sodass er mich ganz und wahrhaftig sah.

»Nate, ich … ich wollte dir schon …«

Weiter kam ich nicht. Nate war mit zwei schnellen Schritten bei mir und schloss mich in die Arme.

»Du musst nichts sagen, Alexis. Ich weiß, dass du dein Bestes versuchen wirst. Aber ich will nicht, dass du dabei riskierst, zu sterben, hörst du. Mein Vater mag vielleicht kalt und unnachgiebig geklungen haben, aber glaub mir, so hat er es nicht gemeint. Niemals würde er dich einfach opfern. Er ist nicht so grausam, wie es gewirkt haben mag. Versuch es einfach, und wenn du merkst, dass es nicht geht, nimm die leuchtende Tür. Es ist keine Schande. Mein Vater wird verstehen, welch großen Nutzen du auch dann für uns haben wirst. Ich rede mit ihm, mach dir keine Gedanken.«

Er entfernte sich ein Stück von mir, sah mich aufmunternd an und schenkte mir sein schönes Lächeln. Ich sah es in seinen Augen, klar und deutlich: Er war überzeugt von seinen Worten. Nate glaubte wirklich, er würde seinen Vater umstimmen können. Doch ich … ich hatte den König gehört und gesehen. Keine Ahnung, woher diese Sicherheit kam, aber ich wusste einfach, dass Nate keine Chance hatte. Ich war eine Unannehmlichkeit für den König, und wenn ich auch noch nutzlos war, dann würde ich verschwinden müssen.

Ich schluckte die Worte hinunter, die mir auf der Zunge lagen. Es könnte der letzte Moment sein, aber irgendwas hielt mich nun doch davon ab. Vielleicht war der richtige Augenblick bereits vergangen. Vielleicht hatte Nate ohnehin gerade andere Dinge im Kopf.

Ich lächelte nur, streckte die Hand aus und streichelte über sein Gesicht. »Danke, dass du mich beschützen willst und immer für mich da bist. Du bist mein bester Freund, und ich bin unendlich froh über all die Zeit mit dir.«

Er wirkte etwas verunsichert und legte seine Finger um meine Hand, um sie einen Atemzug länger an Ort und Stelle zu halten. Unsere Blicke verschmolzen miteinander, und ich schwor mir, diesen Moment niemals zu vergessen. Ich wollte ihn fest in meinem Herzen verschließen, sodass ich ihn immer in mir tragen würde – ganz egal, was bei der Prüfung geschehen würde.

»Wir sehen uns gleich wieder«, sagte Nate, und es klang wie ein Befehl.

»Natürlich«, erwiderte ich, doch meine Worte schmeckten wie kalte Asche. Nate erwartete beinahe, dass ich die leuchtende Tür nahm. Ich sollte zeigen, dass ich es versucht hatte, aber zugleich nichts riskieren. Genau das würde ich aber nicht tun. Ich hatte nur diese eine Chance, und die konnte ich nicht verstreichen lassen.

»Ist sie endlich so weit?«, wollte Warlor wissen, der mit verschränkten Armen einige Schritte von uns entfernt stand.

»Das bin ich«, antwortete ich mit fester Stimme. Mein Puls raste. Nun ging es los.

Ich schenkte Nate, Cass und William ein Lächeln. Falls es wirklich das letzte Mal war, dass wir uns sahen, sollten sie mich so in

Erinnerung behalten: stark, mutig und unerschrocken. In meinem Inneren sah es allerdings ganz anders aus. Doch diese Gefühle verschloss ich tief in mir. Sie würden mir nicht weiterhelfen und mich in meinem Vorhaben nur behindern.

Der Ausbilder streckte die Hand aus, und das Sigil, das auf seiner breiten Brust hing, leuchtete auf. Ein Krachen war zu hören und der Boden begann so sehr zu beben, dass es mich beinahe von den Füßen warf.

Ich sah zu, wie sich im hinteren Bereich der Arena ein Teil des Bodens öffnete. Sand rieselte in das quadratische Loch und verschwand in der drückenden Dunkelheit darunter. Immer größer wurde die Öffnung, bis das Schwanken und Beben schließlich verebbte.

Das war also der Zugang zu dem Ort, an dem die Prüfung stattfand. Mein Herz verkrampfte sich bei dem Anblick. Tiefe Finsternis herrschte dort unten und ich fragte mich, ob ich es schaffen würde.

»Dann mal viel Erfolg«, sagte der Ausbilder zu mir.

In seiner Miene lag weder besonders viel Anteilnahme noch eine Spur von Sorge. Es wunderte mich nicht. Immerhin war ich nie ein angehender Dreamcatcher gewesen. Ich versuchte, seine harsche Art zu ignorieren, und warf stattdessen meinen Freunden einen letzten Blick zu. Dann trat ich an das klaffende Loch.

Eine Treppe führte hinab in die Dunkelheit. Ich betrat die erste Stufe und stieg hinunter. Ich wagte es nicht, mich nach Nate, Cass und William umzudrehen, sondern konzentrierte mich nur noch auf das, was vor mir lag. Nachdem ich die Öffnung hinter mir gelassen hatte, hörte ich, wie sich der Durchgang schloss. Als ich mich umdrehte, sah ich, wie der Eingang verschwand und die Stufen im Nichts begannen. Es passte zu dem Bild vor mir. Es gab nur die Treppe und sonst absolut … nichts. Lediglich schwarze, tiefe, alles verschlingende Dunkelheit, die immerhin von weitentfernten, kleinen Lichtpunkten etwas durchbrochen wurde.

Meine Schritte klangen dumpf und klopften mit meinem Herzen um die Wette. Ich krallte mich am Geländer fest, das die Treppe zum Glück umsäumte und ohne das ich garantiert nicht mal die nächste Stufe gefunden hätte. Es war so dunkel um mich herum, und ich fragte mich, wie ich es schaffen sollte, einen schmalen Viadukt zu überqueren, wo es weder Geländer noch sonst eine Absicherung geben würde. Das ganze Vorhaben erschien mir zunehmend wahnsinniger und ich fühlte meine Chancen schrumpfen. Ich reckte den Kopf und wusste nicht, ob ich erleichtert aufatmen oder erst recht Angst bekommen sollte. Denn die Lichter, die eben noch so weit weg gewesen waren, tauchten plötzlich um mich herum auf. Mitten in der erdrückenden Finsternis erschienen leuchtende Wirbel, die überall in der Luft schwebten. Darin waren die verschiedensten Orte zu sehen: Ich entdeckte einen dunklen Wald, über dem der Mond strahlte. Das milchige Licht tastete sich an den Baumwipfeln entlang, sodass ihre einschüchternde Schönheit zur Geltung kam. Ich sah aber auch Straßen, die von Hochhäusern gesäumt waren. Autos fuhren dort entlang und Menschen gingen darin ihrer Wege. Es mussten die Zugänge zu Orten in der Menschenwelt sein, von denen Nate gesprochen hatte. Sie waren atemberaubend schön und ich spürte, wie mein Herz sich bei dem Anblick sehnsuchtsvoll zusammenzog. Hastig richtete ich meine Gedanken wieder auf das Wesentliche und musterte die Brücken, die sich nun vor mir erhoben. Es waren verdammt viele … und sie waren schrecklich schmal. Konnte ich das schaffen?

Als würde ich magisch angezogen, schaute ich zu der Stelle, wo sich die vielen Viadukte, die kreuz und quer durch die Finsternis verliefen, trafen. Eine steinerne Säule schraubte sich dort in die Höhe, und an deren Seite entdeckte ich das goldene Amulett. Das könnte mein Sigil werden, schoss es mir durch den Kopf. Hastig überblickte ich die Brücken und überlegte, welche ich nehmen musste, um zu dem Sigil zu gelangen. Auf dem letzten Viadukt würde ich mich etwas strecken müssen, um an das Amulett heranzureichen, aber mit etwas Anstrengung konnte ich es schaffen. Wenn es mir denn gelang, die vielen todbringenden Brücken zu überqueren.

Sollte ich es wagen? Ich schaute mich suchend um. Von der Tür, die Nate erwähnt hatte, war noch nichts zu sehen. Allerdings hatte ich mir ohnehin vorgenommen, sie nicht zu nehmen.

Wieder schaute ich zu dem Sigil und musste zugeben, dass da etwas in mir war, eine Art Sehnsucht, die ich schon seit Jahren kannte. Wie lange hatte ich ein Dreamcatcher werden wollen? Wie unwahrscheinlich war es gewesen, dass ich diesen Traum je verwirklichen konnte? Und nun gab es da diese Chance. Sie mochte zwar winzig sein, aber das Sigil dort … es konnte mir gehören.

Die Entscheidung war gefallen. Ich musste es versuchen. Und so atmete ich ein letztes Mal tief durch und machte den ersten Schritt auf die Brücke. Noch war es einfach, denn ich konnte mich jederzeit mit einem Sprung zur Treppe retten. Aber nicht mehr lange und es würde kein Zurück mehr geben. Bald gab es nur noch den kalten Stein der Brücke und die klaffende Tiefe unter mir.

Mein Herz hämmerte in meiner Brust, während ich die Arme ausstreckte und langsam einen Schritt nach dem anderen tat. Ich versuchte, all das zu beherzigen, was Nate und die anderen mir nahegelegt hatten. Ich achtete auf meine Atmung, auf meinen Körperschwerpunkt und versuchte, nur auf mein Ziel zu schauen: das Ende der Brücke, das gleich darauf in den Bogen eines neuen Viadukts überging. Drei weitere würden folgen, erst dann wäre ich bei dem Sigil angekommen. Es war unendlich weit und schien mir unerreichbar. Dennoch ging ich weiter. Langsam, Stück für Stück. Ich kämpfte darum, meinen Blick nach vorne gerichtet zu halten, aber es war schwer. Die gleißenden Lichter der Orte in der Menschenwelt übten eine enorme Anziehungskraft auf mich aus. Mein Puls beschleunigte sich jedes Mal, wenn ich in deren Nähe kam. Etwas in mir zog mich wie magisch zu diesen Orten. Ich wollte dorthin, um jeden Preis, und es kostete mich all meine Kraft, mich nicht kopfüber in die Pforten zu stürzen. Sicherlich war das Teil der Prüfung, es war ein zusätzliches Hindernis, das meine innere Stärke prüfen sollte. Noch konnte ich dem Verlangen widerstehen, aber es wurde mit jeder Sekunde stärker.

Als ich die Mitte des zweiten Viadukts erreicht hatte, spürte ich plötzlich kalten Wind. Er griff nach mir, verfing sich in meiner Kleidung und meinem Haar und zerrte daran. Ich wagte es nicht mehr zu atmen und blieb stehen. Es war wichtig, die Balance zurückzugewinnen. Ich durfte auf keinen Fall einen übereilten Schritt tun. Jeder musste absolut präzise und sicher sein.

Ich keuchte auf, als mein Blick nach unten fiel. Nichts als Schwärze und verschlingende Tiefe. Wie weit würde ich fallen? Wo würde ich aufschlagen? Allein beim Gedanken wurde mir übel und Gänsehaut kroch über meinen Körper.

In diesem Moment gleißte etwas neben mir auf. Eine leuchtende Tür, die genau über dem Abgrund in der Luft schwebte. Sie war so nah, dass ich nur die Hand danach ausstrecken müsste, um sie berühren zu können. Mit den strahlenden Symbolen, die sich darauf befanden, war sie wunderschön und absolut verlockend. Das war also die Rettung von der Nate gesprochen hatte. Nur ein einziges Mal würde ich diese Chance erhalten.

Ich konnte nicht anders, als die Tür anzustarren. Es wäre so einfach. Ich müsste nur meine Hand ausstrecken, sie öffnen und könnte der Dunkelheit und der verschlingenden Tiefe entkommen. Aber dann hätte ich auch kein Sigil.

Ich atmete durch und versuchte ruhig zu bleiben. Denn im Grunde hatte ich gar keine andere Wahl … Und so wandte mich von meiner Rettung ab. Die Tür verschwand wieder im Nichts und ein kalter Schauder rieselte durch meinen Körper. Hoffentlich war das nicht doch die falsche Entscheidung gewesen.

Natürlich griff genau in diesem Moment erneut der Wind nach mir und brachte mich ins Schwanken. Ich bog mich zur Seite, versuchte, mich zu halten und irgendwie ins Gleichgewicht zurückzufinden. Vergeblich.

Ich rutschte ab, riss die Arme in die Höhe und versuchte irgendwie, die Brücke zu fassen zu bekommen. Ein kurzes Ächzen stahl sich über meine Lippen, als es mir tatsächlich gelang. Meine Hände krallten sich in den kalten Stein. Mir war klar, dass mir nicht viel Zeit blieb. Lange würde meine Kraft nicht reichen. Ich spürte bereits, wie meine vor Panik feuchten Finger langsam über den Stein glitten. Ich musste mich beeilen!

Meine Füße direkt über dem Abgrund baumeln zu spüren, war ein grauenhaftes Gefühl. Ich hing über dem absoluten Nichts und wollte so schnell wie möglich wieder festen Boden unter den Füßen haben. Gerade bereute ich es sehr, diese verdammte Tür nicht genommen zu haben. Andererseits war mir durchaus klar, dass diese

Rettung nur von kurzer Dauer gewesen wäre. Nein, wenn ich am Leben bleiben wollte, musste ich das hier schaffen!

Ich verlagerte mein Gewicht und spannte die Muskeln meiner Arme an. Verzweifelt versuchte ich, mich hochzuziehen. Zum Glück waren meine Schultern dank des Ruderns recht gut in Form, und es gelang mir, mich ein Stück hochzuziehen. Zentimeter um Zentimeter hievte ich meinen Oberkörper auf die Brücke und zog anschließend hektisch die Beine nach. Nun lag ich auf dem dünnen Steg und klammerte mich daran fest. Zitternd atmete ich aus.

Da ich es nicht wagte, mich in dieser Position aufzurichten, zog ich mich mit den Händen langsam vorwärts. Es war anstrengend und ging unglaublich in die Arme, aber ich kam voran.

Ich erreichte die letzte Brücke und hatte es fast bis zum Sigil geschafft. Allerdings würde ich aufstehen müssen, um es greifen zu können. Ich biss mir auf die Unterlippe, bis ich Blut schmeckte, während ich all meinen Mut zusammenraffte. Schweiß rann mir bereits den Rücken hinunter, dabei war es hier alles andere als warm.

Ich hob den Kopf. Die Säule, die mit eleganten Schnörkeln und großzügigen Ornamenten verziert war, befand sich direkt neben mir. An einem der geschwungenen Schnörkel hing das Amulett. Ich musste aufstehen, ging es mir durch den Kopf, und so raffte ich all meinen Mut zusammen. In diesem Moment spürte ich es wieder: dieses Ziehen, diese glühende Hitze in meinem Inneren. Wie von selbst wanderten meine Augen nach rechts und fanden eines der Portale. Ich stieß einen erschrockenen Laut aus, als ich die Straße erblickte. Ich erkannte sie. Dort war ich schon einmal gewesen. Sie befand sich in der Nähe von Caels Wohnung. Ein heißes Gemisch aus Gefühlen erfasste mich und trieb meinen Puls an. Ganz kurz kam mir Caels Gesicht in den Sinn, der Park, die Straßen, die vielen Häuser aus kleinen Steinen. Diese Welt war schön und anziehend. Eine tiefe Sehnsucht überkam mich. Lockend rief der Ort nach mir. Es wäre ein Leichtes gewesen, mich einfach fallen und an diesen Ort bringen zu lassen. Auf diese Weise konnte ich König Dawnsparks Wut entkommen. Ich konnte ein neues Leben beginnen … in einer Welt, die ich nicht kannte, umgeben von Menschen, über die ich nichts wusste. Verfolgt von einem Mare, der mir nach dem Leben trachtete.

Ich schüttelte den Kopf und brachte die innere Stimme endlich zum Schweigen. Mit einer schnellen Bewegung stemmte ich mich nach oben, suchte mein Gleichgewicht und kam auf die Füße. Kurz schwankte ich noch, aber ich hielt mich an der Säule fest. Mein Blick blieb zunächst auf die Brücke gerichtet, doch als ich sicher war nicht mehr zu schwanken, wandte ich mich dem Sigil zu, das direkt über mir hing. Ich musste mich nur ein Stück strecken, und genau das tat ich jetzt. Ich reckte den rechten Arm, stellte mich auf die Zehenspitzen und bekam das kalte Metall des Amuletts zu fassen. Mein Herz schlug begeistert auf und ich spürte eine Welle puren Glücks.

Und plötzlich war da noch etwas anderes. Es geschah so schnell, dass ich nicht mal richtig ausmachen konnte, woher sie kamen. Am Rand meines Gesichtsfeldes sah ich schattenhafte Stränge und rauchartige Arme aufblitzen. Sie näherten sich blitzschnell und stießen mich gnadenlos von der Brücke. Mir blieb nicht mal mehr Zeit, zu schreien. Ich hatte keinen Halt mehr. Da war nichts unter mir, nur klaffende Tiefe und das grauenhafte Gefühl des Fallens, das an meinem Inneren zog und zerrte. Ich verstand es nicht. Aber das musste ich auch nicht mehr, denn es war vorbei.

23

Das Zerren und Ziehen breitete sich von meinem Magen durch meinen ganzen Körper aus. Ich fiel, fiel und fiel. Meine Haare flatterten unkontrolliert, der Wind zog so sehr an ihnen, dass er sie in mein Gesicht peitschte. Doch den kurzen Schmerz nahm ich gar nicht richtig wahr. Dafür war die Gewissheit viel zu schrecklich, dass ich versagt hatte und nun sterben würde. Meine Arme ruderten hilflos durch die Luft, während ich neben Häuserfassaden gen Boden rauschte. Ich sah die Lichter der Stadt, hörte ihre Geräusche. Es war, als hätte mich der Himmel über der Stadt ausgespuckt. Hier würde ich nun ein grausiges Ende finden.

Ich wusste natürlich, dass ich offenbar in eines der Portallöcher gestürzt war. Ganz kurz flackerte die Erinnerung an die nebelartigen Fäden auf, aber nur kurz. Wenn man gerade im Begriff war, zu sterben, dachte man erstaunlicherweise an andere Dinge. Nichts davon ergab Sinn oder war von Bedeutung. Immerhin blitzten auch ganz kurz die Gesichter meiner Familie vor meinem geistigen Auge auf. Nate, Cass und William. Es hatte tatsächlich Momente gegeben, in denen ich geglaubt hatte, diese Prüfung bestehen zu können, und nun …

Mein Blick wanderte unter mich. Die Panik wuchs ins Unermessliche. Ich wollte schreien – und bemerkte erst da, dass ich es bereits die ganze Zeit tat. Ich kam der Straße immer näher. Das durfte nicht geschehen, dachte ich noch. Nicht so. Nicht hier. Es musste doch irgendetwas geben, das ich tun konnte. Die magische Kraft, die ich in mir trug, schwappte wie eine warme Welle durch meinen Körper. Sie wollte benutzt werden. Doch was sollte ich damit anfangen? Ich rief Wind, aber natürlich war er bei Weitem nicht stark genug, um meinen Aufprall in irgendeiner Weise abzufangen. Er trieb mich bloß ein Stück nach links und brachte mich ins Trudeln. Ich fühlte, wie die Kraft aus mir herausströmte, wie das Brennen meinen Körper verließ und nichts als Kälte zurückblieb. Ich hatte alles in diesen Versuch gelegt. Vielleicht war es dumm gewesen. Vielleicht war das ein schwerer Fehler gewesen. Aber Magie mit ins Grab zu nehmen, hätte sicher ebenfalls keine Alternative dargestellt.

Und so war ich dazu verdammt, tatenlos hinzunehmen, dass mein Körper gleich den Boden erreichen würde. Meine Panik steigerte sich, bis nichts anderes mehr in mir war. Mein Herz tat seine letzten Schläge. Gleich war es vorbei. Ich kniff die Augen zu und dachte ein letztes Mal an meine Familie, doch noch immer sträubte sich alles in mir, mein Ende einfach hinzunehmen. Da war diese unglaubliche Wut auf mich selbst, ein Hass auf die ganze Welt. Warum konnte ich mich nicht retten? Wäre ich ein Dreamcatcher gewesen, dann …

Ein letztes Mal bäumte sich der Zorn in mir glühend heiß auf, versengte meine Nerven, meine Adern und brachte mein Blut zum Kochen. Und plötzlich stoppte ich! Es ließ sich nicht anders beschreiben und schon gar nicht erklären, aber ich schwebte etwa dreißig Zentimeter über dem Boden. Meine Knochen waren nicht zerschmettert, ich hatte nicht auf der Straße mein Ende gefunden. Warum auch immer.

Mein Herz beruhigte sich langsam, als mir klar wurde, dass ich tatsächlich noch am Leben war. Es ergab zwar keinerlei Sinn, ebenso nicht wie die Tatsache, dass ich über dem Asphalt schwebte, aber hey, dies war ganz sicher nicht der richtige Moment, um sich zu beschweren.

Langsam versuchte ich, mich zu bewegen, und schrie erschrocken auf, als ich plötzlich doch noch zu Boden rauschte und unsanft mit dem Kopf zuerst aufkam. Ich war dankbar für den Schmerz, denn immerhin durfte ich überhaupt noch etwas empfinden.

Als Nächstes sah ich mich hektisch um. Zum Glück war ich in einem Hof gelandet, der etwas abseits der Straße lag. Es schien also niemandem aufgefallen zu sein, dass ich gerade noch in der Luft geschwebt war.

Langsam stand ich auf und bemerkte jetzt erst, dass ich die ganze Zeit meine rechte Hand zusammengeballt hatte, in der sich etwas befand. Hektisch öffnete ich sie und sah erstaunt auf das goldene Amulett, in das filigrane Symbole eingelassen waren. Das Sigil. Ich hatte es im letzten Moment also offenbar doch noch zu fassen bekommen. Während des Sturzes war ich aber wohl mit anderen Dingen beschäftigt gewesen.

Ich erhob mich und schloss meine Hand erneut um das Amulett. Mein Puls begann sich zu beschleunigen, als mir klar wurde, was das bedeutete. Ich hatte es geschafft! Auch wenn die Prüfung sicher nicht so verlaufen war, wie sie hätte sollen. Ich war am Leben und das Wichtigste: Ich hatte das Sigil bekommen. Damit zählte ich nun offiziell zu den Dreamcatchern, oder nicht?

Ich schaute mich um und ging erst einmal zur Straße. Danach hatte ich aber nicht wirklich eine Ahnung, was ich machen sollte. Denn während des ganzen Trainings und alldem, was Nate mir über die Prüfung erzählt hatte, war eines nie zur Sprache gekommen: wie funktionierte dieses verdammte Amulett?! Ich wusste, dass es die Magie der Adeligen konzentrierte und sie so noch stärker wurden. Aber was war mit mir? Schaffte es das bei mir auch? Und wie sah es aus, wenn man gerade all seine Magie für einen dämlichen Windzauber aufgebraucht hatte, der einen nicht mal hatte retten können? Da war nichts mehr in mir, das das Sigil verstärken konnte.

»Mist«, zischte ich und wusste nicht, was ich machen sollte. So, wie ich es verstanden hatte, fühlte man dank des Sigils die Punkte, an denen sich die beiden Welten berührten. Nur dort konnte man die Welt wechseln. Es sah allerdings nicht gerade danach aus, als könnte mir das gelingen, auch wenn ich natürlich nichts unversucht lassen wollte.

Ich schloss also die Augen, atmete tief durch und ignorierte die irritierten Blicke der Passanten. Möglicherweise fand ich doch einen dieser Verbindungspunkte, wenn ich mich nur stark genug konzentrierte. Und tatsächlich schien da etwas zu sein – oder bildete ich mir das nur ein? Ich wusste es nicht genau, aber einen Versuch war es sicher wert.

Ich öffnete die Augen und hoffte, dass mein Sigil mich führen würde. Die Straße war lang, die Häuser zu beiden Seiten modern. Es gab hier deutlich weniger Gebäude, die aus diesen kleinen Steinen gebaut waren. Im Hintergrund erkannte ich die riesigen Hochhäuser, die sich mit ihren glänzenden, hellen Glasfronten in den Himmel schoben und das Sonnenlicht reflektierten.

Irgendwie kam mir die Gegend bekannt vor. Diese Straße, die Häuserreihe. Ich bog nach links ab, und da wurde mir schlagartig klar, wo ich mich befand. Natürlich! Ich war durch den Verbindungspunkt gefallen, der in der Nähe von Caels Wohnung lag. Und nun streckte sich das Hochhaus genau vor mir in die Höhe.

»Verdammt«, zischte ich.

Damit zerschlugen sich meine Hoffnungen wohl, dass mich mein Sigil führen würde. Es war wohl vielmehr so, dass mir dieser Weg unterbewusst bekannt vorgekommen war, da ich ihn schon einmal gegangen war.

Was sollte ich nun machen? Wenn ich keinen Verbindungspunkt fand, konnte ich nicht mal versuchen, in meine Welt zurückzukehren. Nicht, dass die Chancen darauf besonders gut standen. Immerhin bräuchte ich dafür noch einen Funken magischer Kraft in mir. Allerdings war ich absolut leer.

»Bist du eine Art Stalkerin?«, riss mich eine Stimme aus meinen Gedanken.

Erschrocken fuhr ich herum, schob hastig das Sigil in meine Hosentasche und entdeckte Cael, der ein Stück hinter mir stehen geblieben war. Er hatte einen Beutel geschultert – vielleicht war er gerade auf dem Heimweg. Fragend schob sich eine seiner Brauen in die Höhe.

»Oder bist du einfach nur wieder zufällig in der Gegend und kommst, um mich zu besuchen?«

Ich hatte keine Ahnung, was eine Stalkerin war. Offenbar nichts Gutes, so viel verstand ich immerhin. Und er glaubte, dass ich wegen ihm hier wäre, was absolut nicht der Fall war.

»Ich stehe ganz bestimmt nicht deinetwegen hier«, fuhr ich ihn an.

»Ach nein?«, hakte er nach. »Was willst du dann direkt vor meiner Wohnung? Dass du zu meinem Fenster hinaufstarrst, macht dich jedenfalls nicht gerade weniger verdächtig«, fügte er mit einem Grinsen hinzu.

»Ich … ich …«

Ja, super Satzbeginn. Was sollte ich ihm bitte erzählen? Dass ich aus meiner Welt gefallen war und keine Ahnung hatte, was ich nun tun sollte?!

Er rollte mit den Augen und machte Anstalten weiterzugehen.

»Ich weiß gerade nicht, wo ich hinsoll«, gestand ich, und immerhin das war nicht gelogen. »Es ist einiges passiert, das mich ziemlich … aus der Bahn geworfen hat.«

Caels Onyxaugen legten sich auf mich. Sie waren wunderschön, das musste ich leider zugeben. Trotz der dunklen Farbe wirkten sie warm, was mit Sicherheit an den goldenen Sprenkeln lag, die ihnen etwas Feuriges verliehen. Je länger man hineinsah, desto mehr dieser Flecken entdeckte man, und sie hatten ein wirklich wundervolles Strahlen. Okay, ich musste dringend aufhören, in die Augen dieses Kerls zu starren.

»Was ist mit deinen Freunden? Können sie dir nicht helfen?«, wollte er wissen.

Ähm, ja, gute Frage. »Ich … kann sie nicht erreichen«, murmelte ich.

Er schnaufte genervt. »Hast du wieder mal dein Handy verloren oder ist der Akku leer?«

Richtig, das Handy! Das hätte an dieser Stelle recht nützlich sein können. Aber woher hätte ich wissen sollen, dass ich am Ende der Prüfung in der Menschenwelt landen würde?! Ohnehin hätte es mich während des Balancierens nur gestört. Und mal ganz ehrlich, ich hätte Nate sicher nicht während der Prüfung angerufen, um ihm einen kleinen Statusbericht zu geben. Mal ganz davon abgesehen, dass diese Dinger in unserer Welt ohnehin nicht funktionierten. Also, von daher: kein Handy. Bitte nächste Idee.

»Ich habe es wohl nicht eingesteckt«, gab ich reumütig zu.

Cael musterte mich wieder auf diese eingehende Art. Dann gab er ein Ächzen von sich und sagte: »Also, gut. Dann komm erst mal mit zu mir, bis du eine Idee hast, wohin du gehen willst.«

Cael ging in Richtung Haustür, doch ich blieb zunächst wie angewurzelt stehen. War es eine gute Idee, ihm zu folgen? Allerdings, was waren meine Optionen? Durch die Stadt streifen, in der Hoffnung, dass ich doch noch den Weg zu einem der Verbindungspunkte fand und wundersamerweise in meine Welt zurückgelangte? Mit Schrecken fiel mir noch etwas anderes ein. Hektisch drehte ich mich um und ließ meinen Blick über die Straße wandern. Der Mare war irgendwo in der Stadt und er suchte nach mir. Was, wenn er spüren konnte, dass ich wieder hier war? Aber hätte ich ihn dann nicht auch wahrnehmen müssen? Mist, verdammt! Hoffentlich blieb mir wenigstens eine weitere Begegnung mit diesem Wesen erspart.

»Kommst du jetzt?«, rief mir Cael grinsend zu. Mittlerweile hatte er die Tür aufgeschlossen.

Ich musste nicht lange überlegen. Es war besser, in seiner Wohnung über meine nächsten Schritte nachzudenken als hier draußen auf der Straße, wo ich ein gefundenes Fressen war.

Etwas widerwillig folgte ich ihm. Cael stieg in den Aufzug, der uns ziemlich schnell nach oben brachte. Wir folgten einem Flur und kamen vor einer Tür zu stehen, die er erneut aufschloss. Er ging hinein, warf den Schlüssel auf einen kleinen Tisch und marschierte in Richtung Küche. Ich hingegen stand etwas hilflos herum, bis ich mich überwand und ihm folgte. Ich ging auf das schwarze Ledersofa zu und ließ mich darauf sinken. Kaum zu glauben, dass ich vor etwa drei Wochen hier gelegen hatte.

»Wie geht es deinen Verletzungen?«, wollte Cael wissen, der nach einer bauchigen Flasche griff und den Inhalt in ein Glas goss.

»Gut soweit«, antwortete ich ausweichend. Ich konnte ja schlecht sagen, mit welchen Salben mich der Arzt behandelt hatte.

»Freut mich zu hören«, sagte Cael und kam auf mich zu. Er streckte mir das Glas entgegen. »Du siehst so aus, als könntest du etwas für deine Nerven gebrauchen. Zumindest machst du einen recht aufgewühlten Eindruck.«

Ich nahm das Glas entgegen und trank einen tiefen Schluck. Was auch immer da drin war, es brannte wie Feuer. Ich verzog das Gesicht, während die Hitze langsam meine Kehle hinabrann und schließlich in meinem Magen ankam.

»Willst du was essen?«, fragte er, während er weiter in der Küche hantierte. »Ich wollte ohnehin gerade etwas kochen.«

Eine Mahlzeit war das Letzte, über das ich nachdenken wollte. Ich musste einen Weg aus dieser Welt herausfinden. Irgendwie war es blanke Ironie. König Dawnspark hatte mich zu dieser Prüfung gezwungen, damit ich nicht wie beim letzten Mal in der Menschenwelt stranden würde. Nun hatte ich das Sigil und es war dennoch genau das geschehen.

»Hast du Probleme mit deiner Familie oder vor was läufst du weg?«, wollte Cael wissen, während er ein paar Nudeln in einen Topf gab. »Ich mache Spaghetti mit Pesto. Ich hoffe, das ist in Ordnung.«

Nudeln kannte ich, Pesto nicht, aber es spielte keine Rolle. Ich nickte nur und überlegte, was ich auf seine erste Frage antworten sollte. War es nicht so, dass es für eine gute Lüge wichtig war, so nah wie möglich an der Wahrheit zu bleiben?

»Nein«, antwortete ich schließlich. »Mit meiner Familie ist alles in Ordnung. Es sind eher … berufliche Probleme«, sagte ich und kam mir ziemlich dumm vor. Was machte ich hier bitte? Ich saß in der Wohnung eines fremden Mannes, der aus der Menschenwelt stammte, hielt mich an einem Glas mit Alkohol fest und sah zu, wie er kochte. Ich musste weg, und das so schnell wie möglich!

»Ärger mit dem Chef?«, hakte Cael nach, während er Kräuter in einen seltsamen Apparat gab.

»Kann man so sagen.« Oder wie sollte man den König unseres Landes sonst nennen? »Ich bin ihm ein Dorn im Auge und er würde mich gerne loswerden. Darum hat er mir diese Aufgabe gegeben in der Hoffnung, ich würde kläglich scheitern.«

Warum erzählte ich ihm all das? Weshalb führte ich das überhaupt weiter aus? Ich hätte die Klappe halten und machen sollen, dass ich wegkam – um vermutlich gleich darauf dem Mare in die Arme zu laufen. Ohnehin ließen sich die Worte nicht zurückhalten. Sie mussten raus. Mit wem sonst konnte ich darüber sprechen? Cael kannte mich nicht. Er kannte unsere Welt nicht. Ihm gegenüber durfte ich alles rauslassen, ohne mit Konsequenzen rechnen zu müssen. Zum ersten Mal in meinem Leben musste ich mir keine Gedanken über das machen, was ich über den König sagte. Ich war nicht gezwungen, meine Worte abzumildern, damit ich keinen Hochverrat beging. Und das war eine echte Befreiung.

»Hört sich nach einem ziemlichen Tyrannen an«, stellte Cael fest und gab Basilikum in den Apparat.

»Er trägt große Verantwortung.« Warum verteidigte ich diesen Kerl?! Immerhin hatte er deutlich zu verstehen gegeben, dass er in meinem Tod durchaus Vorteile sah.

»Ja, und zwar für jeden Einzelnen seiner Angestellten. Wenn er sie derart unter Druck setzt und ihnen ihr Leben zur Hölle macht, kann das kein besonders tolles Arbeitsklima sein. Und wer nicht mit dem Herzen bei der Sache ist, bringt nichts Großes zustande. Er leistet höchstens Standard, und das kann nun wirklich nicht erstrebenswert sein«, erklärte Cael.

Saß ich hier gerade wirklich mit einem Menschen zusammen und philosophierte über Hierarchien und Arbeitsklima? Das war so unwirklich.

Cael holte Teller, und als die Nudeln weich waren, drapierte er sie darauf. Er gab noch etwas von der grünen Soße, diesem Pesto darauf und kam zu mir.

»Hier«, er reichte mir den Teller.

Ich nahm ihn dankend an und begann, die Spaghetti zu essen. Überrascht warf ich Cael einen Seitenblick zu. Das war richtig lecker.

»Kochen kannst du also auch«, stellte ich fest. »Leute verarzten gehört ebenfalls zu deinem Repertoire und offenbar kennst du dich auch mit Geschäftsführung aus. Gibt es etwas, in dem du nicht gut bist?«, fragte ich in der Hoffnung, ihn ein klein wenig aus der Reserve zu locken.

»Oh, da gibt es sogar eine ganze Menge. Ich hoffe, ich enttäusche dich nicht allzu sehr, aber ich habe absolut keine Ahnung, wie man eine Firma leitet. Es ist mehr, dass ich ein Händchen für Menschen habe. Außerdem liegt es nahe, dass aus Unterdrückung nichts Gutes wachsen kann.«

Nur leider wollte König Dawnspark nicht, dass ich wuchs.

»Willst du die Aufgabe dennoch annehmen, die dir dein Boss gegeben hat?«, hakte er nach und führte die Gabel zum Mund.

Ich beobachtete ihn und kam nicht umhin festzustellen, dass er ziemlich verführerische Lippen hatte. Ich musste zugeben: Cael war verdammt attraktiv. Nicht nur sein Körper war hinreißend, auch sein Gesicht. Wie konnte jemand nur derart gut aussehen? Diese vollen Lippen, die Wangenknochen. Alles an ihm war fein geschnitten, die Augenbrauen, das Kinn, sogar die Muskeln seiner Arme, die ich unter dem engen Shirt recht gut sehen konnte. Dazu diese dunklen Augen, die wie herrliche Edelsteine funkelten. Er wirkte wie ein Gemälde eines großen Künstlers, der ein Leben lang an der Perfektionierung seines Handwerks gearbeitet hatte. Und – meine Güte – er hatte es geschafft. Natürlich ließ mich dieser Anblick nicht kalt. Ich war ja nicht aus Stein. Ich musste mir wohl eingestehen, dass auch ich gegen gewisse Reize nicht immun war.

Unter seinem prüfenden Blick besann ich mich auf seine letzte Frage und antwortete: »Ich habe sie bereits angenommen. Allerdings habe ich Zweifel, dass ich sie gut gelöst habe.«

»Spielt das eine Rolle?«, wollte er wissen und stellte seinen Teller auf dem kleinen Tisch vor sich ab. »Gelöst ist gelöst.«

Mit dieser nüchternen Feststellung zauberte er mir ein Lächeln aufs Gesicht. Wenn es doch tatsächlich nur so einfach gewesen wäre …

»Wir werden sehen, was er sagt. Vermutlich werde ich mir einiges anhören dürfen. Vielleicht wäre es besser gewesen, ich hätte einen anderen Weg genommen. Möglicherweise hätte ich mich noch mehr auf die Aufgabe vorbereiten müssen.«

Ich dachte an meinen Bruder, der mir einen Ausweg aufgezeigt hatte, und auch an Nate, der mich um jeden Preis beschützen wollte. Er hatte so viel mit mir trainiert. Doch jetzt hatte ich das Gefühl, dass alles umsonst gewesen war. Dabei hatte ich das Sigil bei mir. Aber es war absolut nutzlos, was ich als schlechtes Zeichen wertete. Was, wenn meine Kraft einfach nicht ausreichte, um es je einzusetzen?

»Es kann niemals umsonst sein, den Weg zu gehen, den man vor Augen hat«, unterbrach Cael meine grüblerischen Gedanken. »Du solltest dich jedenfalls nicht von anderen davon abbringen lassen. Es wäre wirklich schade, wenn du so wenig an dich glaubst.« Er lehnte sich ein Stück zu mir vor und musterte mich auf eindringliche Art, sodass mein Puls unruhig wurde. »Du wirkst stark und ich glaube, dass sehr viel mehr in dir steckt, als du annimmst. Ich würde jedenfalls gerne mehr davon sehen.«

War er mir gerade noch näher gekommen? Sein interessierter Blick wanderte an mir entlang, als wollte er sich jedes Detail einprägen – oder als suchte er Antworten auf Fragen, die ich nicht mal kannte.

»Wenn ich kein Selbstvertrauen in der Sache hätte, wäre ich erst gar nicht angetreten«, rechtfertigte ich mich und verfluchte mich innerlich sofort dafür. Ich war dem Kerl überhaupt nichts schuldig, schon gar keine Erklärung. Er kannte mich nicht und ich ihn ebenso wenig. »Trotzdem ist es wohl logisch, dass ich gewisse Zweifel hege.«

»Natürlich. Erst recht, wenn offenbar so wenige in deinem Umfeld an dich glauben«, fuhr Cael fort.

Ich gab ein zorniges Schnauben von mir. Es war eine Sache, wenn er mich in einem schlechten Licht sah, aber ich würde nicht zulassen, dass er auch nur ein abfälliges Wort über Nate verlor.

»Nate glaubt an mich. Daran hat er mich niemals zweifeln lassen.«

»Ja, genau darum hat er dir erst einmal eine Standpauke gehalten, nachdem er dich neulich Nacht abgeholt hat.« Er kam mir noch ein Stück näher, und bei seinen nächsten Worten konnte ich seinen Atem an meinem Gesicht spüren. »Oder willst du behaupten, dass er das nicht getan hat? So aufgebracht, wie er war. Ich kann mir nicht vorstellen, dass er nichts gesagt hat. Und auch bei deinem Job … Nate und deine anderen Freunde sollten dir das Gefühl geben, diese Herausforderung bewältigen zu können, und dir dabei helfen, die Kraft dafür zu finden. So, wie er neulich aufgetreten ist, kann ich mir kaum vorstellen, dass er das getan hat.« Er hielt kurz inne und fügte dann schulterzuckend hinzu: »Ist nur meine Einschätzung. Vielleicht liege ich auch völlig daneben.«

Meine Augen wurden schmal, während ich die brennende Wut in meinem Inneren zurückhielt. »Du liegst wirklich gründlich daneben. Du kennst ihn nicht. Und du kennst mich nicht.«

»Das ist richtig. Aber, wie gesagt, ich habe eine gute Menschenkenntnis und ich bin mir sicher, dass man dich nicht in Watte packen muss. Auf jeden Fall bist du alt genug, um allein in dieser Stadt klarzukommen. Dafür brauchst du keinen Aufpasser.«

Ich hielt inne und sah Cael irritiert an. Richtig – er hielt mich ja für einen Menschen. Er wusste nicht, vor welche Aufgabe mich König Dawnspark gestellt hatte. Es war um mein Leben gegangen. Doch Cael glaubte, ich spräche von alltäglichen Problemen eines normalen Menschen. Kein Wunder also, dass er so über Nate dachte. Nates Vorbehalte gegen meinen Eintritt bei den Dreamcatchern und die Prüfung schob ich beiseite. Am Ende hatte er mich schließlich unterstützt.

»Wir bleiben wohl am besten dabei: Du kennst weder mich noch ihn. Kümmere dich also lieber um jemand anderen. Ich bin mir sicher, da gibt es genug Frauen, denen du mit einer persönlichen Analyse beistehen kannst.« Ich klang bissig und ziemlich abweisend, aber das war mir in diesem Moment nur recht.

»Hmm … damit ich bereit wäre, mich näher mit ihnen zu beschäftigen, müssten sie schon mein Interesse wecken.«

Sein warmer Atem streifte mein Ohr. Hitze rauschte durch meine Adern und brachte mein Blut zum Kochen. Hoffentlich waren das nur Nachwirkungen meiner Wut. Ich sah auf und mein Blick fiel auf sein Gesicht. Er war so verflucht attraktiv und … sexy. Meine Güte! Was stimmte nur nicht mit mir, dass der Kerl solch eine Wirkung auf mich hatte?

»Du solltest dir dringend ein neues Hobby suchen«, sagte ich und wollte mich von seinem Anblick losreißen, was mir nur schlecht gelang. Verflucht!

»Du interessierst mich auf jeden Fall«, fuhr er fort und streckte die Hand nach mir aus. Sie schmiegte sich um meine Wange, war sanft und bestimmt zugleich.

Mein Herz stolperte, während ich meinen Körper zwang, mich nicht in seine Berührung zu lehnen. Was war nur mit mir los? Warum genoss ich das Gefühl seiner starken Hand auf meiner Haut so sehr, dass ich am liebsten die Augen geschlossen und wie eine Katze geschnurrt hätte? Ich musste den Verstand verloren haben!

Seine Finger strichen zärtlich über meine Wange und brachten sie regelrecht zum Glühen. Ich sog scharf Luft ein, mein ganzer Körper kribbelte und rief mir in Erinnerung, wie sehr ich mich danach sehnte. Ich wollte diese Art von Nähe, dieses elektrisierende Prickeln, das immer tiefer kroch. Verdammt! Er rief in mir Gefühle hervor, die ich nicht haben wollte – schon gar nicht ihm gegenüber. Verwirrende Gefühle, von denen ich wusste, dass sie mich in den Untergang reißen würden.

Ich hob den Blick und schaute Cael an. Instinktiv wusste ich, dass er mein Ende bedeuten konnte. Warum nur machte mir das in diesem Moment überhaupt keine Angst? Ganz im Gegenteil. Ich empfand eher etwas wie Faszination. Cael war ein Mensch. Er stammte aus einer anderen Welt. Ich wusste nichts über ihn und dennoch fand ich ihn … interessant.

Ich sah dieses Lodern in seinen Augen, die leicht gerunzelte Stirn, die mir das Gefühl gab, dass auch er nicht verstand, was da gerade zwischen uns geschah. Seine Fingerspitzen bahnten sich ihren Weg über mein Gesicht, streichelten an meinem Wangenknochen entlang, zeichneten meine Kinnlinie nach und erreichten schließlich meine Lippen. Seine Augen folgten jeder seiner Bewegungen, und es lag solch ein Hunger in seinem Blick, dass mir der Atem stockte. War wirklich ich es, die diesen Ausdruck hervorrief?

Behutsam und doch bestimmt glitt sein Daumen an meinen Lippen entlang, spielte mit ihnen und schenkte mir einen Vorgeschmack darauf, was alles möglich war. Als er sie öffnete, drang mein Atem nur noch stoßweise aus meinem Mund. Mein Herz hämmerte in meiner Brust und ein Pochen erfasste meinen Körper. Was geschah hier nur?

»Wunderschön«, hauchte Cael und beugte sich langsam zu mir vor.

Gebannt starrte ich ihn an, während er sich meinem Mund näherte, mit dem noch immer sein Daumen auf diese verführerische Art spielte. Ich hatte keine Ahnung, was ich tat. Fest stand nur, dass da ein Verlangen in mir herrschte, von dem ich selbst nicht wusste, woher es stammte. So lange hatte ich auf solch einen Moment gewartet. So lange hatte ich mich danach gesehnt. Aber das hier … war nicht Nate.

Ich riss den Blick hoch, und in diesem Moment erklang ein Schlüssel, der sich im Schloss der Tür drehte. Erschrocken sah ich auf, als eine junge Frau das Zimmer betrat.

»Du glaubst nicht, was ich heute alles durchgemacht habe. Es war so ein beschissener …«

Die junge Frau trug einen eleganten, dünnen Mantel, der sich herrlich um ihre Figur schmiegte. Sie war gerade dabei, ihn auszuziehen, als der Blick ihrer großen Augen auf uns fiel. Ihr gelocktes, dunkles Haar reichte ihr bis zur Hüfte und unterstrich den wilden, neugierigen Touch in ihrer Miene. Sie war wunderschön, das musste ich zugeben.

Sie hob eine Braue, während sie mich musterte. »Komme ich etwa ungelegen? Offenbar hast du Besuch.« Sie betonte das letzte Wort derart eigenartig, dass ich mir nicht ganz sicher war, ob sie einfach nur überrascht über meine Anwesenheit war oder mich sofort vor die Tür setzen wollte.

Hastig warf sie den Mantel beiseite und kam mit schnellen Schritten auf uns zu. Sie trug einen langen, grauen Pullover, der unheimlich weich aussah, dazu schwarze Leggins und flache Schuhe.

Automatisch wich ich von Cael zurück und nahm etwas Abstand, was ihm nur ein süffisantes Grinsen entlockte. Währenddessen stützte sich die junge Frau auf der Rückenlehne des Sofas ab und betrachtete mich.

»Muss ich mir Sorgen machen oder ist das wieder nur eines deiner Spielchen? Immerhin kommt es selten vor, dass du eine Frau mit in deine Wohnung nimmst.«

»Das geht dich wohl kaum etwas an, Trish«, erwiderte Cael und stand auf.

»Oh, das sehe ich anders. Zumal du offenbar vergessen hast, dass wir heute Abend einen Film zusammen anschauen wollten.« Sie zog einen Schmollmund und sah ihn aus ihren großen, braunen Augen an.

Vermutlich sollte ich froh sein, dass diese Trish aufgetaucht war, auch wenn mir das Ganze verdammt unangenehm war. Wer war diese junge Frau? War sie mit Cael zusammen? Immerhin hatte sie einen Schlüssel zu seiner Wohnung. Aber im Grunde spielte es keine Rolle. Wichtig war nur, dass ich durch diese Unterbrechung wieder zur Besinnung gekommen war. Schnell stand ich auf – und in diesem Moment überfiel es mich: dieses drängende Gefühl. Dieses innere Ziehen und Zerren, das mich in eine bestimmte Richtung lotsen wollte. Und leider war ich mir recht sicher, dass es sich dabei nicht um einen der Verbindungspunkte handelte, durch die ich in meine Heimat zurückgelangen konnte. Nein, es musste der Mare sein. Und offenbar war er auf dem Weg hierher. Allein hatte ich keine Chance gegen ihn, das war mir durchaus bewusst. Aber ebenso sicher war ich mir, dass ich ihm nicht in dieser Wohnung gegenübertreten sollte. Und so stark, wie ich seine Kraft spürte, war er bereits auf dem Weg, und ich bezweifelte, dass die Anwesenheit von Cael und Trish ihn aufhalten würde. Dafür war er beim letzten Mal viel zu wütend gewesen.

»Ich … ich sollte gehen«, sprudelte es aus mir hervor.

Stolpernd hastete ich gen Ausgang und hörte noch Caels Stimme.

»Alexis, warte kurz.«

Ich gab ihm natürlich keine Antwort, streckte die Hand nach der Türklinke aus und riss die Tür auf.

»Da hat es aber jemand eilig«, sagte Trish noch, und dann stand ich schon im Flur und wusste erst einmal nicht, wohin ich gehen sollte. Was konnte ich tun? War es besser, vor dem Mare wegzulaufen, oder sollte ich mich ihm stellen? Ein Teil von mir wollte so sehr, dass das alles ein Ende nahm. Wenn ich diesen Kerl nur hätte ausschalten können. Ihn ein für alle Mal bezwingen, damit ich meine Ruhe hatte. Ich hätte wieder frei sein können, zumindest soweit es mir möglich war. Ich hätte den Dreamcatchern ohne Sorge helfen können. Vielleicht konnte ich König Dawnspark dann sogar davon überzeugen, dass ich hilfreich wäre und kein Ärgernis für ihn darstellte.

Ich strich mir mit zitternden Händen durchs Haar und versuchte, mein wogendes Blut zu beruhigen. Was war nur mit mir los? Seit ich mich in der Menschenwelt aufhielt, war ich einfach nicht mehr ich selbst. Dieses Drängen und Ziehen wurde stärker. Der Mare kam näher. Und ich … ich wollte ihm gegenübertreten. Ich musste wirklich den Verstand verloren haben. Zum Glück pochte auch noch mein Überlebenswillen in mir, der mir zur Vernunft zurückhalf. So hastete ich den Flur entlang, schaute kurz zum Aufzug, zog es dann aber doch vor, die Treppe zu nehmen.

Als ich unten ankam, rang ich nach Luft, riss die Haustür auf, stürzte nach draußen und rannte die Straße entlang. Warum musste die Gegend derart verlassen sein? Ich bog rechts ab und stellte fluchend fest, dass ich mich wohl für die falsche Abzweigung entschieden hatte. Ich befand mich auf einer Grünfläche, und die war menschenleer.

»Mist, Mist, Mist!«, zischte ich und schaute mich suchend um. Wohin sollte ich gehen?

Und in diesem Moment spürte ich es: Meine Bemühungen waren vergebens. Es war zu spät.

24

Mit bebendem Herzen starrte ich den Mare an. Seine Gestalt hatte ein wenig mehr an Festigkeit gewonnen, wie ich feststellte. Offenbar hatte er die Zeit genutzt und einigen Menschen ordentlich Albträume beschert. Dennoch war er weit davon entfernt einen richtigen Körper zu besitzen. Nicht, dass das in diesem Moment eine große Rolle gespielt hätte, denn stark genug war er sicher dennoch.

»Das auch noch«, zischte ich und überlegte verzweifelt, was ich tun sollte. Meine Magie war aufgebraucht, das konnte ich also vergessen. Ich war komplett auf mich und meine Fähigkeiten gestellt – was wohl bedeutete, dass ich verloren war.

»Es hat ganz schön lange gedauert, dich in die Finger zu bekommen«, raunte er und seine pechschwarzen Augen wirkten in dem fahlen, durchscheinenden Gesicht riesengroß und geisterhaft.

Mir entging nicht, dass ein grünes Licht von seinem Körper ausging. Es waberte unruhig um ihn herum. Was war das nur?

»Aber ich wusste immer, dass ich dich früher oder später finden würde. Nur schön, dass ich dafür nicht noch einmal in eure Welt musste. Du kannst dir sicher denken, dass es kein besonders angenehmes Gefühl ist, in die Heimat seiner Feinde einzudringen.«

»Wir sind keine Feinde, wir wollen dich retten. Aber hey manch einer fühlt sich vermutlich nicht allzu wohl dabei, in Schwerelosigkeit zu tauchen und weder Sorgen noch Ängste zu verspüren«, erklärte ich in der Hoffnung, Zeit zu gewinnen und mich nach einer behelfsmäßigen Waffe umschauen zu können. Bislang fielen mir aber nur ein paar sehr zerbrechlich anmutende Äste ins Auge. Damit würde ich dem Kerl sicher keine Angst einjagen. »Du wolltest stattdessen einfach nur weiter Unheil verbreiten«, fuhr ich in verächtlichem Ton fort.

Er gab einen knurrenden Laut von sich. »Das Böse wird sich wohl niemals vertreiben lassen. Auch das wirst du irgendwann noch lernen müssen.« Er legte den Kopf leicht schief, und ein kaltes Lächeln erschien auf seinen Lippen.

Ich hätte einiges dafür gegeben, um auf diese Erfahrung zu verzichten, aber offenbar hatte ich keine Wahl, und mein Körper schien genau das zu spüren. Jeder Muskel, jede Sehne spannte sich. Ein Brennen entstand in meinem Bauch und breitete sich von dort durch meinen ganzen Körper aus, als würden Tausende kleine Adern in mir wachsen, durch die das Feuer schoss. Heiß, drängend und vor allem gierig. Diese letzte Emotion erschütterte mich zutiefst, aber ich konnte es nicht anders ausdrücken. Ich wollte, dass diese Jagd ein Ende hatte. Ich wollte keine Verfolgte mehr sein, die sich bei jedem Schritt verängstigt umschauen musste. Dieser Kerl war eine riesige, allgegenwärtige Bedrohung, und ich hatte endgültig die Nase voll davon. Überraschenderweise beruhigte mein Herzschlag sich. Ich verstand nicht, was da mit mir geschah, aber ich ließ meinen Widersacher keinen Moment aus den Augen.

Grinsend sah er mich an, bereit, mir das Ende zu bringen. Es war klar, dass er nicht mehr von mir ablassen würde. Endlich hatte er mich gefunden, und dieses Mal würde er mich in Stücke reißen.

»Ich kann es kaum erwarten«, zischte er, wie um meinen Gedanken zu bestätigen. »Du bist ein Ärgernis. Ein schrecklicher Fehler, der behoben werden muss. Ich werde also nicht nur dich, sondern auch die Kraft in dir auslöschen. Beim letzten Mal konnte ich es bereits spüren. Ich weiß zwar nicht genau, was du vorhast, aber ich werde es nicht zulassen. Heute findest du dein Ende.« Ein kaltes

Blitzen zuckte durch seine Augen und seine Lippen verzogen sich zu einem Lächeln, sodass ich seine Zähne erkennen konnte.

So viel also zu meinem Verdacht, dass der Mare wusste, dass ich ihn und seinesgleichen spüren konnte. Irgendwie war es ziemlich klar, dass er mich genau deswegen jagen und töten wollte.

Ein heißes Brodeln kochte bei diesen Worten in mir auf. Mir war klar, dass ich nicht viele Optionen hatte und meine Chancen nicht gerade gut standen. Dennoch würde ich niemals kampflos aufgeben. Entschlossenheit machte sich in mir breit und vermischte sich mit dem Adrenalin, das heiß und drängend durch meinen Körper raste.

Noch einmal ließ ich meinen Blick nach einer Waffe umherschweifen, aber es wollte sich einfach nichts finden lassen. Da nahm ich eine schnelle Bewegung vor mir wahr und stürzte instinktiv nach hinten. Ich fiel mit der Schulter zuerst auf den Boden und sog hastig Luft ein. Ein heftiger Schmerz jagte durch meinen Arm. Perfekt, gleich beim ersten Ausweichmanöver verletzt. Mir blieb allerdings keine Zeit, länger darüber nachzudenken. Ich sah, wie der Mare vor mir auftauchte, die durchscheinende Hand nach mir ausstreckte und sie um meinen Hals legen wollte. Was dann geschah, konnte ich mir selbst nicht erklären. Es war, als würde ein Energiestoß in mir explodieren, der dafür sorgte, dass ich hastig zur Seite rollte, das Bein ausstreckte und dem Kerl die Füße wegriss. Er ging zu Boden, aber nur für einen kurzen Moment.

Lachend stand er auf. »Nun wird es doch noch amüsant. Wie schön. Ich hatte bereits befürchtet, es würde langweilig werden, dich zu töten.«

Ich ließ meinen Gegner nicht aus den Augen, während ich vor ihm zurückwich. Meine Gedanken kreisten und ich suchte nach einer Lösung. Mir war klar, dass ich den Mare niemals unschädlich machen konnte, um ihn anschließend in unsere Welt zu verfrachten. Ich schaffte es ja nicht mal allein dorthin. Aber wie lange würde es mir gelingen, dem Kerl standzuhalten? Vermutlich würde mir die Antwort darauf nicht gefallen. So ungern ich es auch zugab, am sichersten war es, zu versuchen, ihm zu entkommen. Dafür sahen die Chancen aber nicht gut aus.

Ich seufzte und raffte all meine Kraft und Energie zusammen. Dann rannte der Mare auf mich zu, sprang vor mir in die Luft und bewegte sich so schnell, dass ich ihn nicht mehr sehen konnte. Ich hielt den Atem an, drehte mich und spürte plötzlich einen Schlag in meinem Rücken. Ich wurde fortgeschleudert und krachte etwa vier Meter weiter auf den Boden. Zunächst verstand ich überhaupt nicht, was da mit mir geschehen war. Ich war entsetzt und vollkommen überrascht. Doch dieses Gefühl verflog zum Glück schnell wieder. Ich stemmte meine aufgeschürften Handflächen in den Boden und stand auf. Da war Blut in meinem Mund. Hoffentlich hatte ich mir nur auf die Zunge gebissen. Irgendwie hätte ich ungern Zähne verloren. Rasselnd holte ich Luft und spürte unendlich viele Stellen an meinem Körper, die schmerzten. Angefangen bei meinen Knien, Armen und dem rechten Hüftknochen, auf den ich unsanft gefallen war.

»Du kannst dir nicht vorstellen, wie lange ich auf diesen Moment gewartet habe. Unzählige Male habe ich mir ausgemalt, auf welche Art und Weise ich dir ein Ende bereite, und nun ist es so weit. Ich kann es kaum erwarten.«

Damit rannte er wieder auf mich zu. Sein fahles, durchscheinendes Gesicht flammte vor mir auf, die dunklen Augen wirkten schwarz wie Kohle. Dann holte er aus und versuchte, mich zu fassen zu bekommen. Blitzschnell tauchte ich unter seinen Armen hinweg, trat zurück, reckte den Kopf nach links, um einem Hieb zu entkommen. Keine Ahnung, wie ich das machte, aber irgendwie spürte ich genau, was ich zu tun hatte. Meine Bewegungen kamen instinktiv, und mit ihnen wurde das heiße, lodernde Brennen in mir immer stärker. Vielleicht hatte ich doch eine Chance gegen ihn. Ich hätte jedenfalls nichts lieber getan, als diesen Mistkerl auszulöschen. Dann konnte ich endlich frei sein! Nur er stand mir noch im Weg.

Ich sprang ein Stück nach hinten, zog erneut den Kopf ein und drehte mich ein kleines Stück. Dabei fiel etwas in meinen Blick – oder besser gesagt: jemand. In der Nähe einer alten Eiche stand eine Frau. Sie hielt die Arme vor der Brust verschränkt und beobachtete uns mit gelassener Miene.

Jinx, ging es mir durch den Kopf. Was machte die Anhängerin von Morpheus hier? Und vor allem: Warum griff sie nicht ein? Mir war natürlich klar, dass sie mir nicht helfen würde. Aber warum sprang sie nicht dem Mare zur Seite? Aber die Antwort lag wohl auf der Hand: Weil der Kerl es ohne Probleme schaffen würde, mich umzubringen. Dafür musste sie sich nicht einmischen.

Ich knurrte wütend. Vielleicht würde sie heute doch noch eine Überraschung erleben.

Mit dem Gedanken drehte ich mich schnell, als der Mare nach mir schlug. Instinktiv streckte ich die Hand aus, schnappte mir den Arm des Mares, vollendete die Drehung, und als ich festen Stand hatte, spannte ich meine Muskeln an, um den Kerl über meine Schulter zu werfen. Er flog überraschend weit und krachte mit einem lauten Donnern zu Boden.

Ich sah zu Jinx, die sich noch immer nicht rührte, aber mich weiterhin ansah. Ihre Augen wirkten kühl und betrachteten mich herablassend. Doch ich hielt ihrem Blick stand, ließ mich davon nicht einschüchtern und hoffte, dass ich mindestens ebenso hasserfüllt zurückstarrte.

»Du kleine, verdammte …«, zischte der Mare und erhob sich wutschnaubend. »Nun hast du mich wirklich wütend gemacht. Tja, du wirst gleich erleben, dass das wirklich dumm war.«

Er kam auf mich zu. Ich wich automatisch ein paar Schritte zurück und spürte, wie mein Herzschlag immer schneller ging. Die Hitze in meinem Körper war schier nicht mehr auszuhalten. Das Adrenalin durchtränkte mich und spülte heißes Feuer in jeden Winkel meines Selbst, in jede Ader, jeden Muskel. Ich stand regelrecht in Flammen und hatte das Gefühl, jeden Augenblick in Asche zerfallen zu müssen. Vor meinen Augen begann sich alles zu drehen, während ich nach Atem rang und gleichzeitig versuchte, Abstand zwischen mich und den Mare zu bringen.

Aus den Augenwinkeln bemerkte ich, wie sich Jinx plötzlich aufrichtete und die Arme sinken ließ. Irgendetwas flammte in ihren Augen auf: Interesse?

In diesem Moment begann der Mare vor mir zu schreien. Er streckte die Arme aus. Unzählige schattenartige Fäden drangen aus seinem Körper und schossen in meine Richtung.

»Verdammt!«, zischte ich und rannte los.

Ich drehte mich weg, als die ersten Fäden mich erreichten und zu fassen versuchten. Ich duckte mich, machte eine Drehung, sprang zur Seite. Einem Schattenfaden nach dem anderen wich ich aus, doch sie ließen sich nicht abschütteln. Verfehlten sie mich, änderten sie sogleich die Richtung, um einen erneuten Versuch zu starten, und es kamen immer mehr hinzu.

Mein Herz schien in meiner Brust explodieren zu wollen. Ich atmete heftig, doch es schien meinen Körper nicht mehr mit genügend Sauerstoff versorgen zu können. Mir wurde schwindelig und ich hatte das Gefühl, als würde mein Gesichtsfeld zusehends kleiner werden. Hinzu kam ein Rauschen in meinen Ohren. Mir war klar, dass das keine guten Zeichen waren. Ich musste etwas unternehmen.

Noch einmal tauchte ich unter einem der Angriffe hinweg. Ich drehte mich, wirbelte herum, und plötzlich spürte ich etwas Kaltes, das sich um meinen Hals schlang. Es war wie ein Strick aus blankem Eis. Die Kälte brannte sich in meine Haut. Ich wollte aufschreien, aber ich bekam keine Luft mehr. Panisch streckte ich die Hände nach dem schattenhaften Seil aus, versuchte irgendwie, meine Finger darunterzuschieben. Ich brauchte Luft. Verdammt!

In diesem Moment rasten weitere der rauchartigen Fäden auf mich zu und umschlangen mich. Sie wickelten sich um meine Beine, fesselten mich an Ort und Stelle, wanden sich um meine Taille, meinen Brustkorb, wo sie sich weiter zuzogen – und sie griffen nach meinen Händen. Gnadenlos schnitten sie sich in mein Fleisch und begannen zu ziehen, sodass ich meine Finger nicht mehr an dem Seil an meinem Hals halten konnte.

Mein Herz stotterte, während mein Blut so heiß und lodernd in mir kochte, dass ich sicher war, es musste Löcher in meine Adern brennen. Das war es nun also, schoss es mir durch den Kopf, während mein Mund hilflos offen stand und nach Luft japste. Der Mare schnürte meinen Hals so erbarmungslos zu, dass nicht mal ein Hauch von Sauerstoff in meine Lunge drang. Tränen traten mir in die Augen und verschleierten mir die Sicht. Am Rande sah ich noch immer Jinx, die mit unverhohlenem Interesse meinem Ende entgegensah.

Der Mare vor mir setzte sich in Bewegung, kam drohend auf mich zu. Mir war klar, dass das die letzten Sekunden meines Lebens waren.

Er würde mir das Ende bringen und es würde ihm unendlichen Spaß bereiten. Der Klang seines Lachens dröhnte in meinen Ohren und ließ mich erschaudern.

»Alexis!«

Eine bekannte Stimme drang aus einiger Entfernung zu mir.

»Alexis!«

Irgendwie war es schön, dass mein sterbendes Gehirn mir noch einmal Nates Stimme in Erinnerung rief.

»So, Kleine. Das war's«, sagte der Mare, der nur noch einen Schritt von mir entfernt war, die Hand ausstreckte und zudrückte.

Und in diesem Moment explodierte die Hitze in mir. Ich riss den Kopf hoch, während das Feuer aus mir herausschoss und all meinen Schmerz, all meine Qual mit sich riss. Nur dass es keine Flammen waren, die aus meinem Bauch und meiner Brust drangen. Es war schwarzer Nebel, der strahlenförmig aus mir schoss und den Mare vor mir packte.

Das wurde auch Zeit! Endlich kann ich den Mistkerl ausschalten. Viel zu lange ist er schon hinter uns her. Es hat etwas gedauert, diese Verbindung mit dir aufzubauen und zu festigen. Aber nun … nun sind wir unaufhaltsam und ich kann endlich meinen Hunger stillen!

Ich erstarrte unter dem Klang der eisigen Stimme, die mir vollkommen fremd war. Mein Gegenüber hingegen schien sie gar nicht zu hören. Mit weit aufgerissenen Augen starrte ich auf den Mare vor mir, der von den Nebelklauen gepackt und über den Boden geschleift wurde.

»Nein«, brüllte er und sah fassungslos an sich hinab. Panisch versuchte er, sich von den schwarzen Bändern zu befreien, die aus meinem Körper kamen. Immer und immer wieder griffen seine Hände danach und versuchten, sie von seinem Leib zu lösen.

Währenddessen hörte ich das eisige Lachen der Stimme in mir. Und irgendwie hatte ich eine grausige Ahnung, von wem sie stammte. Doch das konnte nicht sein. Das durfte einfach nicht wahr sein.

Der Hunger in mir wuchs von Sekunde zu Sekunde. Ich konnte den Mare nicht mehr aus den Augen lassen, der zu mir gezogen wurde. Es war mir eine Freude, ein Begehren, ein Verlangen, diesen Kerl zu vernichten … zu verschlingen. Ein Schaudern fuhr bei diesem Gedanken durch meinen Körper, aber nicht, weil ich mich davor ekelte.

»Alexis … was …«, hörte ich eine Stimme rechts neben mir.

Ich nahm sie nur am Rande wahr, denn ich war damit beschäftigt, den Mare vor mir zu zerschmettern. Dennoch wusste ich, dass es Nate war.

Meine Nebelhände rissen den Mare in die Höhe, der daraufhin noch panischer wurde. Ich verstärkte den Druck des Nebels; der Körper des Mares begann zu zittern, dann öffnete sich der Mund der Kreatur zu einem entsetzlichen Schrei, und in diesem Moment zersprang er in tausend Teile. Flirrende goldene Lichtpunkte stoben durch die Luft. Meine Schatten rasten sofort umher, packten jeden einzelnen Funken und rissen sie in meinen Körper hinein. Einer nach dem anderen verschwand zusammen mit den rauchartigen Fäden in meinem Inneren, bis nichts mehr übrig war.

Regungslos stand ich da. Die Hitze in mir war verschwunden. Stattdessen fühlte ich mich erschöpft und zugleich auch zufrieden und gesättigt. Da war unübersehbar eine neue Kraft in mir. Magie, die ich nutzen konnte. Mir war klar, dass sie von dem Mare stammte, den ich offenbar gerade … ja, was? Gefressen hatte? Meine Hände zitterten bei dem Gedanken ebenso wie meine Beine.

»Alexis«, sagte eine leise Stimme, die voller Entsetzen war.

Langsam drehte ich mich danach um. Dabei fiel mir Jinx in den Blick, die natürlich ebenfalls alles mitangesehen hatte. Ein dunkler Ausdruck ruhte in ihrer Miene, der mich nichts Gutes ahnen ließ. Plötzlich setzte sie sich in Bewegung und ging fort. Ein Schaudern durchzuckte mich, als ich ihr nachsah. Mir war klar, dass sie Morpheus hiervon Bericht erstatten würde. Am liebsten hätte ich mich auf der Stelle übergeben. Morpheus würde wohl kaum zulassen, dass ein Dreamcatcher sein Unwesen trieb, der mit einem Mare verschmolzen war und andere dieser Wesen mitsamt deren Kraft fressen konnte. Was war nur mit mir geschehen?

Zitternd hielt ich inne und versuchte, all das zu verarbeiten, während ich zu Nate sah, der tatsächlich nur wenige Meter von mir entfernt stand. Da war nichts als blankes Entsetzen in seinem Gesicht. Ich sah ihm den Schock deutlich an, den Ekel. Niemals in meinem

Leben hatte er mich auf diese Weise angesehen. Als wäre ich … ein Monster. Und leider wusste ich, dass er recht hatte. Der Mare, der sich in dem Boot auf mich gestürzt hatte, war nicht nur in mich gefahren. Ich hatte nicht bloß seine Kraft in mich aufgenommen. Nein, er war wirklich in mir. Die ganze Zeit hatte er in mir gesteckt und versucht, mit mir zu verschmelzen. Und offenbar war ihm nun genau das gelungen: Wir waren eins. Ich war zu einer Abartigkeit geworden. Wie hatte es der Mare ausgedrückt, gegen den ich gerade gekämpft hatte? Ich war ein Fehler der Natur. Und genau das erkannte auch Nate. Ich war nicht mehr Alexis, seine Freundin aus Kindertagen. Ich war eine dunkle Kreatur geworden. Eine Abscheulichkeit.

So viele finstere Ausdrücke, hörte ich die Stimme des Mares sagen. *Aber keine Sorge, ich fasse sie nicht als Beleidigung auf. Wir sollten nicht streiten, sondern uns darüber freuen, dass nun etwas ganz Großes beginnt: unsere gemeinsame Zukunft. Ich kann dir gar nicht sagen, wie sehr es mich freut, endlich am Geschehen teilhaben zu können. Ich bin mir sicher, wir werden viel Spaß miteinander haben.*

Mein Magen zog sich zusammen, und ich kämpfte gegen die schreckliche Übelkeit an. Am liebsten hätte ich den Mare in mir angeschrien, ihn aus meinem Körper gerissen, aber ich spürte, dass das nicht möglich war.

Ganz genau, Kleine. Uns beide gibt es fortan nur noch gemeinsam. Ist das nicht herrlich und absolut einmalig?

Sein Lachen dröhnte in meinem Schädel, hallte in meinem Inneren nach und kroch über jeden Knochen und durch jede Ader. Noch immer sah ich Nate an, Hilfe suchend, als könnte er mir Beistand leisten. Doch da lag nichts als Abscheu in seinem Blick. Entsetzt wich er einen Schritt vor mir zurück, und diese kleine Geste sagte mehr als tausend Worte. Niemals mehr würde es wie früher sein. Ich würde nicht mehr wie früher sein. Denn mein Körper, mein Geist, meine Seele – all das gehörte mir nicht mehr länger allein.

Lust auf mehr?

Dann lade ich dich ein Alexis und Nate noch ein wenig näher kennenzulernen. Auf meiner Homepage erhältst du eine Bonusszene, in der du Alexis begleitest, als sie Nate zum ersten Mal getroffen hat.

Hier kannst du die Datei runterladen:

www.juliane-maibach.com/alexis_und_nate

Dir hat das Buch gefallen?

Ich freue mich sehr, dass du mein Buch bis zu dieser Stelle gelesen hast. Wenn es dir gefallen hat, wäre es toll, wenn du ihm bei dem Online-Shop eine Bewertung gibst, bei dem du bestellt hast. Oder du schreibst bei einem deiner Lieblings-Buchportale eine Rezension.

Es ist nicht nur sehr schön, Meinungen zu meinem Buch zu lesen. Außerdem hilft es mir auch dabei, weitere Geschichten zu schreiben und neue Leser für meine Bücher zu finden.

KAMPENWAND
VERLAG

Auftakt der einzigartigen Fantasysaga

Fantasy

ISBN: 978-3986600082

www.kampenwand-verlag.de

Finster, verwunschen und voller Gefahr

Fantasy

ISBN: 978-3947738960

www.kampenwand-verlag.de